MYRIAM KLATT

Und plötzlich Liebe

atb aufbau taschenbuch

MYRIAM KLATT, geboren 1984, studierte Literatur und Politik und lebt heute als freie Autorin und Redakteurin in Berlin. Um den Alltags-Stress aus ihrem Leben zu verbannen, ist sie für sechs Monate nach Südamerika gereist. Allerdings hat sich der Laptop ins Gepäck geschmuggelt.
Im Aufbau Taschenbuch ist ebenfalls ihr Roman »Liebe geht immer« lieferbar.

Maja steht selten für sich ein, hängt in ihrem Reisebüro-Job fest, bevorzugt Routine und liebt seit Jahren den Rettungssanitäter Stephan. Doch als ihre Chefin sie zum Tour-Veranstalter Nilo nach Bolivien schickt, steht Majas Leben Kopf: Verknallt in den Fremden, lernt sie das Abenteuer lieben und ist danach so gar nicht mehr in der Stimmung, sich von allen ausnutzen zu lassen. Zurück in Berlin, muss sie sich entscheiden, nicht nur zwischen zwei Männern, sondern für das ganze Leben: Weitermachen wie bisher – oder alles riskieren?

MYRIAM KLATT

UND PLÖTZLICH LIEBE

ROMAN

atb aufbau taschenbuch

MIX
Papier aus verantwortungsvollen Quellen
FSC® C083411

ISBN 978-3-7466-3533-0

Aufbau Taschenbuch ist eine Marke der Aufbau Verlag GmbH & Co. KG

1. Auflage 2019

Umschlaggestaltung www.buerosued.de, München
unter Verwendung mehrerer Motive
von www.buerosued.de, München
Gesetzt aus der Whitman durch Greiner & Reichel, Köln
Druck und Binden CPI books GmbH, Leck, Germany
Printed in Germany

www.aufbau-verlag.de

Kapitel eins

Der allererste Tag der allerschlimmsten Wochen meines Lebens beginnt mit den allertypischsten Worten: »Bienchen«, sagt Stephan, »wir müssen reden.« »Reden?«, japse ich zurück und weiche dabei nur knapp einem feuchten Hundehaufen aus, den ein mindestens kalbsgroßer Hund genau in die Mitte des Weges platziert hat. »Jetzt?« »Warum denn nicht?«, fragt er und umrundet ohne hinzusehen einen übervollen Mülleimer und ein Sammelsurium aus Altkleidern.

Mit einem leicht gequälten Lächeln nicke ich. Obwohl wir seit zwei Jahren jeden Morgen sechs immer gleiche Runden um den Arnimplatz drehen, bin ich nicht fitter geworden. Muss ich auch nicht. Mein Körper hat eine natürliche Tendenz zur gesunden Form – zum Köpfe verdrehen reicht es auch ohne Sport: Hochgewachsen, naturblond, mit schwungvollen Hüften und vollen Brüsten musste ich nie Komplexe haben. Einbilden tue ich mir darauf allerdings nicht besonders viel, zumal gute Gene in meinem Fall nicht dabei helfen, das tägliche Training zu absolvieren. Aber Stephan liebt es, immerzu und überall zu laufen, zu rennen und zu springen, und was für eine herzlose Freundin wäre ich denn, wenn ich ihm den kleinen Gefallen nicht tun würde, mit ihm gemeinsam um unser Kiezgrün zu joggen? Jeden. Verdammten. Morgen.

»Also, ich wollte noch mal die Sache mit dem Sommerurlaub besprechen ...«

»Wel...che Sa...che denn?«

»Na, ich hatte überlegt, ob wir vielleicht mal woanders hinfahren wollen als immer in den Schwarzwald?«

»Wa...ru...mmm?«

Stephan wirft mir einen besorgten Seitenblick zu und legt mir im Laufen die Hand auf den Arm. »Lass uns mal langsamer machen, okay? Du bist schon ganz rot im Gesicht!«

»Ar...beit...«, ächze ich.

»Wenn du mal fünf Minuten zu spät kommst, geht doch die Welt nicht unter, Biene!«

Das sehe ich anders. Und meine Chefin Antonia sicher auch.

»Also jedenfalls, ich dachte, wir könnten doch vielleicht mal weiter weg. So richtige Erholung in der Ferne. Du kennst doch bestimmt einhunderttausend wunderschöne Orte!«

»Schon, ja. Das lässt sich nicht vermeiden, natürlich«, ich zupfe nervös meinen honigblonden Pferdeschwanz zurecht, »aber Reisen verkaufen ist das eine, Reisen machen... außerdem ist es doch fast so was wie unsere Tradition, nach Titisee-Neustadt zu fahren. Und dieses Jahr ist unser Jubiläum, Stephan! Da will ich nicht ins Ungewisse, sondern dahin, wo ich mich zu Hause und wohl fühle!«

»Ich weiß, was du meinst, Maja. Aber irgendwie ist das auch genau das, was ich meine, nur halt umgekehrt... immer das gleiche Haus, die gleichen Leute, das ist doch auf Dauer irgendwie... eintönig. Warte mal eben«, unterbricht er sich und ist dann mit vier riesigen Schritten beim Parkeingang, wo sich der flatternde Sommermantel einer jungen Mutter mit Buggy im struppigen Gebüsch verfangen hat. Ihr Kind brüllt sich die Seele aus dem Leib, während sie verzweifelt mit Zweigen und Blättern kämpft, aber partout nicht aus der Böschung raus- und an das Kleine rankommt. Dann ist mein Freund bei ihr, befreit sie mit ein paar schnellen Handgriffen aus der Umklammerung der Bepflanzung. Ein Rettungssanitäter selbst außerhalb der Dienstzeiten. Die strichdünne Frau mit der riesigen schwarzen Brille und dem knallroten Lippenstift bedankt sich strahlend und schnappt sich erleichtert das Baby, das sogleich aufhört zu schreien und sich quietschend an ihre Brust schmiegt.

»Sorry. Wo waren wir? Ach ja, der Urlaub...«

Schade, dass er das nicht vergessen hat. Wir ziehen das Tempo wieder ein bisschen an, und ich seufze keuchend. »Du kannst doch mit Matti fahren. Oder mit deinem Bruder!«

»Aber ich will doch mit dir weg! Nicht mit Matti. Außerdem wäscht er sich nicht.«

»Und warum dann nicht so wie immer?«

»Biene...«

»Stephan, ich habe Flugangst!«

»Das weiß ich doch. Ich sage ja auch nicht, wir sollen nach Patagonien. Obwohl ich da schon immer hinwollte. Na ja, das weißt du ja. Aber Norwegen müsste doch gehen? Oder Spanien? Da kann man auch mit dem Auto hin!«

»Ich weiß nicht...«

Stephan wird unwillkürlich ein wenig schneller. Ich wische mir den Schweiß von der Stirn und stolpere mutlos hinterher. Gerade weil ich jeden Tag Trips verschachere, weiß ich genau: Ich will nicht so weit weg. Auf gar, gar keinen Fall. Aber dass Stephan traurig ist oder mir gar böse, das will ich auch nicht.

»Stephan, warte mal!«

Noch während ich rufe, gerate ich plötzlich ins Schwanken. Die Spitze meines geflickten senfgelben Turnschuhs prallt gegen eine Baumwurzel, die durch den unregelmäßigen Asphalt an die Berliner Luft gebrochen ist. Ich verliere das Gleichgewicht, rudere noch kurz mit den Armen und lande dann sehr unsanft auf Händen und Knien. Beide Körperteile schrammen mit voller Wucht über den dreckigen Bürgersteig.

»Maja! Maja, hast du dir wehgetan?!«

Ich nicke, stöhne und rolle mich zitternd auf den Hintern. Stephan hockt sich besorgt zu mir. »Oh je, das ist ja alles blutig! Du Ärmste, so ein Mist!«

»Geht, geht schon. Und wegen des Urlaubs …«

Doch er hört gar nicht mehr zu. Mit professioneller Routine nimmt er meine Wunden in Augenschein. »Das muss sofort desinfiziert werden. Und wir haben kein Jod mehr …«

»Ist schon okay, das geht schon so …«

»Und wenn sich das entzündet? Nein, Biene, komm, ich setze dich auf die Bank und springe schnell in die Apotheke.«

»Aber die Arbeit …«

»Dann kommst du halt zu spät. Maja, du machst so einen hervorragenden Job, niemand kann dir böse sein, wenn du aus guten Gründen mal nicht pünktlich auf der Matte stehst.« Panisch schüttle ich den Kopf. Stephan ignoriert das geflissentlich und schleppt mich zu meiner designierten Warteecke. »Ich bin sofort wieder da!«

»Aber …«

Mit langen Schritten eilt er von dannen. Selbst wenn ich unverletzt wäre, einholen könnte ich ihn nicht; er ist größer, kräftiger und vor allem starrköpfiger als ich. Plötzlich vibriert mein Handgelenk. Erschrocken zucke ich zusammen. Es ist die Smart Watch, die Stephan mir letztes Jahr zum 27. geschenkt hat. Leider signalisiert sie mir nicht, dass ich brav meine täglichen 10 000 Schritte absolviert habe, sondern erinnert mich lediglich daran, dass es in zwanzig Minuten allerhöchste Zeit ist, zur Arbeit aufzubrechen. Verdammt. Als Stephan zurückkommt, bin ich den Tränen nahe, nicht nur weil Handflächen und Knie brennen, als hätte ich sie mit Glut bestreut, sondern weil ich das Gefühl habe, dass mir gerade alles über den Kopf wächst. Dabei ahne ich in diesem Augenblick nicht einmal, dass ich in wenigen Tagen ohne meinen Pass und vollkommen pleite in einer Polizeistation im gottverdammten Bolivien sitzen werde. Hätte ich da schon gewusst, dass meine Chefin mich ausgerechnet heute in die Hölle schicken würde, dann hätte ich mir vielleicht nicht so einen Stress gemacht. Aber da ich an jenem Montagmorgen so wenig von meinem drohenden Schicksal ahne wie ein schlachtreifes Hühnchen vom Metzger, sorge ich mich nur darum, ihr Gemecker ertragen zu müssen, wenn ich zu spät komme.

»Autsch!«

»Entschuldige, ich weiß, das brennt ganz schön fies. Aber es muss sein!«

»Was soll ich denn jetzt Antonia sagen?!«

»Die Wahrheit? Du kannst ja wohl kaum verschwitzt und blutend ins Reisebüro gehen!«

Ich nicke kläglich.

Stephan zieht mich vorsichtig hoch, stützt mich gekonnt und wirft mir beim Gehen aufmerksame Blicke zu. Er hat die flexibelste Augenfarbe, die ich kenne. Wie die Chromlackierung eines exklusiven Maserati wechselt sie je nach Lichteinfall die Schattierung, verliert jedoch niemals ihren hellen Glanz. Jetzt gerade ist sein Blick ceruleanblau und besorgt.

»Also, Stephan, wegen des Urlaubs«, setze ich wieder an. »Ich habe da noch mal drüber nachgedacht. Also ja, ich habe echt Angst davor, so weit wegzufahren, ich meine, das ist unglaublicher Stress, weil … ich weiß auch nicht, weil man nicht weiß, welche Regeln gelten und was man da eigentlich soll, ich meine, warum ist denn Neues bitteschön aufregend und spannend? Mir reichen die Dinge, die ich kenne, da kann ich wenigstens nichts falsch machen. Was da alles passieren kann, so weit weg. Man spricht die Sprache nicht, versteht die Gepflogenheiten nicht, ist als Tourist per se schon mal in Gefahr … und wofür? Schöne Landschaften kann ich mir auch im Kino ansehen, und warm ist es im Sommer auch im Schwarzwald. Aber, also wenn es dir so wichtig ist, also und wenn ich nicht fliegen muss – das geht echt nicht, auf keinen Fall –, also nicht Patagonien, leider, ich weiß, das ist dein Traum, aber Spanien oder so … also wenn es unbedingt sein muss, dann können wir das natürlich machen. Gerne machen. Dann können wir das gerne machen.«

Durch den Sturz muss etwas in meinem Kopf verrutscht sein. Normalerweise belaste ich meinen Freund jedenfalls nicht mit meinen kompletten verrückten Gedankengängen, sondern nur mit deren Ergebnis. Ich schiele zu ihm hinüber, während er die Haustür zu unserem Neubau aufschließt und mir das Treppenhaus hochhilft. Gut, dass wir nur in der zweiten Etage wohnen. Dort angekommen, dreht er sich endlich zu mir und seufzt. »Ach lass, Maja, es tut mir leid, dass ich davon angefangen habe.«

»Warum denn? Ich meinte das nicht so, wie sich das angehört hat …«

»Biene, ist okay. Titisee-Neustadt ist doch wirklich auch schön. Und ich will dich nicht unter Druck setzen. Außerdem wäre eh alles nur ein schlechter Ersatz für Patagonien. Aber dass das nicht geht für dich, das verstehe ich natürlich. Ist halt Pech, dass mein Traumland auf einem anderen Kontinent liegt. Vorsichtig duschen gleich, okay?«

»Ja, sicher. Aber wirklich Stephan, ich will doch umgekehrt auch nicht, dass es dir schlecht geht ...«

»Biene?«

»Ja?«

»Geh duschen.«

Ich gehorche, fühle mich aber alles andere als erfrischt danach. Mittlerweile bin ich viel zu spät dran, mein Körper schmerzt, als hätte ich ihn ein paarmal vom Dach geworfen, und dass Stephan nun meinetwegen verzichtet, hilft nicht gerade, damit ich mich besser fühle. Frustriert rubble ich mich mit dem fluffigen steingrauen Handtuch ab. Reiseunlust hin oder her – im Grunde bringe ich gern das eine oder andere Opfer für ihn. Ich schlafe mit geschlossenen Vorhängen, obwohl ich mich wie im Grab dabei fühle, verzichte ohne Murren auf ein Haustier, weil Stephan gegen alles Mögliche allergisch ist und würge regelmäßig die Fischgerichte runter, die er so liebt und ich so hasse. Aber das sind alles Dinge, die ich still und heimlich tue. Was ich bei der Urlaubsnummer wohl auch besser versucht hätte. Ich schlüpfe in meinen Slip und streife das Kleid über, das ich gestern rausgelegt habe.

»Und die Nordsee?«, rufe ich dabei Richtung Küche. »Wie wäre die Nordsee?«

Statt einer Antwort serviert Stephan mir mein Handy, das in seiner Hand vibriert. »Shit, Antonia?«

»Dein Vater.«

»Jetzt?!«

»Muss wichtig sein ...«

Ich nicke ergeben und nehme ihm mein Gerät ab. »Papa?«

»Weißt du, was deine Mutter getan hat?!«

Mein Vater schreit so laut, dass ich zurückpralle. Stephan zieht kommentarlos eine Augenbraue hoch. Eine sehr hübsche Augenbraue übrigens; tiefdunkelbraun, mit kleinen, sehr geraden Härchen, von denen nicht ein einziges überflüssig ist.

»Ich war seit Wochen nicht mehr oben in Buckow…«

»Aber auf Facebook?«

Ich zucke mit den Achseln in Richtung Stephan, der zurückzuckt und sich dann an mir vorbei in die Dusche schiebt. Er riecht nach Vanille und Sommer, ein vertrauter Geruch, von dem ich bis heute nicht weiß, wo er eigentlich herkommt. Selbst im Dezember riecht er so.

»Da war ich auch ewig nicht mehr, Papa. Das ist eher was für die äh… ältere Generation. Ich bin dafür aber sehr aktiv auf Instagram!« Das Telefon unters Ohr geklemmt, klopfe ich zum Abschied kurz an die Badezimmertür. Zugegeben ist diese unsentimentale Trennung für den Tag keine Ausnahme; dass Stephan und ich uns mit Umarmung oder gar Kuss voneinander verabschiedet haben, ist ziemlich lange her. Was normal ist, wenn man schon so lange zusammen ist und lebt. Während ich auf die Straße eile, versuche ich, mich an das letzte Mal zu erinnern, dass wir im Bett nicht bloß gelesen haben. Irgendwann um Weihnachten rum? Und war das letztes Jahr oder vor zwei Jahren? Ich versuche, mir ins Gedächtnis zu rufen, welche Farbe der Adventskranz damals hatte, als mein Vater wieder ohrenbetäubend losschreit: »Maja, vor allen Augen!«

Ich schüttle mich verwirrt. »Was?«

»Maja Isabella Maria Agathe! Hörst du mir überhaupt zu?«

»Klar, Papa, die Mama… äh… die Mama hat…«

»Geranien gepflanzt!«

»Unmöglich!«, antworte ich automatisch und halte dann verdutzt inne, weshalb der schlaksige Kerl im Kapuzenpullover, der hinter mir geht, mir prompt in die Hacken läuft. Und mich anpflaumt, was mir denn bitte einfalle, einfach so stehen zu bleiben. »Was hast du grad gesagt, Papa?«

»Ich bin nicht dein Papa!«

»Verzeihung, Entschuldigung, ich …«

Aber der missgelaunte Typ im Hoodie hört schon gar nicht mehr.

»Papa, können wir vielleicht später …? Ich muss zur U-Bahn …«

»Maja, bitte. Das ist wichtig! Du musst mit deiner Mutter sprechen, so geht das nicht. Nicht Geranien! In MEINEM Garten!«

»Papa, das ist eigentlich Mamas …«

»Weil sie mich über den Tisch gezogen hat!« Sehnsuchtsvoll betrachte ich das Tiefdunkelblau des U-Bahn-Eingangs Schönhauser Allee, bringe es aber nicht übers Herz, einfach aufzulegen.

»Es wäre nur recht und billig gewesen, wenn ich damals das Haus bekommen hätte, ihr ist der Garten schließlich egal. Ich dagegen …«

»Papa, ihr seid seit acht Jahren geschieden. Wäre es da nicht an der Zeit, die Sache ruhen zu lassen?«

»Wie denn bitteschön, wenn sie auf einmal Geranien pflanzt?!«

Wieder wird gerempelt, diesmal umgekehrt: Eine Gruppe spanischer Touristen strömt um mich herum und wirft mich wellengleich mal hierhin, mal dahin. Ich schließe kurz die Augen. Trotz des Geranienkriegs meiner Eltern überkommt mich eine tiefe Sehnsucht nach dem beschaulichen Buckow, die brandenburgische Kleinstadt, in der ich groß geworden bin: Idyllisch, beschaulich und friedlich. Genau das, was ich am liebsten habe.

»Was hast du denn eigentlich gegen Geranien, Papa?«

»Das sind Uroma-Pflanzen! Sprich bitte mit deiner Mutter!«

»Okay Papa, mache ich«, verspreche ich.

»Jetzt gleich!«

»Papa, ich muss zur Arbeit!«

»Bitte, Maja. Auf dich hört sie vielleicht.«

Ich seufze. Nur wegen der Zeit und nicht etwa, weil mir die Sache unangenehm ist. Da das Vermitteln zwischen meinem schnell gekränkten Vater und meiner eher brachialen Mutter seit Ewigkeiten zu den Standardaufgaben meines Lebens gehört, fühle ich mich sogar ganz wohl damit, Botschaften von A nach B zu tragen. Es hat etwas Vertrautes, fast schon Beruhigendes, wenn die beiden sich streiten. So ist der Mensch halt; solange er nur kennt, was passiert, ist alles in Ordnung, selbst wenn das Gekannte nichts Gutes, sondern eher verstörend ist. Oder zumindest ich bin so.

»Mama?«

»Maja, wie schön, dass du anrufst! Ich muss dir dringend was erzählen …«

»Mama, entschuldige, ich bin ein wenig in Eile. Ich rufe nur wegen Papa an. Er fragt sich, warum du auf einmal Geranien pflanzt …?«

»Was bitte geht das deinen Vater an, was ich in meinen Garten setze?!«

Es dauert noch einmal gute zehn Minuten, die Sache mit Mama durchzudiskutieren, auch weil sie zwischendurch immer mal wieder von was anderem anfängt. Am Ende erklärt sie sich – nur um deinetwillen, Maja – bereit, die Geranien des Anstoßes wieder auszupflanzen. »Aber ich sage dir eins, Maja, das ist eine Unverschämtheit von deinem Vater! Hätte er damals nicht seine gesamte Zeit in diesem bescheuerten Garten verbracht, dann wären wir heute vielleicht noch zusammen. Es ist wirklich das Letzte, dass er jetzt wagt, auch nur den kleinsten Kommentar dazu abzugeben, was ich mit meinem Grundstück mache!«

»Ich weiß, Mama«, sage ich. Ich weiß auch, dass die Nummer mit Papas Blumenfetisch nicht der einzige Grund für die erbitterte Trennung meiner Eltern ist. Soweit ich weiß, spielte da auch ein hübscher Anästhesist aus Buch eine Rolle. »Aber ich muss jetzt wirklich los, okay?«

»Gut, Maja. Hab einen schönen Tag!«

Das dürfte schwierig werden. Als ich endlich in die U-Bahn springe, bin ich bereits vierzig Minuten zu spät. Antonia wird ausflippen.

Antonia flippt nicht aus. Antonia ist gar nicht da.

»Was zur …?«

Verblüfft spähe ich in unser Ladengeschäft auf der geschäftigen Torstraße. Es liegt in unvertrautem Halbdunkel. Durch die Glastür sehe ich den gut geölten Parkettboden, das kräftige Grün der Efeupflanzen hinter meinem kleinen Designer-Schreibtisch und das düstere Geometriebild irgendeines Nachwuchskünstlers, das über Antonias Platz hängt. Auch die Kiste mit dem pädagogisch wertvollen Kinderspielzeug und die schwarz gepolsterten Gästesessel sind an Ort und Stelle. Nur meine Chefin, die ist nirgendwo. Misstrauisch schließe ich auf und knipse das Licht an.

»Antonia?«

Nichts. Noch einmal schaue ich mich um. Wer planlos in unseren Laden stolpert, der käme wahrscheinlich erst mal nicht auf den Gedanken, dass wir hier Reisen verkaufen. Weder hängen bei uns schlecht gedruckte Billigangebote aus, noch haben wir die Wände vollgestellt mit Katalogregalen. Auch gezwungene Fröhlichkeit und Bilder von Strandliegen sucht man hier vergeblich. Stattdessen: kühle, moderne Eleganz. Die einzige Konzession an unser hart umkämpftes Gewerbe ist das Schaufenster. Das ist allein mein Werk, und eines, auf das ich ziemlich stolz bin: Vor einem riesigen Foto nebelverhangener Regenwaldberge erhebt sich der Eingang zur Zitadelle von Yapahuwa in Sri Lanka, so detailgetreu nachgebaut, dass man meinen könnte, vor einer echten Ruine zu stehen, nur halt im Miniatur-Format. Ich habe unzählige unbezahlte Abendstunden damit verbracht, den Tempel aus Holz und Styropor nachzubauen, Millimeter für Millimeter, nur bewaffnet mit Klebepistole und You-Tube. Solange ich hier arbeite, also seit sechs Jahren, lasse ich meiner Bastelwut im Schaufenster freien Lauf. Also natürlich arbeite ich nach Antonias Vorgaben und nicht nach eigenem Gutdünken, schließlich ist es ihr Geschäft. Und so wie ich sie kenne, verlangt sie in spätestens drei Wochen ganz sicher ein neues Szenario, wegen der notwendigen Abwechslung. Ich sollte also schon mal anfangen, Sand zu sammeln – sie hat es mit Wüsten in letzter Zeit.

Aber wo in drei Gottes Namen steckt sie?

Während ich meinen Computer hochfahre, male ich mir aus, was der armen Frau heute Morgen alles zugestoßen sein könnte: Autounfall, Herzinfarkt, von wilden Hunden beim Joggen in Stücke gerissen. Oder war sie vielleicht bereits hier und sucht nun umgekehrt nach mir?

Ein lässiges und verschlafenes »Hi …« reißt mich aus meinen Gedanken. Im Türrahmen steht ein junger Hipster und zwinkert mir zu. Ich lächle gewinnend und bitte ihn herein.

»Was kann ich für dich tun?«

Mit wenigen Schritten über das polierte Parkett ist er an meinem kleinen Tisch und lässt sich in den runden, weichen Sessel fallen.

»Ich will weg. Also verreisen. Eigentlich plane ich so was ja immer alles selbst, von wegen Internet und so, da braucht man ja nix, aber ein Kumpel meinte, ihr habt echt sweete Deals hier.«

»Auf jeden Fall«, bestätige ich. Meine Chefin hat einen Riecher für Reisetrends und Kontakte in Ecken, in denen ist sonst noch kein Europäer auch nur gewesen! »Weißt du denn schon, wo es ungefähr hingehen soll?«

»Irgendwas Asiatisches, gerne ohne Touristen, ein bisschen Abenteuer, off the beaten track, du weißt schon.«

Ich nicke verständnisvoll, obwohl es mir persönlich ein Rätsel ist, warum man in seiner Freizeit Leib und Leben in irgendwelchen exotischen Gebieten riskieren muss, wenn doch schon eine S-Bahn-Fahrt von Friedrichshain nach Steglitz den Herzschlag hochtreibt. Statt ihm ein Monatsticket der BVG anzubieten, schlage ich ihm jedoch lieber ein Festival auf 4000 Meter Höhe in Bhutan vor, werbe für einen klassischen Trip durch Kambodscha und schwärme wortreich von einem Segelturn zum indonesischen Nusa Lembogan.

»Willst du denn allein reisen?«, frage ich am Ende. Er grinst und beugt sich vor, ganz Kiehl's und Fishermans Friend's, und schaut mir tief in die Augen.

»DU kannst ja mitkommen«, sagt er mit entwaffnendem Selbstbewusstsein. Wie immer in solchen Situationen wird mir abwechselnd heiß und kalt, nicht, weil ich so gerne angeflirtet werde – gar nicht! –, sondern weil ich auf die Schnelle nie weiß, was ich zu solchen charmanten, aber unerwünschten Sprüchen sagen soll, ohne allzu unhöflich zu werden. Obwohl die Antwort in diesem Fall eigentlich auf der Hand liegt.

»Das geht nicht«, sage ich erleichtert, »ich habe Flugangst!«

»Flugangst?«

»Yup, Flugangst. Würde nicht mal bis Köln fliegen, da kommt Kambodscha nun wirklich nicht infrage. Mein Freund hat sich damit abgefunden, dass wir nie weiter fahren als in den Schwarzwald.«

Meinen subtilen Hinweis auf Stephan übergeht er einfach.

»Und dann arbeitest du in einem Reisebüro?!«, fragt er, woraufhin ich ihm versichere, dass ich mich auf der ganzen Welt exzellent auskenne, auch ohne je selbst meine Zehen in den Sand von Fidschi gegraben zu haben. Was ich ihm nicht erzähle, ist, dass ich ursprünglich Architektin werden wollte, aber als Studentin bei Antonia angefangen habe und jetzt so eine wichtige Stütze für sie bin, dass ich es nicht übers Herz bringe, zu kündigen. Auch wenn ich manchmal glaube, dass ich viel besser darin wäre, moderne Hochhäuser zu entwerfen, als Träume zu verkaufen.

»Wie du schon sagst, man findet ja alle Infos im Internet«, schließe ich ab. »Und meine Chefin, die legt viel Wert darauf, jeden Ort selbst zu besuchen, insofern sind wir immer absolut up to date.«

Genau in diesem Moment geht die Tür auf, und Antonia kommt rein. Sie baut sich vor meinem Schreibtisch auf, ohne den Hipster auch nur eines Blickes zu würdigen. Es hat schon Gründe, warum Antonia mich braucht – im Umgang mit Menschen, gerade mit Kunden, hat sie wirklich Defizite. Sie ist zwar gnadenlos logisch, dafür aber in etwa so emotional wie ein Granitblock. Und das, obwohl sie hochschwanger ist.

»Maja«, sagt sie jetzt, »wir müssen reden.« Es scheint der Satz des Tages zu sein.

»Ähm, Antonia, ich hab grad einen Kunden.«

Doch dieser sammelt eilig die eleganten Prospekte zusammen, die ich ihm hingelegt habe, murmelt was von Nachrecherche im Netz und verabschiedet sich dann mit dem Versprechen wiederzukommen, sobald er herausgefunden hat, ob Bhutan genügend unerforscht für sein Abenteuer-Image ist. Antonia nimmt seinen Platz ein, beugt sich vor, stützt die Arme auf den Schreibtisch und presst die Fingerspitzen aneinander. »Es muss sich um einen Irrtum handeln«, sagt sie und nickt mir auffordernd zu.

»Ähm, was?«

»Die Bettruhe, Maja. Bitte, konzentrier dich.«

Ich bin konzentriert. Und verwirrt.

»Welche Bettruhe, Antonia?«

»Meine.«

»Aber du bist doch gar nicht im Bett. Du bist hier.«

»Eben.«

Ich atme langsam aus. »Vielleicht magst du mir noch mal von vorne erzählen, was los ist, Antonia?«

»Dr. Fleischer – ein furchtbarer Name für einen Frauenarzt, ich muss das an dieser Stelle noch einmal sagen, das ist einfach … geschmacklos –, Dr. Fleischer hat mir sofortige Bettruhe verordnet. Das erscheint mir … unsinnig. Apropos unsinnig, hattest du nicht geklärt, dass ich vor den Öffnungszeiten in seine Praxis kommen kann? Ich musste schon wieder warten. Das ist … ungünstig. Es ist extrem unprofessionell, zu spät mit der Arbeit anzufangen.«

»Ich rufe noch mal an«, murmle ich und schüttle dann den Kopf, »aber ähm, das scheint mir jetzt irgendwie nicht so wichtig, entschuldige, wie die Sache mit der Bettruhe … Warum genau sollst du ins Bett?«

»Cervixinsuffizienz.«

»Muttermundschwäche?«

»So ist es«, bestätigt Antonia, dann schüttelt sie den Kopf. »Seltsam, ich bin sonst nie ineffizient. Es erscheint mir entsprechend fragwürdig, dass das hier plötzlich der Fall sein soll. Zumal meine Gebärmutter ja nun auch von Anfang an dabei ist, in dieser Schwangerschaft. Ich habe sie schließlich nicht zwischendurch ausgetauscht. Hätte ihm eine Insuffizienz da nicht früher auffallen müssen?«

»Vielleicht holst du dir eine Zweitmeinung?«

»Dr. Fleischer – wirklich, dieser Name ist unerträglich –, Dr. Fleischer ist der beste Gynäkologe in Berlin.«

»Aber wenn du glaubst, er hat einen Fehler gemacht …«

»Ein anderer Arzt ist nicht vertraut mit meiner Historie und meinem Körper. Und niemand hat einen ebenso guten medizinischen Hintergrund in Kombination mit positiven Beurteilungen durch alle Portale hinweg. Es ist bedauerlich, aber nicht zu ändern, Dr. Fleischer ist alternativlos.«

Das ist Antonia-Logik für Fortgeschrittene, und ich bin auch nach sechs Jahren gerade mal ein erweiterter Anfänger.

»Das ist alles höchst … ärgerlich. Ich kann natürlich diese Diagnose nicht akzeptieren.«

»Bitte?«

»Maja, es ist völlig unmöglich, dass ich im Bett bleibe und mich ausruhe. Das entspricht weder meiner inneren Haltung noch meiner äußeren Konstitution – von der schwachen Gebärmutter abgesehen bin ich topfit –, und jetzt unvorbereitet den Stift fallen zu lassen ist wirklich nicht … machbar. Da muss ich ein kalkuliertes Risiko eingehen.«

Ich schüttle den Kopf. Das ist das Problem mit Antonias komischer Eigenlogik; sie verheddert sich gern mal darin.

»Aber dieses kalkulierte Risiko betrifft ja nicht dich«, erinnere ich sie.

»Wie bitte?«

»Es geht doch um das Baby.«

Sie lehnt sich zurück und schaut mich aus erstaunten grünen Augen an. »Das Baby?«

»Ja, das Baby. Du sollst dich ja nicht für dich schonen, nehme ich jetzt jedenfalls mal an, sondern für das Baby. Weil du es sonst verlieren könntest.«

Eine Wolke zieht durch Antonias Gesicht, eine dunkle, mit ziemlich viel Gewitter drin. Allerdings weiß ich nicht, ob Antonia nun doch Angst um ihr Ungeborenes hat oder ob sie schlichtweg den Gedanken nicht erträgt, zu verlieren. Wen oder was, völlig egal.

»Meinst du?«

»Ganz sicher sogar. Und sieh es doch mal so: So, wie du das erzählst, hat Dr. Fleischer dir ja nicht grundsätzlich verboten, dass du arbeitest, sondern nur, dass du es nicht woanders tust als im Bett.«

Bei diesen Worten horcht meine Chefin auf, und auch ich erwärme mich langsam für das Thema. Zeit im Büro ohne Antonia? Es gibt Schlimmeres.

»Ich meine, du wolltest immer schon die Datenbank auf Vordermann bringen und dir die Zeit nehmen, dich um alle unsere Kontakte zu kümmern. Du sagst doch immer, es gibt keine Hürden, nur Herausforderungen. Und ist es nicht eine phantastische Herausforderung, deine Zeit im Bett optimal zu nutzen? Da können doch alle nur von profitieren! Nicht nur du, sondern auch das Kleine.«

»Stimmt«, sagt sie und streicht über den Medizinball, den sie ihren Babybauch nennt. »Es ist nur … bedauerlich, dass vorher nicht abzusehen war, in welchem Ausmaß die kleine Bohne mein Leben einschränken würde. Und das schon, bevor sie geboren ist. Das ist … unerwartet.«

Dass Antonia ihr Baby zärtlich die kleine Bohne nennt, lässt mich glauben, dass sie heimlich randvoll mit Zuneigung ist.

»Das alles ist … sehr ärgerlich.«

Ich nicke verständnisvoll. Ihre Schwangerschaft war bis eben grade perfekt durchorganisiert, wobei ich mich in stillen Momenten frage, warum Antonia überhaupt den Wunsch hatte, sich fortzupflanzen. Vielleicht nur, um der Welt zu beweisen, dass man wegen eines Kindes nicht gleich sein ganzes Leben auf den Kopf stellen muss – umso schlimmer, dass sie nun also genau das tun muss.

»Man muss innerhalb der Parameter arbeiten, die einem möglich sind«, sagt sie, als habe sie meine Gedanken gelesen, »wenn Bettruhe unumgänglich ist, dann ist es Energieverschwendung, sich dagegen zu wehren. Das wäre … unklug.«

Sie sagt das, als sei ICH diejenige gewesen, die sich mit Händen und Füßen gewehrt hat. »Gut. Dann nutze ich den Tag, um die Abläufe den neuen Umständen anzupassen. Ich werde entsprechende Listen aufstellen und dich umgehend informieren, wie welche Aufgaben verteilt sein werden. Bedauerlicherweise lässt sich ja nicht alles vom Bett aus machen. Das wäre … unprofessionell.«

Zeit ohne Antonia im Büro zu verbringen, erscheint mir immer attraktiver. Ihre Persönlichkeit ist hin und wieder doch sehr erdrückend, und vielleicht kann ich dann dieses Mal auch eigenständig über die neue Fensterdeko entscheiden. Ich habe neulich ein vierzigminütiges You-Tube-Tutorial gesehen, bei dem sie einen ganzen Brunnen selbst gebaut haben, das wäre ein spannendes Projekt für unser Scheibenpanorama …

Gerade als ich ihr entsprechend euphorisch zustimmen will, im Kopf schon einen dreistöckigen Springbrunnen entwerfend, wird sie plötzlich kalkweiß. Ich springe panisch auf.

»Antonia, ist alles okay? Soll ich den Notarzt rufen? Du musst dich hinlegen, hier, ich …«

Sie bedeutet mir mit einer Geste, den Mund zu halten und mich wieder zu setzen.

»Der Herr Egelwolf!«, sagt sie, sobald ich gehorcht habe. »Du musst dich um Herrn Egelwolf kümmern.«

»Wer ist Herr Egelwolf?«

»Unser neuer Kontakt in Südamerika. Es handelt sich bei ihm um eine Art … Abenteurer. Er führt Menschen durch den Dschungel und die Berge und geht dabei Routen, die weder auf Karten verzeichnet sind, noch von anderen Gruppen genutzt werden. Ein kluges Investment. Er ist der Einzige, der diese Wege kennt. Sehr … interessant für uns. Meinen Recherchen zufolge arbeitet er häufig mit Prominenten. Das ist eine zukunftsgerichtete Strategie. Herr Egelwolf kann für uns ein … entscheidender Geschäftspartner werden.«

»Das klingt so, ja. Zumal wir in Südamerika ja schon lange keine verlässlichen Agenturen mehr haben …«, ich nicke bedächtig, »und immer mehr Leute wieder danach fragen. Also, wenn du mir seine Telefonnummer gibst, dann rufe ich ihn gleich morgen an.«

»Maja, bitte. Konzentrier dich. Wenn es um einen Anruf ginge, dann könnte ich das von zu Hause machen. Du musst hinfliegen. Noch diese Woche.«

Für einen winzigen Augenblick bleibt mein Herz stehen, und meine Luftröhre verengt sich. Mir wird schwarz vor Augen, und mein Magen krampft sich in unregelmäßigen Abständen heftig zusammen.

»Was?«, bringe ich krächzend hervor.

»Du musst nach Südamerika fliegen und einen Vertrag mit Herrn Egelwolf aushandeln.«

»Ich habe keinen Reisepass!«

»Ich werde gleich einen vorläufigen Reisepass beantragen, das dauert nur ein paar Stunden, und die Einreise nach Bolivien ist danach kein Problem. Ein Passfoto habe ich noch von deiner Bewerbung, du bist zwar älter geworden, aber das sieht man kaum. Du hast gute Gene, Maja.«

»Danke«, murmle ich abwesend. Südamerika? Nur über meinen toten, kalten Körper. Gut, es könnte sein, dass Antonia mich eigenhändig umbringt, aber ich kann auf gar keinen Fall auf einen anderen Kontinent fliegen.

»Aber ist es nicht viel, viel, viel wichtiger, dass jemand hier ist, der die Reisen verkaufen kann? Die Umsatzeinbußen wären doch enorm, wenn plötzlich niemand mehr hier sitzt!«

Antonias Gesicht lässt mich verstummen.

»Maja,« sagt sie ohne jeden Humor, »ich habe dich bisher nicht in vollem Umfang darüber aufgeklärt, weil keine … Notwendigkeit dazu bestand. Tatsache ist, dass unsere Umsätze stetig zurückgehen. So stetig, dass wir nicht weitermachen können wie bisher. Und genau da kommt der Herr Egelwolf ins Spiel. Ein exklusiver Vertrag mit ihm brächte nicht nur Möglichkeiten in Südamerika, die es nicht einmal im Internet gibt, sondern auch den zusätzlichen Prominenten-Bonus. Auch wenn ich persönlich nicht im Geringsten verstehe, warum man sich für einen völlig Fremden soweit interessieren kann, dass man denselben Reiseveranstalter bucht, nur weil man Lagerfeuergeschichten und Bettgerüchte von ebendiesem Fremden zu hören hofft, ist es doch Tatsache, dass Menschen genau das tun. Der Herr Egelwolf hat schon Brionsche durch den Dschungel geführt.«

»Meinst du vielleicht, äh, Beyoncé?«

»Habe ich doch gesagt. Bitte hör zu Maja, das ist wichtig. Ich bin der festen Überzeugung, dass Egelwolf unserem Geschäft zu neuem Erfolg verhelfen könnte. Kunden bedienen kann am Ende jeder, sogar mein Mann. Also soll Ralf sich um die Leute kümmern, die hier auflaufen. Du hast eine wichtigere Mission: Du musst unseren Laden retten!«

Mir wird plötzlich so übel, dass der Raum zu schwanken beginnt.

»Entschuldige«, würge ich hervor, »ich muss mal eben…«

Ohne den Satz zu beenden, stürme ich aus dem Laden auf die Straße. Scham über diesen unhöflichen Aufbruch und ein immer schlimmer werdender Brechreiz mischen sich zu einem heftigen, bitteren Brennen im Bauch. Ich stolpere weiter und beuge mich keuchend über das kümmerliche kleine Bäumchen am Bürgersteigrand. Ein Spuckefaden hängt mir aus dem Mundwinkel.

»Maja?« Ich zucke zusammen. Antonia ist mir gefolgt und steht nun mit durchgedrücktem Rücken und gerunzelter Stirn neben mir »Du bist doch nicht etwa schwanger? Das wäre… unverantwortlich.«

Und ein christliches Wunder. Ich schiele unwillkürlich auf den unverantwortlichen Bauch meiner Vorgesetzten und muss schon wieder röcheln. »Nnn…nein.«

»Gut. Zu diesem Zeitpunkt wäre es… unvorteilhaft, dich zu verlieren, Maja.« Sie mustert mich, während ich leere Luft würge. Obwohl der Druck in meinem Magen ins Unermessliche steigt, kommt einfach nichts nach oben. Nur Panik.

»Du musst besser auf deine Ernährung achten, Maja. Eine gesunde, ausgeglichene Kost ist die Grundlage für ein achtsames, kluges Agieren in jeder Lebenslage. Und krümm dich nicht so, das ist nicht gut für deine inneren Organe.« Gehorsam richte ich mich auf. Ich zittere noch immer am ganzen Körper. »Gut. Also, Maja, um das zum Abschluss zu bringen: Wir haben keine Wahl, was die Sache mit Herrn Egelwolf betrifft. Du musst hinfliegen.«

»Aber meine Flugangst …«, murmle ich nun doch. Recht schwach, weil ich arg damit beschäftigt bin, nicht umzukippen.

»Maja, das ist eine rein mentale Sache. Ich bin … zuversichtlich, dass du dich im Griff hast. Wir dürfen uns nicht zum Spielball unserer Emotionen machen lassen. Das ist entscheidend für ein erfolgreiches Leben. Gerade stehen, Maja, und tief atmen.«

Ich schnappe japsend nach Luft. »Gut so. Und jetzt die Arme über den Kopf.«

Ganz automatisch folge ich Antonias Anweisungen. Die Finger in den Himmel gestreckt und mit wackeligen Knien suche ich verzweifelt nach guten Gegenargumenten. Es hilft nicht unbedingt, dass die Leute im Straßencafé nebenan mir kichernd bei meinen dämlichen Turnübungen zuschauen. Jetzt nur nicht umkippen … und lieber auch nicht kotzen. »Aber …«, ringe ich mir schließlich ächzend ab, »das kostet doch auch alles Geld, Antonia. Kann dieser eine Typ uns tatsächlich so viel einbringen? Ich meine, er ist ja nicht Indiana Jones.«

»Doch.«

»Wie bitte?«

»Dieser Typ, wie du ihn etwas … fahrlässig nennst, Maja, ist genau das. Er ist Indiana Jones. Im übertragenen Sinne. Ein Held in der Reisebranche. Bei meinen Verhandlungen schien er bisher durchaus interessiert an einer Kooperation mit uns. Er möchte uns aber persönlich kennenlernen und hat diesbezüglich eine ausdrückliche Einladung erteilt, die abzulehnen wir uns nicht leisten können. Du fliegst Freitag.«

Bevor ich mich versehe, habe ich schon genickt. Aller Übelkeit, allen Ängsten und aller Panik zum Trotz. Es ist wie so oft im Gespräch mit meiner Chefin. Ich fühle mich wie Flüssigbeton unter der Walze – alle Widerstände einfach plattgemacht.

Immerhin scheinen Antonias seltsame Übungen ihre Wirkung zu tun; ich kann wieder besser atmen und auch das Unwohlsein wird langsam schwächer. Jedenfalls bis mir Stephan einfällt.

»Aaaahhhhrgghgg!«

Eine erneute Welle der Übelkeit überkommt mich, ich falle auf die Knie. Genau auf die Wunden von heute Morgen. Tränen schießen mir in die Augen, und ich wimmere leise.

»Maja, bitte. Contenance!«

»Klar, Antonia«, ächze ich und unterdrücke den scharfen Schmerz. Aber die Verzweiflung, die lässt sich nicht wegschieben. Die ist für immer.

Kapitel zwei

Erschöpft lasse ich mich auf den letzten freien Stuhl am Tisch fallen. Das *Kaffeezeit* ist ein angenehm anspruchsloses Café mit schlichten Stühlen, kleiner Karte und dem enormen Vorteil, dass es gefühlt schon hundert Jahre existiert. Also so wie Katharina und Nadine, die ausnahmsweise vor mir zu unserem Stammtisch erschienen sind. Letztere deutet auf meine unberingte Hand und sagt: »Na, als du eben die Nachricht geschrieben hast, dass du zu spät bist, weil du eine Überraschung erlebt hast, da dachte ich, oh my god, Stephan hat sie endlich gefragt, ob sie ihn heiraten will!«

»Ich habe ›eine ungute Überraschung‹ geschrieben, Nadine!«

Meine Freundin, heute im modischen Schlauchkleid, zuckt die Schultern. »Das hab ich überlesen.«

»Ich nicht«, schaltet sich Katharina ein und fährt sich durch das braungelockte Haar. »Und ich finde auch, wir sollten Maja nicht immer wieder damit nerven. Sie wird schon früh genug heiraten. Wenn Stephan denn will. So oder so: Es geht auch ohne Ehe. Peter und ich haben schließlich auch nie geheiratet und haben es auch nicht vor. Als ich neulich auf einer Party im Soho House war, hat Diane Kruger mir da übrigens ganz recht gegeben, sie möchte ihren Joshua nämlich auch nicht heiraten.«

Ich schenke Katharina ein dankbares Lächeln. Sie lächelt

zurück und zeigt zwei Reihen perfekte Zähne. Nicht zum ersten Mal denke ich, dass sie auch ohne Probleme in einem Wall-Street-Film mitspielen könnte: Immer ein schlichtes, aber akkurates Kostüm, polierte Lederschuhe mit hohen Hacken und den perfekten Haarschnitt. Und das schon als Studentin; wir kennen uns seit dem ersten Semester unseres Architektur-Studiums, wo wir zusammen mit Nadine in derselben Statistik-Lerngruppe gewesen sind. Ruckzuck wurden wir ein eingeschworenes Dreiergespann, und das hat sich trotz der unterschiedlichen Wege, die wir genommen haben, bis heute nicht geändert. Jeden Montag treffen wir uns hier, quatschen über Gott und die Welt und stehen uns in Notzeiten gegenseitig bei. Also genau das, was ich jetzt brauche. Da bin ich allerdings nicht allein; ehe ich mir Luft machen kann, hat Katharina elegant in ihre Tasche gegriffen und ein kompliziert wirkendes Schreiben hervorgezaubert.

»Maja, kannst du dir das vielleicht mal anschauen?«, fragt sie. »Es geht um die Ausschreibung für ein Bauprojekt in Marzahn. Renaturalisierung urbaner Lebensräume im Kontext sozialverträglicher Nachhaltigkeit.«

»Wie interessant!«, ruft Nadine, die dank gut situiertem Chirurgen-Ehemann nicht über das Grundstudium hinausgekommen ist. Also bleibe nur ich, um zu helfen. »Zeig mal her, Katharina.«

»Danke!«

»Oh, das muss bis Mittwoch eingereicht werden!«

»Ich weiß, ich weiß, das ist knapp. Das tut mir total leid, ich hätte dich schon viel früher gefragt, aber in der Firma sind sie erst jetzt darauf gekommen, dass wir da dringend mitmachen müssen. Du weißt ja, wie das ist …« Katharina schüttelt bekümmernd ihren hübschen Kopf. »Immer alles eng und immer alles sofort!«

»Oh ja, das kenne ich in der Tat. Antonia hat nämlich …«

»Maja, nicht ablenken«, Nadine beugt sich vor und zwinkert mir zu, »das Thema Hochzeit ist noch nicht durch!«

Seufzend stecke ich Katharinas Unterlagen in meinen selbstgenähten Rucksack. »Ist es nicht?«

»No way! Schön und gut, dass Katharina und Peter nicht heiraten wollen, aber was ist denn nun mit dir und Stephan? Auch wenn er jetzt vielleicht keinen Antrag gemacht hat, findest du nicht, es wird mal Zeit?«

»Ähm, ich weiß nicht«, sage ich wahrheitsgemäß und schiele nach der Kellnerin. Für solche Unterhaltungen brauche ich eindeutig mehr Kaffee und Kuchen. »Ich mache mir da nicht so richtig Gedanken drüber …«

»Solltest du aber. Immerhin wirst du bald 30!«

»Da hat Nadine recht. Glaube mir, das ist ein großer Geburtstag. Da will man schon auch was erreicht haben.« Irritiert gucke ich von Nadine zu Katharina und wieder zurück. »Ich hab' doch noch mehr als zwei Jahre!«

»Ja, aber denkst du denn nie darüber nach, es endlich offiziell zu machen mit Stephan?«

Muss ich mich jetzt wirklich schämen, dass ich nicht vom Bund der Ehe träume? Irgendwo verstehe ich ja sogar, was Nadine meint, aber die Realität sieht eben anders aus. »Eigentlich nicht. Ich meine, klar, wir sind schon ein paar Jahre zusammen und so, aber irgendwie sprechen wir nicht über so was, also ich meine, das ist ja irgendwie … ich weiß auch nicht. Klappt doch auch alles gut, so wie es ist.«

»Maja mag eben ihre Routine«, grinst Katharina, »und dass Dinge so sind, wie sie sind, und nicht anders. Das war doch schon im Studium so. Weißt du noch, wie ewig wir auf sie einreden mussten, dass sie endlich nach Berlin zieht, statt jeden Tag zwei Stunden zu pendeln?«

»Schon«, sagt Nadine, die mich tatsächlich mehr oder weniger gezwungen hatte, vorübergehend mit ihr in eine Neuköllner WG zu ziehen, als ihr Mitbewohner dank eines Lottogewinns nach Charlottenburg verduftet war, »aber das ist doch kein Vergleich! Really. Als Stephan und du euch kennengelernt habt, da dachten wir, dass es nächste Woche aufs Standesamt geht. Ich meine, ihr hattet doch nur noch Augen für den anderen, da hofft man als allerbeste Freundin natürlich, dass die große Liebe mit einem rauschenden Fest gefeiert wird, ganz love und forever. Und jetzt feiere ich Holzhochzeit und du keine. Und Studien sagen ja, dass es irgendwann nicht mehr passieren wird. Also der Antrag. Meistens nach sechs Jahren. Da bist du knapp vor, weißt du?«

Die Kellnerin wählt genau diesen Moment, um sich endlich an den Tisch zu schieben und kaugummikauend nach meinen Wünschen zu fragen. Ich bestelle wie immer Milchkaffee und Käsekuchen.

»Siehst du!«, ruft Katharina triumphierend. »Ich hab' es doch gesagt!«

Stirnrunzelnd mustere ich sie. »Was hast du gesagt?«

»Dass du es gern so hast, wie du es kennst!«

»Das ist ja nun auch kein großes Geheimnis«, brumme ich.

»Entschuldige, Maja, ich meine das gar nicht böse. Im Gegenteil. Auf dich ist Verlass.«

»Das fürchte ich auch«, sage ich düster, »und genau deshalb fliege ich Freitag nach Südamerika.«

»Du?«, echoen beide.

»Aber was ist mit deiner Flugangst? Als wir damals nach Mallorca geflogen sind, bist du doch fast gestorben! Obwohl du dich super zusammengerissen hast, und überhaupt, dass du den Junggesellinnenabschied auf meiner Lieblingsinsel organisiert hast, obwohl du dann fliegen musstest, vergesse ich dir nie. Wirklich.«

Ich werde rot. Es hat mich damals sehr viel Kraft gekostet, Nadine die perfekte letzte Single-Reise zu organisieren, aber es hat sich gelohnt. Ich wache zwar heute noch schweißgebadet auf in der Erinnerung an die beiden Flüge, aber dafür reden alle stets nur davon, was für zauberhafte Tage das waren. »Danke, Nadine! Ich habe das wirklich gern gemacht.«

»Du hast eben ein Händchen für schöne Partys. Das ist einfach deins! Habe ich gestern erst im Netz gelesen, dass jeder so eine heimliche Gabe hat, und ich glaube, das ist echt deine. Apropos, die Zwillinge haben ja demnächst Geburtstag und da könnte ich deine Hilfe gebrauchen. Ich habe überhaupt keine Idee, was ich machen könnte.«

»Kein Problem, ich helfe dir. Es sind ja noch dreieinhalb Wochen bis dahin, ich bringe dir gern nächste Wochen ein paar Ideen für Themen, Deko und …« Ich unterbreche mich und seufze schwer. »Das heißt, ich bringe sie dir übernächste Woche mit. Nächste Woche bin ich ja dann in Bolivien. Oh Gott, Bolivien! Ich spreche nicht mal Spanisch! Und das sind 14 Stunden Flug oder so! Ob es da wenigstens Internet gibt?«

»Warum schickt dich Antonia denn überhaupt dahin? Fährt sie nicht sonst immer selbst?«

Während ich in dem cremigen Käsekuchen rumstochere, den die Kellnerin mir etwas lustlos auf den Tisch geknallt hat, erkläre ich den beiden das Dilemma. Nadine, die als dreifache Mutter so ziemlich alles schon mal erlebt hat, legt entsetzt die Hand vor den Mund, als ich von Antonias Reaktion auf die verordnete Bettruhe erzähle. Doch ihre Gefühle kommen erst so richtig in Wallung, als ich in knappen Worten den Abenteurer skizziere, der unbedingt mit uns arbeiten, aber uns dennoch erst persönlich kennenlernen will.

»Oh, wie romantisch!«, seufzt sie, und ich hebe überrascht die Brauen. Erstens weil ich nichts Herzerwärmendes daran finden kann, wegen irgendeines dahergelaufenen Touristenführers in die Ferne zu reisen, und zweitens weil ich sie glücklich verheiratet wähnte.

»Romantisch?«

»Yes! So ein Latino mit einem Herz aus Gold, mit dem man ein paar schöne Wochen verbringt, ohne Pflicht und ohne Gewissen, das hat doch was ... Ich habe ja neulich gelesen, dass so ein Seitensprung im besten Fall neuen Wind in eine Beziehung bringen kann. Also nicht, dass ich das brauche. Aber interessant, oder?«

»So was in der Art meinte Oliver, also Oliver Mommsen, ihr wisst schon, ja neulich auch zu mir, aber ich bin da skeptisch«, sagt Katharina, »einmal Fremdgeher, immer Fremdgeher. Außerdem hätte ich gedacht, dass gerade du dagegen bist. Wo du doch so auf das Konzept Ehe pochst.«

»Das hat doch damit jetzt gar nichts zu tun«, Nadine schüttelt ihren hellblonden Zopf. »Ich finde ja bloß, dass so ein Latino-Indiana irgendwie aufregend klingt für ein paar romantisch-heiße Stunden. Theoretisch, wie gesagt.«

»Ich fürchte, da hast du was missverstanden, Nadine«, schalte ich mich ein, »das ist ein Deutscher. Oder ein Österreicher. Sein Name klingt jedenfalls so: Egelwolf.«

»Egelwolf? Wie unerotisch!«

»Wenn das das einzige Problem wäre. Viel schlimmer ist, dass an dieser Egelwolf-Nummer unser ganzes Wohl und Wehe hängt. Ich muss unbedingt einen Vertrag mit diesem Typen abschließen. Sonst heißt es bald: Adieu, Reisebüro.«

Und: Adieu, festes Gehalt, Adieu, Stolz der Chefin, Adieu, gesicherte Zukunft. Ich schlucke und drehe mich zu Katharina um.

»Falls bei euch in der Firma was frei wird …«, stottere ich los und weiß dann selber nicht, wie ich enden soll, »ähm … also ich meine nur, falls da was schiefgeht, ich muss ja auch, also ich will natürlich Antonia nicht hängen lassen oder so, ihr wisst, das ist nicht meine Art, aber …«

»Ich höre mich mal um«, verspricht Katharina.

Sofort bekomme ich ein schlechtes Gewissen. Die Vorstellung, dass ich dafür verantwortlich bin, dass Antonias kleine Bohne ohne Geld aufwachsen wird, womöglich noch mit einer depressiven Mutter, die ihrem heißbeliebten Geschäft nachtrauert, ist einfach zu viel für mich. »Natürlich werde ich es trotzdem versuchen mit Südamerika. Das schulde ich Antonia einfach. Ist doch eigentlich keine große Sache, oder? Ich fliege Ende der Woche rüber, gehe mit ihm in ein schickes Restaurant, wir reden ein bisschen, machen den Vertrag fertig und drei, vier Tage später bin ich schon wieder in Berlin.«

»Was sagt denn Stephan dazu, dass du so einfach abhaust? Ist nicht am Wochenende euer Fünfjähriges?«

Erschrocken reiße ich die Augen auf.

»Das ist diesen Samstag?«

»Äh, ja. Weißt du das etwa nicht, Maja?«

»Na ja, doch, natürlich. Ich hatte bloß nicht auf dem Schirm, dass das jetzt genau diesen Samstag … ist echt schon der 14.?«

»Ist es«, sagt Katharina, die nebenbei ihr Handy checkt, »ja, der 14. Mai, das ist nächsten Samstag.«

»Maja, ich will dir nicht zu nahe treten, aber erst die Sache mit der Hochzeit und jetzt das. Das ist kein gutes Zeichen …«

Finde ich auch. Ich nehme einen Verlegenheitsschluck von meinem mittlerweile ziemlich kalten Kaffee. Wie konnte ich bitte vergessen, dass wir Fünfjähriges haben? Immerhin liebe ich unser Jubiläums-Date! Wir gehen immer in dasselbe nette vegetarische Restaurant an der Warschauer Straße, in dem wir auch unsere erste Verabredung hatten. Spontan, nachdem ich Stephan unten im Supermarkt mit voller Wucht in die Hacken gefahren bin. Ein wirklich schicksalhafter Zusammenstoß, denn weder er noch ich waren vorher je in dem veganen Geschäft gewesen und hatten uns nur aus Gründen der You-Tube-Empfehlungen für Haarmasken aus Kokosnussöl beziehungsweise aus spontaner Lust auf Tofu in den Laden verirrt.

»Kannst du den Flug nicht verschieben?«

»Geht nicht«, antworte ich unglücklich, »Antonia besteht darauf, dass ich Freitag fliege …«

»Scheiße!«

»I'm so, so sorry, Maja«, sagt Nadine, »ich kann mir vorstellen, wie sich das anfühlt!«

»Was würdet ihr denn machen an meiner Stelle?«

»Puh, ich weiß nicht, Maja, bei mir ginge das ja sowieso nicht, mit drei Kindern. Da hat man automatisch einen Grund abzusagen. Apropos Kinder, habe ich euch erzählt, dass Britta das goldene Schwimmabzeichen bekommen hat? Sie ist wirklich ein Vorbild für die Kleinen, so ehrgeizig! Und trotzdem immer lieb und höflich, dabei nähert sie sich ja auch schon in großen Schritten der Pubertät!«

»Mit acht?«, fragt Katharina zweifelnd.

»Die kommt mittlerweile immer früher, gibt es sogar schon Studien zu. Bereite dich schon einmal darauf vor, sonst erwischt es dich kalt und du bist völlig überfordert!«

»Ich glaube, solange Schnuckchen noch im Kindergarten ist, besteht da keine Gefahr. Aber neulich ist etwas passiert, das ist schlimmer als Pubertät …«

Seit die beiden Eltern geworden sind, nehmen ihre Kleinen einen Großteil unserer Gesprächszeit ein, und ich bin mal wieder als einzige Nicht-Mutti alleine mit meinem Dilemma: Wie soll ich Stephan gestehen, dass ich ihn an unserem Fünfjährigen sitzen lassen muss, um genau das für jemand anderen zu tun, was er sich von mir immer vergeblich gewünscht hat? Jeder Ratgeber würde mir sicher empfehlen, meinem Liebsten dringend und schnell die Wahrheit zu sagen, von wegen Offenheit und Ehrlichkeit und Qualitätsbeziehung. Aber Ratgeber berücksichtigen auch eher selten die Realität, vor allem dann nicht, wenn sie so unschuldig lächelnd vor einem steht, wie Stephan, als er drei Stunden später nach Hause kommt. In den Händen hält er eine ziemlich große, ziemlich dreckige Holzkiste.

»Guck mal, alles für dich!«, ruft er anstelle einer Begrüßung und drückt sie mir in die Hände.

»Uff«, mehr kann ich nicht sagen, denn die Kiste ist scheußlich schwer. Schleunigst setze ich sie wieder ab. Sie ist bis zum Rand vollgestopft mit allerlei merkwürdigen Dingen, die auf den ersten Blick wirken, als hätte endlich mal jemand unter Hempels Sofa ordentlich gefegt. Auf den zweiten Blick offenbaren sich wahre Schätze: Drähte, Hölzer, Gummibänder, Stofffetzen und so weiter.

»Zum Basteln«, bestätigt Stephan meinen freudigen Verdacht. »Das Zeug ist doch schweineteuer, wenn man es im Laden kauft, und du sagst ja immer, dass man nie genug Material haben kann. Also dachte ich, ich bringe dir mal wieder was mit!«

Ich bin ehrlich gerührt. Geschenke sind bei uns schon lange nicht mehr an der Tagesordnung, und dass Stephan, der selbst zwei linke Hände hat, daran denkt, mir Bastelnachschub zu besorgen, finde ich wirklich rührend.

»Das ist aber lieb von dir! Wo hast du denn das alles her?!«

»Ach, das hat Melanie besorgt«, winkt er ab.

»Melanie?«

»Meine neue Mitfahrerin im Rettungswagen. Wir hatten in den letzten zwei Wochen häufiger mal Schicht zusammen. Sie ist wirklich nett. Wird auch Zeit, es gibt genug Idioten da. Na jedenfalls ist Melanies Bruder Schreiner oder Bauarbeiter oder so was, und da sammelt sich wohl einiges an. Zum Beispiel diese Kiste! War ihre Idee.«

»Danke«, sage ich wieder und komme nicht umhin, mich ein wenig zu schämen; während ich mit meinen Freundinnen überlege, wie ich ihm beibringen kann, dass unser Jahrestag ins Wasser fällt, nutzt er seine neue Berufsbekanntschaft als Erstes, um mir eine Freude zu machen. Wie soll ich ihm denn ausgerechnet jetzt erklären, dass ich am Freitag nach Südamerika fliege? Nicht weil ich will, sondern weil ich menschlich und moralisch dazu verpflichtet bin, versteht sich. Nur ob Stephan das genauso sieht?

»Du hattest sicher nur den Käsekuchen, Maja? Sollen wir ausnahmsweise mal etwas bestellen? Ich liebe es ja, dass du gern kochst, aber du hast dir doch auch mal Ruhe vom Thermomix verdient. Zumal das Ding mir unheimlich ist. Der sieht aus, als gehört er in einen Sci-Fi-Film, und ich bilde mir dann immer ein, alles schmeckt wie klingonische Würmersuppe.«

»Klar, gute Idee!«, sage ich, obwohl ich Liefersachen genauso zum Fürchten finde wie seine lächerlichen Thermomix-Einwände. Aber Stephan meint es ja nicht böse.

Tatsächlich ist das Essen dann auch gar nicht so übel; dank moderner Anbieter muss man heutzutage nicht mehr mit Matschpommes und Quetschburger vorliebnehmen, sondern kann sich von den besten Restaurants der Umgebung versorgen lassen, zumindest hier. Ein paar Vorteile hat das Großstadtleben eben doch.

»Wie war dein Tag?«, frage ich, während ich meinen Glasnudelsalat schlürfe.

»Wie immer. Ach so, ich gehe übrigens morgen Abend mit ein paar Kollegen was trinken, ich komme also später!«

»Echt?«, frage ich, nicht weil ich eine dieser Frauen bin, die spitz die Lippen verziehen, wenn ihr Mann mal ein Bier trinken geht, sondern weil Stephan mit seinen Kollegen in der Regel nicht viel am Hut hat.

»Ja, war Melanies Idee. Sie ist neu in Berlin, und du weißt ja, wie das in unserem Alter ist; da findet man so schnell keine Freunde mehr. Und wie war es heute bei dir? Hab' ich das richtig verstanden, dass Antonia jetzt schon ausfällt?«

»Im Prinzip schon, ja. Also Dr. Fleischer hat ihr streng verboten, das Bett zu verlassen und du kennst sie ja … das ist, als würde man mir meine Klebepistole wegnehmen. Aber am Ende hat sie sich doch überzeugen lassen, dass es besser für die kleine Bohne ist, wenn sie bis zur Geburt zu Hause bleibt.«

»Ich komme immer noch nicht drüber hinweg, dass sie sich überhaupt entschieden hat, ein Kind zu kriegen. Das passt gar nicht zu ihr.«

»Ach, zu wem passt das schon? Ich meine, das muss doch jeder selber wissen …«

Daraufhin sagt Stephan nichts, denn wir wissen es auch nach fünf Jahren nicht. Oder zumindest reden wir nicht darüber. Im Geheimen denke ich manchmal, dass es doch ganz nett wäre, selbst ein oder zwei Kinder zu haben. Dann wieder verbringe ich Zeit mit Sprößlingen von Freunden und bin doch ganz froh, dass wir noch genug Zeit haben, uns zu entscheiden. Wie Stephan dazu steht, keine Ahnung, wie gesagt, traditionell lassen wir dieses Thema unangetastet. Auch jetzt lenkt Stephan das Gespräch lieber wieder zurück auf Antonias Zwangsfreizeit.

»Sicherlich tut ihr das mal ganz gut«, sagt er, dann runzelt er die Stirn. »Aber heißt das, dass du noch mehr arbeiten sollst?«

Das wäre sie, die perfekte Gelegenheit. Doch irgendwie bekomme ich diesen Satz nicht raus und zucke nur vage mit den Schultern. Die Stimmung ist so nett, der Abend zu gemütlich und sein treuherziges Gesicht so unschuldig, dass ich es einfach nicht hinbekomme. Ich möchte ihn einfach nicht verletzen oder enttäuschen – und vielleicht fällt mir ja noch eine andere Lösung ein. Die Hoffnung stirbt zuletzt. Stattdessen kuschle ich mich an ihn heran, woraufhin er überrascht die Brauen hebt und dann fast schon zögernd den Arm um mich legt.

»Alles in Ordnung, Biene?«

»Ja, natürlich!«, versichere ich und versuche nicht daran zu denken, was Nadine wohl dazu sagen wird, dass mein eigener Partner denkt, mir müsse es nicht gut gehen, nur weil ich mal schmusen will – und damit auch noch recht hat. Hoffentlich kommt er jetzt nicht auch noch auf Samstag zu sprechen … Um dem zu entgehen, murmle ich was von DIY und seiner Kiste voller Materialien und verziehe mich in meine Bastelecke.

»Willst du dein neues Zeug nicht ausprobieren?«

»Klar! Wir brauchen ohnehin mal ein paar neue Vasen …«

Ich setze mich in meine kleine Bastelecke und klappe vorsichtig den Laptop auf. Das Ding ist so alt, dass er in vielen Kreisen schon als Antiquität zählen würde: Ein schwarzer eckiger, achteinhalb Kilo schwerer Klotz, der zum Hochfahren gute fünf Minuten braucht. Es fehlen drei Tasten (das n, das x und das ?), außerdem hat das Display einen Fehler, der den oberen Rand des Bildschirms in ein dauerhaftes Blau taucht. Aber ich liebe das Teil und kann mir absolut nicht vorstellen, auf etwas Neueres umzusteigen. Allein schon die Umgewöhnung würde mich um den Verstand bringen. Lieber bringe ich meinen Laptop zweimal im Jahr zur Reparatur und schließe das Motherboard in meine nächtlichen Gebete ein, hoffend, dass es so lange am Leben bleibt wie ich selbst.

Heute ist er top in Form und stellt sich nicht einmal an, als ich drei Browserseiten gleichzeitig öffne. Trotzdem dauert es ungewöhnlich lang, bis ich ein Projekt finde, das mich begeistert. Die Erlösung finde ich schließlich bei Annis Allerlei, meinem Lieblingskanal bei You-Tube. Anni ist Anfang zwanzig, bildhübsch, lustig, immer fröhlich und beneidenswert kreativ. Außerdem lässt sie zwischen schneiden und kleben gerne mal Weisheiten fallen, die einer weisen Buddhistin würdig wären. Heute basteln wir zusammen eine Vase aus Socken, Draht und alten Marmeladengläsern, was dank Stop-and-Go-Technik einige Zeit und meine volle Konzentration in Anspruch nimmt. Dann ist es Zeit, mich von Anni zu verabschieden.

»Denkt dran, Mädels, wer im Flow ist, fließt in Richtung Glück!«, flötet sie abschließend zwinkernd, und ich seufze. Flow, schön und gut, aber was hilft die Ekstase beim Basteln, wenn man sein eigenes Leben nicht zusammengebaut bekommt? Denn dass meines gerade unangenehm aus dem Ruder läuft, daran besteht kein Zweifel: Zur vorübergehenden Auswanderung gezwungen, durch eigene Feigheit zur Lügnerin deklassiert und ohne jede Hilfe von außen fühle ich mich wie in einer Nussschale auf dem Atlantik. So kann das nicht weitergehen. Heißt: ehrlich mit Stephan sein und ihn vielleicht sogar bitten, mir bei der Organisation meines persönlichen Albtraums unter die Arme zu greifen. Wer weiß, vielleicht freut er sich ja, wenn er mir helfen kann? Ich mag es ja umgekehrt auch, wenn ich ihm einen Gefallen tun kann.

Doch als ich ins Schlafzimmer komme, liegt Stephan schon in seligen Träumen. Also wieder nichts mit Geständnis. Dann warte ich damit wohl bis morgen Abend – falls dann nicht umgekehrt ich bereits schlafe, wenn er von seinem Kollegentreff nach Hause kommt. Ich seufze schwer, während ich mich auf die Seite drehe und die Augen schließe. Man hat es nicht leicht, wenn man so nebeneinanderher lebt.

Kapitel drei

Es ist 8.03 Uhr am Dienstagmorgen, und für den Moment bin ich zufrieden mit mir. Das Reisebüro ist geöffnet, gesaugt und hell erleuchtet, die wichtigsten E-Mails sind bereits beantwortet, und es herrscht eine entspannte Ruhe. Mit einer frischen Tasse Kaffee setze ich mich an meinen Arbeitsplatz, bereit, mich der schlimmsten Aufgabe des Tages zu stellen: Im Internet einen Flug für mich zu buchen. Um mir die Sache zu erleichtern, stelle ich mir einfach vor, Maja Böhm wäre nicht ich, sondern eine reisebegeisterte Kundin. Erst als ich bereits auf Bestätigen geklickt habe, zerplatzt meine Illusion, und ich realisiere, dass ich mich auf einen denkbar ungünstigen Platz gebucht habe, nämlich auf den in der Mitte.

Nervös schlürfe ich an meinem Kaffee herum und frage mich, wie schlimm es wohl sein kann, zwischen zwei Menschen gequetscht direkt über der Turbine zu sitzen. Nach einer halben Stunde ab- und anschwellender Angstattacken beschließe ich endlich, dass es besser ist, bequem zu sterben und für 250 Euro mehr aus eigener Tasche in der Business-Class zu fliegen. Doch aus dem Online-Upgrade wird nichts. Es fehlt der Bestätigungs-Button. Ich schließe die Augen, öffne sie wieder und mache dann dasselbe mit der Buchungs-Seite. Es ändert nichts: Der entscheidende Knopf ist nicht da. Ich seufze und wähle die Nummer von Oceanic Airlines. Nach vierzehn Minuten Dosenmusik, die vage nach französischem Softcore-Porno klingt, habe ich Lust, mich zu erhängen. Doch bevor ich mir aus dem Telefonkabel einen Strick basteln kann, geht dann doch endlich mal einer dran.

»Schönen guten Tag, Kundenservice, was kann ich für Sie tun?«

Ich schildere dem jungen Mann am anderen Ende mein Anliegen. Dieser hört aufmerksam zu und sagt dann euphorisch: »Das können Sie online machen!«

»Nein, kann ich nicht.«

»Haben Sie kein Internet?«

»Doch. Aber SIE haben keinen Bestätigungs-Button.«

»Aber sicher haben wir einen Bestätigungs-Button. Haben Sie mal versucht, die Seite neu zu laden?«

»Mehrfach.« Dann erkläre ich dem jungen Herrn freundlich, dass ich nicht ohne Buchungserfahrung bin, so als Reisebüroangestellte, und dass ich ganz sicher bin, dass ich online nicht upgraden kann. Nach fünf Minuten gutem Zureden erklärt er sich bereit, mir zu helfen und selbst ein Upgrade zu veranlassen.

»Merkwürdig«, sagt er, nachdem ich drei Minuten seinen Fingern auf der Tastatur zugehört habe, »hier ist gar kein Bestätigungs-Button.«

Ich schließe die Augen. »Nein?«

»Nein. Darf ich Sie noch mal auf Musik stellen?«

Und schon plärrt wieder das französische Gedudel.

»Tja, also ich weiß wirklich nicht, warum das nicht klappt«, erfahre ich sieben Minuten später, »eigentlich haben wir immer einen Bestätigungs-Button auf unserer Internetseite, ich begreife nicht, warum ich diesmal keinen finden kann.«

»Vielleicht müssen Sie mal in Ihr internes System schauen?«, schlage ich geduldig vor.

»Dazu bin ich leider nicht befugt.«

»Entschuldigung?«

»Dazu bin ich leider nicht befugt. Aber ich leite Sie gern zu meiner Kollegin weiter!«

Als ich nach weiteren endlosen Minuten endlich mit besagter Dame verbunden bin, komme ich gerade mal dazu, ihr mein Problem zu schildern. Dann ist plötzlich die Hölle los.

»Majajajaja!«

Um meinen Tisch tanzen zwei kleine Derwische, einer männlich, einer weiblich, und beide am Rande ihrer Lungenkapazität: Die beiden Wirbel-Mönche im Oschkosch-Dress schreien meinen Namen, als wäre er ein überlebenswichtiger Schlachtruf.

»Majajajaja!«

»Frau Böhm?«, kommt es gleichzeitig aus dem Telefonhörer, »ich verstehe Sie gerade sehr schlecht, können Sie das noch mal wiederholen?«

»Schon gut«, brülle ich über das Kriegsgeschrei hinweg in den Hörer, »haben Sie denn noch einen Platz in der Business-Class?«

Die Dame von der Hotline schweigt, hoffentlich, weil sie genau das zu klären versucht. Mittlerweile ist die Mutter der beiden Sturm– und Drangkinder bei mir angekommen und wirft ein wenig theatralisch die Hände in die Luft.

»Maja, help!«, ruft Nadine, nicht weniger laut als ihr immer noch jubelnder Nachwuchs. Sie ist stilmäßig ein vorbildliches Exemplar der alltagserprobten Prenzlauer-Berg-Mutti. Sie schiebt ihre überdimensionale Sonnenbrille in die Stirn, zupft an ihrer Streifenbluse und lässt sich dann in den Besuchersessel fallen.

»Frau Böhm? Ich habe hier eine Buchung auf Ihren Namen, die ist aber für die Economy.«

»Maja, ohne dich bin ich echt aufgeschmissen! I need you!«

»Nadine, warte eben, ich bin sofort da.«

»Frau Böhm, sind Sie noch dran?«

»Ja, ja, natürlich, einen kurzen Augenblick bitte«, sage ich der Hotline-Anstellten und wende mich dann an meine Freundin, die aufgeregt in ihrer Beuteltasche wühlt und vor sich hin murmelt. »Entschuldige ganz kurz, ich muss eben hier fertig machen.«

»Aber mein Termin ist gleich!«

»Welcher Termin?«

»Entschuldigen Sie, Frau Böhm, Sie wollen den Abflugtermin ändern?«

»Nein, nein, um Gottes willen, nur den Tarif.«

Der siebenjährige Ole, dem das Laufen zu langweilig geworden ist, schlängelt sich aalgleich auf meinen Schoß und dirigiert sein puterrotes, rundes Gesicht direkt vor meines: »Maja, hast du Schokilade?«

»Ole-Spatzl«, kommt es augenblicklich von Nadine, »was haben wir zu Schokolade vor dem Mittagessen gelernt? Ich muss gleich ins Spa, Maja. Ganz dringend.«

Ole zieht ein Schmollgesicht.

»Is doof.«

»Nicht doof, sondern ungesund. Außerdem heißt es ist und nicht is. Und die Babysitterin hat Fieber! Deshalb brauche ich dich unbedingt, Maja.«

»Schoki ist lecker«, verkündet Ina, die ansetzt, ihrem Bruder den Platz streitig zu machen, indem sie sich an meinen Arm klammert und sich nach oben zieht. Prompt fällt mir der Hörer aus der Hand.

»Frau Böhm?«, plärrt es vom Parkettboden. Ich angle nach unten, was sowohl Ole als auch Ina ins Wanken bringt. Beide brechen in ohrenbetäubenden Jubel aus und verlangen nach mehr.

»Frau Böhm?«

»Nicht auflegen!«, rufe ich von oben, aber als ich es endlich geschafft habe, den Hörer aufzuheben, erklingt darin nur noch ein unseliges Tuten. Ich pruste frustriert Luft aus und wende mich dann – soweit die beiden Klammeraffen es erlauben – meiner Freundin zu.

»So, noch mal. Was ist los, Nadine, und wie kann ich helfen?«

»Die Babysitterin hat Fieber und mir heute abgesagt. Unglaublich! Ich habe einen Haufen Termine, unter anderem im SPA, und das in zwanzig Minuten. Bertie ist mit Britta bei den Großeltern in Waldbröl, deshalb muss ich die Zwillinge bis zum Schulbeginn alleine betreuen. Und heute geht es einfach nicht! Du musst mir die beiden abnehmen.«

»Liebend gern, das weißt du ja, aber ich muss doch selber arbeiten, da kann ich nicht auf sie aufpassen, jedenfalls nicht richtig.«

»Blödsinn! Du hast doch selbst gesagt, dass in eurem Büro tote Hose herrscht! Zero Betrieb.«

»Also so schlimm ist es nun auch wieder nicht. Es gibt hier durchaus einiges zu tun. Und das meine ich auch gar nicht. Es ist nur so, dass Antonia einen Anfall bekommt, wenn sie sieht ...«

»Aber Antonia ist doch im Bett!«, triumphiert Nadine.

»Schon, aber ...«

»Maja, du willst mir doch nicht erzählen, dass du sogar Angst vor deiner Chefin hast, wenn sie ans Bett gefesselt ist? Außerdem: Studien zeigen, dass Angst vor dem Chef Krebs auslösen kann.«

»Okay, es mag ja sein, dass Antonia nicht da ist und auch nicht plötzlich hereingeschneit kommt. Ich hab' auch keine Angst. Nur, äh, Pflichtbewusstsein. Hier ist es doch total langweilig für die beiden Zwerge. Was sollen die denn hier machen?«

»Wir machen Schoki essen«, beschließt Ole, »und Wand anmalen!«

»Du kannst gar nicht malen!«, kräht Ina, Misanthropin und Kunstkritikerin in spe.

»Besser wie du!«

»Als du, und es ist nicht nett, so was zu sagen, my little angel. Außerdem kann Ole sehr gut malen, er hat sogar richtig viel Talent, Darling. Sie stellen seine Bilder jetzt sogar in der Schule aus, habe ich dir das erzählt, Maja?«

Ich schüttle den Kopf.

»Ja, wirklich. Bertie überlegt schon, ob wir nicht mal einen Galeristen fragen sollten, ganz unverbindlich, was er von Oles Bildern hält ... Ich meine, kindliche Malgenies gibt es ja immer wieder. Neulich erst habe ich über so einen Zweijährigen gelesen, der besser malen soll als Picasso. Ina liegt das Malen ja nicht so ...« Beim letzten Satz beugt sie sich vor und flüstert ihn. Das ist eine jedoch ineffektive Vorsichtsmaßnahme, da auch Ina mittlerweile auf meinem Schoß, also quasi in der ersten Reihe sitzt. »Malen ist doof«, ruft sie denn prompt und Nadine streichelt ihr beruhigend über die hellbraunen Haare.

»Inalein, so etwas sagt man nicht. Außerdem bist du dafür sprachlich begabt. Really, Maja, ist dir mal aufgefallen, dass Inas Vokabelniveau deutlich über dem ihrer Altersgenossen liegt? Wir haben da online so einen Test gemacht, sie spricht so gut wie eine Achtklässlerin! Wie auch immer, ich hole die beiden um vier hier ab, ja?«

»Na gut. Ausnahmsweise. Aber bitte sei pünktlich! Ich muss nach der Arbeit für die Reise einkaufen. Ich habe ja nicht mal einen Koffer oder einen Rucksack.«

»Sicher, Maja, kein Problem!«

Nadine schwingt sich auf, zwinkert mir zu, und bevor ich weiß, wie mir geschieht, bin ich mit den Zwillingen allein. Sobald ihre Mutter aus der Tür ist, rutschen beide von meinem Schoß. Gott sei Dank, denn auch wenn beide eher kleingewachsen sind, bin ich nicht sportlich genug, um dauerhaft zwei angehende Zweitklässler auf den Knien zu balancieren.

»Und was nun, ihr Hübschen?«

»Schoki!«

»Malen!«

»Feuer machen!«

»Feuer machen?«, frage ich kritisch und ein wenig ängstlich. »Wie kommst du denn auf so eine Idee, Ole?«

»Hab' ich im Fernsehen sehen.«

Statt ergeben das Reisebüro in Flammen zu legen, hole ich aus der Kiste für die Kinder unserer Kunden ein paar Rennautos und einen Haufen Duplosteine, was beide erstaunlicherweise aufjubeln lässt. In den kommenden zwei Stunden dröhnt, jauchzt und crasht es im Büro, als wären dort nicht zwei harmlose Kinder ins Spiel vertieft, sondern eine malariainfizierte Affenherde. Trotzdem gelingt es mir nach dreißig Minuten Hin und Her, am Telefon endlich meinen Sitz umzubuchen. Heureka.

Gerade als ich aufgelegt habe, geht die Tür auf und ein Mann in den besten Jahren tritt ein, wünscht uns beherzt einen guten Morgen und winkt dabei heftig. Ich winke automatisch zurück, genau wie Ole. Ina nicht. Sie legt die Stirn in Falten und mustert den Neuankömmling kritisch.

»Mein Name ist Lippert«, sagt der fröhliche Besucher, wobei er sich nicht vom Fleck rührt, »und ich komme vom Verein des Romantik-Kiez. Ich habe eine Frage zu Ihrem Schaufenster!«

»Warum hast du keine Haare?« Ina, die ihr eingehendes Studium abgeschlossen hat, steht auf, tritt nah an das Objekt ihrer Neugierde und zeigt mit dem ausgestreckten Finger auf dessen Glatze – falls wir nicht verstehen, was sie mit »keine Haare« gemeint hat. Gemeinerweise gluckst es in meiner Kehle, aber die Vorstellung, was Nadine zu solchen Ungezogenheiten ihres Kindes sagen würde, ernüchtert mich schnell.

»Ina, es ist unhöflich, so etwas zu fragen«, ahme ich den Tonfall ihrer Mutter nach, klinge dabei allerdings nicht halb so resolut wie sie. »Das ist privat!«

»Ach was, ach was«, Herr Lippert lächelt und tätschelt sich den Kopf. »Die kleine Dame ist doch nur neugierig, das ist doch, ähm, ja süß ist das doch, ja. Also, ich habe keine Haare, weil sie mir ausgefallen sind.«

»Warum?«

»Ähm, weil alle Männer in unserer Familie früh ihre Haare verlieren.«

»Warum?«

Ich muss mich korrigieren: In Ina steckt keine Kunstkritikerin, sondern eine hartnäckige Privatdetektivin.

»Ähm, weil das bei uns in der Familie liegt.«

»Warum?«

»Das ist, ähm, Vererbung.«

»Was ist Vererberung?«

»Vererbung ist, äh …« Herr Lippert vom Romantik-Kiez wirft mir einen verzweifelten Blick zu. Ich komme eilig hinter dem Schreibtisch hervor und knie mich vor Ina hin.

»Das erkläre ich euch später, okay?«, verspreche ich. Dabei fällt mir auf, dass ich von Ole seit mindestens fünf Minuten keinen Mucks gehört habe. Aus dem Augenwinkel sehe ich, dass er sich einen Haufen Stifte und Blätter von Antonias Tisch gegrabscht hat und malt.

»Wirklich?« Ina mustert mich mit gesundem Misstrauen. Sieben Jahre reichen aus, um gelernt zu haben, dass Erwachsene einen dauernd vertrösten und ständig Geheimwissen bunkern.

»Wirklich«, bestätige ich mit ernster Stimme und hebe zwei Finger zum Schwur, »ich erzähle dir alles über Genetik, was du wissen musst!«

»Ge-was?«

»Genetik«, sagt Herr Lippert, sichtlich erleichtert, dass nicht er die komplizierte Lektion in Sachen Mendel und Erbsen halten muss, »das ist, äh, ein anderes Wort für Vererbung.«

»Genetik.« Ina probiert den neu gelernten Begriff wie eine unbekannte Sorte Eis. »Genetik«, murmelt sie und scheint erst mal zufrieden.

»Herr Lippert, Entschuldigung noch mal. Sie sagten, Sie sind vom …?«

»Romantik-Kiez. Also unserem, ähm, Kiez hier. Wegen der vielen Straßen, die nach Romantikern benannt sind, wissen Sie? Streng genommen zählt die Torstraße natürlich nicht dazu, es gibt ja keinen romantischen Dichter namens Herr Tor, hähä, aber wir dachten uns, so ein Wettbewerb, ähm, ja, so ein Wettbewerb macht mehr Spaß, wenn man, ähm, mehr Leute hat.«

»Wettbewerb?«, frage ich verwirrt, während wir uns endlich setzen. Ina weicht nicht von meiner Seite und lauscht mindestens so aufmerksam wie ich, als Herr Lippert erklärt, dass der Verband Romantik-Kiez e. V. in zwei Wochen einen Schaufenster-Wettbewerb veranstaltet, bei dem alle Geschäfte im Kiez sich besonders viel Mühe mit der Fensterdeko geben sollen und am Ende ein Gewinner gewählt wird. »Und, äh, Ihr Fenster ist ja ohnehin immer so liebevoll gestaltet, nicht wahr, und da dachte ich, also wir, also wir dachten, vielleicht wollen Sie da auch mitmachen?«

Obwohl es draußen zu regnen begonnen hat, scheint in meinem Herz die Sonne. Auch Antonia findet hin und wieder mal ein lobendes Wort für meine Deko-Künste, und dass Stephan seit Jahren toleriert, dass unsere ganze Wohnung mit meinen Basteleien vollgestopft ist, heißt ja auch schon was, aber dass ein gänzlich Fremder mir nun so ein großes Kompliment macht, das ist schon toll.

»Maja bastelt super«, lobt nun auch Ina mich, »sie ist echt gut!«

»Ja, das glaube ich auch!«, lächelt Herr Lippert. »Dann machen Sie die Deko, ja?« Ich nicke. »Wie schön! Ähm, also wir haben auch ein Thema für den Wettbewerb, das Thema ist, nun, äh, das Thema ist natürlich Romantik.«

»Großartig!«, rufe ich engagiert. »Romantik und Reisen geht ja eh Hand in Hand!«

Ina zupft an meinem Ärmel. »Was ist Romantik?«, fragt sie.

»Das ist eine gute Frage, junge Dame!«, sagt Herr Lippert, bleibt eine Erklärung jedoch schuldig. Ich seufze.

»Romantik«, sage ich, von der Aussicht auf eine ganz neue Dekorichtlinie in Schwung gebracht, »ist ein Gefühl von großer Wärme, wie wenn man ganz berührt ist von etwas oder wenn man eine ehrliche, tiefe Liebe spürt!«

»Vor allem zwischen Mann und Frau«, fügt Herr Lippert wenig hilfreich an. Ich beiße mir auf die Lippe, doch wir bleiben von weiteren Nachfragen verschont. Immerhin.

»Ähm ja, wie auch immer, ähm, Sie sind dabei?«

»Auf jeden Fall, Herr Lippert!«

»Super! Übernächstes Wochenende zeigen dann alle ihre Fenster, ich bin wirklich schon, äh, gespannt, was es bei Ihnen dann zu sehen gibt, Frau äh ...«

»Böhm!«», sage ich glücklich und gebe ihm schnell meine Visitenkarte. »Ich freue mich wirklich schon sehr auf den Wettbewerb!«

Schon jetzt habe ich mehrere Ideen, wie ich das Schaufenster bis zum übernächsten Wochenende gestalten könnte. Romantische Reiseziele gibt es schließlich wie, haha, Sand am Meer: Paris im Abendrot, karibische Strände unter Palmen oder verfallene Ruinen in Wales. Die Möglichkeiten sind endlos!

Auch Ole muss sich Ähnliches gedacht haben und ist, wie ich erschrocken feststelle, vor längerer Zeit vom Papier auf die Wand umgestiegen. Hinter Antonias Schreibtisch erstreckt sich ein wildes Farbenparadies aus roten, gelben, grünen und blauen Filzstiftstrichen. Falls sie etwas Konkretes darstellen sollen, so bin ich zu simpel gestrickt, um zu erkennen, was. Aber auch ohne die Bedeutung hinter Oles Werk zu kennen, löst seine Arbeit in mir starke Gefühle aus. In erster Linie Reue, Trauer und eine unbestimmte Ängstlichkeit. Ganz klar, hier war ein Könner am Werk.

»Weißt du, Ina«, seufze ich, während ich den grinsenden Ole freundlich, aber bestimmt hinter dem Schreibtisch hervorziehe, »ich glaube, deine Mama hat recht. In deinem Bruder steckt ein echter Künstler.«

Der echte Künstler und seine neugierige Schwester haben mittlerweile genug von Stiften, Rennautos und Duplo-Steinen. Sie verlangen lautstark nach höheren Aufgaben, vorzugsweise solchen, an denen ich ebenfalls teilnehme. Und weil Nadine ja recht hat und Antonia wohl kaum hier auftauchen wird, leite ich mein Telefon kurzentschlossen aufs Handy um und kündige einen Ausflug an.

»Was meint ihr, habt ihr Lust auf Zoo?«

»Jaaa!«, schreit Ole entzückt. Ina, wie immer nicht ganz so leicht zu überzeugen, legt den Kopf schief.

»Gibt's da auch Genetik?«, fragt sie, in erster Linie, um mich daran zu erinnern, dass ich ihr noch eine ausführliche Erklärung schuldig bin. Auch wenn ich nicht so recht an Nadines Wunderkind-Theorie glaube; für eine Siebenjährige ist Ina ganz schön ausgefuchst.

»Jede Menge«, verspreche ich lachend, »mehr als irgendwo sonst auf der Welt!«

Zwei Stunden später weiß ich, dass der spontane Zoobesuch die schlechteste Idee meines Lebens war.

»Guck mal, die Spinne!«, ruft Ina eklig erfreut und ich kneife stöhnend die Augen zusammen. Nicht schon wieder!

»Boah, ist die groß!«

Dabei hatte alles so gut angefangen. Ich war nahezu übergequollen vor hilfreichen Infos über Genetik, und nicht nur Ina, auch Ole war so interessiert an meinen Ausführungen gewesen, dass ich dann gleich bis Darwin weitergemacht hatte. Wo, wenn nicht hier, direkt beim lebendigen Beweis in Schimpansenform?

»Menschen sind Affen?«, hatte Ina ungläubig gefragt und kritisch den dicksten der Affen in Augenschein genommen, der ausgerechnet diesen Moment gewählt hatte, um sich geräuschvoll johlend am Arsch zu kratzen. »Waren sie mal. Das nennt man Evolution.«

Aber natürlich war es nicht das, was die beiden Kinder sich von unserer kleinen Lektion in Sachen natürliche Auslese und Artverwandtschaft gemerkt hatten. Stattdessen waren sie wie die Springmäuse auf Ecstasy über das gesamte Gelände gehüpft und hatten jedem unschuldigen Passanten lauthals das Wort Affe an den Kopf geworfen. Mir war vorher nie bewusst gewesen, wie schwer man es tatsächlich als Mutter hat. Ich habe mich an diesem Vormittag häufiger entschuldigt als in meinem ganzen bisherigen Leben. Und ich entschuldige mich oft.

Auch meine improvisierte Rede über die Bedingungen des gerechten sozialen Zusammenlebens hatte nicht viel geholfen, genauso wenig wie Rügen und Betteln. Die Faszination des Menschen als Affe war einfach zu groß gewesen. Bis endlich die Erlösung gekommen war, und zwar in Form eines Pumas. Der Anblick der eleganten Riesenkatze hatte alles andere vergessen gemacht. Dankbar hatte ich mich zu dem Schild neben dem Käfig gebeugt, um die Kinder noch weiter vom Pfad des Affen wegzuführen. »Ist ein Weibchen. Ihr Name ist Samia und ihre Art lebt eigentlich in … Bolivien.«

Ich hatte schlucken müssen, was schwierig gewesen war bei einer so trockenen Kehle. Was dann folgte, ist die Tour des Terrors: Ein langer Marsch durch die schreckliche und grausame Tierwelt eben jenes Kontinents, den ich demnächst besuchen muss. Und zwar ohne Jagdgewehr.

»Wie heißt die?«, will Ole jetzt von der Riesenspinne wissen, mit der Ina Auge an Auge an der Scheibe klebt.

»Vogelspinne«, sage ich einsilbig.

»Warum?«

»Weil die komplette Vögel verspeist«, rutscht es mir ein wenig unsensibel raus. Doch die sanftmütige Natur der Kinder ist durch diese brutale Neuigkeit nicht erschüttert. »Cool«, rufen beide, und ich frage mich, was cool an einem achtbeinigen Monster mit roten Borsten sein soll, das sich absolut geräuschlos an dich anpirschen und dich halb zu Tode beißen kann. Wahrscheinlich. Ich bemühe mich, bloß nicht rauszufinden, wo die Viecher außerhalb vom Zoo so rumkriechen, aber auf die Neugier der Zwillinge ist tödlicher Verlass.

»Wo lebt die?«, fragt Ole, während ich mich umgekehrt frage, ob der Genie-Maler vielleicht nicht lesen kann. Seufzend beuge ich mich runter – warum sind diese Schilder eigentlich so nah an der Scheibe?! – und lese vor: »Afrika. Und im tropischen Klima, zum Beispiel in Südamerika.«

War ja klar. Ich dachte immer, es sei Australien, das man ob seiner grausamen Fauna meiden müsse, aber langsam kommt mir der Verdacht, dass auch Südamerika längst zur Sperrzone hätte erklärt werden müssen. Gibt es da eigentlich auch was, das süß und kuschelig ist? Oder will alles dich bloß immerzu auffressen? Ich atme tief durch. Mein Ziel ist La Paz und das ist schließlich nicht im Regenwald, sondern meilenweit hoch in den Anden. Da wird mir schon nichts auflauern. Oder gibt es Bergspinnen? Felsleoparden? Stadtpumas?

Am Ende sind die Kinder müde, aber glücklich, und ich bin müde und traumatisiert. Mein einziger Trost ist, dass die beiden offensichtlich unglaublich viel Spaß mit mir und den Tieren hatten. Das ist es vermutlich wert, dass ich jetzt nachts nur noch mit Machete im Bett schlafen kann.

Als Nadine endlich die Zwillinge abgeholt hat, wird es für mich auch fast schon Zeit, in den Outdoor-Laden zu gehen, um mir ein Gewehr zuzulegen oder zumindest einen Rucksack. Gerade als ich die Ladentür abgeschlossen habe, klingelt mein Handy. Es ist Nadine.

»Sag mal, was sollte das, Maja? Der Zoo? Im Ernst?«

Das habe ich mich zwar selbst auch gefragt, wundere mich aber doch über Nadines heftige Reaktion. Schließlich ist sie nicht diejenige, die nach Südamerika muss. »Ich möchte nicht, dass meine Kinder eingesperrte Tiere sehen müssen. Really, Maja! Und erst recht möchte ich nicht, dass du ihnen so was Albernes beibringst wie Evolution!«

»Äh, du glaubst nicht an Evolution?«

»Maja, das ist kein Witz hier. Natürlich glaube ich an Evolution! Aber weißt du, was Ole gerade zu mir gesagt hat? Mein zarter, süßer Ole? Dass ich ein Affe bin!«

Ich beiße mir auf die Unterlippe. »Tut mir leid, Nadine. Ich wusste nicht, dass das ähm, also ich hatte keine Ahnung, dass du gegen den Zoo bist. Und das mit den Affen …«

»Du musst mal nachdenken, Maja, ehrlich! Da vertraue ich dir die beiden an und dann so was.«

Ich entschuldige mich mehrfach und fühle mich nach dem Auflegen so hundsmiserabel, dass ich wirklich denke, schlimmer geht es nicht. Aber wie so oft im Leben habe ich mich da getäuscht.

Kapitel vier

Gudrun, das muss doch auch alles jemand tragen!«

»Dann eben der große Rucksack.«

»Der ist viel zu schwer.«

»Ist er nicht.«

»Ist er wohl.«

»Ist er nicht! Den gibt es in der dynamischen Damenversion, sogar mit Extrafach vorne und allem.«

»Das macht ihn aber doch nicht leichter.«

»Hans-Dieter, kannst du nicht wenigstens versuchen, etwas Hilfreiches beizutragen?«

»Das tue ich doch!«

»Tust du nicht!«

»Tu ich wohl!«

Mir wird langsam schwindelig. Mein Kopf schießt seit zehn Minuten von rechts nach links, von meinem Vater zu meiner Mutter und dann wieder zurück und fragt sich dabei die ganze Zeit, wie es mir nur passieren konnte, dass ich mit meinen völlig verfeindeten Eltern mitten im Outdoor-Ausstatter in Steglitz stehe und lautstark darüber diskutiere, was ich alles an Ausstattung brauche, um drei bis vier Tage in Bolivien zu überleben.

Das heißt, nicht ich diskutiere, sondern meine Eltern diskutieren, und zwar miteinander. Das tun sie so gesehen schon seit zehn Jahren, also seit dem Zeitpunkt, an dem sie sich getrennt haben. Dass ihre Ehe in einer Scheidung endete, liegt laut meiner Mutter daran, dass mein Vater sich mehr für den Garten interessiert hat als für sie, laut meinem Vater dagegen an der Tatsache, dass meine Mutter mehr für ihren Kollegen in der Anästhesie übrighatte als für ihn. Die Wahrheit liegt wahrscheinlich irgendwo in der Mitte, wie immer. Aber eigentlich will ich sie auch gar nicht wirklich kennen.

»Dir würde es ja reichen, wenn sie fünfzehn Bücher über bolivianische Botanik mitnehmen würde und sonst gar nichts. Wirklich, Hans-Dieter, du musst mal lernen, über den eigenen Tellerrand zu schauen.«

»Ach, so wie dein Betäubungsklempner?«

»Leute«, versuche ich hilflos einzuschreiten, »bitte, lasst uns doch ruhig und bedacht vorgehen, ja? Vielleicht doch mit dem Rucksack anfangen? Alles andere findet sich dann sicher.«

Mein Vater murmelt noch was von Frauendieb und meine Mutter von Staubgesicht, aber beide geben letztendlich nach und folgen mir brav Richtung Rucksackabteilung. Ich werfe einen verstohlenen Blick über die Schulter und muss verblüfft den Kopf schütteln, so ungewohnt ist das Bild meiner nebeneinander hergehenden Eltern. Ich kann mich nicht erinnern, dass die beiden seit Papas Auszug je länger als zwei Minuten zusammen gewesen wären; auf jedem Geburtstag achten wir peinlich genau darauf, mindestens acht Leute zwischen sie zu setzen, und freiwillig suchen die zwei sonst nie das Gespräch. Warum wir nun wie eine traute Zickenfamilie gemeinsam durch den riesigen Laden laufen, ist mir ein Rätsel; eigentlich habe ich bloß Mama nach ein bisschen finanzieller Unterstützung für Reiseklamotten und Papa nach seiner Meinung zur Notwendigkeit von Mückenhosen gefragt. Dass beide in der Folge beschlossen haben, mich zu begleiten, und sich von der Anwesenheit des jeweils anderen auch nicht haben abhalten lassen, ist ein Novum. Und wie so oft heißt neu in diesem Fall nicht gut, sondern ausnehmend katastrophal: Anstatt dass ich ganz in Ruhe eine optimale Auswahl meiner Utensilien treffen kann, bin ich seit einer Stunde hauptsächlich damit beschäftigt, die beiden zu beruhigen.

»Familiencamping?«

Abrupt halte ich an. Vor mir steht ein fröhlicher, kleingewachsener Mitarbeiter mit einem strahlenden Lächeln und einer ausgestreckten Hand.

»Mein Name ist Jörg, wie kann ich der bezaubernden Familie weiterhelfen?«

»Äh…«

»Junger Mann«, meine Mutter winkt Jörg mit einem strengen Finger zu sich, »was meinen Sie, so schwach auf der Brust ist meine Tochter doch nicht, oder?«

»Schwach auf der Brust? Äh nein, ist, äh, gut gebaut.«

»Eben. Da muss sie doch nicht mit so einem winzigen Rucksack herumlaufen, oder?«

»Gudrun, niemand hat gesagt, dass Maja nur einen Wäschebeutel mitnehmen soll!«

»Wohin geht denn die Reise?«

»Bolivien«, sage ich, und es klingt ein klein wenig wie: der siebte Höllenkreis.

»Toll, Südamerika, ein Traumkontinent. Bin selbst ein paarmal da gewesen. Und als Familie, wie schön! Meine Eltern interessieren sich leider gar nicht fürs Reisen, dabei gibt es nichts, was Familien näher zusammenbringt!«

Bei diesen enthusiastischen Worten gucken wir alle peinlich berührt ins Nirgendwo. Als das Schweigen schließlich unangenehm wird, raffe ich mich auf, Jörg zuzustimmen – er kann ja nichts dafür, dass man in unserer Familie das persönliche Glück danach misst, wie weit man voneinander entfernt ist – und erkläre ihm, dass ich dieses eine Mal ohne Mama und Papa reisen werde, dafür aber auch nur ein verlängertes Wochenende.

»Na, allein für ein paar Tage, da brauchen Sie ja nicht viel. Ich könnte natürlich jetzt versuchen, Ihnen möglichst viel Zeug anzudrehen, den teuersten Rucksack mit siebzehntausend Extras und so, aber ich bin ehrlich mit Ihnen: Kauft man einen großen Rucksack, dann macht man ihn auch voll, selbst wenn man gar nicht will. Und dann muss man das Teil die ganze Zeit schleppen, und das geht auf den Rücken und auf die Laune.«

Mein Vater wirft meiner Mutter einen triumphierenden Blick zu, den sie mit theatralisch gerollten Augen kommentiert.

»Aber nicht, dass der Kleinen was fehlt! Was ist denn, wenn sie abstürzt und allein im Dschungel überleben muss?«

»Mama!«

»Ehrlich, Gudrun, du weißt doch, dass unsere Kleine Angst vorm Fliegen hat!«

»Entschuldige, Maja, ich wollte dich nicht erschrecken. Ich denke nur, es ist besser, wenn man auf alles vorbereitet ist.«

Ich nicke heftig. »Das stimmt schon, Papa. Ich weiß doch gar nicht, was mich da erwartet.«

»So viel brauchen Sie nicht in Südamerika«, sagt Jörg, beeilt sich nach einem Blick in Mamas Gesicht aber anzufügen, dass man natürlich überall auf der Welt optimal präpariert sein sollte und es von daher sicher sinnvoll wäre, mich Schritt für Schritt durch die Abteilungen zu führen. Am Ende habe ich zwei Körbe voll mit Zeug und Jörg hat ein Trauma. Aber er war ja selbst der Meinung, er müsse sich zwischen die Fronten meiner Eltern schieben, da kann ihm dann auch keiner mehr helfen, am wenigsten ich.

»Wie geht es eigentlich Stephan?«, fragt meine Mutter, nachdem der Outdoor-Kollege endlich das Weite gesucht hat, angeblich, um nach passenden Wanderschuhen zu suchen.

»Dem hab' ich noch nichts gesagt«, murmle ich und packe aus Verlegenheit zwei Desinfektionsmittel und eine Packung Feuchttücher in meinen Korb.

»Ja, aber kommt er denn nicht mit zu den Impfungen?«

»Impfungen?«

Mir wird heißkalt. Es passt so gar nicht zu mir, dass ich so etwas Wichtiges vergessen haben soll. Noch dazu als jemand, der tagtäglich irgendwelchen Hippies klarzumachen versucht, dass in Goa Rasierklingenteilen viel mehr Spaß macht, wenn man Hepatitisschutz hat. Den habe ich natürlich und auch sonst alles, was in Deutschland eventuell mal hilfreich sein könnte, aber Bolivien ist ja nicht Deutschland. Und Gelbfieber keine Erkältung.

»Oh mein Gott!« Mir wird so schlecht, dass ich mich sofort setzen muss, sehr zum Missfallen eines Bergsteigers, der auf den künstlichen Steinen seine neuen Schuhe ausprobiert. Ich springe entschuldigend wieder auf und stütze mich statt auf seinen heiligen Untergrund auf meinen Vater. »Da habe ich noch gar nicht drüber nachgedacht! Ich brauche Gelbfieber, sofort!«

»Na, na«, sagt mein Vater begütigend und drückt meine Schulter, »das schaffen wir schon, Schätzelein.«

»Hans-Dieter hat recht, das ist kein Problem. Die wissen hier doch ganz bestimmt, wo das nächste Tropeninstitut ist.«

»Ganz richtig, Gudrun, guter Gedanke!«

»Danke, Hansi. Ich gehe gleich mal diesen Jörg suchen.«

Und weg ist sie, meine immer optimal vorbereitete Mutter. Tatsächlich stellt sich heraus, dass es eine Impfstelle gleich hier im Laden gibt, eine Absurdität, wie sie sicherlich nur in Berlin vorkommt. Nach kurzer Diskussion wird mein Vater in meine Wohnung geschickt, um den Impfpass zu holen, während meine Mutter und ich warten.

»Ich kann ja dann Stephan auch gleich sagen, was los ist«, bietet Papa an, als er geschäftig den Autoschlüssel aus der Hosentasche kramt und sich auf die Socken machen will. Ich bin extrem erleichtert, dass mein Freund heute unterwegs ist. Auch meine Mutter stürzt sich zeitnah auf das leidige Thema. Nachdem wir mit einer netten Medizinstudentin geplaudert und einen Zettel gezogen haben (Geschätzte Wartezeit: zwei Stunden zwanzig), zieht sie mich auf eine Wartebank und mustert mich ernst.

»Kind, stimmt etwas nicht bei Stephan und dir?«

Ich würde viel lieber darüber reden, dass meine Gelbfieberimpfung erst amtlich gültig wird, wenn ich wieder aus Südamerika zurückkomme, aber wie schon die Medizinstudentin ist auch meine Mutter diesbezüglich unbesorgt. »Was sich nicht ändern lässt, lässt sich nicht ändern«, ist ihr einziger Kommentar. Was ich, da hat sie nicht ganz unrecht, wohl auch langsam mal meinem Langzeitpartner gestehen sollte.

»Doch, es ist alles wie immer zwischen uns, wirklich. Aber diese ganze Sache kommt so überraschend und so unpassend. Ich weiß auch nicht«, sage ich und hebe kläglich die Schultern, »irgendwie denke ich die ganze Zeit, dass es doch eine Lösung geben muss, wie ich ihn nicht enttäusche. Es ist schließlich unsere Tradition, einen romantischen Abend in diesem vegetarischen Restaurant zu genießen. Dass ich ihm das jetzt wegnehmen muss …«

»Es ist sehr wichtig, dass man immer offen über alles

spricht in einer Beziehung, mein Hase, auch die unangenehmen Sachen.«

Ich kann mir einen leicht ungläubigen Seitenblick nicht verkneifen. Auch wenn Papa vermutet, dass meine Mutter sich nach der Trennung in ein wildes Liebesabenteuer mit besagtem Narkosearzt geworfen hat, habe ich persönlich sie in den vergangenen zehn Jahren nie mit einem Mann erwischt, nicht mal dem Postboten. Ich frage mich also, woher sie ihre Weisheit bezieht, schließlich hat auch ihre geschiedene Ehe nicht unbedingt Vorbildcharakter.

»Vielleicht«, antworte ich unbestimmt, »aber es fällt mir wirklich schwer, Stephan so zu verletzen. Wo er doch eh schon denkt, dass er die zweite Geige spielt und alle anderen mir wichtiger sind!«

»Ist das denn so?«

»Nein, gar nicht! Gut, manchmal ist es schwierig, das alles unter einen Hut zu kriegen, Freundinnen, Job, die Zwillinge, aber ich gebe mir doch die allergrößte Mühe. Und ich will ja auch selbst gar nicht nach Südamerika, aber ich habe keine Wahl. Die Zukunft des Reisebüros hängt davon ab, dass ich dorthin fahre!«

»Aber dafür hat Stephan doch sicherlich Verständnis, er hat doch eigentlich immer für alles Verständnis.«

»Stimmt schon«, murmle ich, aber Mama hört gar nicht richtig zu. »Das habe ich auch heute bei deinem Vater wieder gemerkt, dass es doch gut ist, wenn man alles ausspricht. Wir hätten damals viel mehr ausdiskutieren müssen! Meinst du, er glaubt wirklich an diese Sache mit Mark?«

»Mark?«, antworte ich verwirrt.

»Der Anästhesist, von dem dein Vater immer wieder anfängt. Der übrigens schon seit Jahren in einer Klinik in Wolfsburg arbeitet. Also der Anästhesist, nicht dein Vater. Und den ich auch nie attraktiv fand. Also den Anästhesisten. Deinen Vater, den fand ich natürlich sehr anziehend.« Sie stützt die Hand auf das Kinn und legt den Kopf schief. »Es ist doch viel schöner, wenn ein Mann hochgewachsen und ein bisschen intellektuell im Habitus ist, oder? Ich meine, Mark ist ziemlich klein und auch ganz schön rund – ganz anders als zum Beispiel dein Vater –, das gefällt mir einfach nicht. Außerdem ist es erotischer, wenn Männer auch mal auf den Tisch hauen und nicht immer nur lieb und nett sind, oder?«

Mir bricht der Schweiß aus. Wer redet schon gern mit seiner Mutter über die sexuelle Anziehungskraft verschiedener Männertypen?

»Das habe ich auch in deinem Alter nie verstanden«, redet meine Mutter munter weiter, »dass ein bisschen Konflikt einer Beziehung guttut. Damit das Feuer nicht ausgeht, weißt du? Sonst werden Blumen am Ende eben spannender! Man muss was dafür tun, dass die Flamme weiterbrennt, das sagt auch meine Therapeutin.«

»Du machst eine Therapie?«, frage ich schnell, erleichtert, das Thema in eine andere Richtung lenken zu können.

»Seit ein paar Wochen. Angelika, du weißt schon, mit der ich immer Zirkeltraining mache, die hat so davon geschwärmt, da habe ich gedacht: Warum nicht? Und man merkt ja auch schon erste Effekte. Früher wäre ich ja nie freiwillig mit Hans-Dieter in einem Raum gewesen, aber ich habe gelernt, dass es wichtig ist, seinem Kind die Liebe nicht zu verweigern, nur weil die Liebe zwischen Frau und Mann nicht mehr so da ist wie früher mal.«

»Ich bin 28, Mama, wegen mir brauchst du dich wirklich nicht zusammenzureißen.«

»Ach was, Maja, das mache ich doch gern. Und wenn ich ehrlich bin …« Sie kichert, was mich vollends aus der

Bahn wirft. In meiner Vorstellung verhält sich meine Mutter 24 Stunden am Tag wie eine hochkompetente Internistin und nicht wie ein sechzehnjähriges Schulmädchen, auch nicht in der Freizeit. »Wenn ich ehrlich bin, dann war es eine gute Entscheidung, heute hierhin zu kommen. Und nicht nur weil du sonst ganz ohne Impfung wärst! Meine Therapeutin hat recht: Man muss sich mit seinen Gefühlen konfrontieren.«

Ich weiß mir nicht anders zu helfen, als stumm zu nicken. Irgendwie denkt man als Kind selbst in späten Jahren noch, dass Eltern im Grunde fertig sind; mit ihrem Plan, mit ihrer Persönlichkeit, mit ihrem Leben. Klar, die Trennung war ein Einschnitt, aber das ist jetzt so lange her, dass es für mich den Normalzustand darstellt: Die Feindschaft meiner Elternteile als beruhigende Konstante. Dass Mama auf einmal von Offenheit und Therapie faselt, bringt mich ganz schön aus dem Gleichgewicht. Und das, wo ich ohnehin schon arg am kippeln bin.

Während ich erschöpft und gleichzeitig aufgeregt auf Stephan warte, gucke ich You-Tube-Anni dabei zu, wie sie den Monat Oktober in ihrem Bullet-Journal gestaltet: Kleine Blüten, Bäumchen und ein erster Hauch von Herbst wehen durch die Kladde. Die Leichtigkeit, mit der ihre Pigment-Liner und Tintenroller über die gepunkteten Seiten gleiten, wirkt hypnotisierend auf mich, und ich entscheide, dass so ein liebevoll selbst gestaltetes Notizbuch unbedingt mein nächstes Projekt werden sollte. Vielleicht macht ja sogar meine Reise ein wenig mehr Spaß, wenn ich kreativ organisiert darüber Buch führen kann? Ich schreibe mir also eine entsprechende kleine Einkaufsliste und bin gerade mitten in der Recherche für das perfekte Papier, als endlich das Türschloss geht. Ein kleiner Angstblitz durchfährt mich. Automatisch gucke ich auf die Uhr. Halb zehn. Zeit fürs Schafott.

»Wünsch mir Glück«, raune ich Anni zu, die natürlich keine Notiz davon nimmt, dann stehe ich beherzt auf, um mich Stephan und der Wahrheit zu stellen. Ich freue mich, dass mein Freund mit roten Wangen und glänzenden Augen hereinkommt. Es scheint, als hätte ihn sein Kollegentreffen in gute Stimmung versetzt.

»War schön?«

»War es tatsächlich«, bestätigt er und drückt mich kurz. Er riecht nach Kneipe. »Hätte ich selbst nicht gedacht, aber war tatsächlich sehr unterhaltsam. Komisch, wie wenig man voneinander weiß, obwohl man so viel Zeit miteinander verbringt. Vielleicht hätte ich doch mal die ein oder andere Party mitmachen sollen. Hättest du zum Beispiel gedacht, dass der schnarchige Gerd in seiner Freizeit Berge erklimmt? Oder dass Bettina in dritter Ehe lebt? Und Melanie ist eine wirklich gute Gesprächspartnerin.«

»Mit dir ist doch auch immer gut reden, Schatz«, sage ich, »und genau das müssen wir jetzt auch. Also reden. Also ich muss reden. Mit dir.« Gespielt entsetzt hebt er die Augenbrauen. »Oh je. Was hab ich denn verbrochen?«

»Gar nichts! Im Gegenteil. Ich …« Er lächelt, als ich nicht weiterspreche. »Raus damit, Biene, so schlimm wird es schon nicht sein!«

»Okay. Also. Was ich dir sagen will«, stottere ich, »Antonia schickt mich auf Dienstreise. Und zwar ausgerechnet das nächste Wochenende.«

Er legt den Kopf schief und setzt ein seltsames Lächeln auf.

»Das weiß ich schon«, erklärt er dann, woraufhin ich fast vom Küchenstuhl falle.

»Was? Woher denn das bitte?«

»Von deinem Vater«, er schüttelt den Kopf und stopft Salat nach. »Er hat mich vorhin angerufen und fallenlassen, dass du dich nicht traust, mir zu sagen, dass du jobmäßig wegmusst«, sagt er, und zwar in aller Seelenruhe, »als ob ich dir den Kopf abreißen würde, wenn du verreisen musst! Das ist doch nicht deine Schuld!«

»Mein Vater hat dich angerufen?«

»Und er hatte nicht mal eine PC-Frage. Ich glaube, er hat sich wirklich Sorgen um dich gemacht. Du musst ja bei ihm den Eindruck erweckt haben, du könntest auf keinen Fall mit mir darüber reden. Dabei, wirklich, Biene, mach dir doch nicht immer um alles so einen Kopf. Ich komme auch mal ein paar Tage ohne dich klar.«

»Das weiß ich doch! Es ist ja nur… dass es eben ausgerechnet dieses Wochenende ist. Unser Jahrestag…«

Er zuckt mit den Schultern.

»Ja, das ist doof, aber was will man machen? Ich finde es zwar nicht gerade toll, dass du dir von Antonia alles sagen lässt, aber ich weiß auch, dass du einfach ein zu großes Herz hast, um sie im Stich zu lassen.«

Als ich erkenne, dass ich mir völlig umsonst Sorgen gemacht habe, breitet sich eine dankbare Leichtigkeit in mir aus. Ich strahle ihn an und seufze tief.

»Gott sei Dank, ich habe mir wirklich solche Sorgen gemacht! Ich wusste einfach nicht, wie ich es dir sagen soll. Als ich heute Morgen den Flug gebucht habe…«

»Den Flug?«, unterbricht er mich.

»Ja, musste ja schnell gehen, weil Antonia schon einen Termin mit diesem Typen hat, den ich da treffen soll, und zwar am Samstag – verschieben ging wohl nicht, keine Ahnung, du weißt ja, wie Antonia ist.«

»Du fliegst?«

»Geht ja nicht anders, nach Südamerika«.

»Südamerika? Ist das dein Ernst?«, fragt er scharf. Ich nicke, etwas verwirrt, dass mein Zielort plötzlich so einen Unterschied macht. Denn so entspannt Stephan eben noch war, so aufgebracht scheint er jetzt. »Hat mein Vater dir das nicht gesagt?«

»Nein. Er hat nur gesagt, dass du einen Auftrag von Antonia hast, verreisen musst und dass dein Herz bricht, weil du deswegen unseren Jahrestag ausfallen lassen musst. Und ich Idiot hatte auch noch Mitleid mit dir!«

Irgendwie kann ich nicht so ganz folgen. »Ähm. Und jetzt nicht mehr?«

Er schweigt und starrt mich böse an.

»Was ist denn los?«

»Was los ist? Ich sage dir, was los ist. Jedes Jahr überredest du mich, in den Sommerurlaub nach Neustadt zu fahren, weil du auf gar keinen Fall fliegen kannst, aber kaum schnippt Antonia mit dem Finger, springst du gleich über den ganzen Atlantik. Du weißt schon, wo Patagonien ist, oder? In Südamerika! Für meine Traumreise kannst du dich nicht überwinden, aber für Antonia! Und ich dachte, der Flug nach Mallorca damals wäre so schlimm gewesen? Offenbar nicht schlimm genug!«

»Es tut mir leid«, sage ich betreten. »Ich verstehe, was du meinst. Es ist nicht fair, dass du seit Ewigkeiten unter meiner Flugangst leiden musst. Logisch, dass das jetzt extrem doof auf dich wirkt. Da habe ich gar nicht drüber nachgedacht. Ich würde auch nicht fliegen, glaube mir, wenn nicht die Zukunft des ganzen Reisebüros daran hängen würde!«

»Das ist ja wohl übertrieben!«

»Nein!«

Als ich ihm eindringlich erkläre, wie schlecht es um das Büro steht, verraucht Stephans Zorn. Er zweifelt zwar immer noch daran, dass dieser eine Auftrag so unendlich wichtig sein kann, wie Antonia es behauptet, aber er macht mir keinen Vorwurf mehr daraus, dass ich in einen Flieger steige und nicht, wie er angenommen hatte, in einen Zug oder ein Auto.

»Und das mit dem Jahrestag, das ist doch nicht so wichtig«, fügt er noch an, als er schlussendlich aufsteht und mir einen Kuss auf die Wange drückt, »wenn man so lange zusammen ist wie wir, dann muss man das doch auch wirklich nicht mehr feiern, oder?«

Ich nicke, bleibe sitzen und reibe geistesabwesend meinen geimpften Oberarm. Es fühlt sich mittlerweile an, als ob darin ganze Ameisenarmeen um die Vorherrschaft kämpfen, aber das Jucken und Stechen schmerzt mich weit weniger als mein Herz.

Ich weiß, ich sollte dankbar sein, dass Stephan mir keine Szene gemacht hat – oder nur eine kurze –, aber jetzt merke ich erst, warum ich überhaupt so lange geschwiegen habe. Nämlich nicht nur, weil ich Angst davor hatte, dass er sauer auf mich sein würde, sondern weil es viel schlimmer ist zu erkennen, dass es ihm vollkommen egal ist, ob ich an unserem Jahrestag da bin oder nicht. Ob mir das vielleicht was sagen soll? Und wenn ja, was?

Kapitel fünf

Am nächsten Tag lässt Jörg, Antonias Mann, sich von mir in die Vorgänge im Reisebüro einarbeiten, was mühsam und schleppend vorangeht, weil ihm das Talent zur koordinierten Arbeit fehlt. Ein Wunder, dass er mit so einer Perfektionistin verheiratet ist.

Die Mittagspause verbringe ich mit der Ausschreibung, an der Katharina sich für ihre Firma beteiligen will. Katharina hat recht, denke ich, während ich alles zusammenschreibe, ich habe schon oft ganz gute Ideen für so was. Das darf ich mir ruhig mal eingestehen. Tue ich eh selten genug. Ich maile ihr das fertige Schreiben und habe dann einen Kunden, der viel Geld, aber keine Meinung hat. Letzteres ändert sich nach zwei Stunden intensiver Beratung zwar, aber er bucht dann dennoch nichts bei uns. Jörg wirft mir einen mitleidigen Blick zu, und ich zucke die Schultern. So ist das leider öfter: Man informiert sich bei uns, gerne ausführlich und scherzend, und kauft dann zu Hause im Internet. Kein Wunder, dass Antonia uns exklusive Verträge an Land ziehen will. Die einzige Möglichkeit, in diesem harten Gewerbe zu überleben, ist es, etwas zu bieten, was sonst keiner hat. Und sei es die österreichische Version von Indiana Jones.

Zu Hause widme ich mich wieder der Bastelarbeit, diesmal an mir selbst. Denn meine Augenbrauen sehen leider schon wieder aus, als wäre ich ein Fan der Siebziger. Ich google eine Weile, bis ich das perfekte Tutorial zum Zupfen finde.

»Aua!«

»Alles okay?«, ruft Stephan von Weitem.

»Ja, ja, nur diese verdammten, aua, diese blöden Haare!«

»Haare?«

»Egal, Schatz!«

Sorgsam zupfe ich Haar um Haar und folge dabei so gut es geht den Anweisungen im Tutorial, was gar nicht so einfach ist, weil die vorzupfende Dame leider nur Französisch spricht. Also spule ich vor und zurück und arbeite mich nur langsam, dafür aber sicher vorwärts zum perfekten Brauenschwung. Ich bemühe mich, dabei nur gedämpft zu fluchen, weil mein Liebster nicht denken soll, dass ich plötzlich zur Masochistin geworden bin. Da besteht auch keine Gefahr; das Brennen, Pieksen und Stechen überm Auge hat nun wirklich gar keinen Reiz für mich, erst recht keinen erotischen. Bei diesem Gedanken halte ich inne. Was hat eigentlich überhaupt noch einen erotischen Reiz für mich? Ich kann mich gut erinnern, wie Stephan und ich in der Anfangszeit waren: Da reichte ein flüchtiger Blick auf seinen wohlgeformten Rücken, damit ich alles stehen und liegen ließ und schnurstracks mit ihm ins Bett fiel. Oder auf den Boden. Oder den Küchentisch. Nicht, dass es nur sein Körper gewesen wäre, der mich auf Touren gebracht hätte. Allein das Wort »nackt« auszusprechen, machte uns völlig kirre, was natürlich dazu führte, dass wir andauernd von nichts anderem sprachen – obwohl wir uns ganz fest vorgenommen hatten, auch mal über was anderes zu reden. Taten wir auch, nur halt danach, und das dann nächtelang: über seine Eltern und meine, über die besten Hunderassen für ein Leben in der Stadt, über die Angst vor dem Tod, den Sinn und Unsinn von Duschhauben, eine gemeinsame Wohnung, die Zukunft … vor Stephan hatten meine Beziehungen in etwa so viel Tiefe gehabt wie eine Tasse Früchtetee, und auch ungefähr ebenso viel Substanz. Nichts als ein dünnes, halbherzig aufgekochtes Gebräu; angeblich gesund und lecker, in Wahrheit aber nur schlecht gefärbtes Wasser ohne Intensität. Mit Stephan dagegen begann ich Kaffee zu trinken, jeden Morgen am Küchentisch und auch im übertragenen Sinne, weil unsere Beziehung mich stark und wach machte und außerdem süchtig. Sollte es mir zu denken geben, dass wir seit Monaten getrennt frühstücken?

»Verdammt!«

Stephans Fluch reißt mich aus meinen trübsinnigen Überlegungen. Wo die nur immer herkommen in letzter Zeit?

»Verdammt, verdammt, verdammt!«

Ich zucke zusammen und ramme mir dabei die Pinzette haarscharf neben das Auge.

»Alles okay, Schatz?«, rufe ich rüber und reibe mir die Stichwunde. Unblutig, Gott sei Dank.

»Ja, ja, hab mich verdrückt, alles gut. Mach mal weiter!«

Was hab' ich denn eigentlich gerade gemacht? Ach ja, die Augenbrauen. Nach der rechten Seite quäle ich mich nun tapfer durch die linke. Komischerweise tut da alles noch mehr weh, das soll mir mal einer erklären, wie das sein kann. Nach weiteren fünfzehn Minuten bin ich endlich fertig. Ich lehne mich zurück und betrachte mein Werk, wünschte aber sogleich, ich hätte es gelassen.

»Fuck«, fluche ich, natürlich leise, kann meinen Blick aber nicht vom Spiegel losreißen. Links erhebt sich der perfekte Bogen: Jedes Härchen liegt wie gemalt, mein hellbraunes Auge glänzt wie von innen angestrahlt, und sogar die knifflige Stelle in der Mitte könnte nicht besser gelungen sein. Das gleiche kann man auch von rechts behaupten. Nur dummerweise habe ich dort mindestens einen halben Zentimeter mehr gezupft. Dadurch sieht es so aus, als hätte Gott mir zwar zwei Gesichtshälften geschenkt, dabei aber den ästhetischen Vorteil von Symmetrie vergessen.

»Fuck«, wiederhole ich jetzt lauter. Vielleicht hätte ich zwischendurch auch mal beide Seiten gleichzeitig betrachten sollen, statt jede Braue zu behandeln, als stünde sie für sich. Ich sehe vollkommen bescheuert aus. Panisch beginne ich zu googeln, doch ehe ich auch nur einen Überblick gewonnen habe, klingelt mein Handy. Antonia.

»Du musst sofort vorbeikommen!«, ruft sie und klingt panisch, etwas für sie vollkommen Ungewöhnliches. Viel zu viel Emotion.

»Was ist los?«, frage ich überrascht und lasse die Pinzette fallen.

»Das kann ich dir nicht am Telefon sagen, du musst sofort kommen!«

»Aber …«

»Sofort, Maja. Bitte!« Ich horche auf. Seitdem wir zusammenarbeiten, hat Antonia erst zweimal bitte gesagt. Es muss etwas Ernstes sein, etwas verdammt Ernstes.

»Okay, kein Problem, ich bin gleich da«, versichere ich, lege auf und haste aus dem Bad. Erst in der Bahn merke ich, dass ich eine Kleinigkeit vergessen habe, nämlich als ein Haufen leicht angetrunkener Touristen mit dem Finger auf mich zeigt und kichert. Panisch durchwühle ich meine Handtasche. Doch nichts zu machen, ich habe weder eine Mütze dabei noch sonst etwas, was meine Augenbrauen abdecken könnte. Als ich endlich vor Antonias Wohnung stehe, atme ich erleichtert auf. Jörg lässt mich herein und führt mich ins Schlafzimmer.

»Ich halte es nicht mehr aus! Das ist einfach … unwürdig!«

»Was ist denn los, Antonia?«

»Diese Bettruhe! Das ist nicht … tragbar. Ich kann … was bitte ist mit deinem Gesicht los?«

»Probleme beim Zupfen«, sage ich errötend.

»Kann man wohl sagen. Maja, du musst mir helfen.«

Etwas ungeschickt platziere ich mich am Fußende des Betts.

»Was ist denn überhaupt los, Antonia? Was soll ich tun?«

»Du musst dafür sorgen, dass ich aufstehen kann. Rumliegen ist so … ineffizient. Und würdelos. Und einer Frau mit meinem Maß an Energie nicht angemessen. Ich bin nicht mehr ich selbst, solange ich hier liegen muss.«

Das stimmt. Ihre zumeist würdevolle Haltung, die kühle Logik, die eiskalte Emotionslosigkeit – alles weg. Statt wie sonst akkurat und sachlich, sind Gesichtsausdruck und Bewegungen mit einem Mal hektisch und unkoordiniert.

»Äh, du solltest dich doch nicht so viel bewegen!«

»Nein, soll ich nicht, das ist ja das Dumme. Ich werde Dr. Fleischer erwürgen, den Bastard!«

Ich pralle zurück. Es ist, als säße plötzlich ein anderer Mensch vor mir.

»Der kann ja auch nichts dafür …«

»Doch«, antwortet sie trotzig.

»Er will doch nur dein Bestes. Und das Beste für die Bohne!«

Antonia lehnt sich zurück, und ein riesiger Stapel Prospekte rutscht dabei vom Bett. »Du bist doch so kreativ, Maja. Fällt dir denn gar nichts ein?«

»Ich kann dir die kleine Bohne ja leider nicht abnehmen«, scherze ich.

Sie legt den Kopf schief. »Nein, nein«, sagt sie nach einer kurzen Pause, »so weit ist die Medizin noch nicht.«

Keine Ahnung, wie ernst sie das meint.

»Außerdem willst du dein Kind doch sicher selbst zur Welt bringen?«

»Ja, natürlich, das auch. Glaube ich zumindest.«

Plötzlich verliert sie den letzten Rest an Haltung und damit auch an ureigenem Antonia-Sein: Ihre Schultern sacken herab, die Haare fallen ihr in die Stirn, und von der Energie von eben ist nichts mehr zu spüren. So habe ich sie noch nie gesehen, und es macht mir Angst. Wenn das Vertraute wegbricht, was bleibt einem dann noch?

»Antonia?«, frage ich ängstlich.

»Objektiv betrachtet ist mein Leben vorbei, Maja.«

»Wieso das denn? Wie meinst du das?«

»Bitte, Maja. Du weißt was ich meine: Mein Leben ist vorbei. Das Leben, das ich mir bewusst geschaffen habe, das ideale Leben, das ist vorbei. Ein für alle Mal, du weißt doch, wie Mütter sind: Mütter nämlich. Und sonst nichts. Aber dafür fehlt mir die Lust und die Leidenschaft. Das ist doch alles sinnlos!«

Sind das die Hormone? Ich weiß nicht, was es sonst sein soll, das in Antonia gefahren ist.

»Aber das muss doch nicht so sein …« Hilflos suche ich nach einem sinnvollen Beispiel, aber was verstehe ich schon von Kindern? »Meine Freundin Katharina hat ein Kind im Kindergarten und eine Karriere bei einer erfolgreichen Architekturfirma.«

»Und diese andere? Diese schreckliche Mutti mit den Zwillingen? Bei der geht es doch um nichts anderes! Ekelhaft ist das!«

»Aber das ist doch nur ein Ausnahmefall … außerdem ist

es doch ganz allein deine Entscheidung, wie du dein Leben gestaltest. Da musst du dir doch von niemandem etwas vorschreiben lassen, erst recht nicht von angeblichen Übermüttern!«

»Das mag ja sein, aber das Kind ist dann ja nun mal da, da kann man nicht mehr machen, was man will. Vorbei die Aufregung, vorbei das Abenteuer!«

»Ich weiß nicht«, sage ich vorsichtig. »Ich finde sowieso, dass Aufregung völlig überbewertet wird.«

»Wie kannst du denn so was sagen?!«

»Na ja, was heißt denn schon Aufregung? Eigentlich doch bloß, dass man sich nie einer Sache sicher sein kann und ständig alles drunter und drüber geht. Das ist doch furchtbar!«

»Aber Abenteuer ist die Würze des Lebens. In jeder Hinsicht! Wenn man nicht für ein paar Abenteuer sorgt, dann wird alles schnell fad und langweilig; die Arbeit, die Liebe, das ganze Leben. Ohne Abenteuer bist du nichts, Maja, gar nichts. Nur eine leere Puppe, die ohne Sinn und Verstand durch den Fluss des Lebens treibt.«

Verblüfft starre ich sie an.

»Ich wusste nicht, dass du das so siehst ... ich meine ... klar, du reist ja sehr viel und gern, und das Geschäft zu führen ist sicher auch kein Zuckerschlecken ... aber ... wenn du Abenteuer suchst, Antonia, dann ist doch ein Baby eigentlich auch genau das Richtige!«

»Bitte?«

»Welches größere Abenteuer könnte es denn geben, als ein kleines Leben groß zu machen?« Wie philosophisch ich klingen kann, im Geiste klopfe ich mir auf die Schulter.

»Quatsch, Maja, das ist es, was diese Müttermonster sich sagen, um bloß nicht zu bereuen, dass sie so dumm waren, sich fortzupflanzen!«

»Antonia!«

»Das ist die Wahrheit, Maja, und der muss man ins Auge sehen, sonst kann man es auch gleich sein lassen!«

»Soll das heißen …«, ich traue mich kaum, sie anzusehen, »dass du das Kind gar nicht mehr willst? Oder nie wolltest?«

»Wenn es so einfach wäre!«

Frustriert stößt Antonia Luft aus. »Ich will das Kind. Ich wollte es immer und will es immer noch. Da, das ist die Wahrheit! Ist das nicht furchtbar?!«

»Äh, wieso?«

»Weil es keinen logischen Grund dafür gibt! Unser Leben ist gut so, wie es ist. Sehr gut sogar! Um nicht zu sagen perfekt! Wir brauchen kein Kind! Und trotzdem will ich eines … einfach so. Plötzlich habe ich gewusst, dass ich die kleine Bohne brauche. Das ist doch verrückt!«

»Nein, das ist die biologische Uhr«, antworte ich. Antonia guckt mich scharf an und schnaubt wieder. »Ich sollte über diesen Dingen stehen! Biologische Uhr! Das ist unprofessionell!«

»Und menschlich. Antonia, ich verstehe dich total. Ehrlich. Aber ich glaube, dass alles gut ist, wie es ist. Mit der Bohne. Und mit dir. Und die Bettruhe ist ja auch nur auf Zeit. Das schaffst du schon. Du schaffst doch eigentlich alles.«

Antonia mustert mich schweigend. Dann nickt sie kurz.

»Verzeihung, Maja«, sagt sie und klingt jetzt wieder so distanziert und gesammelt wie eh und je. »Es ist … unangemessen, dich derart in mein Gefühlsleben zu involvieren. Sehr … unprofessionell. Ich entschuldige mich.«

Sogar die kurzen Pausen vor den Adjektiven sind wieder da, diese Lücken, bei denen ich argwöhne, dass sich dahinter sehr viel deftigere Ausdrücke verbergen als die, die sie am Ende immer laut ausspricht.

»Nein, nein, das ist okay, Antonia. Und normal. Ich denke, dass es ganz üblich ist, dass man ins Zweifeln kommt, wenn man schwanger ist, und erst recht, wenn man ans Bett gefesselt ist. Aber du wirst sehen, sobald die Bohne da ist, ist das alles vergessen, und du bist einfach nur noch froh. Das ist doch immer so. Und ähm, ich weiß, was du meinst mit dem Abenteuer. Glaube ich. Trotzdem denke ich die ganze Zeit, ich sollte den Herrn Egelwolf noch mal anrufen …«

»Ressourcenverschwendung. Es ist alles geklärt.« Sie legt den Kopf schief, und ihre Gesichtszüge werden wieder ein wenig weicher. Ein einziges Auf und Ab ist das heute mit ihr. »Ich befürchte, ich sage dir zu selten, wie enorm wichtig du für das Geschäft bist. Und auch für mich. Wirklich … wichtig. Manchmal mag es so scheinen, als hätte ich nicht immer deinen Vorteil im Sinn, aber ich denke durchaus auch in deinem Sinne. Ich … schätze dich.«

Spontan beuge ich mich vor und drücke sie, vorsichtig, so ein Böhnchen ist schließlich empfindlich. Es ist ein ungewohnt vertraulicher Moment zwischen uns. Ich freue mich, dass ich Antonia helfen konnte, und bin ein bisschen stolz darauf, dass sie ausgerechnet mich angerufen hat. Um die schöne Stimmung noch eine Weile zu erhalten, lehne ich mich zurück und erzähle von dem Schaufenster-Wettbewerb in unserem Kiez. Neben all den anderen Dingen habe ich mir nämlich schon einige Panoramen überlegt, die wir an jenem Wochenende zeigen könnten, und bin gespannt, welche davon Antonia am besten gefallen. Mein Favorit ist ein englischer Rosengarten bei Sonnenaufgang, aber ich nehme mal an, das ist Antonia zu klassisch. Sie ist eher so der Typ Wüste bei Nacht.

»Ich empfinde das als … zweischneidig«, sagt sie, als ich mit meiner Erzählung am Ende bin. »Ich bemühe mich, mit den anderen Läden im Kiez nicht allzu stark assoziiert zu werden. Wegen der … laxen Haltung. Die wenigstens Unternehmer im Umkreis sind gute Strategen, und es erscheint mir … widersinnig, mit ihnen in einen Topf zu springen. Du verstehst. Diese Läden sind … anspruchslos.«

»Ich finde sie eigentlich ganz hübsch«, stottere ich, überrascht von dem unerwarteten Widerstand.

»Ganz hübsch, Maja, das ist dir doch sicher auch selbst klar, ist wahrlich kein gutes Label. Es ist sogar eher … beleidigend. Und wir wollen uns nicht selbst beleidigen, oder? Zudem ist das Thema sehr … altbacken. Romantik. Wirklich vollständig … unmodern.«

»Ist doch nur, weil der Kiez so heißt«, murmle ich. Antonia ist wirklich wieder voll und ganz die Alte.

»Da herrscht ein klarer Imagekonflikt.«

»Aber es könnte unseren Bekanntheitsgrad erhöhen!«

»Wir zielen mit diesen Dingen nicht auf die richtige Klientel. Unsere Kunden brauchen einen gewissen Sinn für das Abenteuer, und sie brauchen Geld. Da ist für uns nichts zu holen. Es wäre … fahrlässig, sich darauf einzulassen.«

Ich nicke und versuche, mir die Enttäuschung nicht anmerken zu lassen. Vielleicht kann ich, wenn ich erst mal zurück aus Bolivien bin, in der Hand den so wichtigen Vertrag, Antonia ja noch mal ganz unverbindlich bitten, die Sache zu überdenken. Denn wie so oft merke ich erst jetzt, wo ich meine Chance verliere, wie wichtig mir dieser Wettbewerb tatsächlich ist.

»Meinst du nicht, du übertreibst ein wenig?«

Ich betrachte den Küchentisch, ein Erbstück von meiner Oma. Wir haben ihn ausgezogen, sodass zehn Menschen bequem Platz haben. Und ich habe ihn feierlich gedeckt. Die

Stoffservietten, ebenfalls von Oma, habe ich schon vor längerer Zeit mit geometrischen Stickereien aufgepeppt, die Wassergläser sind handbemalt, und die Weingläser sind zwar sozusagen nackt, aber gerade darum edel. In die Mitte habe ich aus Papier gebastelte Blumen gelegt, die meisten davon weiß und rosa, ein paar vereinzelte in Silber. Passend dazu habe ich silberne Platzdeckchen zurechtgeschnitten und in meiner besten Handschrift den Namen des Gastes geschrieben. Alles in allem kann ich nicht verstehen, warum Stephan das übertrieben findet. Ich bin jedenfalls sehr zufrieden – dank Annis Dekoideen für besondere Anlässe.

»Was genau meinst du denn?« Kritisch lege ich den Kopf schief. »Sind's dir zu viele Blumen?«

»Ich meine nicht die Deko. ich meine, dass du so tust, als ob du uns für immer verlassen musst. Du sagst doch, du bist in ein paar Tagen wieder da?«

»Ja schon, aber man weiß ja nie. Es sterben immerhin jährlich hunderte Menschen beim Fliegen. 2014 waren es 641!«

»Hast du schon wieder Statistiken gegoogelt? Ich kann mir kaum vorstellen, dass das gut sein kann bei Flugangst. Und dir wird ganz sicher nichts passieren, Maja!«

Ich ziehe einen Schmollmund. Er hat gut reden, er muss ja nicht dreizehn Stunden in einer Blechbüchse sitzen und beten, dass die Flügel dranbleiben.

»Wie auch immer«, sage ich, »wir machen viel zu selten solche Abende, und es schien mir eine gute Gelegenheit, mal wieder alle einzuladen. Ich kann mich nicht mal mehr dran erinnern, wann wir mal alle nett zusammengesessen haben. Und ist es nicht prima, dass alle zugesagt haben? Ich meine, wo das doch so spontan war …«

»Schon, aber bist du sicher, dass es eine gute Idee war, deine beiden Eltern einzuladen? Ich erinnere mich noch allzu gut, was an deinem 25. Geburtstag los war …«

»Beim Shopping haben sie sich ja auch zusammengerissen. Okay, nicht die ganze Zeit, zugegeben, aber phasenweise. Außerdem hab' ich sie weit auseinandergesetzt.« Dass meine Mutter neuerdings in Therapie ist, verschweige ich, das ist schließlich ihre Privatangelegenheit. »Außerdem wird Mama sich ohnehin die ganze Zeit mit den Zwillingen beschäftigen, das macht sie doch immer.«

»Dass Nadine den beiden erlaubt, wach zu bleiben … passt gar nicht zu ihr. Wo es doch sicher hunderte Studien gibt, die dagegensprechen, dass Kinder nach Einbruch der Dunkelheit noch rumlaufen.«

»Haha, sehr witzig. Es sind Ferien, wenn auch nicht mehr lange. Und Ole und Ina sind keine kleinen Babys mehr.«

In dem Moment klingelt es, und drei Minuten später ist die Wohnung von Gekreische erfüllt. Nicht zuletzt dem von Stephan, der gern vorspielt, er könnte mit Kindern nichts anfangen, aber der Erste ist, der mit Ole und Ina auf dem Fußboden liegt und Ringen spielt.

»Maja, was ein Stress! Dabei hab' ich gestern noch gelesen, dass das zu Diabetes führen kann!« Nadine plumpst auf den Stuhl, leider nicht ihren.

»Da soll eigentlich meine Mutter …«

»Du glaubst gar nicht, wie anstrengend das ist, wenn man allein ist. I swear. Vor allem mit zwei so wachen Mäusen. Die kann man ja nicht einfach ruhigstellen, bei dem Intellekt, die wollen und müssen gefordert werden. Hab' ich erst neulich wieder eine Studie zu gelesen, wie wichtig es ist, Kinder mit geistiger Nahrung zu versorgen! Ina wird mal die neue J. K. Rowling, wir üben zwar bisher nur Diktat, aber so ein kluges Mädchen wie sie, da weiß man ja, dass da hunderttausend Geschichten drauf warten, auf Papier gebracht zu werden! Was da alles drin steckt in ihrem hellen Köpfchen, amazing, really.«

Das helle Köpfchen rennt gerade jodelnd durch den Flur und macht gemeinsam mit ihrem Bruder Jagd auf Stephan. Mit großem Gekreische verschwinden die drei im Schlafzimmer und richten dort mit Sicherheit ein riesiges Chaos an.

»Right«, sage ich, versehentlich in Nadines Gewohnheit englisch eingestreuter Vokabeln verfallend, »das ist ganz sicher beeindruckend.« Oder heißt amazing wunderbar? Egal, Nadine hört eh nicht richtig zu. Sie runzelt plötzlich die Stirn, guckt aufgeregt von rechts nach links und beugt sich dann zu mir.

»Maja?«

»Warum flüsterst du?«

»Weil ich dir was sagen muss. Was, ähem, Delikates ... also ich weiß gar nicht richtig, wie ich das anfangen soll, aber ... Ich habe Stephan gesehen.«

»Okay. Und?«

»Und er war nicht allein!«

»Ja, und?«

»Maja!«, Nadine rollt mit den Augen. »Please! Jetzt denk doch mal nach!«

Erwartungsvoll guckt sie mich an, aber ich stehe auf dem Schlauch.

»Da war eine andere Frau!«, zischt sie.

»Na und? Ich bin ja auch mal mit Männern unterwegs. Das ist doch kein Grund zur Panik.«

»Die beiden wirkten sehr vertraut miteinander. Wenn du verstehst, was ich meine ... close. Very, very close.«

Jetzt wird mir doch kurz mulmig. Würde Nadine so eine Show machen, wenn es keinen Grund dafür gäbe?

»Haben sie sich geküsst?«, frage ich ängstlich, »oder Händchen gehalten oder so?«

»Nein, das nicht.« Sie wartet eine winzige Sekunde. Dann beugt sie sich noch ein Stückchen näher. »Aber sie haben herzlich gelacht!«

Ich bin sprachlos. Nicht weil Stephan es wagt, sich mit anderen Frauen zu amüsieren, sondern weil Nadine zu glauben scheint, dass Gelächter ein handfester Beweis fürs Fremdgehen ist.

»Du sagst ja gar nichts? Hätte ich doch lieber auf Katharina hören sollen? Die meinte, ich soll lieber nichts sagen. Dass du das eh schon wüsstest und ich dir die Peinlichkeit ersparen sollte. Aber es ist doch besser, dass ich was gesagt habe, right?«

Ich lächle. »Ja, klar, Nadine. Aber ich finde wirklich, dass nichts dabei ist. Für mich klingt das völlig harmlos. Das war sicher seine neue Kollegin. Die scheint sehr nett zu sein.«

Nadine lehnt sich wieder zurück und guckt mich mit einer Mischung aus Misstrauen und Mitleid an. »Ich hoffe, du bist da nicht zu naiv, Maja. I mean … die beiden wirkten sehr vertraut miteinander. Vertrauter als Kollegen. Außerdem stand neulich in der Zeitung, dass die meisten Seitensprünge auf der Arbeit passieren.«

Ein lautes Scheppern und Knallen lässt uns hochfahren.

»Was zur Hölle?!«

Wir stürzen ins Schlafzimmer. Dort liegt, umringt von zwei weinenden Kleinkindern und einem ebenfalls schockiert dreinschauenden Stephan, mein geliebter Laptop. In Trümmern.

»Schleppi!«, rufe ich und gehe in die Knie. »Oh Gott, er ist tot!«

»Ich kaufe dir einen neuen«, verspricht Stephan sofort. »Es tut mir leid, Maja, wir haben ein bisschen wild getobt...«

Ein bisschen ist gut. Schleppi sieht aus, als wäre jemand mit dem Lastwagen darübergerollt. Mehrfach.

»Schleppi kann man nicht ersetzen!«

»Maja, ich weiß, du hängst an der Kiste, aber er ist doch kein Haustier!«

Ich beiße mir auf die Zähne. Stimmt, ist er nicht. Wir haben kein Haustier, weil Stephan mir schon beim ersten Date erzählt hat, dass er bei allem, was vier Beine hat, zu niesen anfängt. Und wer will schon nur auf Fische starren? Alles, was ich habe, ist Schleppi.

»Tut mir leid!«, weint Ole, und ich rufe mich selbst zur Räson. Ich bin schließlich die Erwachsene in diesem Drama.

»Nicht schlimm, Ole«, sage ich und nehme ihn in den Arm, »ist nur eine Maschine. Hauptsache, euch ist nichts passiert.«

»Wieder heil?«, schluchzt er an meiner Schulter. Kummervoll betrachte ich den Müllhaufen, der mal mein geliebter Laptop war und antworte nicht.

»Ach, Maja, das alte Ding, ist vielleicht ganz gut so«, sagt Nadine jetzt, »wir sind auch versichert, no problem.«

»Was heißt versichert?«, fragt Ina, die schon vor zwei Minuten mit dem Heulen aufgehört hat und jetzt neugierig ihre Mutter anschaut. Nadine erklärt ihr, was Versicherungen sind (DAS kann man offenbar nicht früh genug lernen), und ich behalte für mich, dass Geld nicht alles ersetzen kann. Wir lassen die Szene der Zerstörung hinter uns, und ich tröste noch ein bisschen den armen Ole, der immer noch arg aus dem Häuschen ist.

Kurze Zeit später kommt Katharina, wie meistens ohne Mann und Kind, dafür aber mit Mutter – nicht ihrer, sondern meiner. Die stürzt sich, wie vermutet, gleich auf die Zwillinge. Kurz drauf klingelt auch mein Vater. Er ist damit wie immer als Letzter da, sieht dafür aber … mir fehlen leider die Worte.

»Warst du shoppen, Papa?«, frage ich vorsichtig, während er mir rechts und links einen Kuss auf die Wange drückt. Er riecht, als wäre er in einen Parfümflakon gefallen. Eventuell auch mehrere.

»Ach das?«, er streicht sich lächelnd über das schreiend pinke Hemd, auf dem winzige, dafür aber sehr neckische Hawaiianerinnen die vollen Hüften schwingen, »das habe ich online entdeckt, ist so ein Service für Männer, ganz toll. Da sagt man, wie man gern wäre, und dann suchen sie die passende Kleidung raus. Und schicken dir sogar alles. In 24 Stunden!«

Ich frage mich, was mein Vater bei diesem Service angegeben hat. Flamboyanter Flaneur mit Farbdezifit? Quentin-Crisp-Fan? Mann ohne Sinn und Verstand?

»Äh, sehr hübsch«, sage ich bemüht und beschließe, den Rest des Abends einfach zu ignorieren, dass mein sechsundsechzig Jahre alter Vater silbertürkisfarbene Sneaker und ein Einstecktuch mit Flamingos drauf trägt. Wenigstens den bodenlangen Trenchcoat lässt er an der Garderobe.

»Hallo zusammen!«, ruft er fröhlich in den Raum rein, »Gudrun, du bist aber bezaubernd angezogen heute!«

Verdutzt gucke ich meine Mutter an. Sie trägt eine graubraune Stoffhose und eine ähnlich farblose Bluse; Kleidung war meiner Mutter noch nie wichtig. Das Kompliment scheint sie aber zu freuen; sie begrüßt ihren Ex nahezu herzlich, und nicht einmal fällt das Wort Geranien. Erstaunlich. Damit der Frieden andauert, sorge ich dafür, dass die beiden wie geplant weit auseinander sitzen.

»Eine Rede, eine Rede!«, ruft mein Vater, kaum dass alle am Tisch sind. Die himmelsschreiende Kleidung färbt eindeutig auf seine Stimmung ab.

»Na gut«, sage ich, damit er verstummt, »eine Rede. Warum nicht? Also, ich freue mich total, dass ihr alle gekommen seid. Ich weiß natürlich, dass ich nur ein paar Tage weg bin, aber…«

»… man muss die Feste feiern, wie sie fallen!«

»Richtig, Papa, genau. Und jedenfalls gibt es ja immer das Risiko, dass man von so einer Reise nicht wiederkommt, deshalb dachte ich, es wäre schön, euch alle noch mal zu sehen und…«

»Warum?«

Diesmal ist es Ina, die mich unterbricht, natürlich mit ihrer Lieblingsfrage.

»Na, äh, weil ihr alle meine liebsten Menschen seid!«

»Warum?«

»Weil…« Ich gerate peinlicherweise ins Stocken. Was sagt Annie immer? Man muss nur ganz tief in sein Herz schauen, dann kommen die richtigen Worte von allein. Genau das tue ich also. Nur leider sehe ich nichts, nicht mal einen einzigen Buchstaben. Panisch schlucke ich. Wie kann das sein?

»Warum?«, wiederholt Ina und jetzt ist wirklich Zeit für Panik. Denn das frage ich mich jetzt ungewollt auch, und zwar mit Nachdruck. Warum? Weil ich mich jedes Mal von Herzen freue, wenn ich einen von ihnen sehe – oder doch eher, weil es halt immer schon so war? Will ich Katharina und Nadine wirklich an meiner Seite, weil ich die beiden so schätze? Oder Stephan? Oder ist das alles nur Gewohnheit und sonst nichts? Ich starre Ina an, und bevor mein Schweigen unangenehm wird, platzt aus mir heraus: »Weil du das coolste junge Mädchen bist, das ich kenne!« Puh, gerettet.

Ein strenger Blick von Nadine und ein trauriger von Ole helfen auch gleich beim nächsten Satz: »Und Ole ist der coolste junge Junge, den ich kenne! Tja, und darum also seid ihr hier. Ich hab ein paar leckere neue Thermomix-Rezepte ausprobiert und hoffe …«

»Mit Liebe kochen ist Nahrung für die Seele!«

»Richtig, Papa, genauso ist es. Also, ich hoffe, euch schmeckt es und …«

»Was gibt es denn?«

»Ähm, Ratatouille, Mama, das magst du doch so gern. Also, wie gesagt, guten Appetit!«

Höfliches Klatschen. Ich setze mich leicht verlegen und in dem Wissen, dass ich mit dieser Ansprache nicht in die Annalen der Geschichte eingehen werde. Ich würde aber auch wetten, dass Cicero nicht mitten in einer flammenden Rede sein ganzes Leben infrage gestellt hat.

»Ich habe auch Neuigkeiten!«, ruft Katharina, während Stephan Gemüsemischmasch verteilt. »Ihr werdet es nicht glauben: Ich bin befördert worden!«

Nadine klatscht, ein wenig enthusiastischer als eben noch bei meiner Rede, und alle anderen stimmen mit ein.

»Glückwunsch!«, sage ich, »das ist ja der Wahnsinn! Ist das nicht schon das zweite Mal dieses Jahr?«

Katharina nickt stolz. »Meine Ideen für die Ausschreibung von der Stadt haben meinen Chef total umgehauen. Hat nicht mal gewartet, bis wir gewonnen haben, bevor er mir mehr Geld angeboten hat.«

»Richtig so«, ruft Nadine, und ich lächle schwach. Waren das nicht eigentlich eher meine Ideen? Das hätte Katharina ja ruhig mal erwähnen können, wenn schon nicht beim Chef, dann wenigstens hier. Aber ich halte lieber meinen Rand, ich will schließlich die Stimmung nicht verderben. Es wird gelacht und gequatscht am Tisch, und ich bin froh, dass ich auf die Idee für diesen Abend gekommen bin, auch wenn ich selbst mich an den Gesprächen kaum beteiligen kann, weil ich mich um alles Mögliche kümmern muss, unter anderem um Inas viele Fragen. Die werden jedoch nach und nach weniger, und kaum ist das Dessert verspeist, fallen ihr und ihrem Bruder langsam die Augen zu.

»Ich bring die Mäuse mal ins Bett!«, ruft meine Mutter. »Maja, hast du was zum Vorlesen?«

Habe ich. Doch bevor ich den dicken Band mit den australischen Märchen an meine Mutter weitergeben kann, reißt mein Vater mir das Buch aus der Hand.

»Gudruns Augen sind nicht mehr so gut, ich mach das mal lieber!«

Ich beiße mir auf die Lippe. Und es war so lange gut gegangen.

»Wie aufmerksam, Hans-Dieter«, sagt meine Mutter, und ich reiße erstaunt die Brauen in die Höhe. Ich hatte fest damit gerechnet, dass sie ihm für diese Bemerkung an die Kehle geht, doch die Therapie scheint zu fruchten: Einhellig schreiten Mutter, Vater und zwei Kinder in Richtung Schlafzimmer. Jetzt endlich habe auch ich ein wenig Zeit, gemütlich zu sitzen und zu reden, doch bevor ich noch den Mund aufmachen kann, beugt sich Katharina zu mir. »Ach, Maja, ich habe übrigens noch mal rumgefragt, wegen einer Stelle für dich, aber da ist echt nichts zu machen. Habe mich auch mit Carsten Maschmeyer beraten, als wir neulich essen waren, wie man da strategisch vorgeht, aber das hat leider auch nichts gebracht. Tut mir leid!«

Obwohl ich Antonia natürlich niemals verlassen würde, bin ich enttäuscht. Sollte es nach ihrer Beförderung nicht ein Leichtes für Katharina sein, mich in die Firma zu holen?

»Noch mal wegen dieser Ausschreibung …«, fange ich an.

»Irre, oder? Nicht, dass ich die Beförderung nicht verdient hätte, aber es ist schon geil zu sehen, wie unbedingt sie mich im Laden haben wollen!«

»Auf jeden Fall, ja. Aber, ähm, diese Ideen, also die, die zur Beförderung verholfen haben, ähm, waren die nicht auch so ein ganz klein bisschen von mir?«

»Was meinst du denn jetzt damit? Dass du das Geld bekommen solltest, das ich jetzt mehr verdiene?«

»Nein, nein, das nicht. Natürlich nicht. Aber hat das denn nichts geholfen, als du nach einer Stelle für mich gefragt hast? Das hätte doch schon zeigen können, dass ich was draufhabe …«

»Maja, nun sei doch bitte nicht naiv! Wenn ich das gesagt hätte, dann wäre ich doch unten durch gewesen. Erwartest du das von mir? Dass ich mir selbst ins Bein schneide für dich? Ich dachte, du hilfst mir gern! Nicht, damit du mich hinterher erpressen kannst!«

»Erpressen? Um Gottes willen, Katharina! Ich wollte doch nur fragen …«

»Fragen, ob sich deine Hilfe gelohnt hat?!«

Sie schüttelt den Kopf und wendet sich ab. Ich bin verblüfft. Mehr als das; ich bin geschockt. Ein Zustand, der sich noch verschlimmert, als sie aufsteht und mir kühl den Rücken zuwendet.

»Ich gehe jetzt«, verkündet sie, »das scheint mir besser so!«

Das Gespräch am Tisch verstummt schlagartig. Auch mir fehlen die Worte; sprachlos sehe ich zu, wie Katharina Nadine ein Küsschen auf die Wange drückt, mir einen letzten bösen Blick zuwirft und von dannen zieht. Das ist alles so schnell gegangen, dass ich nicht mal wirklich weiß, wie es passieren konnte. Geschweige denn, warum.

»Was zum Teufel war denn das?« Stephans Augen blitzen, und er schüttelt heftig den Kopf. »Das war echt unhöflich!« Seine Wut ist verständlich und sicher lieb gemeint, aber alles andere als hilfreich. Mir wäre lieber, wir würden alle so tun, als wäre das eben völlig normal gewesen, allein schon, weil ich nicht erklären kann, was in Katharina gefahren ist. Nadine schaut von meinem Freund zu mir und wieder zurück.

»Was hat Katharina denn für ein Problem? Was ist los?«

Ich werfe Stephan einen Seitenblick zu, halb flehend, halb sauer, und sage leichthin: »Gar nichts, gar nichts!«

»Nach gar nichts hörte sich das aber nicht an!«

»Ist doch jetzt egal, Stephan!«

»Es ist nicht egal. Ich dachte, Katharina sei deine Freundin, da kann sie dich doch nicht so behandeln!«

»Sie hatte sicher ihre Gründe ...«, murmle ich, woraufhin Stephan fassungslos seinen Stuhl zurückschiebt, zur Küchenzeile geht und mir den Rücken zudreht. Ich höre das Gurgeln der Weinflasche. Ansonsten ist es peinlich still.

»Tja, ich werde dann auch mal«, sagt Nadine schließlich, »die Zwillinge müssen ins Bett ...«

»Meine Eltern legen sie doch grade hin ...«

»Schon, aber es nicht so gut für Kinder, wenn sie in fremden Betten schlafen müssen. Hab' ich neulich erst wieder gelesen. Ich bringe sie lieber mal nach Hause.«

Vier Minuten später hat sie sowohl die Zwillinge als auch ihre Sachen eingesammelt, sich von allen verabschiedet und ist nur wenige Minuten nach Katharina aus der Tür entschwunden.

»Was war denn das?«, fragt meine Mutter verwundert.

»Nichts«, sage ich kläglich.

»Das behauptet Biene schon die ganze Zeit!«

»Stephan, das hilft mir jetzt nicht, ehrlich. So ein Mist, ich wollte doch einfach nur einen schönen Abend haben …«

Traurig betrachte ich die Reste meiner Abschiedsgesellschaft: Ein angetrunkener Freund, der mich so böse anschaut, als wäre diese Katastrophe allein meine Schuld, eine Mutter, die furchtbar enttäuscht das Märchenbuch für die Kinder an ihre Brust drückt, und ein Vater, der aussieht wie in Picassos Palette gefallen und sich kräftig räuspert. »Das Essen war übrigens hervorragend, Schätzelein«, sagt er, und ich schenke ihm ein dankbares Lächeln.

»Ja, Papa?«

»Ja, ja, ganz ausgezeichnet. Hätte nie gedacht, dass man mit diesem Thermodings so lecker zaubern kann, nein wirklich nicht!«

Ich muss lächeln. Und denke plötzlich, dass es schlimmer sein könnte, als es ist, denn solange die Familie noch um einen ist, kann man auch ohne Freunde leben. Blut ist schließlich dicker als Wasser.

»Ich bin froh, dass ihr hier seid!«, sage ich also. »Noch ein Gläschen Wein?«

»Schätzelein, das ist lieb, aber wir, also das heißt ich, ich muss los, ich habe morgen früh einen wichtigen Termin, also was heißt schon Termin, aber ich muss früh raus, und in letzter Zeit brauche ich viel Schlaf, entschuldige!«

»Schon okay, Papa. Mama, du?«

»Normalerweise gerne, Maja, aber ich hab' Kopfweh, leider. Ich denke, ich muss mich hinlegen, ich bin ja nun auch nicht mehr die Jüngste, du verstehst.«

Enttäuscht nicke ich. So dick ist Blut wohl doch nicht. Nachdem meine Eltern sich verabschiedet haben, versöhne ich mich mit Stephan, was sich hölzern und steif anfühlt, wahrscheinlich, weil wir beide im Inneren immer noch finden, dass der andere sich falsch verhalten hat, und bloß die Energie und die Lust nicht haben, es auszufechten. Gemeinsam räumen wir die Küche auf, wechseln aber kein Wort dabei, und als wir danach nebeneinander im Bett liegen, fühle ich mich mutterseelenallein und sehr verloren. Ein Zustand, der sich kaum bessern wird, wenn ich ab morgen 1100 Kilometer weit weg bin.

Kapitel sechs

Und dann ist es so weit. Ich bin angekommen. Also nicht in Südamerika, aber in Hessen, genauer: Am Flughafen Frankfurt. Von Berlin direkt nach La Paz geht ja leider nicht. Warum sind Schiffsreisen eigentlich aus der Mode gekommen? Ist doch schön, so gemütlich auf See schaukeln, sich Zeit nehmen für die Reise, gemächlich dahintreiben. Und nicht im Eiltempo vom Boden abheben mit dem großen Risiko, dorthin nur als platter Flatschen zurückzukehren.

Tief atme ich durch. Hilft aber nicht: Was für andere Leute das Krankenhaus, ist für mich der Flughafen. Und das Drehkreuz Frankfurt entspricht dem alten Londoner Bedlam: ein tödlicher Moloch, in den man alles und jeden steckt, unabhängig davon, ob derjenige ein solches Schicksal verdient hat. Und bei dem die Chance, den Aufenthalt ohne Langzeitschäden zu überstehen, gegen null geht. Dass Stephan und ich in eisigem Schweigen auseinandergegangen sind, macht es noch schlimmer. Es nagt an mir, wie sehr wir uns in der letzten Zeit voneinander zu entfernen scheinen. Nicht nur räumlich, sondern vor allem innerlich.

Aber es hilft ja nichts. Man ist schließlich keine vierzehn mehr und kann sich am Riemen reißen. Ich bediene mich dafür eines alten Tricks und denke in den folgenden Stunden immer nur an den nächsten Schritt und nicht weiter: Einchecken. Geschafft. Sicherheit. Geschafft. Duty-Free. Geschafft.

Das funktioniert erstaunlich gut. Jedenfalls bis es ans Boarding geht. Zwar schaffe ich es noch in die Röhre zum Flieger, aber dann ist Schluss mit lustig. Für mich, alle anderen scheinen bester Laune. Es wird gekichert, gequatscht und gegackert, als säßen wir alle in der besten Komödie des Jahres.

Wie können die bloß lachen? Wir sitzen gleich in zehn Kilometer Höhe über dem sicheren Erdboden in einer riesigen Blechbüchse, rasen mit angsteinflößenden 800 Stundenkilometern durch eine Luft, die so kalt ist, dass selbst der Nordpol neidisch werden könnte, und das alles, während wir unser Leben einem Piloten anvertrauen, der mit fünfzigprozentiger Wahrscheinlichkeit schon mal beim Fliegen eingeschlafen ist. Sagt jedenfalls die Statistik. Ich schlucke. Vielleicht hatte Stephan recht. Ich hätte mich nicht von Nadine mit diesen blöden Statistiken anstecken lassen sollen. Der Druck der nachfolgenden Passagiere treibt mich gnadenlos weiter, und schließlich stehe ich vor meinem Platz. Erst mal Sitz angucken und nicht drüber nachdenken, dass selbiger gleich abhebt. Sieht okay aus, mein Sitz. Groß, geräumig und irgendwie sogar ganz kuschelig. Mit dem Blick aus dem Fenster muss sich ein anderer plagen, und der sitzt in angemessenem Abstand zu mir, also so weit, dass ich mich bei meinen Panikattacken nicht beobachtet fühlen muss.

»Entschuldigung, darf ich Sie eben mal was fragen?«, ertönt plötzlich hinter mir eine weiche Männerstimme. Ich fahre herum.

»Was? Ist alles okay? Gibt es ein Problem? Oh Gott, es gibt ein Problem, oder? Was ist es? Was ist kaputt?«

Der junge Mann guckt mich aus großen Augen an und schüttelt den Kopf. Zuerst. Dann nickt er, und mir bricht der Schweiß aus.

»Was denn? Was ist los? Jetzt sagen Sie schon!«

»Ähm, also, ich wollte Sie fragen, ob Sie vielleicht den Platz tauschen können?«

»Den Platz tauschen?«

»Weil ich ganz furchtbare Probleme mit dem Rücken habe. Dem Rücken. Wegen meiner Größe.«

»Ich verstehe nicht …«

»Also ich bin so groß, da passe ich nicht in den normalen Sitz. Deshalb dachte ich, wir könnten vielleicht tauschen? Ich weiß, das ist sehr unüblich. Unüblich. Es ist nur … Sie wirken so nett und einfühlsam, und als ich Sie gesehen habe, dachte ich sofort, da dachte ich: Die hat bestimmt Verständnis für mich! Sie strahlen so etwas Hilfsbereites aus. Hilfsbereit.«

»Tue ich?«

»Oh ja. Ich wusste gleich: Die wird mich nicht im Stich lassen. Es ist nämlich wirklich ganz schlimm, also diese Schmerzen in den kleinen Sitzen, das können Sie sich gar nicht vorstellen, was das mit einem macht. Was das mit einem macht.«

Wie er so dasteht, die langen Arme baumelnd, die Schultern herabgesunken, der Kopf leicht gesenkt und die Knie gebeugt, sieht er wirklich ganz erbärmlich aus, der Arme. Ein Teil von mir fragt sich zynisch, ob er die Nummer vor dem Spiegel einstudiert hat, aber es ist der Teil, dem ich immer ganz schnell einen Maulkorb und eine Augenbinde anlege, weil er nämlich sogar mir selbst schon unsympathisch ist. Wie erst soll er dann auf andere Menschen wirken? Und dennoch …

»Also ich weiß nicht«, sage ich zögerlich. »Ich habe ziemlich gekämpft um diesen Platz … und teuer war er auch.«

»Hab' ich auch versucht«, sagt er traurig, »aber da war nichts zu machen. Alles schon ausgebucht. Und bei meiner

Größe, wie gesagt, so lange so eng sitzen … Das ist unmöglich. Unmöglich.«

Unschlüssig gucke ich von ihm zum Luxusplatz und wieder zurück. »Vielleicht wenn Sie mir das Geld …?«

»Gibt es ein kleines Problemchen hier?«

Eine hübsche Stewardess hat sich unbemerkt zu uns gesellt. Sie strahlt vorschriftsmäßig, aber aus ihren Augen sprechen die Ungeduld und die Befürchtung, dass wir eine Szene machen könnten. Dabei ist das wirklich das Letzte, was ich will. Ich hasse Szenen. Fast mehr als Fliegen.

»Nein, nein«, versichere ich schnell, »wir unterhalten uns bloß.«

»Wie schön! Aber leider müssen wir uns jetzt alle setzen, sonst können wir nicht starten!«

Jetzt drehen sich schon die Ersten um. Na toll.

»Ja natürlich, ich ähm, ich gehe sofort auf meinen Platz«, und an den Mann gewandt, der immer noch ganz kläglich dasteht: »Wo ist der noch mal?«

»38K!«

Ich nicke dankbar, obwohl er es ja eigentlich sein sollte, der vor Dankbarkeit auf die Knie geht. Oder wenigstens das Portmonee zücken. Bevor ich den Mut fassen kann, ihn danach zu fragen, hat die Stewardess mich schon freundlich, aber bestimmt am Ellenbogen gefasst, um mich auf meinen neuen Platz zu geleiten. Es ist der Gang zum Schafott: Wir müssen durch die ganze Maschine, vorbei an schmollenden Teenagern mit ihren genervten Familien, an Männern im Anzug und Frauen im Kleidchen, an Alten, Jungen und einer Nonne. Immerhin, vielleicht ist Gott dann gnädig mit unserer Maschine. Mein Herz ist kurz vor der Explosion, als wir endlich ankommen.

»Bitteschön!«

»Am Fenster? Ehrlich?«

»Ein toller Platz! Genießen Sie die Aussicht!«

Und weg ist sie. Von wegen der Kunde ist König. Wenn man allerdings überlegt, wie viele Menschen so eine Airline jeden Tag in den Kampf ums Überleben stürzt, darf man sich im Grunde nicht wundern, dass der Einzelne schnell untergeht. Was ist schon eine Meinung unter vielen? Ich setze mich. Zitternd. Schweißgebadet. Trockenkehlig. Vielleicht schummle ich mich einfach auf den Gangplatz? Da bin ich wenigstens nicht eingeklemmt. Aber nein, noch einmal möchte ich keine Platzdiskussion führen, schon gar nicht, wenn ich dabei im Unrecht bin.

Ich gucke hinaus, und mir wird schlecht. Ich gucke auf die Notanleitung, und mir wird schlecht. Ich schließe die Augen, und mir wird schlecht. Wo ist eigentlich der Kotzbeutel?

»Hallo! Könnten Sie mir kurz helfen?«

Ich zucke zusammen. Meine Sitznachbarin ist da, und sie ist nicht allein: Neben der voluminösen Damenhandtasche hat sie diverse Tüten, Stoffbeutel und sogar eine Papprolle dabei. Von wegen, ältere Damen reisen mit leichtem Gepäck.

»Klar«, sage ich bemüht fröhlich und verstaue ihre diversen Schätze in der Gepäckablage über uns. Dann setzen wir uns wieder, ich ans Fenster, sie an den Gang. Keine Sekunde zu früh: Die Anschnallzeichen leuchten, die Maschine erzittert, und die Crew beginnt mit der Aufklärungsarbeit. Für unseren Bereich ist nicht die Hübsche von vorhin zuständig, sondern ein ebenso hübscher junger Mann mit blonden Locken und akkurater Bügelfalte in der Hose.

Ich beneide den Steward um seine Ruhe und Gelassenheit und auch ein bisschen um das flotte Käppi. Als wir anrollen, zieht er weiter seine stramme Sicherheitsnummer ab, während ich bete, dass regelmäßig kontrolliert wird, ob die Schwimmwesten auch dicht sind.

Wir rollen. Ich atme hechelnd ein und aus. Nur die Ruhe bewahren. Alles ganz einfach. Alles wird gut. Wir werden schneller. Dann, plötzlich, gibt es einen heftigen Ruck, und wir befinden uns in Schräglage. Ich wimmere tonlos. Das weiß ja jedes Kind, dass Starten und Landen die gefährlichsten Momente sind. Hab da zwar keine Statistik zu gefunden, aber das sagt einem doch der gesunde Menschenverstand. Der Pilot legt den Flieger noch schräger. Wo ist der Boden? Wo ist der Boden? Obwohl ich weiß, dass ich besser woanders hinschauen sollte, presse ich meine Nase an das eiskalte Fenster. Je weiter wir nach oben steigen, desto tiefer sinkt mein Magen. Gegen meinen Willen muss ich heftig röcheln.

»Alles okay?«

Ich drehe mich unter Aufwendung aller körperlichen und geistigen Kräfte vom Fenster hin zu meiner Nachbarin.

»Prima. Alles prima.«

Sie nickt ungläubig. Ich würge.

»Sind Sie sicher?«

»Schön wär's!«

»Bitte?«

»Ähm, nein, nein, ich bin sicher. Alles in Ordnung. Vollkommen in Ordnung.«

Es rumst. Ich schreie.

»Das Fahrwerk«, erklärt die alte Dame fachmännisch.

»Grrgsklaarrr«, krächze ich. Der Drang, aufzustehen und durch den Gang zu rennen, und zwar mit dem Ruf »Wir werden alle sterben!« auf den Lippen, wird übermächtig. Ich kralle mich in die Armlehnen. Mir egal, ob mir dabei sämtliche Finger brechen.

»Ihnen geht es wirklich gut, ja?«

»Blendend!«, zische ich. Die alte Dame schweigt eine Weile. Sie zieht das Bordmagazin aus der Tasche des Vordersitzes und beginnt darin zu blättern. »Wussten Sie«, sagt sie dabei beiläufig, »dass die meisten Menschen nur deshalb ersticken, weil sie sich schämen, um Hilfe zu bitten?«

»Was?«

»Leute, die im Restaurant was im Hals stecken haben. Gut zwei Drittel sterben, aber nicht, weil das an sich so gefährlich ist, sondern weil es ihnen peinlich ist, dass sie nicht atmen können. Weil diese Leute am Tisch keine Szene machen wollen, gehen sie lieber auf die Toilette, und dort ist natürlich keiner, der helfen kann, und dann gehen sie drauf. Gestorben an der eigenen Scham.«

Dazu weiß ich nichts zu sagen. Ich bin auch zu abgelenkt, wir durchqueren nämlich die Wolkendecke, was bedeutet, dass wir hin und her geworfen werden wie ein wächsernes Papierschiffchen im Abwasserkanal bei Starkregen.

»Sie haben Flugangst, stimmt's?«

»Entschuldigung«, quetsche ich hervor, »ich will Sie nicht stören, sorry. Es ist nur … oh Gott, was war das?«

»Nichts«, sagt sie und winkt ab, »es ist meistens nichts. Und Sie stören mich nicht, gar nicht. Ich weiß doch, wie das ist!« Endlich haben wir die Flughöhe erreicht. Was nicht heißt, dass die Gefahr vorüber ist. »Ich bin früher auch nie gern geflogen, aber heute hab ich absolut kein Problem mehr damit. Rebecca hat mir Pillen aufgeschrieben – sie ist Ärztin, wissen Sie, hat sogar ein Buch veröffentlicht, einen Ratgeber zu Achtsamkeit und so – jedenfalls, seit ich die nehme, bin ich ganz entspannt. Sehen Sie ja!«

»Ich mag nicht so gerne so harte Sachen nehmen …«, bringe ich hervor, höre mich dabei aber selbst in meinen eigenen Ohren nicht besonders überzeugt an.

»Nein, nein, ist alles homöopathisch. Glaube ich jedenfalls. Hab nie genau auf's Etikett geguckt, aber so oder so: Hilft prima! Also, wollen Sie eine?«

Ich schüttle den Kopf. Das Flugzeug sackt einen halben Meter nach unten. Ich nicke. Mehrfach und heftig.

»Wird Ihnen guttun, ich verspreche es!«

Es dauert eine Weile, bis wir aus ihren zahlreichen Beuteln das richtige Döschen gefischt haben. Ein hübsches kleines Ding aus bunt bemaltem Stroh.

»Selbst gemacht?«

»Von irgendwem bestimmt«, lacht sie, »ich habe zwei linke Hände. Da, nehmen Sie.«

Ich gebe mich geschlagen und lasse mir von dem Steward ein Wasser bringen. Es riecht komisch, aber was muss, das muss. Ich schlucke die Pille, seufze und schließe die Augen.

»Hallo? Junge Frau?«

Ich öffne sie wieder. Das geht gar nicht so leicht: Meine Lider sind schwer wie Blei und scheinen irgendwo festzukleben. Außerdem schmeckt meine Zunge nach pelziger Katze mit Flohbefall, und mein Körper fühlt sich an, als wäre er stundenlang mit einem Schnitzel verkloppt worden. Ne, Moment, man kloppt ja das Schnitzel mit dem Körper und nicht umgekehrt. Obwohl, macht man das wirklich mit der Hand? Gibt es da nicht einen extra Hammer für? Steht das in irgendeiner Gesundheitsverordnung? Ist das ansteckend?

»Hallo, Miss?«

Jemand ruckelt sanft an meiner Schulter. Oh, meine Augen sind ja immer noch zu.

»Wwss?«

»Sie müssten jetzt mal aussteigen, junge Frau.«

Plötzlich geht das mit dem Augen öffnen ganz schnell.

»Wie, aussteigen?«

»Wir müssen hier sauber machen. Und sie sind die Letzte …«

Völlig baff schaue ich mich um. Ich bin, da hat der gute Steward die Wahrheit gesagt, die Letzte im Flieger. Ansonsten sind nur noch die Überreste von zwölf Stunden Flug zu sehen: Geknüllte Decken, aufgerissene Snack-Tüten und jede Menge Krümel. Außerdem ist es draußen schon dämmerig.

»Aber wir sind doch gerade erst gestartet!«

»Sie haben den ganzen Flug verschlafen«, lächelt der Steward. »Haben wohl was eingenommen, wie? Ist nicht das Schlechteste. Einfach alles verschlafen.«

Stimmt, da war was. Obwohl ich mich nur noch vage daran erinnern kann, warum und wieso ich es für eine gute Idee gehalten habe, von einer völlig Unbekannten ein anonymes Medikament anzunehmen. Von wegen homöopathisch! Wie alle anderen ist auch die Drogendealerin längst verschwunden. Ich weiß nicht, ob ich ihr dankbar sein oder sie für ihre Dreistigkeit verfluchen soll. Aber am Ende ist das wohl auch egal. Es zählt nur eins: Ich lebe!

Einmal ausgestiegen fällt es mir nicht gerade leicht, mich zu orientieren. Das liegt nicht nur an der ungewohnten Umgebung und der Zeitverschiebung, sondern auch daran, dass das unbekannte Betäubungsmittel länger nachwirkt, als gut für mich ist. Alles ist irgendwie weit weg und gedämpft. Möglicherweise ist das aber auch ein Vorteil. Ich gehe durch die Einreisekontrolle wie ein Zombie und vergesse sogar, mich vor den Maschinengewehren zu fürchten. Auch die fremden Gerüche und Geräusche berühren mich nur wenig; ich bin so damit beschäftigt, überhaupt wach zu bleiben, dass ich keine Energie mehr dafür übrig habe, mir Sorgen zu machen. Oder sagen wir: fast keine. Denn bevor ich mich im

Hotel endlich schlafen legen kann – es wundert mich, dass ich nach 12 Stunden Koma überhaupt noch das Bedürfnis habe, aber was weiß ich schon von Drogen –, muss ich die schwierigste Hürde erst noch nehmen: ein Taxi finden.

Taxifahrten in Südamerika sind, sagt jedenfalls das Internet, eine saugefährliche Sache. Kaum ein Fahrer ist lizensiert, man wird in der Regel abgezockt, und wenn man Pech hat, außerdem entführt und tagelang gezwungen, an jedem verfügbaren Geldautomaten sein Konto leerzuräumen. Ich atme tief durch. Nur keine Panik. Das bisschen Geld, was ich mir geholt habe (mehr als fünfzig Euro ließen sich nicht ziehen), habe ich auf alle möglichen Taschen verteilt, mein Rucksack ist mit Schlössern behangen und meine Wertsachen sicher versteckt.

Ich nehme meinen Mut zusammen und mache einen großen Schritt aus der Flughafenhalle hinaus auf den Bordstein.

»Taxi? Taxi? Lady, Taxi?«

Sofort stehen gleich sechs Männer verschiedenen Alters vor mir und winken mir frohgemut zu. Ihnen gemeinsam ist die recht geringe Körpergröße; keiner ist größer als 1,70. Alle lächeln, alle sind übereifrig und alle schüchtern mich ein. Unmöglich zu sagen, wer von denen ein bösartiger Entführer und wer ein netter Kerl mit sanftem Fahrstil ist.

»Ähm, si?«, sage ich recht verzweifelt, völlig überfordert von der großen Auswahl. Ein junger Kerl mit Lederjacke macht einen Schritt auf mich zu, wird aber von einem kleinen Dicken im Wollpullover überholt.

»The city?«, fragt er mit schwerem Akzent. Ja, genau, in die Stadt, denke ich und bin so erleichtert, dass ich mir jetzt nicht selbst einen Fahrer aussuchen muss, dass ich ihm hinterherdackle, ohne zu gucken, ob er eine Lizenz mit Foto um den Hals trägt. Sein Auto, ein schwarzer Toyota, ist alt, aber gepflegt und behauptet, ein offizielles Taxi des Flughafens zu sein. Sehr beruhigend. Obwohl sich das theoretisch natürlich jeder auf seine Autotür pinseln kann.

Der Dicke hat längst meinen Rucksack im Kofferraum und mich auf der Rückbank verstaut, die sich durch einen auffälligen Mangel an Anschnallgurten auszeichnet. Also steige ich wieder aus und setze mich nach vorne, was der Dicke mit einem Achselzucken kommentiert. Touristen halt.

Es dauert eine halbe Ewigkeit bis in die Stadt. Aber, das muss ich zugeben, es ist ein atemberaubender Weg. Wie mein runder Fahrer mir in einer Mischung aus Englisch, Spanisch und sogar Deutsch erklärt, liegt der Flughafen gar nicht in La Paz, sondern in El Alto, 400 Meter höher. Von dort aus fahren wir in ein funkelndes Lichtermeer hinab, das sich an allen Seiten in die Berghänge schmiegt. Boliviens bekannteste Stadt liegt auf 3600 Metern mitten in den Anden, eine wahrlich atemberaubende Lage, weshalb ich auch schon seit Mitte der Woche Pillen gegen die Höhenkrankheit schlucke.

»Bonita«, *schön*, sage ich beim Anblick der schimmernden Lichter unter und über uns, was den Heimatstolz des Fahrers weckt. Eifrig nickend wirft er eine schmissige lateinamerikanische Musik an, die mich fast vergessen lässt, dass ich hier eigentlich gar nicht sein will. Es dauert allerdings nicht lang, bis ich wieder daran erinnert werde. Denn in dem Hotel, das ich online gebucht habe, gibt es leider kein Zimmer für mich.

»Aber ich habe doch alles erledigt! Ist schon bezahlt und alles …«

Hinter dem Tresen steht eine Frau, eher ein Mädchen, die nun schon zum dritten Mal einen Zettel konsultiert, auf dem die Reservierungen notiert sind. Sie schüttelt den Kopf. Wir sprechen so eine Art Englisch, weil mein Versuch, mich auf

Spanisch auszudrücken, nur zu weit aufgerissenen Augen und einem Schritt zurück führt.

»Das kann nicht sein, wirklich nicht!«

Ich schiele auf das Blatt, das von einem altmodischen Klemmbrett an Ort und Stelle gehalten wird und atme erleichtert aus.

»Da, in der dritten Reihe, da stehe ich doch, Maja Böhm!«

»Nein, nein, Frau Bomm.«

»Böhm!«

»Bomm!«

Verzweifelt zeige ich auf mich, dann auf den Zettel. Die Angestellte mit der Zahnspange schüttelt vehement den Kopf. Diesmal dreht sie dabei freundlicherweise ihr abgenutztes Klemmbrett um, sodass ich überdeutlich meinen Namen auf der handgeschriebenen Liste sehen kann.

»Da, das bin ich«, und zeige auf Maja Bomm.

»Nein, das ist Frau Bomm.«

»Das ist doch nur falsch aufgeschrieben, das bin doch ganz klar ich!«

Die Dame guckt mich traurig an.

»Ich kann das Zimmer nicht vergeben, Entschuldigung. Ich muss auf Frau Bomm warten.«

Wo ist denn diese viel beschriene südamerikanische Leichtigkeit? Ich dachte, hier nehmen alle alles locker!

»Aber wo soll ich schlafen?«

»Wir haben leider kein Zimmer mehr.«

Ich gebe auf. Was bleibt mir auch anderes übrig?

»Kann ich bitte das WLAN-Passwort haben?«

»Das WLAN ist leider kaputt.«

»Und wie soll ich dann ein Zimmer finden?«

Wieder guckt sie mich traurig an, ohne eine Lösung anzubieten. Ich schlucke. Ich kann mir Schöneres vorstellen, als im Dunkeln mit all meinen Sachen durch die Straßen zu irren und ein Hotel zu suchen. Einfach warten, bis keine Frau Bomm kommt, und dann mein Zimmer beziehen? Aber ich bin so müde! Ich halte es auf keinen Fall aus, bis die Zahnspangen-Frau einsieht, dass ich ein Recht auf Frau Bomms Bett habe.

Also beiße ich die Zähne zusammen, schultere meinen Rucksack, verfluche kurz meine Mutter und ihren Shoppingwahn und gehe dann zurück auf die Straße. Lärm empfängt mich. Und der Geruch nach gebratenem Hühnchen, ungefilterten Abgasen sowie undefinierten anderen Sachen, von denen ich gar nicht wissen will, was sie sind. Alles ist eng, bunt, belebt und einschüchternd. Ich klammere mich an meine Tragegurte und scanne frenetisch die Werbeschilder. Gott sei Dank dauert es nicht lang, bis ich eines finde, auf dem Hostel steht.

Fast schon verzweifelt stürze ich über die Straße. Obwohl ich in Berlin auch mitten in der Nacht herumspaziere und mich dabei vollkommen sicher fühle – etwas, das viele Menschen als lebensmüde bezeichnen –, schaffe ich es nicht, hier die gleiche Lässigkeit an den Tag zu legen. Es ist einfach zu fremd hier, zu unvertraut. Unmöglich, sich auch nur ansatzweise zu entspannen. Im Eingang zum Hostel fühle ich mich ein bisschen besser. Der rechteckige Raum ist mit Postern dekoriert und riecht ein bisschen muffig.

»Yo, kann ich helfen?«

Auf einem braungelben Sofa in der Ecke lümmelt ein langer, junger Typ. Eindeutig kein Einheimischer; er ist blond, blauäugig und trägt ein T-Shirt von The Greatful Dead. Außerdem ist sein Englisch makellos.

»Ja bitte«, sage ich erleichtert. »Ich brauche dringend ein Zimmer. Ein Einzelzimmer. Mit Dusche.«

»Wir haben nur Schlafsaal!«

Wie soll ich denn da entspannen? Ich bin doch keine zwanzig mehr! Ich werfe einen Blick über die Schulter zurück auf die Straße. Dann beiße ich die Zähne zusammen und gehe einen entschlossenen Schritt auf den Typen zu.

»Gibt es noch einen, der ganz frei ist?«

»Was?«

»Ich möchte einen ganzen Schlafsaal mieten!«

Er guckt mich an, als hätte ich sie nicht mehr alle, und zuckt dann mit den Schultern.

»Okay, klar. Haben aber nur Gemeinschaftsbad.«

»In Ordnung«, sage ich und bin erstaunt und erfreut, als sich herausstellt, dass meine übermütige Anmietung von vier Betten nicht viel mehr kostet als mein ursprüngliches Einzelzimmer. Dafür liegt es über der hauseigenen Disco, ist kärger als eine Mönchszelle und riecht vage nach Gras.

Müde klettere ich auf eines der Hochbetten. Gerne würde ich mit irgendwem reden, aber das geht nicht. In Deutschland ist es mitten in der Nacht. Die Technik mag weit fortgeschritten und Telefonate über den großen Teich billige Massenware sein, aber Zeitverschiebung bleibt immer noch Zeitverschiebung, da kann auch keine App was dran ändern. Ich strecke mich auf der steinharten Matratze aus, die vom Bass der Discomusik unter mir zu hüpfen scheint, und ziehe mir die grobe Wolldecke über die Beine. Es kratzt, sticht und stinkt, und ich fühle mich furchtbar einsam. Vielleicht wäre es doch besser gewesen, ich hätte mich zu anderen Touristen ins Zimmer gesellt, dann täte es vielleicht nicht ganz so weh, dass ich hier niemanden habe, der mir zuhört. Ich seufze gequält. Hoffentlich geht morgen alles gut und ich kann bald zurück nach Hause.

Herr Egelwolfs Büro versteckt sich in einem verschachtelten Einkaufszentrum, das neben weiteren Agenturen zahlreiche Andenken-Verkäufer, einen Laden für Militärkleidung und sieben Frisöre beherbergt. Überhaupt staune ich unterwegs über das Verkaufssystem in La Paz. Statt jede Straße strategisch optimal mit vielfältigen Angeboten auszurüsten, hat hier jede Gasse ihr eigenes Thema und ein im Wortsinne exklusives Angebot: Es gibt die Straße der Schuhverkäufer (nicht zu verwechseln mit der Straße der Einlegesohlen), die Straße der Optiker, die Straße des Blechgeschirrs, eine für Putzmittel und eine für Hundenahrung, eine weitere für Feuerlöscher und wieder eine andere für Herrenhosen. Es ist mir ein Rätsel, wie jemand hier eine vernünftige Auswahl treffen oder zeitsparend shoppen will; alles sieht gleich aus, alles ist woanders, und nichts gibt einen Hinweis darauf, warum das Gemüse nicht wenigstens in der Nähe des Obstes ist. Auch nicht die irgendwie alterslosen Verkäuferinnen, die mich entweder finster oder lethargisch anstarren und sich zwischendurch am Kopf kratzen.

Zwischen Massen kleinwüchsiger Bolivianer im abgewetzten Anzug, lärmenden Schulkindern (sollten die nicht im Unterricht sein?) und Touristen in Pluderhosen konsultiere ich zwar alle zwei Minuten meine altmodische Karte, kann mir aber keinen Reim darauf machen, wo ich bin und wo ich hinwill. Verzweiflung macht die Interpretation der mysteriösen Wege auf Papier und in der Realität noch schwieriger. Die fremden Gerüche, Geräusche und Anblicke lassen mich mehr schwitzen als die hohe Mittagssonne. Am liebsten möchte ich umdrehen und zurück in mein Hostel rennen. Aber das geht natürlich nicht. Nach einer guten Stunde sinnlosen Suchens bin ich arg versucht, das Handy aus dem Rucksack zu holen, um mir vom wohlvertrauten Google Maps weiterhelfen zu lassen. Aber auch das geht nicht. Was, wenn mich jemand beobachtet, verfolgt, überfällt und ich dann ohne alles dastehe? Mutlos beiße ich auf meiner Unterlippe herum. Ich komme allein nicht weiter. Aber jemanden fragen? Allein der Gedanke löst den nächsten Schweißausbruch aus. Schließlich aber entdecke ich an einem Brunnen eine junge Frau, etwa Mitte zwanzig, mit Rehaugen und schwarzem Zopf, die schüchtern von rechts nach links schaut. Die vielleicht? Harmlos genug wirkt sie ja. Ich nehme all meinen Mut zusammen, halte meine Karte wie einen Schutzschild vor mich und bin in drei Schritten bei ihr. Also, nachdem ich noch mal zwanzig Minuten darüber nachgedacht habe, ob ich mich wirklich trauen soll.

»Äh, donde?«, frage ich und tippe auf die markierte Stelle. Das Mädchen starrt mich aus runden Augen an und formt mit den Lippen ein kleines O. Hinaus kommt leider nichts. »Donde?«, wiederhole ich und dann noch einmal: »Donde?«, woraufhin sie einen spitzen kleinen Schrei ausstößt, auf dem Absatz kehrtmacht und eilenden Schrittes um die Ecke verschwindet. Ich runzle die Stirn. Offenbar hat die Dame hier was missverstanden; ICH bin doch das unschuldige Touristenopfer, in ständiger Gefahr der Entführung, des Raubes und des mutwilligen Anbaggerns. Warum also ist sie es, die völlig verängstigt davonrennt?

Am Ende ist es ein Polizist, der nach kurzem Überlegen und einem Schwall Spanisch, den ich nicht verstehe, auf ein Gebäude gleich gegenüber zeigt. Herr Egelwolfs Büro liegt ganz unten. Obwohl mein Hostel nur sieben Minuten von hier entfernt ist, habe ich gut anderthalb Stunden gebraucht, um den Weg zu finden. Jetzt bin ich schweißgebadet, verängstigt und den Tränen nahe, aber immerhin pünktlich. Es ist genau elf Uhr, als ich vor der Tür stehe. Sie ist verschlossen. Ich rüttle sehr zaghaft an dem rostigen Gitter, das mich vom Innenraum trennt. Nichts.

»Hola?«, rufe ich. Wieder nichts. Eingeschüchtert schaue ich mich um. Es herrscht eine geradezu beängstigende Leere hier, vor allem im Vergleich zur übervollen Straße. Angespannt umklammere ich meinen Tagesrucksack, den ich vorschriftsmäßig vorne und nicht hinten trage. Aus einer entfernten Ecke schallt plötzlich gackerndes Lachen. Ich mache einen Satz nach vorn, knalle mit der Nase gegen das Gitter und entscheide, dass ich lieber auf dem nahen Platz mit dem Brunnen warte als in dieser finsteren Höhle voller unbekannter Gefahren.

Der Polizist von eben nickt mir freundlich zu. Ich bleibe in seiner Blickweite. Klar, die sollen alle korrupt sein, die Beamten hier, aber das kann mir ja egal sein, solange er nicht mich erpresst. Ich setze mich also so, dass der gute Mann mich im Zweifelsfall beschützen kann. Dann warte ich. Und warte. Zwischendurch gucke ich immer mal wieder, ob sich bei Herrn Egelwolf was tut. Ohne Erfolg.

Erst beim vierten Versuch – es ist mittlerweile halb eins – finde ich das Büro geöffnet und besetzt. Und zwar von einem Musterexemplar exotischer Schönheit, das hinter dem Schreibtisch steht und an der Deckenlampe fummelt. Ich zwinkere verdutzt und muss an Nadines Schwärmerei über unverbindliche Urlaubsflirts denken. Mit diesem Mann ließe sich das sicher ganz herrlich umsetzen. Anders als so ziemlich alle Südamerikaner, die mir bisher untergekommen sind, ist er schön groß, nämlich mindestens 1,85. Außerdem ist er auffallend wohlgeformt. Unter dem hellgrünen T-Shirt spielen deutlich die Muskeln, seine Hände, momentan mit der Glühbirne ringend, sind groß und stark, und obwohl ich natürlich nur raten kann, wie es hinten in seiner Hose aussieht, verspricht der Rest seines Körpers, dass er einen Arsch so hart wie ein Brett hat. Nur runder.

»Hello, Mr....», hauche ich und ärgere mich über das Hauchen, das weder angebracht noch typisch für mich ist. Ich muss dem Herrn Egelwolf zugestehen, dass er ein Händchen für schmucke Angestellte hat. Als der Mann zu mir herunterschaut, finde ich es fast verzeihlich, dass ich nicht ganz unberührt bleibe, weil nämlich nicht nur seine dichten Haare pechschwarz sind, sondern auch seine Augen. Sie erinnern an Kohlenstücke, leuchten dabei aber so stark wie die letzte Glut eines romantischen Lagerfeuers. Ich räuspere mich.

»Excuse me ...«

»Ah, Sie sind doch sicher eine Deutsche!«, unterbricht er mich und lässt dabei eine Reihe weißer Zähne funkeln. Außerdem hat er Grübchen. Das und die Tatsache, dass er an zwei englischen Worten von mir erkennt, dass ich weder Amerikanerin noch Australierin bin, bringt mich ein wenig aus dem Takt.

»Deutsche«, wiederhole ich beschränkt, »ja, Deutsche.«

»Ach, warten Sie, sind Sie die Dame vom Reisebüro?«

»Ganz genau«, sage ich erleichtert. »Maja Böhm, meine Chefin schickt mich. Antonia Schwarz-Kleinmann. Ich bin auf der Suche nach Herrn Egelwolf.«

Der junge Bolivianer streckt mir seine Hand hin. Oder ist er doch schon älter? Die Lachfältchen und zwei graue Strähnen an der Schläfe, die ich erst jetzt entdecke, sprechen zumindest dafür.

»Das bin ich«, sagt er, als ich seine Hand nehme, die warm ist und meine sanft, aber sicher drückt. »Nenn mich doch Nilo!«

»Du bist Herr Egelwolf?!«

Er grinst selbstsicher (mancher würde sagen: arrogant).

»Ja, das bin ich. Meine Mutter ist Österreicherin. Daher der Name.«

»Unverheiratet?«, rutscht es mir heraus und er hebt immer noch grinsend – beide Augenbrauen.

»Ich bin mehr so der Typ Lebemann«, erklärt er, und ich werde puterrot. »Nein, nein, nicht Sie, äh du. Deine Mutter. Weil doch sonst der Name des Vaters …«

»In Lateinamerika benutzt man immer auch den Mädchennamen der Mutter«, erklärt er. »Mein voller Name ist Nilo Andres Mercurio Silva Egelwolf. Eine schöne Tradition, findest du nicht? Das täte auch in anderen Ländern gut!«

»Lieber nicht«, sage ich ein wenig trocken, »dann wäre ich ja Maja Böhm-Bohnen!«

Er lacht, sehr laut und sehr herzlich. Ich lache erleichtert und erfreut mit. Mir scheint, als ob das Ganze schon in trockenen Tüchern ist.

»Also dann«, sagt er jetzt geschäftig und zieht ein Blatt aus seiner Schreibtischschublade. Ich registriere derweil wohlwollend, dass es sehr ordentlich in seinem Büro ist; an den Wänden hängen gerahmte Fotos, zum Teil von atemberaubenden Landschaften, zum Teil von Prominenten – sicherlich seine Kunden –, das Sofa an der linken Wand ist alt, aber sauber, und anders als in den meisten Geschäften im Umkreis ist hier nicht jeder Zentimeter vollgestopft mit Krimskrams. Außerdem ist sein Computer brandneu und sein Schreibtisch aufgeräumt. Es scheint so, als könnte man mit Herrn Egelwolf arbeiten.

Jetzt reicht er mir das Blatt. Es ist eng bedruckt. Ich lächle wieder, diesmal noch erfreuter. Natürlich muss ich sorgsam prüfen, ob sein Vertragsvorschlag mit unseren Richtlinien übereinstimmt, aber mit ein bisschen Glück ist das in zwei Stunden erledigt. Und dann heißt es: zurück nach Hause! Zurück in mein Leben! Zurück aus der Hölle! Vielleicht kann ich ja sogar schon heute …?

»Hier habe ich die Haftungsverzichtserklärung«, sagt er, »die müsstest du dringend noch unterschreiben!«

Mein Lächeln fällt in sich zusammen.

»Haftungs…«

»…verzichtserklärung. Das ist bei solchen Touren sehr wichtig. Muy importante, chica. Natürlich werde ich dein Leben oder deine Gesundheit nicht unnötig aufs Spiel setzen. Ich bin ein Profi – ich weiß, was ich tue –, aber es kommt immer mal wieder vor, dass jemand nicht auf mich hört, und dann passiert was … und das will ich vermeiden. Ist auf Deutsch, keine Sorge.«

»Auf Deutsch«, wiederhole ich und schüttle dann heftig den Kopf, um wieder klarzukommen. »Okay«, sage ich dann, »das ist vernünftig, absolut, ich kann das nur gutheißen, und es ist prima, dass du mir das zeigst. Wirklich. Aber warum genau muss ich das unterschreiben?«

»Na, weil ich dich sonst nicht mitnehmen kann.«

»Mitnehmen? Wohin denn?«

»Na, auf die Tour!«

»Welche Tour?«

Jetzt ist es an ihm, verwirrt zu sein. Er legt seine hübsche Stirn in Falten und guckt vom Blatt zu mir und wieder zurück.

»Na, die Tour, wegen der deine Chefin dich hierhergeschickt hat. Die du mitmachen willst.« Mir wird eiskalt, trotz der hohen Temperaturen. Bitte was hat Antonia?!

»Es geht ja morgen los, wir müssen das jetzt also schnell unter Dach und Fach bringen. Hier hast du einen Kuli.«

Ich starre ungläubig auf den gelbgrünen Plastikkugelschreiber, den Nilo mir zuvorkommend hinhält. Statt danach zu greifen, balle ich meine Faust und beginne spontan die emotionale Evolution der Trauerbewältigung, angefangen mit Verweigerung: »Das muss ein Missverständnis sein. Ich bin nicht hier, um an einer Tour teilzunehmen, sondern um mit Ihnen einen Vertrag auszuhandeln. Frau Schwarz-Kleinmann …«

»… hat eingesehen, dass ich an einem Vertrag kein Interesse habe. Das weißt du doch sicher, sí? Ich habe ihr klar gesagt, dass das für mich nicht infrage kommt.«

»Das kann nicht sein!«

»Doch, doch. Sie wollte dich schicken, um sich mal eine Tour anzuschauen, hat sie gesagt. Weil sie so begeistert war. Von mir.«

»Eine Tour? Was für eine Tour? Warum eine Tour?«

Er runzelt wieder die Stirn und lächelt dann entwaffnend.

»Für ein Abenteuer braucht es kein Warum, meine schöne Freundin! Du wirst Natur sehen, wunderschön, und Dinge erleben, einmalig! Frau Schwarz-Kleinmann ist ein kluger Kopf, sí? Dir das zu ermöglichen, mi amiga, sehr klug. Und sehr lieb.«

Frau Schwarz-Kleinmann darf sich freuen, wenn sie nach meiner Rückkehr überhaupt noch einen Kopf hat! Zeit für Phase zwei: Wut. »Das glaub ich jetzt nicht«, rufe ich, obwohl ich es sehr wohl glaube. Nicht, dass ich Antonia per se für hinterhältig halte, aber ich weiß, wie sie denkt. Und in diesem Fall denkt sie: *Super, die Maja düst ein paar Tage mit dem komischen Kerl durch die Gegend, belagert ihn dabei 24 Stunden am Tag mit unserem Angebot, kaut ihm mit ihrer netten Stimme ein Ohr ab, und am Ende haben wir doch noch einen Vertrag. Alles ganz easy.* Aber das kann sie bitteschön selber machen! Also kann sie halt nicht, in ihrem Zustand, aber … aber … aber: »Aber das war so nicht abgemacht!«

»Also mit mir schon«, Nilo guckt mich mitleidig an. »Wenn du da was missverstanden hast, ist das aber auch nicht so schlimm. Ich bin ja kein Monster. Natürlich müsst ihr mir meine Unkosten bezahlen, ich habe ja jetzt schon einiges besorgt für den Trip. Oder du kommst halt einfach doch mit? Ganz spontan?« Ich bin der Verzweiflung nahe. »Nilo, können wir nicht in Ruhe darüber reden? Ich zahle gern was, kein Problem, ein dummes Missverständnis, nichts weiter, da hast du recht. Aber ich kann deine Tour nicht mitmachen, ich meine, mal ehrlich, das ist doch … also, wie soll ich denn … also, das geht einfach nicht!«

Er mustert mich von oben bis unten. Das ist ziemlich unangenehm, denn er sieht dabei nicht gerade begeistert aus. Ob er was gegen Blondinen hat? »Du hast recht«, befindet er schließlich, »es ist sicher besser, du bleibst hier.«

Ich umklammere meinen nahezu unbenutzten kleinen Reiserucksack. Meine Schultern sind verkrampft, meine Lippen fest zusammengepresst. Klar, ich will gar nicht mit ihm durch die Welt ziehen, aber jetzt verächtlich von diesem Typen abgekanzelt zu werden, tut dann doch irgendwie weh. »Deshalb wird das auch nichts mit uns als Team«, fährt er dessen unbeirrt fort. »Eine Zusammenarbeit ist ausgeschlossen, jetzt erst recht, ich meine …« Er unterbricht sich und mustert mich wieder. Dabei komme ich mir vor wie bei der Militäreinstufung. Flirtend, rühmend oder sexuell aufgeladen ist sein Blick jedenfalls nicht. »Nimm es mir nicht übel, chica, aber du scheinst mir auch nicht die Richtige für so was zu sein. Ich wunder mich ein bisschen, dass du überhaupt in der Branche bist. Wegen deiner Haltung …«

Ich drücke schnell den Rücken durch.

»… also deiner inneren Haltung …«

Ich sacke wieder in mich zusammen.

»… du bist hübsch und nett, ganz sicher, muy bonita y simpática, aber dir fehlt der nötige Sinn fürs Abenteuer. Du kommst sicher aus der Großstadt, oder?«

»Ich bin in Sieboldshausen geboren, das ist auf dem platten Land!«

»Aber du wohnst in Berlin?«

»Schon, aber …«

Er nickt wissend.

»Die Großstadt raubt dir den Sinn für das Schöne, glaube mir. Verdad! Das ist die Wahrheit, wirklich, ich kenne mich aus in solchen Dingen. Du vergisst, wie wichtig es ist, selbst für dich sorgen zu können. Ohne Geschäfte und Handy und Kaffee zum Mitnehmen an jeder Ecke! Zu viel Luxus, zu wenig Natur!«

Ich höre kaum noch zu. Ich fühle mich allein, im Stich gelassen und heillos überfordert. Phase vier ist da: Depression. Es bringt ja nichts. Ich bin allein. Mutlos. Was hilft es schon, sich zu wehren? Mein Leben ist gelaufen. Soll Antonia mich doch feuern. Am Ende war es ohnehin nie mein Traumjob. Und mich so hinters Licht zu führen, war ja auch keine kleine Nettigkeit, sondern ein großes Vergehen. Und außerdem: Ich kann nicht mehr. Ich will nach Hause.

»Du kannst das Geld auch überweisen«, sagt Nilo, »kein Problem. Dir geht es sicher besser, wenn du nicht mitkommst. Du bist zu zart dafür. Du sagst das ja selbst, und ich sehe dich ja, mit deinem brandneuen Rucksack und dem hübschen Kleidchen und keinem einzigen Kratzer auf dem Arm. Wie ein kleines Stadtpüppchen.«

Ob es das restliche Flugadrenalin ist, die Nachwirkungen der Tablette, ich kann es nicht sagen, auf jeden Fall aber wird meine Empörung immer größer. Was fällt dem eigentlich ein, minutenlang über mich herzuziehen, während ich vor ihm sitze? Klar hab ich gesagt, ich will nicht mit. Aber sein Urteil ist ganz schön harsch. Zu zart! Stadtpüppchen! Hübsches Kleidchen!

»Zufällig trage ich gerade eine Jeans.«

Nilo zuckt nicht mal mit der Wimper. »Es geht ums Prinzip ...«, er lächelt begütigend. »Und wir wissen doch beide, dass du nicht für das Abenteuer taugst.«

Ich glaube, es hackt! Auf einmal habe ich den drängenden Wunsch, diesem aufgeblasenen Wichtigtuer von Tourführer zu zeigen, dass er so viel Ahnung von mir hat wie ein blinder Hamster.

»Ich glaube, du vertust dich da ein bisschen, Nilo. Ich meine, ich mag es nicht einmal in der Großstadt. Ich finde es sogar ganz grässlich da. Natur ist viel schöner. Und nur weil ich eine Frau bin ...«

»No, no, no, nein! Das hat nichts damit zu tun, dass du eine Frau bist! Und eine sehr hübsche Frau übrigens!«

Was bitte soll denn das? Denkt er, mit ein bisschen Geflirte kann er mich jetzt milde stimmen? Der Typ macht mich wahnsinnig. Und ich möchte wahnsinnig gern, dass ihm vor Staunen über mich die Augen übergehen. Oder der Kopf platzt. Oder die Hose runterrutscht.

»Sprechen wir doch noch mal genauer über die Tour«, sage ich so locker wie möglich. »Was machst du denn da überhaupt? Im Detail?«

»Das ist meine acht Tage Dschungel-Abenteuer-Tour! Die beste und die einzige, die das volle Programm zusammenführt: Mountainbike die berühmte Death Road hinab ...«

»Death Road? Heißt das nicht Todesstraße?«

»Ja genau. Wobei heutzutage nicht mehr so viele Menschen sterben.«

»Was heißt denn bitte nicht mehr so viele?«

»Zwei, drei oder so. Hauptsächlich die mit den Selfies, ist ja klar.«

»Klar«, sage ich hypnotisiert, obwohl das Gegenteil der Fall ist.

»Jedenfalls, danach machen wir eine Floßtour durch den Fluss bis zum Nationalpark, dann Camping und Wandern durch den tiefsten Dschungel, mit Survival-Training und Besuch in einer Native Community, die Fair-Trade-Kakao produziert, das sind wirklich beeindruckende Menschen, wunderschön, amiga, wunderschön. Und dann geht es mit dem Boot bis nach Rurrenabaque, ein bezauberndes kleines Örtchen. Linda! Optional kannst du natürlich auch Ayahuasca probieren.«

»Ach wie schön, ich liebe Massagen!«

Nilo guckt mich verdutzt an, und auch ich bin überrascht, nämlich davon, dass ich noch nicht schreiend rausgerannt bin.

»Und was kostet das Ganze?«

»18 230!«

»ACHTZEHNTAUSEND???«

»Bolivianos«, sagt er amüsiert.

»Ach so, puh, ich dachte schon. Das sind …?«

»2938 Dollar!«

»Und in Euro?«

»2400.«

Ich pfeife unwillkürlich durch die Zähne. Nilos Lächeln wird eine Spur kälter.

»So was bietet sonst keiner.«

»Ja, sicher, sorry, du hast natürlich recht, Qualität hat ihren Preis und so …«

»So ist es«, unterbricht er mich. »Aber wie gesagt, ich verstehe, dass das nichts für dich ist.«

Es reicht!

»Es reicht!«

»Äh, wie bitte?«

»Äh, ich meine: Ich bin dabei!«

Bin ich das? Ich muss mich doch sehr wundern über mich. Auch Nilo schiebt sich zweifelnd eine Haarsträhne aus der Stirn. »Bist du dir sicher? Wenn man nicht so aktiv ist normalerweise, dann geht einem diese Tour leicht an die Nieren. Und du wirkst, entschuldige, eher so, als sitzt du zwar in einem Reisebüro, reist aber selber nicht viel.«

Kaum zu glauben, dass ich diesen Typen vor einer halben Stunde noch attraktiv fand. Sicher, er sieht aus wie ein Dolce & Gabbana-Model, aber was ihm an Optik gegeben ist, lässt er an Charme vermissen.

»Ich bin mir sicher«, entgegne ich unterkühlt. Seine Augen verengen sich. »Das ist ein Trick, oder?«, sagt er dann. »Du glaubst, du könntest mich so auf deine Seite ziehen?« Als ob ich den an meiner Seite will! »Blödsinn«, antworte ich, »darum geht es doch gar nicht.«

»Gut, denn ich meine, was ich sage. Ich möchte keine Kooperation, mit niemandem. Dass du mitkommst, wird mich nicht umstimmen!«, warnt er, zückt aber bereitwillig das Visa-Gerät. »Ich bin und bleibe Einzelgänger!«

Und ein arrogantes, selbstüberzeugtes Arschloch, dem mal einer zeigen sollte, wo der Hammer hängt. Keine Ahnung, ob ich diejenige sein kann, die das tut, aber irgendwie fühle ich mich von meinem eigenen Mut nahezu berauscht. Fühlt sich gut an. Sehr gut sogar.

»Schauen wir doch erst mal«, sage ich also lächelnd und nehme mir fest vor, Nilo nicht nur zu beweisen, dass ich nicht aus Zucker bin, sondern ihm vor allem auch den Vertrag abzuluchsen, den er partout nicht unterschreiben will.

Allein schon, um ihm seine Arroganz genüsslich ins Gesicht zu schmieren.

»Also dann: 2400 Euro bitte! Und deinen Pass brauche ich auch noch.«

Ich greife zur Geldkatze. Und habe bloß meinen Bauch in der Hand.

»Scheiße!«, rufe ich, »mein Geld ist weg!«

»Was?«

»Mein Geld! Weg! Alles weg! Die Kreditkarte von der Firma! Oh nein! Shit! Alles weg! Das war bestimmt das Mädchen! Oder der Polizist! Verdammt, ich dachte, dort ist alles sicher! Wie kann man nur, warum, ich meine, das ist …«

Ich fasle, das merke ich selbst. Aber ist das nicht verständlich? Klar sagen sie einem immer wieder, dass gute Taschendiebe alles klauen können, aber die Tasche vom Bauch? Das ist wirklich ein herber Schlag.

»Bist du sicher, dass du nicht bloß dein Portmonee vergessen hast?«

»Vergessen? Ich bin doch nicht doof! Beklaut haben Sie mich! Me han robado!«

Diesen Satz habe ich vorsorglich auswendig gelernt.

»Tja, das ist doof«, sagt Nilo. »Was machen wir denn jetzt? Ein bisschen was brauche ich schon, ich habe ja unterwegs Unkosten. Hast du denn gar nichts mehr?«

Doch, Panik. Aber die hilft jetzt natürlich nicht. Ich fühle mich – mindestens das achtzehnte Mal heute – komplett hilflos.

»Was ist denn mit dem Ding um deinen Hals?«

Erstaunt taste ich meinen Brustkorb ab. Stimmt, auf Anraten meiner Mutter hin habe ich mir ja gleich zwei Geldkatzen gekauft – weil man seine Wertsachen gut trennen soll. Deshalb habe ich meine eigene Kreditkarte nicht in meinem

Bauchgurt, sondern in einem kleinen Beutelchen. Mit zitternden Fingern hole ich sie nun hervor. Keine Ahnung, ob ich überhaupt genug Geld auf dem Konto habe, aber ich habe keine Wahl. Oder sollte mir das egal sein? Sollte ich nicht lieber nach Hause fahren?

»Und du bist wirklich, wirklich sicher, dass die Tour eine gute Idee ist?«, echot Nilo meine Gedanken. »Da kann einiges mehr passieren als nur beklaut werden. Vielleicht ist es besser, du fährst einfach nach Hause?«

Sein mitleidiger, herablassender Tonfall gibt mir die Kraft, die ich brauche. Wenn Mut sich einmal gut anfühlt, warum dann nicht ein zweites Mal? Ich drücke den Rücken durch und schiebe die Kreditkarte über den Tisch.

»In mir steckt mehr, als du denkst«, sage ich, obwohl ich mir dessen nicht so sicher bin.

»Wie du meinst«, sagt er und zuckt mal wieder mit den Achseln.

Nach dem Abrechnen hilft er mir immerhin, die Firmenkarte online zu sperren und bringt mich sogar noch zur Polizeistation. Dort muss ich dann alleine klarkommen, was ewig dauert und sehr traurig ist, denn kaum einer spricht Englisch, und Mitleid hat auch niemand. Weil auch keiner der Beamten weiß, wo die deutsche Botschaft ist, beschließe ich, kurz ins Hostel zu gehen, wo ich wenigstens in Ruhe googeln kann. Als ich müde und verbittert mein Zimmer aufschließe, bekomme ich den nächsten Schock, denn dort liegt, unschuldig und ungeklaut, mein pinkfarbener Bauchgurt auf dem frisch gemachten Bett.

»Oops«, sage ich und breche dann endlich in Tränen aus.

Kapitel sieben

Antonia erreiche ich nicht. Dürfte das erste Mal sein, dass sie nicht an ihr Handy geht, aber ich weiß auch, warum. Dafür hat meine Mutter versucht, mich anzurufen, und das gleich mehrfach. Als ich sie zurückrufe, erreiche ich allerdings auch dort keinen. Dasselbe mit Stephan. Also fast dasselbe; mein Freund hat nicht einmal bei mir durchgeklingelt und auch sonst kein Lebenszeichen von sich gegeben. Warum er jetzt nicht drangeht, ist mir ein Rätsel.

Zu Hause würde ich jetzt basteln oder irgendwas streichen, aber auch wenn die Wände es hier dringend nötig hätten: Mein Handwerker-Enthusiasmus ist völlig fehl am Platz. Ich versuche dennoch, mir wenigstens vorzustellen, wie man den kargen Raum verschönern könnte, doch während die Minuten verstreichen, merke ich, dass ich immer nervöser werde.

Schuld ist Nadine. Ihre Worte liegen mir ungut im Magen. So lachend ich sie vor zwei Tagen noch abgetan habe, so eindringlich kehren sie jetzt zu mir zurück: Sie wirkten sehr vertraut … Ich beiße die Zähne zusammen und versuche, vernünftig zu bleiben. Nur weil mein Freund nicht sofort zum Handy hetzt, wenn ich aus Bolivien anrufe, heißt das ja noch lange nicht, dass er stattdessen was Verbotenes macht. Nein, ich glaube wirklich nicht, dass Stephan mich betrügt. Also so richtig echt betrügt, mit Körperkontakt und Speichelaustausch und was weiß ich nicht alles. Da ist er nicht der Typ für; ich kenne ihn nur offen und ehrlich. Mir vorzustellen, dass er vor mir geheim hält, dass er einer anderen den Hintern massiert und den Nacken krault, ist in etwa so, wie eine Katze beim genüsslichen Vollbad zu imaginieren: möglich, aber völlig unrealistisch.

Und doch …

Es gibt ja nicht nur das. Nicht nur das simple Fremdgehen. Neue Haut, neue Lippen, neue Aufregung. Es gibt auch etwas, was viel schlimmer ist: echte Gefühle. Für eine andere Frau.

Ich schüttle heftig den Kopf. Nein, völlig unmöglich. Stephan und ich lieben uns und basta. Gut, wir haben uns das gefühlt seit 2015 nicht mehr gesagt, und ich selbst habe gerade in den vergangenen Tagen immer wieder Zweifel an unserer Beziehung gehabt, aber das muss ja nichts heißen. Oder?

Ich brauche ein Do-it-yourself-Tutorial, und zwar schnell. Ohne Ablenkung bin ich verloren. Doch was in Deutschland zwei kurze Klicks sind, ist in Bolivien ein zum Scheitern verurteiltes Unterfangen, zumindest in meinem Partyhostel. Da geht das ganze Geld wahrscheinlich für scheppernde Mucke und Alkohol drauf, sodass nichts mehr übrig ist für ein ordentliches Glasfaserkabel. Jedenfalls sehe ich auf You-Tube nichts als ein sich ewig drehendes Ladezeichen. Ich starre hypnotisiert auf den hellgrauen Ring. Was, wenn Stephan sich verliebt hat? Wenn er jetzt gerade mit dieser Melanie oder irgendeiner anderen Frau irgendwo trinkt und lacht und sich besser fühlt als mit mir?

Als das Handy in meiner Hand klingelt, schreie ich auf und lasse es erschrocken fallen. Aus Schreck wird Hoffnung, ich stürze dem Gerät hinterher, verheddere mich dabei im Laken und der Wolldecke, rolle auf den schmutzigen Boden, stoße mir dabei den Ellbogen und bin dann ganz schön enttäuscht, als der Anrufer nicht Stephan, sondern meine Mutter ist.

»Mama«, sage ich bemüht, »um diese Zeit noch wach?«

»Warum denn nicht? Wie geht es dir? Es knackt ganz schön in der Leitung!«

»Das Internet ist hier nicht so gut, Mama. Hier ist überhaupt alles scheiße!«

»Ach Kind, was ist denn los?«

Auf einen Schlag wieder sechs Jahre alt, heule ich mich aus. Ich weiß nicht, wie viel Mama mitbekommt (die Verbindung ist wirklich schlecht), aber es tut auf jeden Fall gut, rücksichtslos alles rauszulassen: den ungewollten Drogenrausch im Flieger, die völlig gescheiterten Verhandlungen mit Nilo, die furchtbare Reise, die mir bevorsteht und die Sorgen, die mich wegen Stephan plagen.

»Na, na, Maja, der Stephan ist doch ein Guter, der würde nie …«

»Aber er kann ja nichts dafür!«, heule ich, »Wenn man sich verliebt, verliebt man sich, das macht man doch nicht mit Absicht!«

»Maja, bist du etwa verknallt in diesen Nilo?«

»Wie kommst du denn jetzt auf das schmale Brett?«

»Na, das scheint mir die einzig vernünftige Erklärung für deine abstrusen Ängste. Übertragung nennt man das, sagt meine Therapeutin. Wenn man unbewusst die eigenen Probleme auf den Partner überträgt. Deshalb sind Fremdgeher auch immer sehr eifersüchtig.«

»Ich gehe nicht fremd! Und ich bin auch nicht eifersüchtig. Ich will nur, dass alles bleibt, wie es ist. Ist das denn zu viel verlangt?«

Meine Mutter seufzt. »Ich fürchte schon, Maja. Veränderung gehört zum Leben.«

Ich stoße angewidert Luft aus. Wegen genau solcher Sätze meinen die Leute immer, sie müssten alles besser, schneller, weiter machen. Als ob das, was man hat, nie gut genug ist.

»Also soll ich mich jetzt trennen oder was?«

»Maja, nun sei doch nicht gleich sauer. Das spielt sich doch alles nur in deinem Kopf ab. Außerdem findest du so einen wie den Stephan nie wieder. Ihr jungen Menschen habt einfach keine Ausdauer mehr. Eine große Liebe ist es wert, dass man hart an ihr arbeitet!« Was sind denn das für Töne? Jahrelang hat sie mir doch gepredigt, dass eine Frau keinen Mann braucht. Und an der Liebe mit meinem Vater hat sie nun auch nicht besonders intensiv gewerkelt.

»Wie du meinst«, sage ich vage und wechsle das Thema. Schließlich wollte ich von meiner Mutter getröstet und nicht belehrt werden. »Warum hast du eigentlich so oft angerufen heute, gab es was Bestimmtes?«

»Ach so, mh, ja«, der Tonfall meiner Mutter ändert sich schlagartig. Klang sie eben noch wie eine warmherzige, aber strenge Internatsleiterin, erinnert sie mich jetzt eher an eine scheue, unsichere Praktikantin. »Ich habe überlegt, also ich dachte mir, ich würde gern verreisen. Nur kurz. So ein langes Wochenende? Und weil du ja weg bist, dachte ich, du könntest mir den Kontakt von deiner Chefin geben? Wegen einer Beratung?«

»Aber beraten kann ich dich doch auch«, sage ich und wundere mich ein bisschen, warum meine Mutter so tut, als wäre ein Kurzurlaub eine Sache, für die man sich schämen muss. »Und dann kümmere ich mich um alles und leite es ans Büro weiter. Antonias Mann ist ja da. Der kann alles buchen. Das ist doch kein Problem!«

»Ja, wenn du meinst …«

»Klar!«, rufe ich, dankbar, mich auf etwas anderes konzentrieren zu können als mein eigenes Elend, »an was hattest du denn gedacht?«

»Och, ich weiß nicht. Sylt vielleicht? Die Sonnenuntergänge, das stelle ich mir sehr, sehr schön vor. Oder ein kleines verstecktes Haus im Schwarzwald? So mit Efeu überwuchert …«

»Ich wusste gar nicht, dass du so romantisch bist!«, lache ich.

»Ach Gott, Maja, romantisch, das habe ich doch gar nicht gesagt. Ich will es halt mal nett haben, da ist doch weiter nichts bei.«

»Nein, nein, natürlich nicht. Ist doch auch nichts Schlimmes. Meine Chefin flucht zwar auf Romantik, aber ich finde, ohne sie ist das Leben leer! Und jeder Urlaub erst recht!«

Aber aus irgendeinem Grund möchte meine Mutter jetzt nicht über den höheren Sinn und Unsinn von Romantik sprechen, sondern entscheidet sich nach meinen schwärmerischen Worten resolut für zwei Nächte in einem Schlosshotel am Starnberger See.

»Gibt es da auch so ein Dinner mit Kerzenlicht?«, fragt sie am Schluss.

»Ja, gibt es, aber das kann man nur für zwei buchen«, sage ich lauernd.

»Ach so, mh, dann vielleicht nicht. Kann man das im Notfall auch vor Ort noch haben?«

»Ja, theoretisch schon, aber ich bin mir echt nicht sicher, ob sie das auch für Einzelpersonen machen. Wobei, wenn man nett fragt …«

»Fein, fein, das passt schon. Danke, Maja, du bist ein Schatz! Machst du alles fertig?«

»Sicher! Wann willst du denn fahren?«

»Mittwoch?«

»DIESEN Mittwoch?«

»Warum nicht? Ich hab' frei, weißt du, das muss ich nutzen.«

Ich zucke mit den Achseln und verspreche ihr, alles klarzumachen und ihr die Unterlagen per Mail zu schicken. Sie ist ganz aus dem Häuschen und startet vermutlich just jetzt mit dem Packen. Sollte ich mir ein Beispiel dran nehmen; ich habe es geschafft, alle meine Sachen im ganzen Raum zu verteilen. Doch bevor ich sie aufsammle, rufe ich ein letztes Mal bei Stephan an. Er geht nicht ran.

Als das Telefon klingelt, ringe ich gerade mit einem neongrünen Löwen um ein Schwert aus Adamantium. Während ich im Kopf noch dabei bin, mit spitzen Schreien in seine Mähne zu greifen, um ihn zu Boden zu ziehen, gehe ich automatisch ran.

»Haschahsahallo?«

»Maja, sorry, ich habe deine Anrufe gestern nicht gehört!«

Mühsam flechte ich Traum und Wirklichkeit auseinander und bin recht sicher, dass es nicht der brüllende Leo ist, der da um Verzeihung bittet, sondern mein Partner.

»Stestephan?«

»Maja, alles okay? Du klingst so komisch!«

»Ja, ähm, es ist nur, wie viel Uhr ist es?«

»Sieben!«

Ich stöhne. Auch mathematisch gehandicapt weiß ich, dass es bei mir mitten in der Nacht sein muss.

»Hab noch geschlafen«, murmle ich und Stephan zieht erschrocken Luft ein. »Oh Gott, die Zeitverschiebung! Da habe ich gar nicht richtig drüber nachgedacht. Du hast so oft angerufen, da dachte ich, es sei dringend. Entschuldige …«

»Schon okay. War ja nur gut gemeint«, langsam werde ich wacher, »aber warum bist du denn heute nicht einfach drangegangen?«

»Das Handy lag im Schlafzimmer, und ich hab' nicht mehr draufgeguckt. Tut mir leid, Maja, ich wollte dich nicht wecken.«

Blinzelnd schiebe ich mich ein Stück höher aus dem Bett. In meinen Augen, mögen sie auch schlafverklebt sein, ist das keine besonders befriedigende Erklärung.

»Im Schlafzimmer?«

»Neben dem Bett ... sorry.«

»Okay«, sage ich neutral. Dann gähne ich und richte mich noch ein Stück auf. Wieder entschuldigt sich Stephan, und ich entscheide im Zweifel für den Angeklagten. »Du wirst nicht glauben, was hier passiert ist. Dieser Typ will überhaupt nicht mit uns arbeiten. Und Antonia wusste das!«

»Warum hat sie dich dann geschickt?«

»Damit ich ihn überzeuge. Glaube ich jedenfalls. Keine Ahnung, sie geht nicht ans Telefon, um sich zu erklären. Aber sie hat mich für eine seiner Touren angemeldet, stell dir das mal vor! Morgen geht es los, sieben Tage Horror durch die Wildnis. Mir ist jetzt schon schlecht!«

»Du machst das mit!?«

Ich bin ein bisschen überrascht über Stephans ungläubigen Tonfall. Traut auch er mir nicht zu, mal ein paar Tage ohne Dusche und Klo auszukommen? Was haben all diese Männer in meinem Leben denn nur? »Zufälligerweise bin ich härter im Nehmen, als es vielleicht den Anschein macht! Außerdem bin ich ein Basteltalent, das kann im Dschungel sicher nur von Vorteil sein.«

»Ich glaube, Schmuck aus Palmwedeln wird dir da auch nicht helfen ... obwohl er dir bestimmt gut stehen würde!

Vielleicht ja sogar ein Kokosnuss-Bikini?« Das Kompliment aus heiterem Himmel macht mich sprachlos. Will Stephan bloß wiedergutmachen, dass er mich geweckt hat? Oder plagt ihn das schlechte Gewissen? »Das meinte ich aber auch gar nicht, Maja. Ich meinte nur, dass ich nicht verstehe, warum du nicht hinwirfst. Du solltest sauer auf Antonia sein, findest du nicht? Sie hätte dir doch von vornherein sagen können, dass du da drüben keine Schnitte hast!«

»Ja sicher bin ich sauer. Ein bisschen. Aber was hätte ich denn tun sollen?«

»Auch mal an dich denken!«

»Das mache ich doch. Es geht schließlich auch um meine Zukunft dabei!«

»Aber du hast doch immer gesagt, dass du die Arbeit im Reisebüro sowieso nicht magst. Warum klammerst du dich jetzt so daran?«

»Weil es so was gibt wie Verlässlichkeit. Nicht, dass du das wüsstest, sonst würdest du zwischendurch auch mal ans Telefon gehen!« Ich zucke erstaunt zusammen; woher kam das denn jetzt? »Sorry, das war unnötig. Aber ich habe das Gefühl, du verstehst einfach nicht, was es für mich bedeuten würde, Antonia zu enttäuschen.« Dass es mir eher darum geht, diesem Nilo auf den Zeiger zu gehen und ihm zu beweisen, dass ich eben nicht aus weicher Butter bin, das sage ich ihm nicht. Ich denke nicht, dass er das verstehen würde.

»Ich verstehe das«, sagt Stephan, »aber wenn dein Pflichtgefühl dazu führt, dass du mich kontrollierst, dann weiß ich echt nicht mehr, was ich machen soll.«

»Was soll denn das jetzt heißen?«

»Dass nicht jeder es ständig allen recht machen will! Und dass ich keine Lust habe, Rechenschaft über meine Zeit abzulegen oder darüber, mit wem ich was mache.«

Ein eiskalter Gedanke lähmt mir die Zunge. Fast.

»Warst du allein?«, frage ich.

»Was?«

»Eben. Warst du allein?«

Er schweigt kurz. Dann sagt er: »Nein. War ich nicht.« Er klingt mühsam beherrscht dabei. Weil er es hasst, ausgefragt zu werden? Oder weil es so viel mehr zu sagen gäbe? Hat meine Mutter etwa recht mit ihrer Übertragungstheorie? Unterstelle ich ihm bloß das Lügen, weil ich selbst nur einen Teil der Wahrheit sage? »Melanie spielt halt auch gern Minecraft, und da habe ich sie eingeladen. Ich habe auch bloß nichts gesagt grade, weil ich dich nicht unnötig aufregen wollte. Es war ein dummer Zufall, dass ich das Handy nicht im Wohnzimmer liegen hatte, sonst wäre ich doch sofort rangegangen. Ich weiß, wie das jetzt wirkt, vor allem, dass ich nicht sofort gesagt habe, dass Melanie da war. Das tut mir leid, Maja. Ich meinte es nur gut, ehrlich!«

»Okay«, sage ich dünn, »wenn das so ist …«

Mehr fällt mir nicht ein, weil ich heillos von der Situation überfordert bin. Sollte ich wütend sein? Ängstlich? Ehrlich?

»Biene? Ich wollte dir nicht wehtun.«

»Schon klar. Egal. Wie auch immer. Ich bin jetzt also für ein paar Tage nicht erreichbar, denke ich. Ich melde mich, wenn ich kann. Mach's gut.«

»Mach's gut, Maja«, sagt er resigniert, und dann: »Einen schönen Jahrestag dir«. Dann legt er auf. Ich nicht. Ich starre auf das Telefon, das sinnlos vor sich hin tutet, und frage mich, wieso das gerade passiert ist und ob ich spinne oder er – oder wir beide.

Kapitel acht

Als ich nach gefühlten 3 Minuten Schlaf am Treffpunkt ankomme, zeigt mir Nilo die kalte Schulter und redet eifrig auf zwei weitere Tourteilnehmer ein. Jürgen und Silke gehen auf die Sechzig zu und sehen so aus, als ob sie tagtäglich zu irgendwelchen Abenteuern aufbrechen. Er besteht quasi nur aus Sehnen und Muskeln, und sie ist das geborene Funktionskleidungs-Model. Von der verkürzten Nacht und dem schrecklichen Telefonat arg mitgenommen, tausche ich nur ein paar belanglose Worte mit ihnen und kuschle mich dann tief in meinen Jeep-Sitz. Vorne, weil das hartgesottene Ehepaar gern zusammensitzen möchte und ich außerdem Angst habe, dass mir hinten schlecht wird. Der Wagen selbst hat die besten Jahre hinter sich. Schlimmer als die abgewetzten Reifen und die rostigen Stellen finde ich aber die Mountainbikes, die aufs Dach geschnallt sind. Ich ignoriere die Foltergeräte, so gut ich kann, und gucke starr geradeaus durch die angeschmutzte Windschutzscheibe.

Plötzlich kommt aus der Ferne eine winzige Fee auf unseren Wagen zugesprintet. Nein, keine winzige Fee, sondern ein cooler Kobold. Sie ist klein, muskulös und vollbusig, hat eine schimmernde, tiefdunkle Haut, trägt eine Art Afro-Irokesen mit rasierten Seiten und ein türkisfarbenes Radler-Outfit. Eine ziemliche Erscheinung.

»Nilo, du verlauster Penner, du hast versprochen zu warten«, ruft sie, als sie am Wagen ist und boxt dem größeren Mann dann in die Seite, »und jetzt steht ihr Idioten hier schon mit Sack und Pack und ich kann froh sein, dass du nicht schon abgedampft bist, du herzloser Schuft! Das ist echt so was von verfickt typisch für dich!«

Also die war ganz sicher nicht auf einer Waldorf-Schule. So viel Seife gibt es gar nicht auf der Welt, als dass es genug wäre, ihr Mundwerk sauber zu waschen.

»Tja, Lara, wer zu spät kommt …«

»Fick dich, Nilo!«

Nilo grinst und der fluchende Kobold reißt die Wagentür auf. Gleichzeitig wirft sie sich schwungvoll neben die Münchener und hält Jürgen die Hand hin. »Hi, ich bin Lara!«, ruft sie dabei. »Sorry für die Schnauze, das nervt manchmal, weiß ich, aber ich bin halt so. Wie heißt du?«

»Jürgen«, sagt Jürgen leicht überrollt. »Ich komme aus München. Das ist Silke, meine Frau.«

»Hi Silke. Wow, das ist ja ein abgefahrenes Pulsarmband, das du da hast. Heißer Scheiß. Ich sag dir, wenn ich die Kohle für so 'nen Kram hätte … egal, hab' ich halt nicht. Und du da vorne?«

»Maja«, sage ich und drehe mich um.

»Wie die scheiß Biene?«

»Ja, wie die … äh … Biene.«

»Okay, sorry, den dummen Witz hörst du bestimmt jedes Mal.«

»Jedes zweite. Na ja, eigentlich öfter, weil mein Freund mich so nennt.«

»Na immerhin. Dann liege ich ja nicht völlig verkehrt damit, was? Nilo, wie lange willst du eigentlich noch da draußen rumfummeln? Ich will jetzt endlich auf das verdammte Rad!«

Sie zwinkert mir zu. »Nilo braucht hin und wieder mal einen richtig dicken Arschtritt, sonst wird das alles nichts bei ihm.«

»Ihr kennt euch wohl?«, frage ich vorsichtig.

»Wir haben den Herrn Egelwolf ja von sehr guten Freunden empfohlen bekommen«, geht Jürgen dazwischen, »Gott sei Dank. Mundpropaganda ist beim Reisen ja wirklich sehr wichtig, sonst ist man am Ende doch ein einfacher Tourist!« Er lacht gackernd. Silke lächelt begütigend. Lara und ich tauschen einen Blick. »Für Silke und mich ist es das erste Mal Bolivien. Bisher haben wir Chile, Peru und Kolumbien gemacht. Und große Teile Mittelamerikas natürlich.«

Natürlich.

»Nilo ist so was Ähnliches wie mein Cousin«, beantwortet Lara meine ursprüngliche Frage und fährt Jürgen dabei genauso über den Mund, wie er zuvor mir. Ich bewundere sie dafür, dass sie sich von dem Bayern nicht die Butter vom Brot nehmen lässt. Der dreht sich beleidigt zum Fenster beziehungsweise seiner Frau. Die lächelt milde und tätschelt ihm geistesabwesend die Hand.

»Dein Cousin?«

»Oder so was Ähnliches, wie gesagt. Ist affig kompliziert. So in der Art, der Vater seines Vaters und die Mutter meiner Mutter, sind so drei, vier Ecken, gefühlt sieben Länder und dreizehn Hautfarben, aber ja, wir sind definitiv irgendwie verwandt.«

»Und du wohnst auch in La Paz?«

»Scheiße, nein! Ich leb in Potsdam. Bin da Sozialarbeiterin. Olles Kaff, aber ich hab keinen Bock zu pendeln, und Berlin ist eh zu siffig. Offiziell bin ich übrigens Holländerin. Aber hier geboren. Ich sag es ja, verdammt kompliziert. Aber man kann es sich halt nicht immer aussuchen!«

Wieder zwinkert sie verschwörerisch, und ich muss lachen. Ich mag Lara. Sehr sogar.

»Das stimmt wohl. Ich hab' mir das Ganze hier ja auch nicht ausgesucht! Ganz im Gegenteil!« Ausgerechnet bei diesen meinen Worten schiebt sich auch Nilo endlich auf den Fahrersitz. Er wirft mir von der Seite einen Blick zu. Er ist schwer zu deuten, führt aber dazu, dass ich rot werde. »Also, ähm, nicht, dass ich mich nicht freue und so. Und gerne hier bin. Natürlich bin ich gerne hier. Ist doch klar!«

Diesmal ist es Lara, die mich komisch anguckt. Oder eher neugierig. Sie sagt aber nichts, was Jürgen nutzt, um ausführlich von der Rundreise durch Mittelamerika zu erzählen. In gewisser Weise bin ich ihm dankbar dafür; weil er einfach nicht aufhört zu reden, gehen die zwei Stunden Fahrt zügig rum. Gesehen habe ich dabei nicht sehr viel, weil es so neblig war, dass ich gefühlt nur zwei Zentimeter Landschaft erkennen konnte. Genau als wir anhalten, lichten sich die Schwaden, und zwar ziemlich rasant. Als würde jemand sie einfach wegpusten. Ich gucke mich um und schlucke. Wir sind auf einem sandigen Platz mitten im Nirgendwo. Hinter, vor, über und unter uns klettern grimmig die Anden in die Höhe, scharfkantig, dunkel und riesig. Bis hierher sind wir einer gut ausgebauten Straße gefolgt, doch was jetzt vor uns liegt, hat sicher noch nichts von Flüsterasphalt oder Leitplanken gehört. Der Weg ist vielleicht einen knappen Meter breit, voller Geröll und Staub und führt steil und gewunden in die grüne Tiefe des Dschungels. Rechts lauter hohe Felsen. Links ein tiefer, tiefer Abgrund. Und nirgendwo ein Zaun. Meine Damen und Herren, die Straße des Todes.

»Bevor wir gleich lossausen«, sagt Nilo und fordert mich dabei ungeduldig auf, es den anderen gleichzutun und aus dem Auto zu kommen, »müssen wir noch ein paar Kleinigkeiten klären. Das ist enorm wichtig. Es geht hier wirklich um euer Leib und Leben.«

Ich steige zitternd aus dem Wagen, während Nilo uns fröhlich ein bisschen was über die Geschichte der Death Road erzählt. Als ich bei der Reisegruppe angekommen bin, gibt er uns eine ausführliche Sicherheitseinweisung, von der ich nur die Hälfte mitbekomme, weil ich zu beschäftigt damit bin, nicht vor Angst in Ohnmacht zu fallen.

»Maja, hast du verstanden?«

»Äh, wie bitte?«

Nilo rollt genervt mit den Augen. Ich presse genervt die Lippen zusammen. »Ich habe gesagt, keine Selfies. Unter gar keinen Umständen, hörst du, Maja?« Was hat er denn? Denkt er, ich lebe und sterbe nur für Instagram oder was? Ich nicke und versuche vergeblich, freundlich zu lächeln. »Da macht man einen Schritt zu viel nach hinten, und das war es dann!«

»Wunderbar!«, ruft Jürgen und klatscht in die Hände. Mir nichts, dir nichts haben er und Silke sich ihre Räder gekrallt und fahren jodelnd Richtung Dschungel. Lara inspiziert die verbliebenen Bikes, und Nilo ist alldieweil halb in seinem Kofferraum verschwunden und sucht dort wahrscheinlich nach seinem Charme. Ganz sicher vergeblich. Ich tue vor allem eins: Ich stehe dumm rum.

»Dein erstes Mal?«, fragt Lara schließlich mitfühlend, und ich nicke. »Sieht verdammt viel schlimmer aus, als es ist. Ich schwöre dir: Es macht sogar scheiße viel Spaß!«

»Spaß?«, frage ich kläglich. Ich hänge nämlich an meinem Leben. Und habe durchaus Respekt vor der Schwerkraft.

»Willst du lieber mit mir im Auto fahren? Das geht auch, kein Problem.«

Nilo steht plötzlich neben mir, die Arme verschränkt, und mustert mich. Sofort werde ich wieder zum Trotzkopf. Das löst er mittlerweile ganz automatisch bei mir aus. Wahrscheinlich liegt das daran, dass er mich in eine Schublade steckt, in der ich nicht sein will (mimosenhaftes Mädchen mit Hang zum Heulen). Noch eher aber entspringt mein Trotz der Angst, dass Nilo vielleicht Recht haben könnte mit dieser Einordnung meiner Persönlichkeit. Und wer will schon gern eine Zimperliese sein? Ich jedenfalls nicht.

»Auf keinen Fall! Ich kann das!«

Schließlich bin ich nicht blöd und habe You-Tube. Also hatte. Aber ich habe mir genau eingeprägt, was ich gestern im Video gesehen habe. Unterbrochen von einigen Stunden des Ladenbalken-Wartens zwar, aber dafür mit der Disziplin eines echten Internetvideo-Profis. Jetzt muss ich mein Wissen nur noch anwenden. Mit hochgerecktem Kinn schnalle ich mir den Helm um und greife mir ein Rad. Leider wird es nichts mit dem schwungvollen Aufstieg, der Sattel ist nämlich viel zu hoch.

»Ich schraub dir das mal runter, mh?«

»Ja bitte«, sage ich würdevoll. Dann kommt der Moment der Wahrheit. Okay, wie war das? Hände außen, ein Finger immer an der Bremse. Kein Problem. Gewicht auf den Füüü... und schon liege ich im Dreck. Ich muss Nilo beinahe anrechnen, dass er ehrlich besorgt klingt, als er mich fragt, ob ich überhaupt schon mal auf einem Fahrrad gesessen habe.

»Schon«, sage ich, »aber das ist ein Hollandrad. Und ich fahre es kaum, also nicht mehr, wegen der Großstadt. Das ist mir zu gefährlich.«

»Du kannst auch wirklich im Auto ...«

»Nein!«

»Maja macht das schon, Nilo, hör mal auf, die so zu bemuttern! Die ist doch kein scheiß Baby!«

Lara zwinkert mir zu, springt aufs Rad, und weg ist sie. Ich atme tief durch und versuche, ihr zu folgen. Diesmal klappt es besser. Zumindest für einige Meter. Dann fangen die Muskeln in meinen Beinen an zu protestieren. Kein Wunder, sie durften bis heute ja auch ein recht anspruchsloses Leben führen. Da muss die plötzliche Dauerbelastung für sie ein echter Schock sein. Dass es plötzlich auch noch leicht zu nieseln anfängt und alles sofort feucht und klamm wird, macht es auch nicht gerade besser. Egal. Während ich mir vor Schmerzen auf die Lippe beiße, versuche ich mich an die anderen Tipps aus dem Tutorial zu erinnern. Ellbogen nach außen, genau. Nach vorne gucken, klar. Und das Bremsen nicht vergessen. Das Gute ist, dass ich so beschäftigt damit bin, überhaupt irgendeine halbwegs annehmbare Position auf dem Rad zu halten, dass ich gar nicht dazu komme, mir Sorgen um die Straße und den Abhang daneben zu machen.

»Ich fahre!«, rufe ich der Welt zu, die sich herzlich wenig dafür interessiert. Der Rest der Truppe ist weit vor, Nilo im Auto hinter mir. Mit direktem Blick auf meinen Po, der ganz You-Tube-geübt permanent in der Luft hängt. Dass er Schneckentempo fahren muss, da müssen wir beide jetzt durch, ich bin froh, dass es überhaupt irgendwie geht. Und dann muss ich mich setzen. Eine schlechte Entscheidung. Mein Po hüpft jetzt ungnädig auf und ab, wobei jeder Aufprall für einen neuen blauen Fleck sorgt. Ich presse die Beine zusammen in der Hoffnung, mich derart affengleich an den Sitz klammern zu können, stelle aber schnell fest, dass das noch schlimmer ist. Weil der verdammte Lenker so tief ist, dass ich nahezu waagerecht auf dem Rad liege, führt mein Klammergriff dazu, dass ich mir empfindliche Körperteile quetsche, und zwar welche, die dem Arsch sozusagen gegenüberliegen.

»Sorry«, murmle ich in Richtung meines Schritts, so als

führte selbiger ein Eigenleben und könnte mich des Hochverrats anklagen, wenn ich nicht wenigstens ein bisschen Respekt zeige. Ich lockere die Beine und drücke stattdessen die Arme durch. Mein Rücken protestiert. Mein Gehirn auch, das weist nämlich schreiend auf den Abgrund zu meiner Linken hin. Ich ziehe weiter nach rechts, was mich beinahe mit dem Felsen kollidieren lässt. Dieser Weg ist wirklich verdammt schmal.

»Maja, Maja, steig mal ab!«

Silke und Jürgen springen mir in den Weg, und ich mache eine Vollbremsung. Im selben Moment gleite ich zielsicher, na gut, rutsche ich unelegant vom Sattel. Mein Puls geht auf die 220 zu.

»Maja, mach mal ein Foto von uns!« Jürgen drückt mir seine Kamera in die Hand und positioniert sich dann Arm in Arm mit seiner Frau direkt am Rand des Abgrunds.

»Näher!«, verlangt er, als ich mich mit dem Rücken an die Felswand presse und zitternd die Kamera hebe. Als ich mich nicht traue, einen Schritt nach vorn zu tun, winkt er ungeduldig. »Näher!«, wiederholt er, und ich beiße die Zähne zusammen. Zentimeterweise schiebe ich mich auf die beiden zu. Als Jürgen endlich zufrieden ist, mache ich ein paar Bilder, hochkant, quer, mit Bergen drauf und ohne, und hoffe, dass die beiden nicht so dumm sind, auch nur einen Millimeter weiter nach hinten zu treten. Hinter ihnen geht es bestimmt vierzehn Kilometer weit nach unten. Mindestens.

Nachdem Jürgen sich die Fotos angeschaut hat und wohl zufrieden ist, geht es weiter. Allerdings nicht zu weit: Hinter der nächsten Biegung wartet Lara auf mich. »Hey, hast du Bock, ein Stück zusammen zu fahren?«

Habe ich. Mit diesem Energiebündel an meiner Seite kann die Sache nur besser werden. Als wir weiterfahren, bleibt

Lara dicht vor mir, die vorher ein deutlich zügigeres Tempo gefahren ist.

»Juhu!«, ruft sie und dreht sich lachend zu mir um, »keine Angst, Maja! Angst kann uns mal kreuzweise am Arsch lecken! Scheiß Angst!«

Ihre schimpfwortdurchtränkte Euphorie ist einfach ansteckend. Zaghaft lasse ich die Bremse los und werde schneller. Der Wind pfeift mir um den Hintern, mein Herz macht Purzelbäume. Schlamm spritzt mir an die Waden, und ich weiche fast schon gekonnt einem Ast aus. Gut, dass der Weg hier breiter ist. Lara lässt sich zurückfallen und ist jetzt neben mir.

»Geil!!«, jubelt sie.

»Ich fahre!«, rufe ich wieder und bin diesmal näher an der Wahrheit als vorhin, wo ich eher nur zaghaft gerollt bin, »ich fliege!«

»Mega, Maja«, höre ich Lara hinter mir und fühle mich ... frei.

Komisch. Ich weiß nicht genau, warum, aber den Rest der Fahrt habe ich tatsächlich viel weniger Angst und viel mehr Spaß, und als wir das Ende der Death Road erreicht haben, falle ich Lara spontan in die Arme.

»Wow!«, rufe ich, »danke dir!«

»Mir? Aber du bist doch gefahren. Wie ein verdammter Profi, möchte ich anmerken!«

»Ach Quatsch«, lache ich, »aber du hast Recht: So schlimm war es gar nicht.«

Gut, mein Körper hasst mich, ich sehe aus wie das Schlammmonster, und mein Herz braucht dringend ein paar beruhigende Pillen, aber ich habe es geschafft. Ich habe es ... Jürgen tippt mir von hinten auf die Schulter und hält mir wieder die Kamera hin.

»Machst du noch ein Foto?«

»Das kann doch wirklich mal Nilo machen«, mischt sich Lara ein, »lass Maja mal ganz in Ruhe ihren Triumph genießen.«

»Ach was, ich kann doch ruhig eben …«

»Mensch Jürgen, im Ernst jetzt. Nilo«, ruft sie ihrem Cousin und meiner größten Hürde zu, »beweg mal deinen faulen Arsch hier rüber und mach ein paar Fotos!«

Das macht Nilo dann auch. Ganz zuletzt besteht Jürgen auf ein Gruppenfoto mit Selbstauslöser. Wir sortieren uns mithilfe seiner kritischen Anmerkungen hin und her und wieder zurück, und als er endlich fertig damit ist, uns wie die Kleinkinder aufzureihen, bin ich neben Nilo gelandet.

»Maja, rück mal ein Stückchen näher«, ruft Jürgen nach einem Blick durch den Sucher, und ich gehorche brav. »Jetzt mal alle locker, nicht so steif, wir hatten doch grade ganz viel Spaaaß!«

Lara sieht aus, als würde sie Jürgen gern die Zunge rausstrecken, legt aber dann doch nur keck den Kopf auf Silkes Schulter und lächelt.

»Super, Lara! Nilo, kannst du mal noch irgendwie ein bisschen mehr … mmhhh … ein bisschen herzlicher?«

Und zack, legt Nilo den Arm um mich. Mein Lächeln gefriert. Mein Herz zieht sich zusammen. Und zwar nicht vor Abscheu, sondern vor Sehnsucht. Meine Pupillen weiten sich, und mir fällt vor Schock fast die Kinnlade runter. Mein Puls rast schneller als eben noch auf der Death Road, und mein Mund ist auf einen Schlag so trocken wie die Sahara. Und plötzlich wird mir das Schlimmste klar, was einem im Leben so klar werden kann: Meine Mutter hatte recht!

Ich bin verknallt!

Nilos warme Haut auf meiner lässt keinen Zweifel daran, warum ich ihm hinterhergerannt bin und was in mir vorgeht. Von wegen, ihm beweisen, dass ich was tauge! Ich will in Wahrheit doch nur eins: ihn ausziehen, auf den Boden werfen und nach allen Regeln der Kunst stundenlang durchvögeln. Ich schwanke.

Nilo greift mich fester.

Mir wird noch schwindeliger. Klar, Liebe ist das sicher nicht, was ich da fühle – er ist und bleibt ein Angeber –, aber Begehren, ja, das spüre ich. Ziemlich stark sogar.

»Das war übrigens nicht übel, Maja«, raunt Nilo mir zu, während Jürgen zum siebten Mal auf den verzögerten Auslöser drückt, »bist ja ganz schön abgegangen auf dem Rad.«

Es sticht mich in der Brust, und zwar gleich zweimal. Einmal, weil seine Worte leider meinen Unterleib vor Entzücken explodieren lassen, und das zweite Mal, weil ich plötzlich (endlich!) an Stephan denke. Wie kann ich ihm das antun! Und wenn selbst ich von einem dahergelaufenen heißen Latino schon Beinflattern bekomme – warum sollte eine hübsche neue Kollegin auf ihn einen anderen Effekt haben?

Trotz meiner gedrückten Stimmung, der unerträglichen Hitze in der Nacht und einer Luftfeuchtigkeit, die sich gewaschen hat, schlafe ich wie ein Stein. Ich habe nicht mal richtig mitbekommen, in was für einen seltsamen Ort uns Nilo nach der Radtour gefahren hat, sondern bin sofort eingeschlafen.

Als ich aufwache, muss ich dringend auf die Toilette. Doch das ist gar nicht so leicht. Zunächst mal, weil es überhaupt schon zehn Minuten dauert, bis ich mich endlich traue, mein mehr oder weniger sicheres Zimmer zu verlassen, das natürlich kein eigenes WC hat. Dann, weil die Toiletten, die ich am

Ende des Ganges finde, keine Spülung haben. Und keine Tür. Ich hüpfe von einem Bein auf das andere, und dann gehe ich zaghaft eine Etage nach unten. Dort das gleiche: Drei nackte, beige Schüsseln, hölzerne Trennwände dazwischen und absolut gar kein Sichtschutz nach vorn. Ich stöhne verzweifelt auf. Ich kann doch jetzt nicht vor der versammelten Welt meine Hose runterziehen! Ich blicke gehetzt von rechts nach links. Keiner in Sichtweite. Ich mache verzweifelt einen Satz nach vorn und ziehe mir mit einem Ruck die Shorts runter.

»Hola!«

Erschrocken reiße ich die Augen auf und plumpse auf die Brille, über der ich bis eben noch balanciert habe. Vor mir steht eine junge Bolivianerin und winkt mit einem alten Lappen. Ein Schwall von Worten ergießt sich aus ihrem Mund. Auch bei mir läuft es weiter, stoppen ist jetzt wirklich nicht mehr drin. Das scheint die Dame nicht zu stören, sie erklärt mir irgendwas von Wasser und kaputt und ignoriert dabei völlig, dass ich halbnackt auf dem Klo hocke. Als sie fertig ist mit reden, schaut sie mich auffordernd an.

»Äh …«, stottere ich, erstaunt, dass ich noch nicht vor Scham im Boden versunken bin. »Was? Que?«

»No ducha!«, verkürzt sie, und ich verstehe. Keine Duschen. Mit einem letzten freundlichen Winken macht sie sich davon. Der Spülmechanismus, den ich nach langem Suchen entdecke, ist eher gewöhnungsbedürftig, weil er aus einem Eimer Wasser besteht, den ich aus einer Tonne befülle, die gleich neben den Toiletten steht. Jedenfalls mutmaße ich das.

Als ich aus dem Hotel auf die Straße trete, bin ich stolz auf mich, die Situation gemeistert zu haben. Die peinliche Pinkelpause hat mir erstaunlicherweise so was wie Kraft gegeben.

Unser kleiner Dschungelort (Gungay? Gangayu? Guayana?) ist wirklich ausnehmend hässlich. Von dem viel besungenen Grün der Regenwälder hat man hier so gut wie nichts stehen gelassen. Stattdessen: Beton, Schmutz und Plastik. Ein trostloses Panorama. Dann entdecke ich an dem anderen Ende der Straße ein Internetcafé und balle entschlossen die Hände zu Fäusten. Wer ohne Türen pullern kann, der kann auch ohne Angst ins Internet!

Mein Herz klopft trotzdem sehr schnell, als ich den Laden betrete. Was, wenn die mich umbringen? Ausnehmen? Nicht verstehen? Aber nichts da; der Junge hinterm Tresen ist geschätzte acht und interessiert sich nicht für die komische Weiße, die erst mal über einen der Stühle fällt und sich dann in die hinterste Ecke verdrückt und das leicht klebrige Headset aufsetzt, um nach Deutschland zu telefonieren.

»Maja!«

»Hallo…«

»Du lebst! Great! Wie geht es dir?«

»Gut, aber…«

»Wir haben Ole jetzt zu einem Malkurs angemeldet, weil doch der Termin mit dem Galeristen in zwei Wochen ist. Schließlich sind nur zehn Prozent Talent, habe ich gelesen, der Rest ist ausreichendes Training. Eine gute Idee, findest du nicht?«

»Prima, Nadine!«

»Nicht wahr?«

Sie plappert weiter, und eine Weile höre ich geduldig zu. Dann beginne ich mich zu fragen, was das eigentlich kostet hier und ob Nilo wohl ohne mich fahren würde, wenn ich nicht rechtzeitig zurück bin, und unterbreche meine Freundin vorsichtig.

»Du, weshalb ich anrufe…«

»Ach so, ja. Ja?«

Ich atme tief durch.

»Es ist wegen Stephan. Also ich habe noch mal über das nachgedacht, was du erzählt hast und… also ich glaube zwar immer noch nicht, dass da was läuft hinter meinem Rücken, aber ich frage mich … also ich weiß auch nicht genau, was ich mich eigentlich frage. Es ist nur so, dass ich merke … dass, also dieser Herr Egelwolf, also der Nilo«, ich seufze unsicher, »der ist nicht völlig unattraktiv.«

»Aha!« Ich sehe Nadine vor mir, wie sie mit einem breiten Grinsen anerkennend nickt. »Und du fragst dich jetzt, ob du es Stephan nicht heimzahlen solltest? Guter Plan! Perfect!«

»Nein, Quatsch, das meine ich nicht…«

»Maja, wenn Stephan Spaß mit anderen hat, dann solltest du das Gleiche tun. Vielleicht rüttelt ihn das wach. Männer brauchen das zwischendurch! Das kann dir jede Studie bestätigen!«

»Um Gottes willen, Nadine, ich weiß doch noch nicht mal, ob er auch nur an eine andere denkt!«

»Ich kann das ja mal für dich beobachten. Die meisten Männer sind nicht besonders geschickt darin, ihre Fehltritte zu verbergen.«

»Nein, nein«, sage ich schnell, »auf gar keinen Fall. Ich will ihm nicht hinterherspionieren. Außerdem hast du doch schon genug zu tun, und überhaupt, wie willst du das denn machen? Berlin ist kein Dorf!«

»Ich habe da meine Wege…«

»Nein wirklich, lass bitte, das wäre mir unangenehm. Vergiss das einfach wieder, okay, Nadine?«

»Wie du meinst, Maja. Es ist ja dein Leben…«

Dann verabschiede ich mich schnell, bevor sie Ina an den Apparat holt, damit sie aus mir das Warum und Wieso rauskitzelt. Ich bezahle umgerechnet 50-Euro-Cent. Ein Witz. Nicht der letzte an diesem Tag: Als wir nach einem gemeinsamen Frühstück (Reis mit Ei und Huhn) runter zum Fluss gehen, sehe ich das erste Mal, worauf ich mich da eingelassen habe.

Kapitel neun

»Das ist das Floß?«

»Toll, nicht wahr? Ein echtes Abenteuer!«

Aber hallo. Was Jürgen da mit zärtlicher Begeisterung anschaut, ist kein Floß, sondern ein Haufen Sperrmüll: Auf sechs aufgepumpten Gummireifen liegen ein paar mickrige Hölzer, mit Seilen zusammengebunden, keins breiter als meine Hand. Sie bilden einen äußeren Rahmen und sechs oder acht Querverbindungen. Mehr nicht. Dazwischen kann ich das dunkelbraune Wasser des Flusses sehen.

»Hilf mir mal«, ächzt Jürgen und schmeißt mir seinen Rucksack in die Arme. Ich taumle. Was hat der da drin? Die heimischen Alpen?

»Gib mal her, Maja.«

Nilo befreit mich von der Last. Er hat unsere Rucksäcke in Mülltüten und so was ähnliches wie Reispapier gewickelt, damit sie trocken bleiben. Wie uns dasselbe gelingen soll, ist mir ein Rätsel. Entgeistert starre ich das Monstrum an, auf dem ich die nächsten Tage verbringen soll.

»Das Floß hat keinen Boden«, flüstere ich Lara zu. Sie lacht herzlich. »Die klassischen Balsa-Flöße – das sind so große Hölzer, die aneinandergebunden werden, also die sind zu schwer alleine zu steuern«, erklärt sie, »verdammte Mistdinger. Auch wenn Nilo bewundernswert gut mit ihnen umgehen kann, das muss man ihm lassen, geschickt ist er ja. Aber die meisten Touris haben keinen Bock, die ganze Zeit mitzupaddeln. Deshalb fahren wir mit dieser Variante. Die ist rustikaler, aber auch leichtgängiger.«

»Ähm, und wo sollen wir da sitzen?«

»Auf den Rucksäcken. Ist nicht allzu bequem, das stimmt, aber man gewöhnt sich dran. Und dafür erlebt man den Fluss, wie er wirklich ist. Allein die Stille! Mit 'nem Motorboot ist das gar nicht möglich, so ruhig dahinzugleiten. Es wird dir gefallen, Maja, bestimmt! Das ist der Wahnsinn!«

Dann bittet Nilo uns, aufzusteigen. Mir wird schlecht. Kann ich eigentlich schwimmen?

»Komm, ich helfe dir!« Lara zieht so energisch an meinem Arm, dass mir gar nichts anderes übrig bleibt, als an Bord zu kommen. Dabei möchte ich am liebsten heulen, denn alles schwankt und wackelt, vor allem mein Sinn fürs Abenteuer. Zitternd quetsche ich mich auf meinen Rucksack. Der Rest der Truppe jubelt unentwegt und scheint sich nichts Schöneres vorstellen zu können. Ich hasse sie alle. Und mich. Mich hasse ich auch. Ich versuche, ruhig zu atmen. Aber das geht einfach nicht. Wie auch? Wir legen ab, und die Strömung reißt uns augenblicklich mit. Ich verkrampfe und werde zu einem starren Block, unfähig, mich zu bewegen oder zu reden. Auch nach zwei Stunden habe ich mich noch nicht an das Floß gewöhnt. Nilo steht die ganze Zeit an der Spitze des selbst gebauten Bootes wie Leo am Bug der Titanic und steuert uns fröhlich durch den Fluss, während Jürgen Geschichten von der großen weiten Welt erzählt. Hin und wieder kommt eine Welle, die uns von oben bis unten nass macht. Beim ersten Mal schreie ich noch und alle lachen, auch Lara, wobei sie mir immerhin tröstend die nasse Hand auf den nassen Arm legt. Beim zweiten Mal zittere ich zwar am ganzen Leib, halte aber den Mund. Beim dritten Mal schwöre ich Antonia innerlich Rache, merke aber kaum noch, dass ich schon wieder durchweicht werde. Beim vierten Mal ergebe ich mich endlich in mein Schicksal und versuche, an etwas anderes zu denken als an das schmutzige Brackwasser, das jetzt in jeder meiner Poren vor sich hin schimmeln kann.

Dann hebe ich das erste Mal den Blick und gucke mich um. Ich muss zugeben, die Landschaft ist sagenhaft schön. Dicht bewaldete Berge erheben sich in der Ferne, und auch am Ufer wächst und gedeiht es wie verrückt. Nie zuvor ist mir aufgefallen, wie viele Sorten Grün es gibt und wie viele unterschiedliche Größen und Formen Blätter haben können. Alles wuchert wild übereinander und ist dabei doch ein harmonisches Ganzes. Manchmal sieht man Papageien fliegen oder andere, kleinere und größere Vögel. Ansonsten hält sich das Leben versteckt; es ist unmöglich, mit dem Blick durch das dichte Grün zu dringen. Nicht, dass ich das unbedingt wollte. Wer weiß, was sich dahinter verbirgt. Sicherlich nichts, was ich sehen will.

Mittags machen wir Rast auf einer kleinen Insel und essen. Dafür packt Nilo eine riesige Gasflasche, zwei Kochplatten und Berge von Gemüse aus. Ich helfe beim Schnibbeln, und innerhalb kürzester Zeit haben wir alle eine köstlich duftende Schale Suppe in der Hand. Gut, bei 35 Grad im Schatten etwas gewöhnungsbedürftig, aber immerhin haben wir endlich wieder festen Boden unter den Füßen. Mir ist, als wäre ich schon Monate unterwegs, so angestrengt und verzweifelt fühle ich mich. Wie soll ich das nur aushalten?

Schließlich ruft Nilo uns zur Weiterreise zusammen, und ich überlege einen Moment lang, mich im Gebüsch zu verstecken. Aber alleine hierbleiben will ich nun auch nicht. Bei der Aussicht, wieder stundenlang verkrampft auf meinem Rucksack zu sitzen und auf meine Schuhspitzen zu starren, wird mir ganz elend zumute. So kann es nicht weitergehen, ich muss mich irgendwie ablenken … Vielleicht sollte ich mich einfach drauf konzentrieren, diesen Egoisten von einer Partnerschaft zu überzeugen? Also einer geschäftlichen. Natürlich. Wenn ich schon mal hier bin, kann ich auch genauso gut tun, was Antonia an meiner Stelle tun würde. Man hält schließlich mehr aus, wenn man weiß, wofür man sich eigentlich quält.

»Maja, kannst du vielleicht in die Mitte kommen? Wegen der Balance!«

Jürgens Bass schreckt mich auf. In die Mitte? Allein? Das ist das Letzte, was ich will. Glücklicherweise hält Lara mich am Arm fest. »Ach, bleib doch lieber hier bei mir«, sagt sie, »das dumme Floß wird schon nicht untergehen.«

Verzweifelt gucke ich von Jürgen zu Lara. Klar, wir sind vorne drei und hinten nur zwei, und in der Mitte klafft ein Loch. Trotzdem finde ich nicht, dass wir ein Balanceproblem haben. Und ich möchte auch lieber bei Lara bleiben. Aber Jürgen hat natürlich recht, in der Mitte klafft ein Loch. Auffordernd sieht er mich an.

»Ähm, ich weiß nicht«, stottere ich, »wenn du meinst, kann ich natürlich auch …«

Verdammt, warum eigentlich immer ich? Silke könnte ja auch in die Mitte, andererseits ist sie um einiges älter als ich, da ist es nur fair, wenn sie auch den besten Platz hat.

Aber ist dann Lara nicht sauer?

»Also ähm, ich …«

Lara wirft mir einen komischen Blick zu. Dann lächelt sie herzlich.

»Mach, was du magst, Maja, lass dich von uns Idioten nicht stressen! So groß ist das scheiß Ding ja nicht, quatschen können wir immer, egal wo du sitzt!«

Erleichtert schiebe ich mich eine Reihe nach hinten. Jürgen bedankt sich recht nett, und ich bin froh, dass Lara mir die Entscheidung so leicht gemacht hat. Jetzt dreht sie sich zu mir und zwinkert verschwörerisch.

»Alte Männer soll man nicht unnötig aufregen, was?«, flüstert sie dabei, und ich grinse. Das erste Mal, dass ich überhaupt so etwas wie ein Lächeln zustande bringe.

Nach dem Abendessen (frittiertes Hühnchen mit frittierten Bananen, frittiertem Reis und Erbsen) baut Nilo unsere Zelte auf und sieht sehr professionell und leider auch sehr sexy aus dabei. Ich probiere, alle Anwandlungen von Anschmachten in strategisches Denken umzuformen. Wie kann ich ihn am besten von einer Zusammenarbeit überzeugen? Welcher Versuchung kann er nicht widerstehen? Warum bloß führt er mich so in Versuchung?

Ich schüttle heftig den Kopf. So komme ich nicht weiter. Ich wünschte, ich könnte mich einfach in meine Bastelecke zurückziehen und diesen Albtraum vergessen. Aber hier ist nicht mal ein Busch, in dem ich mich verkriechen könnte. Auf dem schmalen Sandstreifen, auf dem unser Zeltlager stehen soll, wachsen bloß ein paar Mimosen. Als ich abwesend danach greife, finde ich auf die schmerzhafte Art raus, dass die nicht nur schüchterne Blättchen, sondern auch verdammt fiese Stacheln haben. Ich zucke heftig zusammen und fühle mich nicht nur äußerlich schutzlos und verletzt. Mücken sirren um meine Ohren, Ameisen krabbeln um meine Turnschuhe, und der große Ast, auf dem ich sitze, ist sicher voll von Maden und Spinnen. Nervös stehe ich auf und stolpere ziellos durch das Treibholz, das überall am Ufer liegt. Wie nur bin ich hier gelandet? Wie, warum und für wie lange?

»Kaffee?«

Ich nicke dankbar, als Lara mir einen alten Alubecher hinhält. Ich nehme einen tiefen Schluck. Und spucke ihn sofort wieder aus.

»Schmeckt richtig fies, oder?« Lara lacht mich an. »Ist löslicher Kaffee. So was trinkt man hier halt …«

Skeptisch spähe ich in meine Krümelbrühe. »Du meinst Gift?«

»Gut gesagt. Ne, aber das ganze gute Zeug geht nach Europa und Amerika. Aber besser das als nix.«

Na, wenn Lara das kann … Ich nippe tapfer an meiner braunen Brühe und schlendere mit Lara an meiner Seite weiter. Jürgen ist Nilo zu Hilfe gekommen und steht im Weg, während dieser das dritte Zelt aufbaut.

»Wo sind die Heringe? Silke, bring mal die Heringe! Und mach ein Foto!«

Silke gehorcht, und Lara grunzt amüsiert. Mir ist weder nach Folgsamkeit noch nach Gelächter. Mir ist nach Decke über den Kopf ziehen und alles vergessen. Ich gucke von meinen versandeten Schuhspitzen zu den Zeltbauern. Genau da schaut auch Nilo herüber. Und lächelt. Ich gucke schnell wieder runter. Lara, die das Ganze offenbar verfolgt hat, knufft mich in die Seite.

»Und du willst den alten Penner also festnageln?«

»Was? Wie? Ich …«

»Auf so 'ne komische Partnerschaft, meine ich. Mit deinem Reisebüro? Hat er mir eben erzählt. Dass du deswegen hier bist.«

Verschämt drehe ich mich halb zur Seite. Aus Laras Mund klingt das ganz schön berechnend. Und naiv. Naiv klingt es auch.

»Schon irgendwie«, murmle ich. »Wir stecken ein bisschen in der Krise. Und er soll ja so ein Starmagnet sein und sich so auskennen …«

»Vor allem ist er ’ne Flachpfeife«, antwortet Lara, klingt allerdings ziemlich zärtlich dabei. »Doch ja, Ahnung hat er. Und stinkreiche Kunden und so. Ob das reicht für euch, weiß ich nicht. Ich fände es jedenfalls verdammt gut, wenn er sich darauf einlässt!«

Überrascht halte ich im Gehen inne. »Ehrlich?«

»Total. Schließlich beschwert er sich immer, dass ihn die ganze Verwaltungsarbeit nervt. Das Problem ist, dass er ein echter Einzelgänger ist, Verpflichtungen sind das Schlimmste für ihn, das war schon früher so …«

»Und was kann man dagegen tun?«

»Keine Ahnung. Es ist sicher gut, dass du hergekommen bist. Ich glaube, das imponiert ihm, schmeicheln tut es ihm allemal.«

Dankbar lächle ich Lara an, was für ein Glück, dass sie so offen zu mir ist und meinen Plan offensichtlich unterstützt!

»Für unser kleines Büro wäre es echt die Rettung, wenn er mit uns arbeiten würde. Sagt jedenfalls meine Chefin. Die Konkurrenz im Internet wird einfach immer größer, und wer da nicht was Besonders zu bieten hat …«

»Was Besonderes ist mein werter Cousin auf jeden Fall«, lacht Lara. »Ich werd’ versuchen, dir zu helfen«, verspricht sie dann, »aber auf mich hört der Penner ja auch nicht, leider. Hab es oft genug versucht.«

»Männer«, sage ich automatisch, und Lara zuckt vage die Achseln. »Männer, Frauen, diese ganzen geschlechterbezogenen Klischees finde ich scheiße. Geht mir echt auf den Sack, sorry. Auch wenn ich keinen hab. Ich kenne jedenfalls mehr Frauen, die fremdgebumst haben, als Männer. Okay, klar, vielleicht kenne ich einfach die falschen Frauen, aber eigentlich glaube ich, dass diese ätzenden Ideen davon, wie Männer und Frauen zu sein haben oder angeblich sind, einfach nur Käse sind. Letztendlich sind wir alle einfach nur Menschen und machen dieselben menschlichen Fehler. Da spielt das Geschlecht nur eine verdammt kleine Rolle.«

»Warum kann nicht einfach mal alles einfach sein?«, murmle ich ein wenig theatralisch, und Lara lacht.

»Weil es dann langweilig wäre!«

»Zufällig mag ich langweilig. Langweilig ist verlässlich und schreit auch nicht rum und macht, dass du dich klein und erbärmlich fühlst. Langeweile ist ungefährlich, und das ist gut, weil ich weder gern verletzt werde noch selbst gern verletze. Ehrlich, wenn ich es mir aussuchen könnte, dann gäbe es in meinem Leben nur noch Langeweile!«

»Wie langweilig«, grinst Lara, »das hält doch keiner aus. Gibt es denn nichts Geiles, was du gern mal erleben möchtest? Nichts, wofür du was riskieren möchtest? Hast du keine Träume?«

Ich denke darüber nach. Und bekomme augenblicklich Kopfschmerzen. »Ich weiß nicht. Und selbst wenn ich es wüsste; das Leben geht dann ja doch einen anderen Weg. Ich wollte zum Beispiel auch nie in einem Reisebüro arbeiten, und auf diese Sandinsel im bolivianischen Nirgendwo wollte ich auch nicht. Aber trotzdem arbeite ich seit Jahren dort und bin nun hier gelandet.«

Und ich wollte auch nie einen anderen begehren als Stephan, denke ich, schon gar nicht Nilo. Ich hoffe fest, dass das Ganze nicht mehr ist als eine Art emotionales Tropenfieber: intensiv, aber von kurzer Dauer.

Die miese Stechmücke, die mich herzlos infiziert hat, schwirrt jetzt auf uns zu und grinst: »Ich mache uns mal ein Feuer, was meint ihr?«

Keine schlechte Idee, ich bin feucht wie … also jedenfalls bin ich nicht trocken. Wegen dem Flusswasser. Natürlich. Ich springe auf und fange an, Feuerholz zu suchen. Eine Aufgabe zu haben, macht mich gleich viel entspannter. Na ja, ein bisschen entspannter, immerhin bin ich immer noch am Ende der Welt und stehe permanent kurz vor dem inneren Kollaps.

Pünktlich zur Dämmerung lodert unser Lagerfeuer in den Himmel. Und das kann sich wirklich sehen lassen. Alle Wolken haben sich zur Nacht verzogen, und jeder Flecken des schwarzblauen Firmaments scheint zu funkeln. So einen perfekten Sternenhimmel habe ich in meinem ganzen Leben noch nicht gesehen, ich kann kaum aufhören, den Hals zu recken und mit offenem Mund nach oben zu starren. Völlig überwältigt und zum ersten Mal seit meinem Abflug bin ich dankbar, hier zu sein.

»Hübsch, oder?« Nilo setzt sich neben mich. Auch er schaut nach oben. »So was siehst du nur hier draußen. In der Stadt ist das unmöglich!«

Ich unterdrücke alle eventuellen romantisch-sexuellen Regungen und konzentriere mich auf meine Aufgabe: Nilo einen Vertrag abluchsen. Wie würde Antonia es machen?

»Wie recht du hast! Du weißt wirklich Bescheid. Du kennst doch bestimmt auch alle Sternenkonstellationen, oder? So ein erfahrener Typ wie du, der kann die Natur doch lesen wie ein Buch. Ich finde das echt toll!«

Er wirft mir einen misstrauischen Seitenblick zu.

»Dankeschön«, sagt er förmlich und starrt wieder nach oben.

»Weißt du noch, Jürgen, unser erstes Date?«, säuselt es da plötzlich hinter uns.

»Aber natürlich, Silke, wie könnte ich das vergessen. Wir

waren in der Sternwarte, wisst ihr? Das war sehr romantisch. Bist du eigentlich verheiratet, Maja?«

»Ähm, nein, verheiratet nicht. Aber seit vielen Jahren in einer Beziehung.«

»Glücklich?«

»Ähm, was?«

»Na, ob du glücklich bist mit deinem Herzblatt?«

»Mit meinem Herzblatt? Stephan? Ähm, ja, sicher, warum nicht? Also natürlich sind wir glücklich«, setze ich möglichst feurig nach. Ich werfe dabei einen kurzen Seitenblick auf Nilo. Mein Beziehungsstatus scheint ihm egal zu sein.

»Und du, Nilo?«, rutscht es mir trotzdem heraus.

»Ich bin eher ein Einzelgänger«, sagt er höflich. Logo, der einsame Wolf.

»Wie traurig!« Jürgen klingt wirklich tief getroffen. »Allein ist man nur halb so viel, nicht, Silke?«

»33 Jahre Ehe«, bestätigt sie stolz, »und ich bereue kein einziges.«

Vorbildlich. Und respekteinflößend. So wie Silke ihren Jürgen jetzt anguckt, kann ich glatt glauben, dass sie nie an ihm gezweifelt hat. Oder an sich. Bemerkenswert.

»Was ist mir dir, Lara? Ein so hübsches Mädel wie du ...«

»So hübsch nun auch wieder nicht«, wehrt sie ab. »Das liegt doch auch immer im Auge des Betrachters, oder? Was der eine verdammt hübsch findet, findet der andere verdammt hässlich und umgekehrt. Und dann gibt's ja auch noch den Charakter – ich wette, du hast dich als allererstes in Jürgens kompetente Art verliebt und nicht in sein hübsches Gesicht, oder, Silke?«

»So charmant war er! Und so romantisch. Ist er immer noch, das merkt ihr ja!«

Lara nickt. Mir fällt auf, dass sie die Frage nicht beantwortet hat, und zwar so geschickt, dass Jürgen es nicht mal merkt. Zumindest wendet er sich jetzt wieder an mich.

»Und deine Eltern, Maja? Sind die schon so lange verheiratet wie wir?«

Im Ernst? Ich hebe die Brauen und schüttle den Kopf.

»Nein, die sind schon seit Ewigkeiten getrennt. Die richtige Entscheidung, wenn ihr mich fragt, seitdem geht es uns allen besser. Die ewigen Streitereien waren schließlich für niemanden schön, auch nicht für meinen Bruder und mich.«

»Das verstehe ich. Wir hatten auch unsere Krisen, das schon. Als wir damals in Nicaragua …«

Ich schalte ab und denke noch ein bisschen über die Ehe meiner Eltern und meine eigene Beziehung nach. Und darüber, warum Lara der Frage nach einem Mann wohl ausgewichen ist. Ist sie vielleicht lesbisch und will der älteren Generation nicht vor den Kopf stoßen? Dafür wirkt sie mir allerdings zu selbstbestimmt. Also für übervorsichtige Rücksichtnahme, nicht für Homosexualität. Oder ist sie die weibliche Version ihres Cousins und tobt sich gern aus? Es kann natürlich auch sein, dass sie schlichtweg nicht gern über ihr Privatleben redet, vor allem nicht mit Jürgen.

Der packt dann doch noch seine Ukulele aus, und wir klatschen uns tapfer durch »Kumbaya my lord« und »Over the rainbow«. Schließlich verkündet Nilo, dass wir schlafen müssten, weil wir morgen einen anstrengenden Tag vor uns hatten. Ich versuche, nicht darüber nachzudenken, was das wohl bedeuten mag, ich habe auch so Stress genug.

Weil es sonst keiner macht, räume ich noch schnell unsere Lagerstätte auf und krieche dann als Letzte todmüde in mein kleines Zelt. Nachdem ich mich aus den immer noch leicht feuchten Klamotten in den Schlafanzug gekämpft habe, knipse ich meine Kopflampe aus und erschrecke.

Es ist dunkel. Stockdunkel. Ich schlucke hart. Bis ich Stephan kennengelernt habe, hatte keines meiner Schlafzimmer jemals Rollos, weil ich es viel beruhigender finde, wenn Licht reinkommt, und zwar möglichst viel davon. Die absolute Finsternis, die mich jetzt umgibt, ist das genaue Gegenteil. Das macht mich arg nervös, obwohl ich mittlerweile gewohnt bin, bei dicht zugezogenen Vorhängen zu schlafen. Stephan hat es nämlich gerne wohlig-düster. Die ersten paar Nächte, die wir zusammen verbracht haben, habe ich kein Auge zugemacht, aber ihm umgekehrt den Schlaf mit meiner komischen Lichtgewohnheit zu rauben, das wollte ich nicht. Und man gewöhnt sich ja an alles. Also. Ruhig bleiben.

Wobei Ruhe hier ein Fremdwort zu sein scheint; überall sirrt und flirrt es, und ich bin mir nicht sicher, dass das nur draußen ist. Die Luft im Zelt ist stickig und warm. Nachdem ich mich eine Ewigkeit hin und her gewälzt habe, schäle ich mich aus meinem Pyjama. Und, eine halbe Stunde später, auch aus der Unterwäsche. Jetzt klebt zwar überall Sand, auch an den intimsten Stellen, aber wenigstens gehe ich nicht ein vor Hitze. Die Angst werde ich nicht so leicht los wie die Klamotten. Bei jedem unbekannten Geräusch fährt es mir eiskalt durchs Herz. Gibt es hier eigentlich Pumas? Oder Bären? Und diese ganzen giftigen Spinnen … Nadine hatte recht, ich hätte nie in den Zoo gehen dürfen. Ich versuche, durch die Nase ein- und den Mund auszuatmen, ganz langsam und beruhigend, und mich mit dem Gedanken an die Zwillinge abzulenken. Ob Ole wohl Erfolg hat in seinem Malkurs? Sollte ich mit Ina wirklich mal zu einem Buchstabierwettbewerb? Können Schlangen sich eigentlich durch die Zeltwand beißen? Irgendwann fallen mir endlich die Augen zu. Ich pruste leise aus. Nur noch fünf Nächte. Das wird ein Klacks.

»Hey, Langschläfer!«

Verwirrt schlage ich die Augen auf. Mit einem Ruck wird der Regenschutz meines Zeltes zur Seite gezogen. Ich fahre hoch und blicke in das Gesicht von Nilo, das sich gegen den eingebauten Mückenschutz presst. »Maja, auf…« Er unterbricht sich plötzlich und ich klappe mich erschrocken zusammen. Vielleicht hätte ich mich besser doch nicht ganz ausziehen sollen.

»Entschuldigung, sorry!«

Sofort zieht Nilo sein Gesicht aus meinem Zelteingang. Na ja, fast sofort; mir ist, als guckte er einen winzigen Augenblick länger, als unbedingt nötig wäre. Na super, der einsame Wolf und das Lamm ohne Fell. Nicht, dass ich normalerweise besonders genant wäre – es guckt dir ja keiner was weg, sagt auch meine Oma immer –, aber unter den doch etwas verwirrten Umständen in meinem Herzen wäre es doch angenehmer, ich hätte mich nicht splitterfasernackt vor Nilo geräkelt. Jedenfalls nicht unfreiwillig. Ich beiße mir auf die Lippe. Wo zur Hölle kommen nur dauernd diese bescheuerten Gedanken her?

Plötzlich vermisse ich Stephan. Nicht den Stephan, mit dem ich mich am Telefon gestritten habe, sondern den Stephan, mit dem ich früher stundenlang geknutscht und die Nächte durchgequatscht habe. Seufzend ziehe ich mich an; wann ist uns das eigentlich verloren gegangen? Wann wurde aus Verliebtsein Routine? Und seit wann finde ich Routine nicht mehr gut?

Nachdem ich mich von oben bis unten mit Mückenschutz eingesprüht und angezogen habe, wage ich es, die Nase aus dem Zelt zu stecken. Nilo ist nirgendwo zu sehen. Dafür aber Jürgen. Er hat die Hände zum strahlend blauen Himmel emporgestreckt und steht mit geschlossenen Augen auf einem

Bein. Sogar von hier kann ich die Schweißperlen sehen, die von seiner Stirn in den Sand tropfen. Ich schüttele mich. Es ist gerade mal sieben und schon so heiß, dass ich nicht mal mehr gehen mag, geschweige denn Sport machen. Überhaupt fühle ich mich gerädert. Ich mag noch keine 30 sein, aber eine Nacht auf unebenem Boden in totaler Finsternis reicht, damit mein Körper sich wie achtzig fühlt. Achtzig und zum Sterben verdammt.

»Alles okay?« Lara mustert mich prüfend. Sie schwitzt nicht und sieht aus, als wäre sie im silbernen Mondlicht auf Rosenblättern gebettet gewesen; frisch und zauberhaft. Ich schiele auf meine geschwollenen Finger.

»Klar«, murmle ich und sie klopft mir ermutigend auf die Schulter.

»Tropen schlauchen, mach dir nichts draus.«

Das sagt sie so. Ich versuche, tapfer zu lächeln, und mache mich dann mit Laras Hilfe daran, mein Zelt abzubauen. Dass das weder Spaß macht noch sonderlich gut funktioniert, muss man wohl kaum erwähnen; ich verheddere mich im Nylon, haue mir die Zehe an einem der Heringe und raste fast aus, als der ganze Mist nicht in die dafür vorgesehene Tasche passt. Entsprechend gelaunt bin ich, als wir wieder auf unserem Horrorfloß sind. Ich sollte und will mich nicht so anstellen, aber ganz ehrlich: Ich bin nicht gemacht für ein Leben auf Wasser. Insofern sollte ich eigentlich glücklich sein, als Nilo nach nicht einmal zwei Stunden verkündet, dass wir jetzt anhalten. Bin ich aber nicht, denn ich ahne Schlimmes. Und es kommt schlimmer.

»Von hier aus«, verkündet er nämlich, »starten wir jetzt unsere erste Wanderung in die Tiefen des Regenwaldes. Wir werden die Natur in uns aufnehmen, amigos. Eins werden mit Pachamama!« Pachawas? Ich schlucke und schiele in besagte Tiefen des Regenwaldes. Die Böschung besteht aus vier Meter hohem Bambus, die so eng aneinanderwachsen, dass ich keine zwei Zentimeter weit gucken kann. Dahinter werden die Pflanzen noch höher, noch dichter und noch bedrohlicher. Der Boden besteht aus Dreck, faulenden Blättern und Ameisen. Ich schlucke noch einmal.

»Lange Kleidung, festes Schuhwerk und Hut – und darunter Schwimmzeug, für später«, verlangt Nilo, der T-Shirt-Träger mit den Flip-Flops. Dabei schwingt er lässig eine Machete, so lang wie mein Arm. Und welche Waffe bekomme ich bitteschön? Wir verkriechen uns kurz zum Umziehen, und dann geht es auch schon los. »Wir gehen hintereinander und lassen uns nicht aus den Augen. Hier kann man in Minuten verlorengehen!«

»Muss nicht einer auf das Floß aufpassen?«, frage ich in einer Mischung aus Scham und Hoffnung. »Da sind doch all unsere Sachen drauf …«

»Das klaut keiner«, versichert Nilo, »aber wenn dir das wieder zu viel ist, kannst du gern am Ufer bleiben.«

Was heißt denn hier wieder?! Bis jetzt bin ich ihm ja wohl, ohne zu murren, durch jedwede Hölle gefolgt. Ich drücke den Rücken durch und bekomme einen mittelschweren Schweißausbruch. »Nein, ich will doch zu Pascha … äh … Papa.«

Alle starren mich an. Nilo amüsiert bis genervt, Jürgen mit einem leise missbilligenden Kopfschütteln, Silke etwas abwesend und Lara, die Gute, mit Wärme und Herzlichkeit. »Pachamama«, sagt sie, »also Mutter Erde. Kommt noch aus der Inkazeit«, sagt sie und knöpft meine dünne Leinenbluse zu und bindet meinen nigelnagelneuen Filzhut unter dem Kinn zusammen. »So geht's«, zwinkert sie mir zu.

»Na dann los!«, ruft Nilo und schwingt die Machete. Natürlich macht Jürgen sofort ein Foto. »Wie wundervoll!«, schwärmt er und knipst sich die Finger wund. Ich muss in einem anderen Wald sein als er. Da, wo ich bin, ist jedenfalls ganz und gar nichts wunderbar. Da ist nur eine schwere feuchte Wärme, die sich wie ein nasses Handtuch auf mein Gesicht presst, ein erdiger, irgendwie fauliger Geruch, der jeden ohnehin schon schweren Atemzug zusätzlich mühsam macht und eine unheimliche grünbraune Düsternis, die vergessen lässt, dass über uns ein blauer Himmel und die Sonne stehen. Und das nach gerade mal zwei Schritten.

Ich blicke mich ängstlich um. Das Ufer ist nicht mehr zu erkennen. Dafür sehe ich Insekten. Viele, viele Insekten. Auf jedem Blatt scheint es zu kriechen und zu krabbeln; der Boden wirkt lebendig und arg beschäftigt. Egal wohin ich trete, irgendwas huscht oder schlängelt immer über meinen Fuß oder knapp daran vorbei; ein dicker Käfer mit schimmerndem Glanz, eine behaarte Raupe, eine ganze Armada von Ameisen, so dick wie Kidneybohnen. Kleine und große Mücken sirren, Vögel schreien in völlig fremden Tönen, und in den kleinsten Nischen und größten Lücken spinnen dunkle Spinnen ihre dichten Netze. Mein Herz klopft mir bis zum Hals. Eine unbestimmte Angst drückt mir die Brust ein, eine vage, aber starke Furcht, die man als Großstädter so kaum noch kennt; die innere, furchtbare Gewissheit, dass man nur Nahrung ist, nichts weiter. Ich bemühe mich um ruhige Atemzüge, aber vergeblich. Die Panik wird größer. Die Tiere sind nicht die einzige Gefahr für Leib und Leben, auch die Pflanzen haben es ganz klar auf willenlose Biomaterie abgesehen: Alles hat Dornen, Schlingen oder Klebeflächen und versucht mich vehement daran zu hindern, vorwärtszukommen. Keine Frage, der Dschungel will mich auffressen. Und ich kann nichts dagegen tun.

Anders als ich, ist Nilo voll in seinem Element. Er erklärt

uns die Bäume, erzählt von den Eingeborenen und pflückt alle Nase lang ein Pflänzchen, das angeblich Krebs heilt oder gut ist gegen Impotenz. Mir scheint Nilos Stimme (und die von Jürgen, der minütlich altkluge Kommentare abgibt) in weiter Ferne. Auch Lara, aufmerksam lauschend, wirkt wie eine Fata Morgana. Das Gefühl, nicht atmen zu können, wird immer stärker. Ich bin schweißnass und zittere dennoch. Meine Finger ziehen panisch an meinem Kragen herum, und ich habe Mühe, dem flotten Schritt der Gruppe zu folgen. Plötzlich höre ich ein durchdringendes Brummen direkt an meinem rechten Ohr. Etwas streift meine Wange.

»Nein!«

Panisch ziehe ich den Hut ab und schlage wild um mich. Tränen in den Augen. Todesangst im Herz. Sofort wird das Surren lauter. Dicke schwarze Fliegen umkreisen mich, mindestens fünfzehn. Es ist so weit. Ich bin des Todes. Verzweifelt schlage ich weiter auf sie ein, hüpfe auf und ab und schreie so laut und durchdringend wie ich kann. Nicht, dass die anderen mich noch hier zurücklassen und ich einsam und alleine sterben muss. Wieso bitte gehe ich auch am Ende der Schlange?

»Hilfe!!! Hiiiiilfe!«

Plötzlich ist Nilo bei mir.

»Diese Viecher, Hilfe!«, schreie ich. »Mach die weg, mach die weg!«

Mehr Klischee in Sachen Männer-Frauen-Dynamik geht ja kaum. Nicht dass ich in diesem Moment Zeit hätte, darüber nachzudenken: Die Fliegen stürzen sich ausgehungert auf mein Haupt und drohen mich bei lebendigem Leibe zu verspeisen. Mir fallen die Videos ein, die ich unklugerweise gesehen habe, über diese Fliegen, die ihre Eier in deine Haut legen. Ich schreie noch einmal, laut, verzweifelt, wütend. Nilo packt meine Hand und drückt sie beruhigend.

»Ruhig bleiben, Maja, die tun dir nichts. Die sind harmlos. Wir haben dich in Nullkommanichts befreit, okay? Lara, hilf mir mal!«

Nur mit allergrößter Anstrengung schaffe ich es, relativ ruhig auf der Stelle zu stehen. Ich zittere, während Nilo und Lara mir die dicken Dinger recht rabiat aus den Haaren zupfen. Wäre ich nicht am Ende mit den Nerven, ich müsste lachen. Wir müssen aussehen wie die Affen. Ina wäre hellauf begeistert. »Diese Fliegen lieben die Kopfhaut«, erklärt Nilo, während er mit geschickten Fingern meinen Kopf absucht. »Die kriechen einem immer sofort in die Haare, das ist normal.« Es spricht Bände über meinen Zustand, dass seine Fingerspitzen auf meiner Kopfhaut mich nicht mal mit der Wimper zucken lassen. Ich kann nur an die dicken, schwarzen Dinger denken, die es sich gerade in meinen geliebten blonden Haaren gemütlich machen wollten. Ekel ist wirklich ein super Verhütungsmittel.

»Mag ja sein«, sage ich kläglich, »aber ich mag das nicht!«

»Darf man sich halt nicht so anstellen«, sagt er und ich werde rot. Hab' ich eventuell wirklich überreagiert? Ich muss ja gewirkt haben wie ein tollwütiges Katzenbaby.

»Sorry«, murmle ich und senke den Blick. Lara schüttelt heftig den Kopf.

»Nilo, du bist so ein unglaublich dummer Arsch«, befindet sie. »Wenn jemand noch nie im Dschungel war, dann ist das die verdammte Hölle. Woher soll Maja denn wissen, was gefährlich ist und was nicht? Und es ist nun mal wirklich schrecklich, den ganzen Kopf voller Klebefliegen zu haben, das hat doch nichts mit anstellen zu tun. Also reiß du dich mal lieber zusammen, du Flachpfeife, und sei mal ein bisschen nett zu deinen Leuten! Dich bezahlt schließlich keiner für mimimimi!«

»Ach Lara, er hat ja irgendwo recht ... ich meine, ich hab' mich schon ganz schön, äh ... angestellt.«

»Nein, Maja«, murmelt Nilo, ohne mich anzusehen. Er wirft die letzte der haarverliebten Fliegen auf den Boden, wo sie zuckend liegen bleibt. »Es stimmt schon, was Lara sagt.« Dann dreht er sich wortlos weg und geht wieder an den Anfang unserer kleinen Menschenkette.

»Es tut ihm leid, dem Vollidioten«, übersetzt Lara und klopft mir aufmunternd auf die Schulter. »Gleich geschafft, Maja.«

Geschafft bin ich auch. Vollkommen und ganz.

»Ich kann nicht mehr, Lara«, klage ich kümmerlich. »Warum nur bin ich hier? Was soll das alles? Das ist nichts für mich! Ich bin kein Abenteurer! Guck mich doch an!«

»Siehst genau richtig hier aus. Mensch, Maja, ist doch alles halb so wild. Dann schreist du halt ein bisschen rum und stampfst auf den Boden und denkst du gehst ein. Na und? Aber wenn du da durch bist, dann bist du stolz und happy, und das zu Recht. Und dann öffnest du die Augen und merkst: Ich will mehr davon!«

»Glaub ich kaum ...«

»Wart's ab. Abenteuer machen süchtig ... und gleich gibt es ein schönes kühles Bad, versprochen!«

Das versprochene Bad ist nicht nur eiskalt, sondern auch atemberaubend schön: eine kleine Lagune mitten im Dschungel. Schon von Weitem hören wir den rauschenden Wasserfall, der aus den Bergen hinab bis in das natürliche Schwimmbecken donnert. Als wir ankommen, bleibe ich mit offenem Mund stehen. Diesmal nicht aus Angst oder Verzweiflung, sondern weil ich kaum in der Lage bin, die Einmaligkeit des Anblicks vor mir zur Gänze wahrzunehmen. Ungefiltertes, goldenes Sonnenlicht fällt auf glatte schwarzgraue Steine, die den Rand der Lagune bilden. Sie wirken wie von Hand gewählt und poliert; ein jeder ein einmaliges Meisterwerk. Besser hätte ich sie nicht basteln können.

»Wahnsinn, oder?«

Ich nicke stumm. Mein Blick huscht durch die feuchtwarme Luft, wo zahlreiche Schmetterlinge in allen Farben flattern. Blau, rot, gelb und weiß vermischen sich zu einem Aquarell-Paradies; alles zart und leicht und irgendwie verzaubert. Selbst das eben noch so unbarmherzige Grün des Dschungels scheint plötzlich viel süßer und versöhnlicher zu sein. Klar, ich habe solche Anblicke im Reisebüro tausendfach gesehen und dabei nie das Bedürfnis gehabt, mal persönlich bei Pyramiden, Wäldern und Wasserfällen vorbeizuschauen. Aber jetzt, wo ich hier stehe, erschöpft und verschwitzt, kann ich nicht anders, als zuzugeben, dass das gesamte Gefühl des Hierseins nicht vergleichbar ist mit Bildergucken. Wer hätte das gedacht. Während ich noch dabei bin, das Paradies um mich herum zu verarbeiten, hat Lara sich schon die Klamotten ausgezogen und ist auf dem Weg ins kühle Nasse.

Nilo steht keine zwei Meter neben mir. Automatisch bleibt mein Blick an ihm kleben, während er seine Hose und das T-Shirt auszieht und hinter seiner Cousine herrennt. Ich komme nicht umhin zu bemerken, dass er größtenteils aus Muskeln besteht, und zwar quasi überall. Keine übertriebenen Fitnessfanatiker-Beulen, sondern schön geschwungene Betonungen seiner Figur. Seine Milchkaffeehaut ist makellos und glänzt in der Sonne. Stephan sieht selbst nach zwei Monaten Hochsommer und Sanitäter-Fußballturnier nicht so aus. Ich räuspere mich. Sollte ich meinen zukünftigen Geschäftspartner wirklich mit meinem Liebsten vergleichen?

Zumal dieser nun auch nicht von schlechten Eltern ist. Nur eben weniger exotisch. Und er kann ja nun wirklich nichts dafür, dass seine Eltern nicht aus Buenos Aires kommen, sondern aus Buxtehude. Nilo wirft mir über die Schulter ein freches Grinsen zu. »Worauf wartest du, Maja? Ab in den Bikini! Nichts, was ich heute nicht schon gesehen hätte!«

Ich werde knallrot. Gut, dass der Rest der Truppe mittlerweile im Wasser ist, sonst könnten die ja sonst was denken! Für eine Antwort lässt Nilo mir keine Zeit; er holt Anlauf und springt dann kopfüber ins Wasser. Sieht ziemlich gekonnt aus. Ich beiße die Zähne zusammen, denke an was anderes (Schweinekopfsülze) und wate dann langsam in den See. Und dann tue ich das völlig Unerwartete: Ich tauche kopfüber ins Wasser ein. Ohne mich vorher abzukühlen, ohne über Wassertiefe und Untergrundbeschaffenheit nachzudenken, sondern einfach so. Das Gefühl, das sich dann einstellt, ist mit so ziemlich nichts zu vergleichen, was ich bisher erlebt habe. Nach der Hitze, der Verzweiflung, dem Selbsthass und der ausgeprägten Ablehnung alles Natürlichen ist die Lagune für mich ein Geschenk des Himmels.

Ich lasse mich treiben, meine Gedanken treiben mit. Was wäre, wenn ich einfach hierbliebe, an diesem paradiesischen Ort …

»Lara«, ruft Jürgen plötzlich, und reißt mich aus meinen Träumen, »komm mal her und mach ein Foto!«

»Langsam nervt der Spinner«, knurrt Lara leise, die zu mir herangeschwommen ist. »Später, Jürgen, ich schwimme gerade!«, ruft sie dann laut zu unserem Foto-Fan, der sich gerade mit seiner Frau malerisch auf einem Stein positioniert. »Aber das Licht ist gerade so gut!«

»Später, Jürgen, okay?«, ruft Lara und taucht dann einfach wieder ab.

»Maja, kannst du dann mal?«

Eine Sekunde bin ich versucht, Laras Vorbild zu folgen. Aber auch wenn ich viel lieber weiter planschen würde, bringe ich es nicht übers Herz, den armen Jürgen und seine Silke da so mutterseelenallein liegen zu lassen. Sie haben ja sonst keinen. Die Foto-Session dauert eine gefühlte halbe Stunde. Als ich endlich zurück ins Wasser will, steht Lara mit verschränkten Armen am Steinufer.

»Du musst nicht alles machen, was unser eingebildeter Fotofritze verlangt, Maja, das weißt du schon?«

»Ist doch nur eine Kleinigkeit. Ich helfe gern.«

»Ja, das hab ich auch schon gemerkt. Nach jedem Essen spülen, immer den Platz freigeben, jede Frage höflich beantworten, egal wie dumm sie ist … Warum machst du das? Das hast du nicht nötig, dich von allen ausnutzen zu lassen.«

Ich lächle unsicher. Eine Antwort bleibt mir erspart, auf die denkbar unschönste Art und Weise: Nilo, der sich unbemerkt angeschlichen hat, packt mich und reißt mich mit sich in die Tiefe. Ich pruste und kämpfe mich verärgert an die Oberfläche.

»Hey«, rufe ich empört, und er grinst einfach nur.

»Willste nach Hause?«

»Quatsch. Ich weiß gar nicht, warum du das immer sagst. Ich bin gerne hier!«

Also hier. Genau hier. Nilo.

»Ja, ja, wegen deines Vertrags … nur deshalb bist du doch hier.«

»Gar nicht!«

Das ist nicht mal gelogen. Wäre aber sicher besser, wenn ich mich wirklich darauf konzentriere, aus ihm einen soliden Geschäftspartner zu machen, als wie ein Teenie in der Bravo-Love-Story zwischen Hass und Begehren hin und her zu pendeln. Ich lächle. »Einzelgänger, aber kein Einzelschwimmer, oder wie?«

»So isses!«, sagt er und schnappt nach mir. Ich weiche ihm aus.

»Im Ernst, Nilo«, sage ich dann aus sicherer Entfernung, »warum bestehst du eigentlich so darauf, alles alleine machen zu wollen?«

»Stimmt«, sagt er gespielt nachdenklich und krault ein Stück näher, »wo doch so viele Sachen zu zweit so viel mehr Spaß machen!«

»Das meine ich nicht«, protestiere ich und paddle ein Stückchen weg von ihm, »aber findest du nicht, dass mehr Menschen in den Genuss deiner Tour kommen sollten? Außerdem müsstest du dich dann um nichts mehr kümmern. Nur noch unterwegs sein, reizt dich das denn gar nicht?«

»Och, mich reizt so einiges …«

Er nimmt mich einfach nicht ernst! Und das Schlimmste ist, dass mir sein blödes Geflirte auch noch Spaß macht.

»Bist du mal verletzt worden oder so?«

Er guckt mich irritiert an, aber wenigstens grinst er nicht mehr. »Wie kommst du denn darauf, bonita? Quatsch. Ich sehe halt nur nicht ein, dass andere sich an mir bereichern.«

»Ich will mich nicht bereichern!«

»Schade«, grinst er jetzt wieder, und ich verdrehe die Augen.

»Nein, Nilo, ehrlich«, versuche ich ihn zu überzeugen, »klar hoffen wir, dass wir von dir profitieren. Aber du doch auch von uns. Alle gewinnen.«

»Ich habe dir gesagt, das wird nichts. Und du brauchst auch nicht versuchen, mich mit deinen … mmhhh … Attributen zu überzeugen. Die sind zwar außergewöhnlich nett anzusehen, aber Geschäft ist Geschäft.«

Mir steht der Mund offen, was dumm ist, weil so Wasser reinläuft. Der glaubt doch nicht etwa, ich hätte mich nur für ihn nackt ins Zelt gelegt?!

»Zufällig ist es im Dschungel heiß!«, rufe ich, aber Nilo ist schon abgezogen. Was in drei Gottes Namen war das denn jetzt? Und wo bitte führt uns das hin?

Kapitel zehn

Die nächsten anderthalb Tage meide ich Nilo, so gut es eben geht. Sonst wird das nichts mit einer professionellen Zusammenarbeit.

Am Abend des dritten Tages machen wir in einer Native Community Halt. Ich bin erstaunt, wie es hier aussieht, viel weniger ursprünglich, als ich es mir vorgestellt habe. Alle tragen Shorts, bunte T-Shirts und Flip-Flops, essen aus Plastikschüsseln, und manche haben sogar Satellitenfernsehen. Nachdem wir uns traditionelle Gesänge angehört (bei denen Silke sogleich einstimmt), ein paar selbst genähte Taschen erworben und mit den Einheimischen mehr oder weniger angeregt geplaudert haben, verkündet Nilo das heutige Highlight: »Wer möchte, kann heute Abend an einer Ayahuasca-Zeremonie teilnehmen! Luis kommt aus einer Familie mit schamanischer Tradition, ihr seid bei ihm in den besten Händen. Ich habe die letzten Tage ohne Zucker und Salz gekocht, wie ihr vielleicht gemerkt habt, deshalb seid ihr auch diesbezüglich optimal vorbereitet!«

»Wie aufregend«, sagt Silke mit leichtem Zittern in der Stimme und ergreift die Hand ihres Mannes, »wir haben schon einmal eine Zeremonie mitgemacht, und ich muss sagen, das war ein einschneidendes Erlebnis. Danach habe ich die Welt und auch mich selbst mit ganz neuen Augen gesehen!«

Auch ich bin ein Fan von Massagen, halte es aber für übertrieben, ein bisschen Geknete gleich als Zeremonie zu bezeichnen. Oder zu behaupten, das Muskeldrücken hätte mein Leben verändert. Aber was nicht ist, kann ja noch werden.

»Es schmeckt natürlich nicht wie Bier«, lacht Jürgen, »leider, aber ich muss Silke recht geben. Die Erfahrung war einzigartig und durchdringend. Einfach phantastisch. Da ist der Geschmack dann auch egal.«

Hä? Ich versuche mir einen Reim auf Jürgens kryptische Worte zu machen. Nach zwei Minuten komme ich drauf: Ayurveda! Das ist die Massage, an die ich die ganze Zeit denke. Bleibt eine Frage: »Ähm, Entschuldigung, was genau ist Ayahuasca noch mal?«

»Ein Wunder!«, ruft Silke.

»Eine Droge«, erklärt Lara.

»Eine Droge?!«

»Eine legale«, mischt sich Nilo ein, »also zumindest hier, in Südamerika. Ayahuasca wird aus zwei verschiedenen Pflanzen gebraut und schon seit Jahrhunderten getrunken. Der Trunk bringt dich in Kontakt mit deiner spirituellen Wahrheit. Sie kann dir neue Welten öffnen oder deine alte neu erleuchten. Ich nehme schon seit Jahren regelmäßig an den Zeremonien teil.«

»Ich nicht«, erklärt Lara, »ich weiß auch so, wer ich bin, und ich weiß, dass es Dinge gibt, über die ich nicht nachdenken will, weil ich noch nicht bereit dafür bin. Um ehrlich zu sein: Ich finde den Hype um Ayahuasca einfach nur bescheuert. Ist ja schön, wenn es dir hilft, aber man muss ja nicht gleich so tun, als würde es gleich die ganze Welt erneuern.«

»Das ist spirituell erleuchtend, Lara!«

»Klar, Silke, glaub ich, aber allein die Kotzerei ist es das für mich nicht wert.«

»Die was bitte?«

»Ayahuasca reinigt den Geist UND den Körper«, erklärt Jürgen und guckt mir unangenehm tief in die Augen.

»Und dazu gehört es, das Gift aus dem Magen zu schwemmen.«

»Indem man kotzt?«

Lara schüttelt sich. »Ekelhaft, wirklich.«

»Sag ja immer, du bist viel zimperlicher, als du tust, Cousine«. Nilo grinst sein freches Grinsen, und ich stelle die wichtigste Frage des Tages, ach was, der ganzen Reise: »Und ist das Zeug gefährlich?«

»Hier nicht«, versichert Lara sofort. »Hier sind gute Leute am Werk, und sie brauen auch nichts allzu Starkes, keine Sorge. Außerdem bleibe ich die ganze Zeit dabei und hab ein Auge auf alle.«

»Na dann …«, sage ich kläglich, und sie mustert mich scharf.

»Wenn du lieber nicht mitmachen willst, dann sag Nilo, dass du keine Lust hast. Das muss und wird er verstehen. Richtig, Nilo?«

»Es ist ein wunderschönes Erlebnis. Aber ja, natürlich, man muss schon bereit sein, sich darauf einzulassen.«

Das klingt überraschend verständnisvoll. Fast bin ich enttäuscht, dass er sich nicht mehr bemüht, mich zu überzeugen, denn als er eben über die Zeremonie gesprochen hat, habe ich etwas in mir gespürt, was ich eigentlich gar nicht kenne: Neugier. Wer weiß, vielleicht ist dieses Ritual ja so wunderbar wie unser Ausflug zur Lagune?

»Nein, ich will dabei sein. Ehrlich. Ich glaube, das könnte ganz äh … cool werden«, sage ich und werde ein bisschen rot. Lara schaut mich an und grinst. »Super, Maja, ich finde es gut, dass du das ausprobieren willst!«

Luis, der viel gerühmte Schamane, hat sein Trikot vom FC Barcelona gegen einen weißen Sack aus Leinen getauscht und sich einen ganzen Haufen Federn auf den Kopf geschnallt. Wir sitzen im Kreis und haben jeder ein Schälchen bereitstehen. Luis sitzt im Schneidersitz vor einer Flut von Kerzen, Steinen, Fellen, Federn und Musikinstrumenten.

Zunächst erklärt er in erstaunlich flüssigem Englisch noch einmal die Abläufe: Wir ziehen jeder erst einmal an der Friedenspfeife, danken Papa Tabak und Mama Ayahuasca, und dann kommen wir einzeln nach vorne und trinken einen Becher des mysteriösen Gebräus. Danach setzt irgendwann die besagte und unvermeidliche körperliche Reinigung, sprich die Kotzerei ein, wobei wir bitte nicht zu früh kotzen und außerdem ein bisschen Rücksicht nehmen sollen, damit die restlichen Leute sich auf ihre Visionen konzentrieren können. Wenn es uns nicht gut geht, sollen wir zu Lara gehen, die in einer Ecke sitzt und uns im Auge behält. Wobei ich nicht weiß, wie wir sie finden sollen, sämtliche Kerzen werden nämlich pünktlich nach der Drogenaufnahme gelöscht.

Jürgen hat nicht übertrieben; das dickflüssige, braungraue Zeug schmeckt einfach nur ekelhaft. Wie schlecht gewordenes Lakritz. Gut, dass ich es hasse, mich zu blamieren, so kann ich nämlich gar nicht anders, als den unschönen Drink lächelnd runterzuwürgen. Dann krabble ich zurück auf meinen Platz und warte. Und warte. Und warte. Luis singt mit tiefer Stimme mystische Lieder, die ich irgendwie peinlich finde, wahrscheinlich weil mir als Berliner Reisebürotante der Zugang zur spirituellen Magiewelt fehlt.

Ich lehne mich an das Holzbrett, das als Rückenstütze dient und strecke die Beine aus. Luis hat uns Wolldecken gegeben, und ich bin ganz dankbar dafür. Obwohl wir im tiefsten Dschungel sind, ist es recht kühl hier. Nichts passiert.

Vielleicht muss ich aufhören zu denken? Aber wie geht das? Ich versuche, in mich reinzuhorchen. Fühle ich mich anders? Verändert sich mein Körper, meine Wahrnehmung? Ist das schon eine Version oder bloß ein Glühwürmchen? So geht das eine ganze Weile, und ich muss sagen: Ich hab' mir das alles aufregender vorgestellt.

Dann erbricht sich der Erste. Nicht ganz ohne Häme stelle ich fest, dass das Nilo sein muss. Kurz danach ist Jürgen dran, und gerade als ich schon denke, dass ich um die Sache rumkomme, zittert mir plötzlich wie wild der Kiefer. In meinem Mund sammelt sich die Spucke, und mein Magen macht einen auf Krampfanfall. Ich schnappe nach Luft, merke wie laut das ist und schlage mir die Hand vor den Mund. Auf keinen Fall will ich, dass die anderen mich hören müssen, ich hab' ja grade selbst gemerkt, dass es doch ziemlich nervt, Fremden beim Brechen zu lauschen, und das Letzte was ich will, ist, jemandem den Trip zu verderben.

Ich versuche, ruhig und konzentriert zu atmen. Mein Mund ist eine dünne Linie. Oh Gott. Das Würgen wird unerträglich. Aber ich will auf keinen Fall irgendjemanden stören. Ich schlucke hektisch und bemühe mich, dabei möglichst kein Geräusch zu machen. Dann taste ich ganz vorsichtig nach meiner kleinen Kotzschüssel. Gerade noch rechtzeitig; in einem großen, aber erstaunlich lautlosen Schwall erbreche ich mich. Dabei schmeckt schon wieder alles nach der Lakritzbrühe, nur noch ekelhafter als beim Weg runter. Ich verharre mit dem Kopf über der Schüssel und warte. Ein zweiter Schwall, diesmal schon viel weniger. Ich lasse alles rauslaufen und komme mir einfach nur bescheuert vor dabei.

Danach stelle ich erleichtert fest, dass es das schon gewesen ist. Geräuschloses Kotzen, das soll mir mal einer nachmachen. Ansonsten passiert nicht viel: Ich bin müde und hauptsächlich damit beschäftigt, nicht einzuschlafen. Irgendwann kotzt auch Silke gegenüber sich die Seele aus dem Leib und achtet im Gegensatz zu mir nicht im Geringsten darauf, dabei leise zu sein. Sie klingt, als stünde sie kurz vorm Exitus. Ich höre, wie Lara aufsteht und leise mit ihr redet. Danach scheint es Silke besser zu gehen. Ich denke darüber nach, was ich nun mit der Langeweile machen soll, die ich mir sonst immer wünsche, die jetzt aber irgendwie nervt. Sollte ich nicht längst Visionen haben? Und warum bin ich traurig, dass da keine sind?

Der Gesang von Luis ist mir immer noch ein bisschen peinlich, sorgt aber immerhin für Ablenkung. Ich versuche, die Worte ins Deutsche zu übersetzen, und zwar nur nach Klang. Der nächste Song lautet demnach in etwa: Guuuuck, Vogel, Vogel, guuuuck, ah ja, sie, sie, guuuck. Ich unterdrücke ein Seufzen. Als Luis schließlich irgendwann endlich das Ende der Zeremonie verkündet, scheinen Stunden und gleichzeitig nur Minuten vergangen. War ich vielleicht doch high? Darunter vorgestellt habe ich mir was anderes.

Vielleicht sollte ich erleichtert sein, dass einfach nichts passiert ist, nichts kann immerhin nicht wehtun. Aber irgendwie bin ich ehrlich enttäuscht. Da bin ich einmal im Leben neugierig auf etwas Fremdes, und dann so was.

Am nächsten Morgen sitzen wir wieder im Kreis und sollen erzählen, wie es uns in der Nacht zuvor ergangen ist. Silke beginnt – mit einem Song. Gewohnt inbrünstig schmettert sie Michaels Jacksons »Earth Song«, was sogar unseren gelassenen Schamanen ein wenig zu verunsichern scheint. Er starrt mit offenem Mund auf die Hobbysängerin, die sich dramatisch ins graublonde Haar greift und immer lauter und lauter das Leid der Welt beklagt. Als sie schließlich fertig ist, strahlt sie wie ein kleines Kind und erklärt: »Die Musik und ich waren eins: Es war, als ob die Erde selbst eine Melodie gewesen wäre, wirklich. Ich kann das gar nicht erklären, aber ich habe Noten gerochen, gefühlt, geschmeckt, ganze Lieder haben mich erfüllt. Ich war eins mit der Natur. Die Natur ist ein Musikstück, ein ganz wunderbares. Das habe ich erkannt. Und dass ich mehr singen muss, das auch.«

Beinahe pfeife ich beeindruckt durch die Zähne. Da hat jemand eindeutig mehr gelernt als ich.

»Wie poetisch«, sagt Luis und lächelt sein zahnloses Lächeln, »schön, dass du mit der Natur in Berührung gekommen bist, Silke.«

»Für mich war es eine traurige Reise«, sagt Jürgen, der nicht länger warten will. »Ich habe mit meinen Ahnen gesprochen. Sie haben mich gerügt, weil ich sie nicht genügend achte. Ich denke, wenn ich zu Hause bin, dann werde ich mich mit meiner Familiengeschichte auseinandersetzen müssen. Es gibt so vieles, was ich da noch gar nicht weiß, dabei ist es wichtig, zu wissen, wo man herkommt.«

»Und warum war deine Reise traurig?«

Jürgen blinzelt. »Ich weiß nicht. Es war nur so ein Gefühl, das mich ganz und gar erfüllt hat. Vielleicht die Emotionen meiner Vorfahren?«

»Das kann gut sein«, sagt Luis, »und wie geht es dir jetzt damit?«

»Ich muss das erst alles noch verarbeiten. Aber ich fühle mich okay.«

Ich lächle verhalten. So stelle ich mir die Therapiesitzungen meiner Mutter auch vor. Nur halt ohne Drogen und Kotzen.

»Maja?«

Ich schrecke aus meinen Gedanken.

»Ja?«

»Wie war es für dich? Was hast du erlebt? Magst du es mit uns teilen?«

Ich gucke zu Boden. Nach den Geschichten von Jürgen und Silke kommt es mir peinlich vor, dass ich nichts, aber auch gar nichts zu sagen habe. Soll ich einfach was erfinden?

»Alles in Ordnung, Maja?« Lara guckt mich besorgt an. Ich seufze und lächle schüchtern.

»Alles in Ordnung. Es ist nur … also, ich habe ehrlicherweise gar nichts erlebt. Ich war einfach nur müde die ganze Zeit. Erschöpft. Aber keine Visionen, keine tiefen Gefühle.«

»Aber du hast dich körperlich gereinigt?«

Ich runzele verwirrt die Stirn. Ach so, gekotzt.

»Ja, einmal kurz. Auch nicht sehr viel. Äh, ich war wohl schon sehr sauber innen.«

»Wie geht es dir denn heute früh mit deinen Erlebnissen?«

»Also, um ehrlich zu sein: Ich finde es ein klein wenig schade, dass ich so gar nichts erlebt habe. Ich meine … für eine einmalige Erfahrung war das sehr uneinmalig für mich.«

»Vielleicht warst du nicht bereit für die Pflanze«, gibt Jürgen zu bedenken, »oder sie hatte dir einfach nichts zu sagen.«

»Jeder reagiert anders«, erklärt Luis geduldig, »das ist normal. Und manchmal dauert es mehrere Tage, bis die Pflanze dir plötzlich eine Erkenntnis bringt.«

»Oder du hast schon eine Erkenntnis und erkennst sie noch nicht!«

»Hä?«

Lara lacht. »Na, keine Ahnung, ich kann ja nicht in deine Seele gucken. Aber vielleicht spricht die Tatsache, dass du einfach nichts erlebt hast, ja für sich. Beziehungsweise steht für was Anderes, Wichtiges oder so. Klingt verflucht bescheuert, ich weiß, aber du kannst ja noch mal darüber nachdenken!«

Nichts als Erkenntnis? Skeptisch rümpfe ich die Nase. Das kommt mir in der Tat bescheuert vor.

»Vielleicht ist in der Tiefe deiner Gefühle der Schlüssel zum Geheimnis deiner Erfahrung«, pflichtet Jürgen ihr bei. »Es scheint dich sehr mitzunehmen, dass du keine Visionen erleben durftest. Vielleicht ist das ein Hinweis.«

Verblüfft hebe ich die Augenbrauen. Ist der Foto-Fetischist da auf Gold gestoßen?

»Da könnte was dran sein ...«, murmle ich. Denn das könnte es tatsächlich. Seit wann stört es mich, ein Abenteuer auszulassen? Und seit wann wünsche ich mir innere Inspiration und Veränderungen? Aber vor allem: Warum wollte ich unbedingt etwas erleben und eine Erkenntnis haben?

Als Letzter ist Nilo an der Reihe. Er schaut jeden von uns an und richtet seinen Blick dann auf den Schamanen. »Ich habe einen Wolf gesehen«, verkündet er mit kräftiger Stimme. Klar, was auch sonst. War er groß und stark?

»Er war allein. Über ihm stand ein blutroter Mond. Der Wolf hat den Mond angeheult. Er heulte und heulte und heulte, und irgendwann habe ich ihn gefragt: Warum heulst du den Mond an? Und er hat gesagt: Weil ich auf die anderen warte.«

Nilo macht eine Kunstpause.

»Welche anderen?«, fragt Silke atemlos.

»Die anderen Wölfe. Aber es kamen keine. Der Wolf blieb allein, und er heulte immer weiter. Und ich sagte: Aber wenn du immer nur den Mond anheulst, dann wirst du irgendwann verhungern. Und der Wolf antwortete: Ich gehöre ins Rudel. Alleine sterbe ich ohnehin, und lieber heule ich und hoffe, als satt zu sein und ohne Hoffnung.«

»Und was bedeutet diese Geschichte für dich?«, fragt Schamanen-Luis.

»Dass niemand immer nur allein sein kann«, sagt Nilo. Dann guckt er mich an und grinst. Nein, stimmt nicht. Er lächelt. Ganz normal, ohne anzügliche Untertöne. Sehe ich da etwa erste Fortschritte? Wie der Wolf schon sagt: Die Hoffnung stirbt zuletzt.

Der folgende Tag vergeht trotzdem ohne jeden Fortschritt. Wir kommen zwar Meter für Meter weiter Richtung Zivilisation, aber jeder noch so kleine Versuch, Nilo in ein ernsthafteres Gespräch zu verwickeln, scheitert. Langsam nehme ich es wirklich persönlich, dass es einfach kein Weiterkommen gibt. Nach dem Mittagessen, das wir wie so oft auf dem Grünstreifen am Uferrand einnehmen, will ich Nilo deshalb um einen kurzen Spaziergang bitten. Silke und Lara sind in ein Gespräch vertieft, und Jürgen macht gerade Fotos. Es ist also der ideale Augenblick. Doch gerade, als ich den Mund aufmache, zerreißt ein markerschütternder Schrei die schwüle Luft. Wir fahren herum.

»Hilfe! Hilfe!«

»Jürgen! Jürgen!«

Immer abwechselnd schreien nun Jürgen und Silke, die vor lauter Angst und Aufregung nicht mehr zu wissen scheint, wo genau das Ufer liegt.

»Da lang!«, ruft Lara und greift sich die Verwirrte. Nilo und ich sind derweil schon am Quell des Geschreis angekommen: unsere Anlegestelle. Das Ufer hebt sich hier in einem kleinen Hang um etwa zwei Meter und besteht größtenteils aus Schlamm. Dort mittendrin, verdreckt, blutig und trotz der Tropenbräune kalkweiß liegt Jürgen.

»Helft mir! Bitte helft mir doch!«

»Jürgen! Jürgen!«

Silke rutscht hinter uns den Hang herunter, mindestens ebenso aufgewühlt wie ihr offensichtlich verletzter Seelenverwandter.

»Was ist passiert?« Nilos Frage ist nahezu dämlich. Ein Blick verrät, was passiert ist: Jürgen ist gestürzt. Und zwar so, dass er sich das gesamte rechte Bein aufgerissen und verdreht hat. Es sieht aus wie ein krummer Ast. Hübsch sieht das nicht gerade aus. Mir sollte eigentlich schlecht werden, aber die Sorge um meinen nervigen Reisegefährten ist stärker als Angst und Ekel.

»Wir müssen ihn da rausziehen«, rufe ich, »und das Bein verbinden!«

Silke kniet sich neben dem Kopf ihres Liebsten. Ihre Augen sind mit Tränen gefüllt, ihre Hände zittern, als sie über Jürgens Stirn streichen. »Nilo, schnell«, flüstert sie, »bitte, tu was!«

»Ich brauche mein Verbandszeug …«

Er dreht sich in Richtung Floß. Beziehungsweise in die Richtung, in der vorhin noch das Floß lag. Abrupt stoppt er. »Wo ist das Floß?«

»Verdammter Mist, das darf doch nicht wahr sein!«, flucht Lara und schlägt sich die Hand vor den Mund. »Das Floß ist weg!«

»Das Floß! Das Floß!«, girrt nun auch Silke, wobei sie ihrem Mann die Hand drückt.

»Aber so ein Floß verschwindet doch nicht einfach!«

»Aber du siehst doch, dass das Scheißteil weg ist, verdammt!«

Jürgen stöhnt. »Es ist … Es ist weg«, haucht er. »Ich … Ich wollte es nur mal kurz in Position bringen, für das Foto. Und da ist mir wohl, also da ist mir die Leine … und dann ist das

Floß … mein Bein! Mein Bein!« Wenn Nilo mich so angucken würde, würde ich auch schnell losjammern. Dabei hätte Jürgen ja auch einfach lügen können.

»Aber alles ist auf dem Floß! Mein Arztzeug! Meine Medis!«

Nilo kocht vor Wut. Als hätte Jürgen das mit Absicht gemacht. Plötzlich wird mir allerdings klar, dass auch alles, was ich dabeihabe, auf dem Floß ist. Meine Milde verpufft.

»Das Floß ist weg!«, rufe ich. Selten dämlich, aber für mehr Verstand reicht es gerade nicht. »Wir sitzen hier fest!«

»Nicht sterben, Jürgenliebling, nicht sterben, okay?«

»So schnell stirbt man nicht«, Lara kniet sich hin und studiert Jürgens Wunde. »Das ist ganz schön fies, aber wir kriegen ihn schon ins Krankenhaus. Richtig, Nilo?«

»Aber wie denn?«, fragt er. Das ist nun nicht nur ebenfalls selten dämlich, sondern auch ganz schön daneben. Schließlich ist es seine Aufgabe, sich um uns zu kümmern.

»Kommt hier denn nicht mal ein Boot vorbei?«

»Vielleicht. Vielleicht auch nicht. Mal so, mal so … Das lässt sich nicht sagen. Verdammt!«

Der ach so abgehärtete Abenteurer ist echt der Panik nahe. Keine coolen Sprüche mehr vom einsamen Wolf; er hüpft nervös wie ein Karnickel von einem Bein auf das andere und blickt gehetzt um sich. Ich frage mich, ob Antonia immer noch so begeistert von ihm wäre, wenn sie das jetzt mitbekommen würde.

Ich kneife die Augen zu und atme tief durch. Nilo in Aufregung schraubt meine eigene Furcht automatisch runter. Was tun, wenn nichts da ist? Nun, You-Tube-Annie würde behaupten, dass immer was da ist. Und dass man aus allem was Hübsches machen kann. »Nilo«, sage ich in einem Tonfall, der nahezu nach Befehl klingt, »du behauptest doch immer, der Dschungel sei eine grüne Apotheke. Es gibt doch bestimmt Blätter, die desinfizieren? Die will ich. Außerdem brauchen wir stabile, aber dehnbare Stöcke. Und was von diesen Lianen. Ja, unbedingt Lianen!«

Alle gucken mich überrascht an, selbst Jürgen hat aufgehört zu wimmern. »Wir müssen doch sein Bein verarzten«, erkläre ich, »und wenn wir sonst nichts haben, muss eben der Wald her!«

»Spitze«, grinst Lara, »ein Naturverband!«

Genau den stellt Nilo mir zusammen. Während er sucht, ziehen wir den heulenden Jürgen so vorsichtig wie möglich aus dem Schlamm und reinigen seine Wunden. Befreit von Schlamm und Dreck sieht das alles schon gar nicht mehr so schlimm aus. Gebrochen scheint nichts zu sein, und der Riss, den er sich wohl an einem spitzen Stein geholt hat, ist nicht halb so lang und tief, wie es im ersten Augenblick schien. Bewegen kann er sich trotzdem kaum. Gut, dass Lara wenigstens ein paar Aspirin in der Hosentasche hat. Opium wäre zwar besser, aber ich will nicht klagen. Jürgen auch nicht, er beißt tapfer die Zähne zusammen, während ich an ihm herumdoktre.

»Hier«, nach gut fünfzehn Minuten bringt Nilo die verlangten Utensilien. Ich nicke geschäftig und wende mich meinem Werk zu. Ist nicht viel anders als basteln. Man braucht Konzentration, Fingerspitzengefühl und ein wenig Phantasie, und vor allem darf man nicht innehalten und zweifeln. Also blende ich tapfer aus, dass ich mit Haut und Fleisch arbeite statt mit Glanzpapier und lege Jürgen systematisch seine Stöckchenschiene an. Es ist, als hätte ich nie etwas anderes gemacht: In relativ wenigen, relativ professionellen Schritten entsteht aus Naturnichts ein Verbandsetwas.

»Stark«, kommentiert Lara bewundernd, und auch Nilo sieht aus, als fände er meine Handarbeit verzückend. »Ich dachte, du weißt nichts von Survival?«, fragt er, als ich gerade das letzte Schleifchen binde.

»Tue ich auch nicht.«

»Aber das da ...«

»Müsstest du eigentlich machen, echt, Nilo. Ich bin enttäuscht!«

»Ist halt lange nicht mehr vorgekommen, dass irgendwer verletzt war, aber du hast Recht. Ich schwöre dir, Lara, ich frisch das wieder auf.«

Ich schaue ihn verblüfft an. Nilos ehrliches Eingeständnis der eigenen Unzulänglichkeit passt so gar nicht zu seinem sonstigen Auftreten. Er ist also nicht nur sexy, sondern vielleicht auch ... schnell denke ich an was anderes.

»Jürgen ist soweit versorgt, denke ich. Und jetzt ist das Floß dran«, verkünde ich aufgeräumt.

»Das ist weg!«

»Ja, Nilo, das ist mir auch schon aufgefallen. Aber wir müssen ja irgendwie Hilfe holen, oder? Also müssen wir improvisieren!« Er guckt mich verblüfft an. Ist irgendwie ziemlich befriedigend. »Ich meine, ein paar Sachen haben wir doch da. Holz zum Beispiel gibt es im Dschungel ja nun im Überfluss. Und deine Essenssäcke, die sind doch mit Bändern zugeschnürt?«

»Ja, sind sie. Und du meinst ...?«

»Klar, da lässt sich bestimmt was draus machen! Die Lianen funktionieren sonst ja auch wirklich prima. Schwimmen geht ja nicht, oder? Die Strömung ist wahrscheinlich ziemlich stark, oder? Sonst wäre das natürlich die einfachere Option.«

»Ja, aber das schaffe ich nicht, das stimmt schon.« Nachdenklich verschränkt Nilo die Arme. »Ich meine, ich bin ein Superschwimmer, aber der Fluss ist tückisch ...«

»Ich verstehe. Mmmh. Schade, dass meine Luftmatratze im Rucksack ist ...«

»Du schleppst eine Luftmatratze mit in den Dschungel?«

»Hat meine Mutter drauf bestanden ...«, sage ich und werde ein klein wenig rot dabei, »jedenfalls: Es wird uns doch wohl leicht gelingen, irgendwas zusammenzubasteln, was reicht, um Hilfe zu holen!« Ich klatsche geschäftig in die Hände. »Am besten tragen wir mal alles zusammen, was wir haben und gucken, was man wie verwenden könnte. Ich denke ...«

Lara legt mir eine Hand auf die Schulter und guckt in einer Mischung aus liebevoller Bewunderung und unterdrücktem Lachkrampf von Nilo zu mir. »Also ich glaube, der Nilo läuft jetzt einfach mal zurück zum Dorf und nimmt sich da ein Boot.« Nilo und ich unterbrechen unser eifriges Gespräch und starren seine Cousine an, die ihr Gelächter jetzt wirklich kaum noch unterdrücken kann. »Ich bin beeindruckt von eurem Pioniergeist, ihr beiden süßen Knallköpfe, aber Nilo, es gibt doch auch einen Trail durch den Dschungel.« Was ich nie wusste, scheint auch Nilo erst jetzt wieder einzufallen. Er guckt ganz schön dumm (und leider auch ganz schön süß) aus der Wäsche. »Stimmt«, sagt er und wird endlich auch einmal rot.

»Na also. Dann ist die Sache wohl geklärt, oder?«

Ganz so easy ist es am Ende nicht. Es dauert und dämmert schon, als Nilo mit einem großen Motorboot und Helfern endlich zurückkehrt. Kurz wird diskutiert, ob man ihn in der stockfinsteren Nacht herumschleppen sollte, aber Nilo hat vorsorglich Taschenlampen mitgebracht und Jürgen sollte dringend durchgecheckt werden. Keiner von uns hat Lust, allein zurückzubleiben. Also steigen wir alle ein und machen los.

Keine vierzig Meter weiter steigen wir schon wieder aus. Denn dort hängt unser Floß in der Böschung.

»Hätte ich mir die Lauferei wohl sparen können«, ist alles, was Nilo dazu sagt. Was sonst soll er auch machen? Wie durch ein Wunder ist mein Rucksack noch drauf. Nur Jürgens monsterschweres Teil hat sich in die ewigen Flutgründe verabschiedet, aber der ist sicher froh, am Leben und auf dem Weg ins Krankenhaus zu sein. Wir halten an, räumen alles um, und dann endlich geht es zurück in die Zivilisation.

Kapitel elf

Am nächsten Morgen fühle ich mich so menschlich wie schon lange nicht mehr. Geduscht, rasiert und gecremt wickle ich zum ersten Mal seit fünf Tagen mein Smartphone aus den drei schützenden Plastiktüten und halte dann zärtlich die Taste zum Einschalten gedrückt. Mit einem dienstbeflissenen Vibrieren erwacht es zum Leben: Ich habe wieder Internet!

Das World Wide Web und ich verziehen sich auf die intime kleine Terrasse unseres Mini-Hotels. Umringt von Palmen, Blumen und Schmetterlingen fläze ich in einem Korbsessel und schlürfe einen frischen Mangosaft.

»Noch einen Saft?«

Ich nicke begeistert. Die freundliche Besitzerin meines privaten Paradieses, die sich vorhin als Adele vorgestellt hat, nickt erfreut zurück. Wo sind eigentlich meine Bootsgefährten? Egal, allein sein ist gerade mal ganz schön. Mit einem zufriedenen Seufzer wende ich mich meinen verpassten Mails zu. Dreihundertdrei. Davon mindestens 184 Newsletter, von denen ich mich nicht erinnern kann, sie je abonniert zu haben, 14 Aufforderungen, einsamen Frauen oder afrikanischen Prinzen zu schreiben, und eine Werbung für Viagra. Ein paar Kundenanfragen und 8 Meldungen von Antonia. Abgesehen vom langweiligen Dienstlichen berichtet sie darin zuversichtlich vom kleinen Böhnchen und erklärt, dass der Herr Dr. Fleischer rundum zufrieden sei mit dem Gesundheitszustand vom Ungeborenen. Außerdem fragt sie jedes Mal nach dem Stand der Dinge in Sachen Nilo.

»Vielleicht ein Croissant dazu?«

Die schwarzgelockte Adele reicht mir freundlich den Mangosaft und lenkt mich damit netterweise von meinen Gedanken ab.

»Croissants? Hier?«

»Wir haben einen französischen Bäcker hier in Rurrenabaque. Der hat sich sogar den Ofen aus Frankreich importieren lassen. Die Croissants sind himmlisch!«

»Oh ja, gerne! Mit Marmelade?«

»Kommt sofort!«

Hoffentlich hilft das himmlische Gebäck der Stimmung. Die sackt immer tiefer bei mir. Was soll ich Antonia antworten? Der Wolf streift lieber allein durch den Hühnerstall und kann nicht mal ein Bein richten? Ich seufze und gehe lieber durch die restlichen Nachrichten. Der Herr Lippert vom Rosenkiez hat mir sehr nett geschrieben und wünscht uns viel Erfolg beim Schaufenster-Wettbewerb. Na, das kann ich wohl knicken. Außer ein letzter verzweifelter Appell an Nilo bringt die Wendung? Ich weiß es nicht, aber ich muss es versuchen.

»Bitteschön, mit Marmelade und Butter!«

Allein der Geruch des Croissants ist unglaublich betörend. Und der Geschmack dürfte selbst in Paris nicht viel besser sein. Glücklich mümmle ich vor mich hin, ignoriere meine Sorgen und lese einfach ein paar private Mails. Meine Mutter schickt Fotos von ihrem Kurzurlaub und fragt nach einem lauschigen Restaurant in Berlin. Entweder ihre Therapeutin legt Wert darauf, dass sie sich regelmäßig was Gutes tut – oder sie hat doch einen Liebhaber. Es wäre ihr zu gönnen.

Auch mein Vater hat sich gemeldet und fünf Fotos in fünf Outfits angehängt, die allesamt Migräne auslösen. Aber er ist wahnsinnig stolz darauf und fachsimpelt ein paar lange Sätze über den Stilvorteil von Panama-Hüten. Dann fragt er mich, ob ich Rosen oder Gänseblümchen hübscher finde. Ich schüttle irritiert den Kopf. Offensichtlich drehen meine Eltern beide gerade durch. Ich plädiere für Gänseblümchen, weil das origineller ist, und rate ihm zum Dress auf dem dritten Bild, weil der noch am ehesten so aussieht, als könnte man sich darin auf die Straße wagen. Dass besagter Mann die 30 besser noch nicht überschritten haben sollte, das sage ich ihm lieber nicht. Ich will ihm ja nicht wehtun.

Mir selbst auch nicht, weshalb ich ein zweites Croissant bestelle. Schließlich habe ich seit Tagen nichts als Reis und Banane gegessen.

Von Katharina: Nichts. Keine Entschuldigung, keine Erklärung, einfach nichts.

Dafür eine Mail von Nadine, die sich seitenlang über Oles Malkünste und Inas Wortgewandtheit auslässt. Britta, die Älteste, ist mit dem Vater wohlbehalten wieder zu Hause angekommen und auf dem Weg zur erfolgreichen Dressurreiterin, jedenfalls wenn man ihrer Mutter Glauben schenkt. Ganz am Schluss denkt Nadine dann auch mal an mich, aber nicht gerade auf hilfreiche Art: *Ist was gelaufen mit dem heißen Latino?*, fragt sie. *Ich will jedes Detail hören, Maja! Jedes Detail!*

Ich schnaube. Wie soll sich das denn bitte anhören?

»Also ich hab' ihn angeschmachtet wie eine Fünfzehnjährige, obwohl er arrogant und ein Weiberheld ist und ich zu Hause einen netten Mann sitzen habe, der mir vertraut. Aber es war doch alles so romantisch, was sollte ich denn machen! Als Nilo sein Shirt auszog, wurde mir ganz anders, und er hat mich nackt im Zelt überrascht, das war schön! Schrecklich schön! Er findet mich leider immer noch nicht kompetent, aber hin und wieder hat er meine Brüste gelobt, ist das nicht toll?! Beste Bravo-Love-Story ever, Nadine, ich schwöre!«

Nein, wirklich nicht. Ich bin kein Teenager, ich bin erwachsen. Ich habe Verantwortung. Und einen Verstand, den ich einsetzen kann, wenn alle anderen Teile meines Körpers versagen. Was ich allerdings nicht habe, ist eine Nachricht von Stephan. Ich knabbere am letzten Croissant-Rest. Kann es wirklich sein, dass er sich gar nicht meldet?

»Alles in Ordnung?«

Ich schrecke hoch. Aber natürlich meint Adele nicht mein Liebesleben, sondern mein Frühstück.

»Ja, alles prima!«

Sie strahlt und erzählt mir noch ein bisschen über die Lebensmittelversorgung in ihrem heimischen Dschungeldorf. Eigentlich kommt sie aus La Paz, erfahre ich dabei, mag aber den Dschungel viel lieber: »All die schöne Natur!« Ich gebe ihr Recht und meine das sogar. Erstaunlich.

Unser kurzes Gespräch frischt mich auf, und ich denke mir, dass ich erst einmal alles ganz genau prüfen sollte, bevor ich in Selbstmitleid und Partnerhass verfalle. Und tatsächlich: Im Spam-Ordner finde ich eine Mail von ihm. Ohne Betreff. Ich habe Herzklopfen, als ich sie öffne. Nicht so wie früher, in unserer Anfangszeit, als jede SMS von ihm gleich eine Tachykardie ausgelöst hat, weil jedes Wort von ihm eine Offenbarung war. Eher wie ein Bankräuber, der bei einer Verkehrskontrolle von der Polizei angehalten wird.

Liebe Maja, schreibt er, *ich vermisse dich. Das tue ich wirklich (sehr!), und ich ärgere mich wahnsinnig, dass wir vor ein paar Tagen so doof auseinandergegangen sind. Ich schwöre dir, du musst dir keine Sorgen wegen Melanie machen. Ich hoffe, es geht dir gut da drüben und dass du nicht allzu sehr leidest. Ich wünschte, ich wäre bei dir. Komm bald wieder! Stephan.*

Während ich seine Zeilen lese, laufen meine Gefühle Amok. Ich schäme mich, dass ich ihm Vorwürfe gemacht habe und dabei selber lüstern nach einem anderen schiele, und ich freue mich, dass er an mich denkt und mich vermisst, und ich hasse ihn, weil er so lieb und nett ist, und ich verfluche uns beide, weil ich nicht verstehe, warum nicht mehr einfach alles so einfach ist wie früher. Und vor allem bin ich gerührt, weil ich weiß, wie sehr Stephan es hasst, seine Gedanken und seine Gefühle aufzuschreiben. Es ist nicht mal so, dass er, typisch Mann, alles für sich behält, aber schwarz auf weiß zu sehen, was man denkt und fühlt, das ist dann doch noch mal was anderes. Ich weiß also ehrlich zu schätzen, dass er sich die Mühe gemacht hat. Und genau deswegen sitze ich gute zwanzig Minuten da, starre auf mein Smartphone und habe absolut keine Ahnung, wie und was ich ihm antworten soll.

Lieber Stephan, schreibe ich schließlich, *mir geht es genauso. Ich verstehe einfach nicht, was mit uns los ist. Mit mir. So weit weg zu sein, macht was mit mir, das ich nicht begreife. Ich wünschte auch, dass du hier wärst, dann wäre alles einfacher*. Ich halte inne. Wäre es das? Wohl kaum. Weil ich es nicht schaffe, ihn anzulügen, lösche ich den letzten Satz und schreibe stattdessen, dass ich so bald wie möglich nach Hause komme und dass es nicht so aussieht, als ob ich noch lange einen Job hätte. Dann starre ich wieder zwanzig Minuten. Schließlich lösche ich alles und wähle seine Nummer. Die Sehnsucht nach seiner Stimme macht mich froh und sicher. Was ist schon so ein heißer Nilo gegen den guten alten Stephan. Doch der gute alte Stephan geht nicht ran. Schon wieder nicht.

»Vielleicht noch ein drittes Croissant?«

Ich schüttle den Kopf. Leider werden mehr Fett und Zucker kaum die Lösung sein.

»Juchu! Pooooooool!«

Mit einem lauten Platsch wirft Lara sich ins glitzernde Wasser. Nachdem meine Reisegefährten dann doch mal aus Bett und Krankenhaus gekrochen sind, sind wir zusammen zu einem Schwimmbecken gefahren, das hoch in den begrünten Bergen liegt. Die Aussicht ist phantastisch: Unter uns liegt der wilde Dschungel, in der Ferne der braune Fluss, der uns so treu hierhergeführt hat und über uns strahlt der Himmel blau und satt. Jürgen kann sich gar nicht von seiner Kamera trennen. Er humpelt zwar ganz schön mit seinem nunmehr professionell verarzteten Bein, aber vom Fotografieren könnte man ihn wohl nur abhalten, indem man ihm beide Hände abhackt. Wenigstens fragt er diesmal nicht, ob ich ihm helfen kann.

»Silke«, brüllt er grade seine Frau an, »Bauch rein, Brust raus! Genau, und jetzt die Hand an die Palme!«

Ich muss lachen. Auch wenn ich froh bin, Jürgen, Silke und den abendlichen Gesang nicht länger ertragen zu müssen, irgendwie vermissen werde ich die beiden Reisefreaks schon. Erstaunlich, wie schnell man sich an Menschen gewöhnt. Und nicht nur an Menschen. Auch Umstände werden ruckzuck normal. Nachdenklich strecke ich meine Glieder. Ehrlich, ich gucke schon gar nicht mehr nach Insekten und zucke nur die Achseln, wenn ich in den Dschungel machen muss. Mehr noch: Ich finde sogar ein bisschen Gefallen an der Wildnis, die gar nicht nur schrecklich, sondern auch ziemlich beeindruckend ist. Das erste Mal im Leben kann ich mir vorstellen, tatsächlich einfach privat in die Ferne zu reisen. Keiner weiß schließlich besser als ich, wie viele traumhafte Orte die Welt hat. Warum sie nicht am eigenen Leib erleben? Zumal es ja auch Momente wie diesen gibt: Hingestreckt in der heißen Sonne, der Wind weht leicht und leise, und jeder Muskel entspannt sich ganz von selbst. Auf meiner kleinen Liege fühle ich mich seltsam zu Hause und willkommen, und das liegt nicht zuletzt daran, dass ich erst mal ganz schön gelitten habe. Und selbst das ... Verwundert kratze ich mich an der Nase. Selbst das war irgendwie gar nicht so schlimm. Im Gegenteil. Es war aufregend. Und lehrreich. Und es macht mich stolz, weil ich nämlich wirklich nicht halb so zerbrechlich bin, wie ich vor wenigen Tagen noch gedacht habe.

»Danke, Nilo«, sage ich spontan und mein Liegennachbar dreht sich überrascht zu mir um.

»Wofür?«

»Für die Tour. Das war ein großartiges Erlebnis. Das muss ich echt zugeben. Und die Natur ... wie du gesagt hast: So was gibt es in der Großstadt nicht. Und es ist wunderschön da draußen. Danke, dass du mir das gezeigt hast.«

»Hast dich ja auch gut geschlagen, Maja. Und deine Hilfe mit Jürgen. Das war klasse!«

Ich werde rot. Nilo grinst und räkelt sich. Ich atme tief durch.

»Gehen wir ein paar Schritte?«

»Klar, amiga. Machen wir.«

Wir schlendern ein paar Meter zum Geländer. Kaum dass wir stehen bleiben, trete ich nervös von einem Bein auf das andere, schiele zu Nilo, der selbstvergessen die Landschaft betrachtet und zupfe an meinem giftgrünen Träger herum. Eine Antonia ließe sich allerdings auch nicht von knallharten Verhandlungen abhalten, nur weil sie einen Bikini trägt.

Statt auf das Spiel von Nilos Bauchmuskeln konzentriere ich mich auf meine Aufgabe.

»Nilo?«

»Mmmmh?«

»Lass uns noch mal über den Vertrag reden...«

»Mmmhhhh...«

»Hast du nicht gerade gesagt, dass meine Arbeit klasse war? Genauso gute Arbeit kann ich auch für dich leisten. Also wir können das. Mit unserem Reisebüro.«

»Aber es läuft doch schon alles gut. Mehr brauche ich nicht.«

»Aber wir!«, mein Herz beginnt wild zu klopfen; ich bin mir sicher, dass Antonia nichts davon hält, mit Ehrlichkeit zu verhandeln. »Wir brauchen dich. Du bist genau das Aushängeschild, das unserem Büro noch fehlt. Ohne dich sieht es düster aus!«

»Das tut mir leid«, sagt er und ich drehe mich hoffnungsvoll zu ihm, »aber das ist nicht mein Problem, Maja.«

Ich beiße mir auf die Lippe. So viel zum Thema mit offenen Worten punkten. Es interessiert Nilo überhaupt nicht, was mit anderen Menschen ist. Er legt fast schon herablassend den Kopf schief. »Ich kann mein Image nicht von euch abhängig machen, erst recht nicht unter solchen Umständen.«

»Und was ist mit dem Wolf?«

»Was?«

»Na, dem Wolf in deiner Vision. Der nicht allein den Mond anheulen wollte. Hat das denn gar nichts zu bedeuten für dich?«

»Ach das«, er winkt ab, »das hat doch nichts mit dir zu tun!«

Ich werde langsam wütend. Hinter uns höre ich Lara quietschen und juchzen, wie immer frei von Bedenken oder Ängsten. Obwohl sie jünger ist als ich, hat sie es viel besser drauf, für sich einzustehen – und wird trotzdem gemocht. Nicht zuletzt von mir, die sich zwar durchaus einige harte Wahrhciten von ihr hat anhören müssen in den letzten Tagen. Ich werfe einen Blick über die Schulter. Sie balanciert auf dem Schwimmbeckenrand und wirkt groß, stark und mutig dabei. Ihr wilder Lockenirokese tanzt im Wind, ihre Augen leuchten freudig, und ihre ausgestreckten Arme scheinen viel weiter zu greifen als nur in den Moment. Als ein junger Bolivianer versucht, nach ihrem Knöchel zu greifen, hüpft sie leichtfüßig lachend zur Seite und zeigt ihm dann recht undamenhaft den Mittelfinger. Ich beneide sie. Mit einem tiefen Atemzug drehe ich mich zurück zu Nilo. Kann ich denn nicht auch einfach mal unfreundlich sein?

»Weißt du was, Nilo?«, sage ich laut und deutlich. »Lara hat recht, du bist ein Arsch. Und das Schlimme ist: Du bist es mit Absicht.«

Okay, ich kann. Doch kaum sind die Worte raus, schließe ich erschrocken vor mir selbst die Augen. In meinem ganzen Leben habe ich noch nie so etwas zu jemandem gesagt. Ich mag mir gar nicht vorstellen, was für ein Gewitter der Ablehnung gleich über mich hereinbrechen wird. Doch Nilo lacht nur, und ich mache die Augen wieder auf.

»Stimmt«, sagt er und grinst sein impertinentes Grinsen, »da hast du mich durchschaut, Maja.«

»Aber warum denn bloß? Warum bist du denn nicht einfach nett? Ist doch nichts Schlimmes dabei.«

Sagt die, die endlich mal nicht nett sein wollte.

»Weil nett sein langweilig ist. Meistens jedenfalls, chica. Langweilig und unbefriedigend. Wobei ich finde, du kannst dich nicht beschweren, bonita. Ganz und gar nicht.«

»Kann ich wohl!«

»Aber worüber denn? Ich bin doch nett zu dir. Sehr nett.«

Er kommt ein Stückchen näher. Ich bleibe stehen. Meine Hände schwitzen, mein Herz pumpt, und mein Bauch verkrampft sich. Mist.

»Nicht nett genug«, erwidere ich mutig und bereue das sofort, denn er kommt noch näher. Wir berühren uns jetzt fast. Ein doofes Gefühl. Größtenteils.

»Wegen des Vertrags«, beeile ich mich, die Lage zu entschärfen, »weil du doch jetzt weißt, wie wichtig das für mich, äh, und für das Reisebüro ist. Und weil du doch nur gewinnst dabei. Lara hat gesagt, du hasst den ganzen Papierkram und die Werbung und so. Das könnten wir alles für dich tun.«

»Und was bekomme ich dafür?«

»Das habe ich doch gerade gesagt«, antworte ich verwirrt. Na ja, halb verwirrt. Die andere Hälfte ahnt, worauf er hinauswill, denn jetzt legt er seine Hand auf meinen nackten Arm. Fühlt sich leider verdammt aufregend an.

»Du bist doch immer so hilfsbereit, Maja, das ist mir schon aufgefallen … Ich mag das an dir. Das und vieles andere. Nun, ich sage mal so: Hilfst du mir, helfe ich dir!«

Okay, was soll das jetzt? Meint er das, was ich denke? Seine Nähe macht mich wirklich wahnsinnig, zumal er mir jetzt übertief in die Augen schaut. Seine sind so schwarz, dass man die Pupille kaum sehen kann.

»Nilo, genauso wäre es doch«, sage ich und halte tapfer seinen Blick »deine Touren, unsere Beinarbeit. Der perfekte Deal für alle.«

»Mir fehlt da noch was«, raunt er und zieht mich mit einem Ruck an sich. Plötzlich ist alles Haut auf Haut und Atem an Atem. Seine Hand wandert über meinen Rücken und seine Lippen nähern sich meinen. Unfassbar, und das vor den Augen von allen! Egal! Nicht egal! Hilfe!

»Nilo …«

»Maja, ich bin doch nicht blind. Ich weiß, dass du mich genauso anziehend findest wie ich dich. Willst du nicht wissen, wie gut es sich anfühlen würde mit mir?«

Ich will! Aber ich will auch nicht. Und überhaupt will ich nicht so. »Nein«, sage ich entschieden und mit klopfendem Herzen, »das geht nicht, Nilo!« Ich schiebe ihn mit der flachen Hand von mir, entschiedener, als ich mich fühle.

»Aber warum denn nicht? Du möchtest doch, dass wir zusammenarbeiten!«

»Eben, arbeiten!«

»Körperarbeit. Ist eine gute Grundlage!«

»Quatsch!« Ich stemme die Arme in die Seiten und funkle Nilo wütend an. Fällt mir nicht einmal schwer. »Wie eklig wäre das denn? Vertrag gegen Sex, oder was? Ich bin doch keine Prostituierte!«

»Maja! So meinte ich das doch nicht! Um Gottes willen!«

»Aber es klang so, Nilo, und ich glaube, das weißt du auch. Und wenn nicht, dann weißt du es jetzt, und du weißt noch was: Auf gar keinen Fall lasse ich mir von dir den Kopf verdrehen!«

Kaum ist alles raus, ist mein neu gewonnenes Selbstbewusstsein auch schon wieder verpufft. Wenn er mir jetzt eine Szene macht, dann sterbe ich vor Scham. Aber nein, er grinst bloß wieder und zuckt mit den Achseln.

»Du imponierst mir, Maja«, sagt er und kickt lässig einen Stein zur Seite. »Ich hätte nicht gedacht, dass das möglich ist, aber das ist die Wahrheit. Und dass du Geschäft und alles andere trennst, das spricht nur für dich. Entschuldige, wenn ich da was vermischt habe, was nicht vermischt gehört. Ich meinte es nicht so, bonita.«

Wieder denke ich an all die guten Worte, die Lara mir in

den letzten Tagen hat zukommen lassen. Dass ich nicht alles machen muss, was man mir sagt. Dass auch ich ein Recht auf meine Meinung habe – von meiner Ehre ganz zu schweigen. Und dann denke ich an Stephan. Stephan, der 11 000 Kilometer weit weg ist und nicht ahnt, was los ist, Stephan, mit dem es mal so aufregend war und jetzt so farblos ist, Stephan, der mir nie verzeihen würde. So wie ich selbst mir nie verzeihen würde.

»Nein, Nilo, wirklich nicht, da wird nichts laufen zwischen uns«, sage ich schließlich, ohne ihn anzusehen. »Ich habe auch schon meinen Flug bestätigt. Morgen Mittag bin ich weg.«

»Morgen schon?«

»Ja.«

»Ist es wegen Stephan?«

»Auch«, sage ich vage. Weil ich kurz davor bin, in Tränen auszubrechen, wende ich ihm dann den Rücken zu und gehe schnurstracks zurück zum Pool, wo ich meine Sachen aufsammle und, ohne mich zu verabschieden, auf den Weg mache. Gerne würde ich mir Lara schnappen und all mein Leid vor ihre starken Füße legen, aber ich traue mich nicht. Wer will schon Freunde, die nur jammern?

Im Hotel buche ich meinen Flug für den nächsten Tag und schreibe Stephan, dass ich ihn liebe und dass ich übermorgen zurück bin. Ich fühle mich furchtbar dabei, wie eine miese Verräterin. Eine miese Verräterin, die nichts nach Hause bringt als Enttäuschung, Versagen und das grauenvolle Gefühl, dass nichts mehr so sein wird wie zuvor. Sondern viel, viel schlimmer.

Kapitel zwölf

Als ich am nächsten Morgen die letzten paar Sachen in meinem Rucksack verstaue, fühle ich mich wie nach einem langen Besäufnis: erschöpft, durchgemogelt und hypernervös. Das hat nicht zuletzt auch mit der Tatsache zu tun, dass die Flugzeuge, die aus unserem Dschungelort Rurrenabaque abfliegen, in der Regel nur zwölf Sitze und Propeller haben. Nicht gerade die Art Maschine, die Vertrauen in mir weckt. Aber egal, Hauptsache nach Hause. Ohne Vertrag zwar, aber auch ohne schlechtes Gewissen. Nachdenklich falte ich mein Microfaserhandtuch auf Münzengröße und stopfe es in ein Seitenfach. Na ja, nicht ganz ohne, aber mehr als Gedanken habe ich mir nicht vorzuwerfen. Und außerdem muss ich Nilo nie, nie wiedersehen. Keine Wut mehr, keine Versuchung, keine Zweifel an meinem eigenen Verstand. Entschieden ziehe ich den letzten Reißverschluss zu und drehe mich zur Tür, um Lara zu suchen.

Just in diesem Moment klingelt mein Handy. Irgendwo in den Tiefen meines Tagesrucksacks. Ruckzuck schmeiße ich alles wieder raus, was ich gerade so ordentlich verstaut habe. Ein Blick auf das Display lässt mein Herz zersplittern. Ich gehe ran und klinge dabei wie ein Verschollener beim Anblick eines Luxusdampfers: »Stephan!«

»Maja, da bist du ja! Geht es dir gut?«

»Stephan, es tut mir leid! Es tut mir leid, dass ich dir nicht geglaubt habe! Das war albern und kindisch. Ich freue mich so, dass du anrufst. Und weißt du was: Ich freue mich auch darauf, Melanie kennenzulernen. Wenn du sie magst, dann mag ich sie sicher auch! Ich meine, ich bin einfach froh, also, froh, dass du anrufst, und froh, dass du Freunde hast, also nicht, dass ich dachte du hast keine, aber jedenfalls ist es großartig, dich endlich zu hören!« Ich fasele, das merke ich selber.

»Okay, Maja«, versucht Stephan mich zu beruhigen, »alles okay, ich bin dir nicht böse. Ich bin froh, dass alles gut ist bei dir. Das ist es doch?«

»Na ja …«, antworte ich zögerlich und schildere ihm dann mein Versagen in Sachen Vertragsverhandlung. »Nix Rettung in letzter Minute«, schließe ich ab, »nix erfolgreiches Reisebüro …«

»Wenn Antonia die Wahrheit gesagt hat …«

»Warum sollte sie denn lügen?«

Ich höre förmlich, wie er die Achseln zuckt.

»Sie würde das wahrscheinlich nicht mal lügen nennen. Eher Motivation. Das würde zu ihr passen, oder?«

»Ich weiß nicht«, sage ich. »Für so abgebrüht halte ich sie eigentlich nicht. Aber bei ihr weiß man ja nie. Erst einmal bin ich einfach froh, dass ich nach Hause komme.«

Innerhalb von fünf Minuten sind wir wieder die Alten. Wir spekulieren über Antonias Motive und ihr Baby, und die nervöse Ungewissheit, die ich die ganze Reise über mit mir herumtrage, löst sich in nichts auf. Stattdessen: die gewohnte Sicherheit, dass alles ist wie immer zwischen Stephan und mir. Doch statt dass mich das froh und glücklich macht, fühle ich mich einfach nur stumpf und müde. Während Stephan mir ausführlich die heimische Wetterlage schildert, horche ich in mich hinein, auf der Suche nach Verzückung und Wiedersehensfreude. Doch meine Empfindungen sind nichts als ein lahmer, undefinierter Fluss ohne Höhen und Tiefen. Nicht zu vergleichen mit dem wilden Strudel der Gefühle, in dem ich gestern am Pool um meinen Verstand gerungen habe ...

»Wann landest du?«

»Wie bitte?«

»Wann du landest?«

»Übermorgen früh. Ich bin um elf Uhr vierzehn in Berlin am Bahnhof. Kann ich mir gerade kaum vorstellen: zu Hause sein ...«

»Das wird toll«, verspricht er. Ich stimme ihm zu, aber als ich aufgelegt habe, ist mir, als würde mich von jeder Seite ein Felsen eindrücken. Meine Brust ist eng, mein Mund trocken. Plötzlich öffnet sich die Tür zu meinem kleinen, klimatisierten Zimmer. Ein Schwung Tropenluft dringt herein und mit ihm Nilo, neben sich Lara. Seine Cousine schiebt sich an ihm vorbei und grinst. Ich gucke vom einen zum anderen.

»Ist was los?«

»Du hast mich überzeugt!«, ruft Nilo. Ich pralle erstaunt zurück und ziehe scharf Luft ein. Mein düsteres Innenleben ist erst mal vergessen. »Du und Lara, um genau zu sein. Sie hat auf mich eingeredet wie auf ein lahmes Pferd, und du hast ja gestern auch noch gute Argumente gebracht. Wie du Jürgen versorgt hast, das hat mir wirklich imponiert. Klar, das hätte ich auch gestern schon eingestehen können, aber hey, manchmal brauche ich 'ne Weile. Außerdem macht es einfach zu viel Spaß, dich zu ärgern! Aber ganz ehrlich, ich bin beeindruckt von dir!«

Eben noch eine kümmerliche Versagerin mit unzüchtigen Gedanken, bin ich auf einmal eine triumphierende Siegerin mit blendender Zukunft. Unglaublich, wie eine einzige Sekunde alles ändern kann.

»Ehrlich?«

»Ja, ehrlich. Ich komme mit nach Deutschland!«

Meine Freude bekommt einen Dämpfer, in etwa zu vergleichen mit dem Stoß, den der Eisberg der Titanic versetzt hat.

»Äh, mit nach Deutschland?«

»Lara hier liegt mir schon seit Ewigkeiten in den Ohren, dass ich sie mal besuchen soll, und Potsdam, meinte sie, liegt ja gleich um die Ecke von Berlin. Da kann ich mir dann mal in Ruhe dein Büro angucken, und wir handeln was Schönes aus!«

Ich weiß nicht, was ich dazu sagen soll.

»Ich weiß nicht, was ich dazu sagen soll.«

»Na, freuen sollst du dich, amiga! Du sagst doch immer, du suchst die beste Lösung für alle, und ich denke: Das ist sie. Perfecto!«

Denkt er das wirklich? Dass es das Beste für alle ist, wenn er durch Berlin läuft, alle naselang auf die Großstadt kotzt und mir womöglich noch zweifelhafte Angebote macht? Und ich das am Ende auch noch heiß finde?

»Aber wir könnten doch alles hier …«

»Nein, nein, ich will schon wissen, für wen ich da mein Image verrate!«

»Aber das weißt du doch!«

»Und deine Chefin?«

»Wie, meine Chefin?«

Er verschränkt die Arme. Es gefällt ihm nicht, dass ich nicht hin und weg von seiner Idee bin, das ist mal klar.

»Ich kann doch keinen Vertrag abschließen, ohne deine Chefin zu kennen. Was, wenn du woandershin wechselst? Ich habe gemerkt, dass man sich auf dich verlassen kann, das schon. Und es ist verlockend, den ganzen Papierkram abgeben zu können. Aber ohne deine Chefin …«

»Aber meine Chefin liegt im Bett.«

Er runzelt die Stirn.

»Den ganzen Tag?«

»Im Moment schon. Sie ist schwanger.«

»Oh…«

Er wird ein bisschen grün um die Nase. Schwangere Frauen sind – wenig überraschend – nicht so seins. Doch er strafft den Rücken und klatscht in die Hände.

»Wie schön, das wird ein Spaß!«

»Ein Spaß…«, wiederhole ich lahm. Er verzieht ironisch den Mund und zwinkert mir schon wieder zu. Mir wird schlecht. Dreht Nilo den Spieß gerade um? Hängt er sich jetzt an mich, so wie ich mich an ihn gehängt habe? Mit dem gleichen Ziel? Dass wir zusammenkommen, nur halt diesmal körperlich? Ich schlucke.

»Du willst wirklich nach Deutschland kommen?«

»Unbedingt! Du hast dir mein Leben angeschaut, jetzt gucke ich mir deins an!«

Auweia. Lara, die unserem Gespräch stumm zugehört hat, zuckt mit den Achseln. Als Nilo eine Minute später was von Packen murmelt und verschwindet, guckt sie mich entschuldigend an. »Scheiße, das war einfach das Beste, was ich hinbekommen konnte«, sagt sie. »Keine Ahnung, warum er auf einmal so wild darauf ist, nach Deutschland zu fliegen und deine Chefin kennenzulernen. Aber ich denke, deinen Vertrag, den bekommst du auf jeden Fall!«

»Aber so ein spontaner Rückflug ist doch sehr teuer. Ich kann ja mein offenes Ticket nutzen, aber ihr…«

»Ich hab' sowieso einen Flug für übermorgen gebucht. Und Nilo hat genug Geld, da mach dir mal keine Gedanken! Mal ehrlich: Die Tour ist doch völlig überteuert.«

Ich nicke geistesabwesend. Gut, dann fliegt er wenigstens nicht mit mir. Was mal wieder zeigt, dass ich seinen

Jagdinstinkt oder was immer ihn da antreibt, komplett unterschätze: Denn Nilo hängt sich nicht wie gehofft an seine Cousine, sondern an mich.

Das einzig Gute daran, dass Nilo bei mir ist, ist die Tatsache, dass ich meine Flugangst erstaunlich gut unterdrückt bekomme, auch ohne Valium. Denn das letzte, was ich will, ist, vor ihm schwach zu wirken. Trotzdem gehe ich nach siebzehn gemeinsamen Stunden auf dem Zahnfleisch. Gut, dass ich ihn in wenigen Minuten in die S-Bahn nach Potsdam setzen und erst einmal vergessen kann. Hoffe ich jedenfalls. Nilo ist die komplette Reise überblendend gut gelaunt; erzählt mir alles Mögliche, ist ungewohnt zuvorkommend und insgesamt geradezu kindlich aufgeregt. Es ist, als wäre das für ihn genauso aufregend wie für mich die Reise durch Bolivien. Wie eine besorgte Mutti lasse ich ihn nicht aus den Augen, was ganz schön bescheuert ist, wenn man bedenkt, dass ich ihn so schnell wie möglich loswerden will. Kaum in Berlin angekommen, geht er mir verloren. Gegen meinen Willen mache ich mir Sorgen, schließlich ist die Fähigkeit, im Dschungel zu überleben, an Bahngleisen nur bedingt hilfreich. Suchend blicke ich mich um, entdecke aber keine Spur von Nilo. Dafür sehe ich unerwartet einen ganz anderen Mann: meinen. Stephan steht mit einem Strauß Gänseblümchen (hat der mit meinem Vater gesprochen?!) und einem fetten Grinsen am Gleis. Und er ist nicht allein.

»Biene!«, ruft er, als er auf mich zuläuft und mir schwungvoll den Strauß in die Hand drückt. »Da bist du ja! Schöne Überraschung?«

Ich nicke automatisch. Dann dreht er sich nach rechts.

»Das ist Melanie!«, strahlt er und zeigt auf die Frau neben sich. Ich bin sprachlos. Das hat gleich drei Gründe. Erstens kann ich nicht fassen, dass er seine neue Busenfreundin mit zum Bahnhof bringt. Zweites drohe ich, ihm mit Nilo gleich genau das Gleiche anzutun, und das Zusammentreffen dieser zwei ist eine Begegnung, die ich nicht live erleben möchte. Drittens – und das wirkt wohl am Schwersten – könnte Melanie mein Double sein.

»Freut mich«, sagt Maja 2.0. »Ich hoffe du bist nicht böse, dass ich mitgekommen bin, aber Stephan erzählt so viel von dir, da konnte ich es mir einfach nicht nehmen lassen, dich bei der ersten Gelegenheit gleich kennenzulernen!«

Ich nicke stumm. Ich komme nicht darüber hinweg, wie ähnlich sie mir sieht: Die gleichen dicken Pferdehaare in Honigblond, dieselben schwungvollen Kurven und hellbraunen Augen. Allerdings geht Melanie nicht wie ich auf die Dreißig zu, sondern ist höchstens Anfang zwanzig. Und ich dachte, ich hätte noch ein paar Jahre, bevor mein Freund mich gegen ein jüngeres Modell austauscht.

»Hola, chicos!«

Okay, von mir könnte man durchaus das Gleiche denken. Man müsste nur jünger durch exotischer ersetzen. Ich atme nervös ein.

»Tja, und das«, sage ich, »das ist Herr Egelwolf. Also der Nilo.«

Einen winzigen Augenblick lang verdunkelt sich das Gesicht meines Freundes. Ich fühle ein ganz klein wenig Genugtuung. So ist das nämlich, mein Bester, wenn man einfach Fremde mit zum Wiedersehen bringt! Dann verschwindet die Irritation in seinen grauen Augen und die Gehässigkeit in meinem Gehirn.

»Hallo«, sagt Stephan und mustert Nilo.

»Hallo«, sagt Nilo und mustert Stephan.

Ich halte den Atem an. Es ist mir ganz schön unheimlich,

meine südamerikanische Versuchung und meinen deutschen Liebsten so nah beieinander zu sehen. Tatsächlich scheinen sie auf den Millimeter genau die gleiche Größe zu haben, sind sich ansonsten aber wenig ähnlich: Stephan mit hellbraunen Haaren, eher vornehm blass und mit hellen Augen, Nilo ganz in Schwarz und mit Milchkaffee. Die beiden Männer stehen sich gegenüber und lächeln sich an, als würde der Erste, der einknickt, an die Wand gestellt und erschossen.

»Ach, der berühmte Abenteurer!« Ausgerechnet Melanie kommt zur Rettung. Sie pumpt eifrig Nilos Hand, »von dir habe ich auch schon ganz viel gehört! Mein Name ist Melanie, ich bin Stephans Kollegin und freue mich total, dass ich dich treffe!«

»Ebenso«, sagt Nilo. Dann beugt er sich in einer galanten Bewegung hinunter, zieht sie mit einem Ruck näher und drückt ihr rechts und links einen ziemlich intensiven Kuss auf die Wangen. »Die südamerikanische Begrüßung«, sagt er dann und zwinkert ihr zu. Melanie errötet und ich schnaube, allerdings leise. Auch Stephan sieht wenig amüsiert aus, was wiederum meine schlechte Laune ins Unermessliche steigert. Kann Nilo denn nichts als Ärger machen?

»Wie … herzlich«, sagt Stephan recht trocken, und ich werfe ihm einen scharfen Blick zu, den er ignoriert.

»So sind wir Latinos«, antwortet Nilo und klingt mir entschieden zu anzüglich dabei, »immer offen und leidenschaftlich, die Menschen in Südamerika. Frag Maja, die kann dir kann das bestätigen!«

Frag wen bitte? Ich presse die Zungenspitze von innen gegen meine Schneidezähne und tue so, als hätte ich nichts gehört. Stephans Blick macht klar, dass er dennoch eine Antwort erwartet.

»Ähm, ja. Ähm«, stottere ich also, »sehr gefühlsbetont. Alle. Die Frauen auch …« Meine Stimme verliert sich im Unsinn meiner Rede.

»Ich dachte, Sie sind Österreicher?« Stephan schafft es, trotz seines miesepetrigen Gesichtsausdrucks freundlich und interessiert zu klingen. Lässig fährt er sich durchs Haar und mustert sein Gegenüber.

»Halb und halb«, antwortet Nilo, dessen Blick nicht auf meinem Freund, sondern auf Melanie ruht. Melanie lacht ein albernes Mädchenlachen, das Nilos schwarzbraune Augen aufleuchten lässt. Ich presse die Lippen zusammen. Es braucht offenbar nicht viel, um das Blut meines Abenteurers in Wallung zu bringen. Vor allem nicht mich. Obwohl ich weiß, dass ich dankbar sein sollte, dass er in Stephans Gegenwart lieber mit der jüngeren Version von mir flirtet als mit dem Original, fühle ich mich verletzt. Es ist halt nicht schön, bei der ersten Gelegenheit aussortiert zu werden, selbst wenn man ursprünglich nie eingesammelt werden wollte.

»Du bist echt witzig«, sagt Stephans Kollegin und legt zufällig ihre Hand auf Nilos Arm. »Kommst du mit Pizza essen? Wir wollten zu unserem Lieblingsitaliener!«

»Ach nein, Nilo muss weiter nach Potsdam«, beeile ich mich zu sagen. Ist dieses »wir« mal auf die Idee gekommen, mich zu fragen, was ich denn davon halte, aus Bolivien ohne Umweg zum Essen mit dieser Idiotin geschleppt zu werden?

»Blödsinn! Ich komme natürlich mit!«

»Ehrlich?«, sagen Stephan, Melanie und ich gleichzeitig, wenn auch in drei deutlich unterschiedlichen Tonfällen. Nilo strahlt, als wären wir alle schwer begeistert.

»Aber selbstverständlich!«

Lara würde mir wahrscheinlich raten, auf meinem Recht nach Ruhe zu bestehen und mich höflich, aber entschieden abzusetzen. Aber Lara ist nicht hier, Lara landet erst übermorgen. Und so kommt es, dass ich kurz nach meiner Ankunft in der Heimat nicht in meiner Badewanne liege, sondern im übervollen, lauten, quirligen Il Due Forni sitze und trotz bevorstehender Buffalina kreuzunglücklich bin. Die Konstellation am Tisch könnte kaum ungünstiger sein: Ein Freund, mit dem es in letzter Zeit eher knirscht als knistert, eine Kopie von mir, die ich stark im Verdacht habe, mit meinem Mann nicht ganz koschere Dinge zu treiben, und ein arroganter Mistkerl, mit dem ich um ein Haar genau dasselbe gemacht hätte. Dass die beiden eventuellen Partnerdiebe sich blendend miteinander verstehen, macht die Sache nicht besser. Ich schiele auf die Armbanduhr. Alles, was ich will, ist, so schnell wie möglich hier weg.

»Ach wie schön, so zusammenzusitzen! Erzählt doch mal, was habt ihr so getrieben in Südamerika?«

Ich werde dummerweise rot. Stephan entgeht das nicht. Er runzelt die Stirn und ich werfe ihm ein schwaches Lächeln zu.

»Nichts«, sage ich.

»Wir haben unglaublich viel Spaß gehabt, wir beide. Maja ist echt 'ne Bombe!«, sagt Nilo gleichzeitig.

Hallo?! Will er, dass ich gleich explodiere, oder was?

»Und Sinn für Abenteuer hat sie, das muss man ihr lassen!«

»Maja?«, fragt Stephan ungläubig.

»Aber ja doch!«, versichert Nilo. »Ich gebe zu, ich dachte am Anfang: So 'ne typische Deutsche, ein bisschen verkniffen, total überkorrekt und wahrscheinlich langweilig, aber Maja hat bei unserer Tour echt gezeigt, dass in ihr 'ne richtig Wilde steckt. Aber was erzähle ich dir das, du weißt das ja wahrscheinlich am besten.«

Beim letzten Blick schaut Nilo lauernd Richtung Stephan.

Ich habe das ungute Gefühl, dass er meinen Freund provozieren will.

»Natürlich weiß ich das«, sagt Stephan knapp und ziemlich kühl. Ich hebe erstaunt eine Braue. Da weiß er mehr als ich.

»Entschuldigung?« Wir gucken hoch. Ich bin geblendet, denn am Tisch steht Adriana Lima. Okay, nicht Adriana Lima persönlich, aber ein Mädel, das die Schwester des Topmodels sein könnte: superschlank, aber mit knackigen Kurven, dazu Haare wie ein blonder Wasserfall, riesige blaue Augen und volle, knallrot geschminkte Lippen.

»Ja?«, fragt Melanie und klingt ein wenig säuerlich. Das erste Mal fühle ich mit ihr. Die Schönheit beachtet uns nicht weiter. Sie hat nur Augen für Nilo.

»Kennen wir uns nicht?«

»Nein«, sagt dieser und steht in einer flüssigen Bewegung auf, »leider.«

»Bist du dir sicher?«

»Absolut. Weltwunder vergisst man nicht.«

Adriana Limas Schwester lacht und streicht sich über ihr weißes Kleidchen. »Bist du aus Berlin?«, fragt sie, und ich schüttle ungläubig den Kopf. Stört die denn gar nicht, dass hier noch andere am Tisch sitzen? Ich wäre nie so unhöflich!

»Aus Bolivien«, sagt Nilo und setzt dabei doch allen Ernstes einen leichten Akzent auf. »Aber ich merke schon, die lange Reise hat sich gelohnt!«

Unglaublich, wie dick der aufträgt. Hat der eigentlich gar keine Scham? Offenbar nicht, denn als Nächstes tauscht er Nummern und Facebook-Kontakt aus und setzt sich dann wieder hin, als wäre nichts gewesen. Adriana wirft ihm über die Schulter noch mal einen langen Blick zu, und ich beiße mir fast die Zunge ab.

»Passiert dir das öfter?« Stephan klingt ein wenig neidisch. Dabei muss er sich nicht beschweren; andere Frauen werfen ihm tagtäglich schmachtende Blicke zu. Allerdings ist Stephan kein so trainierter Flachleger wie Nilo (Gott sei Dank!) und merkt es meistens nicht mal, wenn ein Mädel was von ihm will.

»Hin und wieder«, entgegnet Nilo und fährt sich durchs Haar, »wobei die meisten Frauen sich ja leider als langweilig entpuppen. Nicht jede hat Majas Feuer!«

»So heiß bin ich nun auch wieder nicht.«

Nilo lacht. Stephan nicht. Sondern guckt mich komisch an. Ich gucke komisch zurück. Dann kommt die Pizza, und ich schicke ein Dankgebet zum Himmel, obwohl mir der Appetit längst vergangen ist. Melanie nimmt sich ein Stück von ihrem Käsemonster und stützt das Kinn auf die andere Hand.

»Bist du eigentlich Single?«

»Aus Leidenschaft«, grinst Nilo.

»Ich auch!«, ruft sie und lacht affektiert. Ich lächle ein wenig verstockt. Das passt doch wie Arsch auf Eimer. »Die besten Männer sind ja ohnehin alle vergeben«, sagt Melanie und hat die Dreistigkeit, dabei auf MEINEN Mann zu schauen. Ich werde nicht schlau aus ihr. Will sie nun Stephan oder Nilo? Oder gar beide? Und wer bin ich, diese Frage zu stellen?

»Wie lange seid ihr beiden eigentlich zusammen, Stephan?«

»Vier Jahre«, antwortet er Nilo. Ich verkneife es mir, darauf hinzuweisen, dass wir letzte Woche unser Fünfjähriges hatten.

»Na, das ist ja noch eine Weile bis zum verflixten siebten Jahr, aber heutzutage geht ja alles schneller. Ich nehme mal an, es kriselt schon?«, witzelt Nilo. Spinnt der? Ich bin arg versucht, ihn unter dem Tisch zu treten, traue mich aber nicht.

»Nö«, Stephan zuckt (gespielt?) gleichgültig mit den Schultern, »ich glaub eh nicht an so was. Wenn es passt, dann passt es. Da spielen die Jahre keine Rolle.«

»Ich finde es bewundernswert, wenn Paare lange zusammenbleiben«, mischt Melanie sich ein und klappert unschuldig mit Wimpern, »weil so eine Beziehung doch schnell langweilig werden kann, oder? Immer das gleiche und so. Und nach den ganzen Jahren … Ich kann mir sehr gut vorstellen, dass man sich da nach Abwechslung sehnt.«

Bitch. Ich wünschte plötzlich, Lara wäre hier. Die würde das nämlich nicht nur denken, sondern auch sagen.

»Abwechslung wird überbewertet«, bringe ich immerhin heraus.

»Und das von dir!«, lacht Nilo. Mir bleibt das Herz stehen. Der Mann treibt mich in den emotionalen Ruin. Nicht, dass ich mir wirklich etwas vorzuwerfen habe. Die Gedanken sind frei und so. Tief atme ich durch. »Ich glaube, du hast da irgendwie einen falschen Eindruck von mir«, sage ich betont freundlich. »Das war schließlich eine Ausnahmesituation in Bolivien und außerdem beruflich. Privat mag ich es lieber ruhig und verlässlich. Da war dein erster Eindruck schon ganz richtig. Ich bin eher langweilig.«

Nilo grinst nur und wendet sich dann wieder an Stephan. Mein Blick schnellt zum Pizzamesser. Leider fühle ich mich noch nicht bereit fürs Gefängnis. »Also ich glaube, Maja stellt ihr Licht gern unter den Scheffel, oder? Mir kam sie auf der Tour jedenfalls absolut offen für alles vor.«

Mir fällt die Pizza aus der Hand. Melanie mustert mich interessiert, aber Stephan beachtet mich gar nicht. Seine ganze

Aufmerksamkeit liegt bei Nilo, der sein Grinsen aufgesetzt und sich lässig zurückgelehnt hat.

»Willst du mir irgendwas sagen?« Stephan behält einen amüsierten Tonfall bei, so als wäre diese Konversation nichts als eine Neckerei unter Freunden. Aber seine Augen sind glasklar und eiskalt. Nilo hält inne, und ich sterbe.

»Nur, dass du echt Glück hast mit Maja«, sagt er und klingt plötzlich ganz anders. Richtiggehend nett und ehrlich. Zu feige, der Gute. Gott sei Dank. »Sorry, wenn das falsch rüberkam, ich schieße manchmal ein bisschen übers Ziel hinaus, ich weiß. Ich muss immer in jedes Wespennest stechen, das kann manchmal ganz schön nerven. Entschuldigung.«

Er streckt Stephan die Hand hin. Mein Freund zögert nicht. Er greift sie und lacht. Was ein gutherziger Mensch.

»Schon okay«, sagt er, »ich lasse mich auch zu leicht provozieren manchmal!«

Den Rest der Pizzazeit reden wir über Unverfängliches, und als wir gezahlt haben, schlägt Melanie Nilo vor, uns Zeit füreinander zu geben und ihm ein bisschen die Stadt zu zeigen. Die beiden ziehen ab, und Stephan und ich schweigen.

»Das ist ja ... ein sehr präsenter Mann«, sagt er schließlich und klingt nicht besonders glücklich dabei.

»Mir wäre es lieber, er würde verduften«, versichere ich, »also ganz, für immer und ohne viel Aufhebens.«

»Mmh«, sagt Stephan, und ich weiß nicht, ob er an der Wahrheit meiner Aussage zweifelt oder eventuell genau die gleichen bescheuerten Gedanken hat wie ich. Scheiße ist das alles. Richtig, richtig scheiße.

»Warum ist er überhaupt hier?«

Ich murmle was von Vertrag und Antonia.

»Naja, so wirklich den Durchblick hat der aber nicht, oder?«

»Wieso?«

»Na ja, du und Sinn fürs Abenteuer? Ich kenne keinen, der mehr an seiner Routine hängt als du!« Stephan lacht, und ich fühle mich seltsam verletzt. »Tja«, sage ich entsprechend kühl, »bin wohl wirklich eher langweilig.«

»Aber Maja, du sagst doch selbst immer, dass du es gern so hast.«

»Schon, ja, stimmt. Nee, ist richtig. Sollen wir zu Fuß nach Hause?«, frage ich, weil ich weiß, wie sehr Stephan es genießt, durch die Gegend zu laufen. Alleine nehme ich immer die Bahn, weil ich Spazierengehen hasse, aber wie die geschlossenen Vorhänge im Schlafzimmer ist das eine Konzession, die ich gerne, wenn auch heimlich mache. Ich will schließlich, dass es ihm gut geht.

»Jetzt erzähl mal in Ruhe«, sagt er, als wir uns auf den ewig langen Weg machen. »Wie war Südamerika? Wirklich, meine ich.«

Ich überlege. »Irgendwie gar nicht so schlimm«, sage ich schließlich und bin selbst überrascht. »Ich hatte sogar Spaß, mehr oder weniger. Wir mussten ein paarmal ganz schön improvisieren und komischerweise war ich da gut drin. Keinen erstaunt das mehr als mich, aber das Ungeplante war irgendwie das Beste!«

»Tatsache?«

»Schon, ja », antworte ich. Stephan guckt mich seltsam an. »Also nicht, dass du jetzt denkst, ich will mein Leben umkrempeln oder so. Alles ist gut so, wie es ist. Ähm, hab' ich dir eigentlich schon von Lara erzählt? Also ne, natürlich nicht, aber ich sollte, sie ist nämlich klasse!«

Während ich Stephan von Nilos Cousine vorschwärme, merke ich, dass ich Lara ernsthaft vermisse, und das, obwohl ich sie vor zwei Wochen noch gar nicht kannte.

»Klingt sympathisch«, befindet auch Stephan. »Viel sympathischer als deine Uniziegen. Sorry. War nicht so gemeint.«

»Nadine und Katharina haben halt einen ganz anderen Lebensstil«, verteidige ich meine Freundinnen, »das kann man doch gar nicht vergleichen.«

»Diese Lara ist aber besser für dich, findest du nicht?«

»Weiß nicht. Sie ist auf jeden Fall eine Nummer für sich.«

»Wie ihr Cousin«, merkt Stephan an, und ich winke ab. »Ach der …«

Stephan schweigt und ich flehe sämtliche Blutgefäße an, schön eng und unaufgeregt zu bleiben.

»Ich glaube ja, Nilo steht auf dich«, sagt er schließlich.

»Der steht doch auf jede«, gebe ich zurück. Stephan mustert mich wieder. Bevor er mehr sagen kann, wechsle ich das Thema. Mehr oder weniger. »Melanie ist aber auch nicht von schlechten Eltern.«

»Wie meinst du das?«

»Na hör mal, die konnte sich doch gar nicht entscheiden, mit wem sie jetzt flirten soll, mit Nilo oder mit dir.«

»Melanie und ich flirten nicht, wir sind nur Freunde. Ehrlich, Maja, ich dachte wir hätten das geklärt?«

»Ich finde schon, dass sie mit dir flirtet«, murmle ich.

»So wie Nilo mit dir?«

»Wie Nilo mit jeder! Der kann gar nicht anders. Hast du doch gesehen, wie der sich bei jeder Gelegenheit an alles ranwirft, was zwei Beine und ein Röckchen hat.«

»Klischee-Latino«, sagt Stephan verächtlich. Freunde werden er und Nilo nicht.

Kapitel dreizehn

Am nächsten Morgen tun wir so, als gäbe es weder einen Nilo noch eine Melanie und erst recht keine Eifersüchteleien. Routiniert absolvieren wir ein gemeinsames Frühstück und reden über Belanglosigkeiten. Das dauert nicht allzu lang, und schon bald greift Stephan sich sein iPad, um Zeitung zu lesen. Ich schaue derweil auf You-Tube ohne Ton die neuesten Bastelvideos von Anni. Doch es fällt mir schwer, mich auf ihre Kerzengestaltung zu konzentrieren. Immer wieder wandert mein Blick von meiner Internetfreundin zu meinem Reallebenfreund. Süß sieht er aus, mit seiner in Falten gelegten Stirn, den strubbeligen Haaren, die noch feucht von der Dusche und deshalb tiefdunkelbraun sind, und den Lippen, die er hin und wieder verächtlich schürzt oder zu einem amüsierten Lächeln verzieht, je nachdem, wie ihm der Artikel, den er gerade liest, gefällt. Selbst im viel zu kleinen Bademantel ohne Frage ein Musterbild an Attraktivität, stimmt sein Anblick mich eher nachdenklich. Von außen betrachtet sehen wir gerade sicher glücklich und zufrieden aus. Und es ist ja auch wirklich alles wieder genauso, wie es auch früher immer war. Nur, dass mir früher nicht aufgefallen ist, wie gleichmütig und monoton unser Leben mit der Zeit geworden ist. Oder immer schon gewesen ist?

Ich schalte die Videos ab und schmiere mir ein zweites Käsebrot. Wie so vieles weiß man auch Vollkornbrot erst zu schätzen, wenn man es nicht überall kaufen kann. Vor Bolivien habe ich Dinkel, Schrot und Roggen für selbstverständlich gehalten. Aber seit den geschmacklosen, trockenen Weizenfladen, die es dort zum Frühstück gab, danke ich bei jedem Bissen dem Bäcker an der Ecke für seine Vielfalt.

»Gibst du mir mal den Kaffee?«

Ohne von seiner Lektüre aufzugucken, schiebt Stephan mir die Kanne rüber. Merkt er denn gar nicht, was mit mir los ist? Und was ist eigentlich mit mir los? Plötzlich kommt mir Laras Frage in den Kopf: Hast du denn gar keine Wünsche mehr?

»Stephan, was wünschst du dir?«, platzt es aus mir raus.

»Mmmhh?«

»Vom Leben und so. Ich meine, jeder hat doch Träume, oder?«

»Du bist aber philosophisch heute Morgen.« Ich zucke die Achseln und warte ab, ob er noch mehr zu sagen hat. Tatsächlich legt er das iPad zur Seite und stützt das Kinn in die Hände. »Wünsche, mmmh, keine Ahnung. Bestimmt habe ich welche, wer nicht? Aber es ist doch auch alles ganz schön, so wie es ist, oder nicht?«

»Ja klar, natürlich«, versichere ich und ärgere mich sofort, dass ich mich immer noch nicht traue, ihm einmal zu widersprechen. So kann das nicht weitergehen. Innerlich spreche ich mir Mut zu, nehme Anlauf und …

»Ich meine ja auch nur. Lara, diese Backpackerin, du weißt schon, die hat mich das gefragt, und seitdem geht mir das nicht so richtig aus dem Kopf …«

»Was hast du ihr denn geantwortet?«

»Mmhh?«

»Deiner Backpackerin. Lara. Was sind denn deine Wünsche?«

Verblüfft gucke ich ihn an. Irgendwie hatte ich nicht damit gerechnet, dass er mich danach fragt. Und jetzt?! Soll ich etwa sagen: Ich will, dass es zwischen uns wieder so ist, wie es am Anfang mal war? Oder so, wie es zwischendurch mit mir und Nilo ist? Na bravo, da ist der Knatsch doch vorprogrammiert.

»Och, keine Ahnung …«

»Gar keine?«

Natürlich. Ich wünschte, ich hätte nicht so viel Angst davor, dass wir wieder streiten oder dass du mich albern finden könntest oder dass mein Leben sich ändert oder eben nicht ändert. Ich wünschte, ich käme wieder ohne Wünsche klar.

»Du rückst ja auch nicht mit der Sprache raus!«, sage ich scherzhaft, und Stephan mustert mich scharf. »Es ist doch nicht wieder wegen Melanie? Dass du das fragst?«

Ich rolle mit den Augen. Kann es denn nicht einfach nur um uns beide gehen? Und nicht um diese Kopie von mir?

»Nein, das haben wir doch alles geklärt gestern. Wirklich, Schatz, ist nicht so wichtig, ich wollte dich nicht stören, sorry.«

Er lächelt mich an, nimmt sich sein iPad, und ich gucke todtraurig auf mein Käsebrot. Der Appetit ist mir vergangen. Plötzlich wird das alles furchtbar erdrückend; er, ich, der Frühstückstisch, unsere Wohnung und das ganze Leben.

»Ich glaube, ich schau mal bei Mama vorbei«, sage ich schließlich, »wenn das okay für dich ist?«

Er nickt abwesend, und ich mache mich mit Käsebrot – man weiß ja nie, wann der Hunger wiederkommt – auf den Weg in Richtung Brandenburg. Während der langen, ereignislosen Fahrt in die alte Heimat versuche ich, nicht darüber nachzudenken, wie kreuzunglücklich ich mich fühle. Aber als ich dann endlich vor dem Häuschen stehe, in dem ich aufgewachsen bin, bin ich trotzdem so munter wie ein depressiver Regenwurm. Ich drücke die Klingel und warte. Es dauert eine halbe Ewigkeit, bis Mamas Stimme in der Gegensprechanlage knistert.

»Äh, ja?«

»Mama, ich bin's. Ich bin zurück!«

»Ach wie schön«, sagt sie. Ich warte. Als nach dreißig Sekunden immer noch nichts passiert, drücke ich noch mal die Klingel.

»Ja?«

»Du hast vergessen, die Tür aufzumachen, Mama!«

»Ach so, wie dumm von mir!«

Endlich summt es, und ich betrete den Windfang. Ich bin ein bisschen erstaunt, dass meine Mutter mir im Morgenmantel die Tür öffnet. Zumal dieser aus weißer Spitze ist und neckische Rüschen hat. Was ist hier los?

»Hast du noch geschlafen?«

»Mmmh? Nein, nein, komm rein.«

Sie führt mich schnurstracks in die Küche und setzt mit eiligen Bewegungen Kaffee auf. »Wie war es denn in Südamerika?«

»Seltsam«, sage ich seufzend. Zögernd male ich mit dem Zeigefinger Ringe auf die Tischplatte. »Mama?«

»Was denn, Maja?«

»Woher wusstest du, dass es vorbei ist mit Papa?«

Komischerweise wird sie knallrot und verschüttet fast die Milch, die sie gerade von der Tüte in ein Keramikkännchen umgießt.

»Ach, das ist doch so viele Jahre her, Liebes … ist doch egal, was damals war. Vorbei ist vorbei, und man muss das nicht alles immer wieder auswalzen, findest du nicht?«

»Es interessiert mich aber. Sehr sogar. Ich …«

Ich verstumme und schaue sie aus weiten, traurigen Augen an. Sollte sie als Mutter nicht instinktiv erkennen, was mit ihrer armen Tochter los ist? Aber Pustekuchen. Sie schielt nur auf die Uhr an ihrem Handgelenk und setzt sich eher unwillig mir gegenüber an den Tisch.

»Ist das denn wirklich so wichtig jetzt, Maja?«

»War es wegen der viele Gartenarbeit?«

Sie seufzt, kneift kurz die Augen zu und lehnt sich dann zurück. Liebevolle mütterliche Fürsorge stelle ich mir anders vor. Aber immerhin antwortet sie endlich. »Nein, es war nicht wegen dem Gärtnern. Also nicht nur. Na schön. Wenn es denn so wichtig ist. Meine Therapeutin sagt ja auch immer, man muss sich der Vergangenheit stellen. Also, es war so: Eines Tages bin ich einfach zu ihm gegangen, hab ihn angeschaut und gesagt: ›Ich glaube, ich liebe dich nicht mehr.‹ Und weißt du, was er da geantwortet hat? ›Das wird schon wieder.‹« Sie schüttelt den Kopf, als könnte sie immer noch nicht glauben, dass mein Papa so leichtsinnig und unsensibel war. »Da wusste ich, dass es keinen Sinn mehr hat. Oder ich dachte es vielmehr …«

Sie hält inne und setzt ein komisch verlegenes Lächeln auf, das ich nur nebenbei registriere. Mit bangem Herzen frage ich mich, wie wohl Stephan reagieren würde, wenn ich mich jemals trauen würde, ihm so etwas an den Kopf zu werfen. Würde er um mich kämpfen? Mich so voller Liebe ganz eng in den Arm nehmen wie früher und mich so innig und leidenschaftlich küssen, dass die Liebe und alles sofort wieder da wäre? Wenn sie denn überhaupt verschwunden ist. Im Gegensatz zu meiner Mutter damals bin ich mir ja gar nicht sicher.

»Aber woher wusstest du, dass du ihn nicht mehr liebst?«, hake ich nach, »also vorher?«

Ihr Blick huscht von rechts nach links, und sie beugt sich näher an mich heran. Obwohl sie im Morgenmantel rumläuft, hat sie Parfum aufgelegt.

»Ich dachte halt, es wäre so«, haucht sie. Sie hat die Stimme fast bis zur Unhörbarkeit gesenkt. Vielleicht fühlt sich das selbst nach all den Jahren noch wie ein großes Geheimnis an. Auch wenn es, seien wir ehrlich, nicht besonders viel Sinn macht, was sie da sagt; hätte, wäre, könnte, sollte – warum denn bloß all diese Einschränkungen? Und eine große Hilfe ist dieses Wischiwaschi auch nicht gerade.

»Ich verstehe«, antworte ich dennoch und merke, dass ich automatisch ebenso leise wie sie spreche. »Es ist nur, weil … ach ich weiß auch nicht.«

Meine Mutter tätschelt mir die Hand und sagt dann in normaler Lautstärke: »Wir waren doch alle einfach jung damals, oder?«

Ich runzle irritiert die Stirn.

»Warst du nicht schon 40 oder so?«

»Aber man lernt nie aus!« Sie guckt wieder auf ihre schmale Armbanduhr, mittlerweile das dritte Mal. »Ach mein Gott, so spät schon!«, ruft sie dann aufgeregt, »Maja, schön dich zu sehen, aber ich ähm, ich hab' noch was vor.« Schmollend lehne ich mich zurück und sehe sie wütend an. Ich dachte, die größte Sorge einer Mutter ist das Wohl des Kindes. Ein Kind, das gerade gut anderthalb Stunden durch die Gegend gereist ist, um sich am wohligen Mutterbusen trösten zu lassen.

»Na gut, ich will ja nicht stören …«

»Fein, fein, Maja, wir können ja morgen telefonieren.«

Meine Mutter lässt mich nicht mal meinen Kaffee austrinken, sondern scheucht mich auf und drängt mich genauso hastig zurück zur Tür wie eben noch in die Küche. Im Türrahmen drehe ich mich zu ihr um, um mich zu verabschieden und sehe gerade noch, wie sie irgendwas Blaues mit goldenen Punkten unter die Garderobe kickt. Eine neue Tasche, die ungewohnt auffällig und ihr deshalb peinlich ist? So merkwürdig, wie sie heute drauf ist, wäre ihr das zuzutrauen. Den Morgenmantel hat sie ganz sicher auch erst vor Kurzem erworben.

»War schön dich zu sehen, Maja!«

Und rums, hab' ich die Tür im Gesicht. Irritiert bleibe ich draußen stehen. Und höre dann unverhofft und recht verblüfft, wie meine Mutter drinnen laut lacht oder besser gesagt kichert. Dann Gemurmel und eine schlagende Tür. Meine Augen weiten sich. In meinem Kopf laufen die letzten 45 Sekunden noch mal in Slow-Motion ab. Prompt fällt mir die Kinnlade runter. Hat meine Mutter etwa einen Lover?! Kein Wunder, dass sie nicht mit mir über Papa reden wollte! Mir wäre es auch nicht besonders angenehm, meine gescheiterte Ehe auseinanderzunehmen, wenn nebenan mein neuer Geliebter wartet, womöglich splitterfasernackt und mit dem Ohr an der Wand.

Kopfschüttelnd zieh ich von dannen. Ich habe ja nichts dagegen, dass meine Mutter sich auf ihre alten Tage noch mal so richtig vergnügt, es ist schließlich ihr Leben, und sie soll es genießen. Mir wäre es zwar lieber, sie täte das nicht gerade dann, wenn ich tief in einer Sinnkrise stecke und selbst in etwa so viel Erotik erlebe wie ein kastrierter Kater, aber man kann es sich ja nicht aussuchen.

Während ich die Straße hinunter zur Bahn schlendere, zieht und zerrt etwas an meiner Aufmerksamkeit, etwas, das einfach nicht passt, irgendwas ist mir entgangen. Oder aufgefallen, ich bin nicht ganz sicher. Nur was?

Es dauert fast fünfzehn Minuten, bis der Groschen endlich fällt. Ich schlucke und finde das unerwartete Liebesleben meiner Mutter plötzlich gar nicht mehr so nett und lustig. Denn das Blaue mit den goldenen Punkten, das sie so eilig vor mir versteckt hat, das habe ich doch vorher schon mal gesehen. Auf einem Foto. Auf einem von fünfen, um genau zu sein. Das mysteriöse Blaue ist keine Tasche. Es sind Turnschuhe. Und zwar die von meinem Vater.

»Meine Mutter schläft mit meinem Vater!«

»Was?«

»Ich sagte: Meine Mutter schläft mit meinem Vater!«, wiederhole ich am Rande der Panik, während ich stolpernd ins Wohnzimmer eile. Stephan blickt mich mit großen Augen an.

»Du meinst …«

Ich nicke heftig. »Ich hab sie in flagranti erwischt! Also nicht ganz in flagranti, aber ich bin mir absolut sicher, dass die beiden … uff, ich will es gar nicht aussprechen … dass sie ein Techtelmechtel haben.«

»Ernsthaft? Wie süß ist das denn bitte!?«

»Süß? Spinnst du?«

»Wie bitte?«

»Das ist nicht süß, das ist, das ist … keine Ahnung, was das ist. Doch: Widernatürlich ist das!«

»Sex über fünfzig ist widernatürlich?«

»Das meine ich doch gar nicht!« Stellt er sich eigentlich absichtlich dumm? »Aber meine Eltern sind getrennt! Da springt man doch nicht mehr miteinander in die Kiste. Das geht doch gar nicht!«

»Aber warum denn nicht? Vielleicht haben sie ja ihre Gefühle wiederentdeckt. Oder sie hatten halt einfach Lust aufeinander. Ich weiß wirklich nicht, was dein Problem ist …«

»Ich stehe unter Schock!«

»So viel merke ich …«

»Schön, dass du überhaupt mal was merkst«, rutscht es mir heraus.

»Was soll denn das jetzt heißen?«

»Nichts«, murmle ich verlegen und finde mich selbst ganz schön blöd.

»Maja, ich weiß nicht, was mit dir los ist, ehrlich. Seit du zurück bist, bist du dauernd nur unzufrieden!«

»Was?«

»Meinst du, ich merke das nicht? Meinst du, ich merke nicht, wie du die ganze Zeit vor dich hin grübelst und dass wir andauernd streiten? Jetzt schon wieder zum Beispiel!«

»Müssen wir doch auch gar nicht«, sage ich, denn das ist das Letzte, was ich will. »Ich bin nur völlig durcheinander wegen meiner Eltern. Verstehst du denn nicht, was das für mich bedeutet?«

»Nein«, sagt er ungnädig.

»Aber findest du es denn nicht wenigstens ebenfalls merkwürdig, dass sie jahrelang nicht im selben Raum sein konnten, und plötzlich suchen sie sich ausgerechnet das Schlafzimmer aus?«

»Ungewöhnlich, ja. Merkwürdig? Nein. Ich freue mich für sie.«

»Ich nicht!« Wütend und hilflos verschränke ich die Arme. »Das, das passt einfach nicht. So funktioniert doch Liebe nicht! Die kann doch nicht weg und dann plötzlich wieder da sein. Entweder man liebt sich, oder man liebt sich nicht. Oder etwa nicht?«

»Ich glaube nicht, dass das immer so einfach ist, Maja«, sagt Stephan und geht zögernd auf mich zu. Automatisch weiche ich ein Stück zurück. Ich habe plötzlich tierische Angst. Was, wenn ich nicht die Einzige bin, die hier Zweifel hat?

»Und ist es nicht toll zu sehen, dass Menschen selbst so krasse Krisen überwinden und sich wiederfinden können?«

»Aber doch nicht meine Eltern!«, rufe ich. »Meine Eltern gehören getrennt! Das war schon immer so, und das darf sich nicht einfach ändern. Das geht einfach nicht.«

»Es bleibt eben nicht immer alles gleich, Maja. Ich weiß, dir wäre es lieber so, aber Dinge ändern sich nun mal. Und Gefühle auch. Da sind deine Eltern keine Ausnahme!«

Und wir? Ich setze an, ihn genau das zu fragen, und traue mich dann doch wieder nicht. »Können wir nicht einfach aufhören zu streiten?«, frage ich leise. »Ich hasse das. Und du hast ja recht, meine Eltern können tun und lassen, was sie wollen.«

Und mich hasse ich auch, dafür, dass ich so feige bin …

Verärgert runzelt er die Stirn. »Das ist jetzt nicht dein Ernst, oder?«

»Aber du sagst doch selbst …«

»Ja eben!«

Frustriert schmeißt Stephan die Hände in die Luft.

»Klar will ich auch nicht streiten, aber das heißt doch nicht, dass du klein beigeben musst, nur um deine Ruhe zu haben! Das nervt so was von, Maja. Ehrlich, es ist kein Wunder, dass du von dem beschissenen Reisebüro nicht loskommst, wenn du es nicht mal zu Hause auf die Reihe bekommst, deine Meinung zu sagen!«

Ich zucke zurück. »Das denkst du von mir?«

»Ganz ehrlich? Keine Ahnung, was ich denken soll. Auf jeden Fall denke ich, dass du diesen Scheißjob hinschmeißen und was machen solltest, was dir Spaß macht. Und ich denke übrigens auch, dass du diesen bescheuerten Nilo in die Wüste hättest schicken sollen, anstatt ihn mit hierherzuschleppen. Der nutzt dich doch total aus!«

»Müssen wir jetzt ausgerechnet über Nilo reden?«

Stephan, eben noch ziemlich aufgebracht, lässt die Arme sinken und mustert mich intensiv. Sein Zorn scheint völlig verflogen.

»Maja«, sagt er dann ganz ruhig, »rede mit mir. Rede einfach mit mir.«

»Das tue ich doch …«

»Nein, tust du nicht. Schon ewig nicht mehr.«

»Das stimmt doch gar nicht«, murmle ich. Es ist wie verhext; sagt Stephan nichts, dann hoffe ich, er würde den Mund aufmachen, und jetzt, wo er genau das von mir wissen will, was ich gern sagen würde, kann ich einfach nicht sprechen. Ich fühle mich einfach nur unter Druck: alles richtig machen, alle zufrieden machen und dabei bloß mich selbst nicht vergessen. Wer soll denn das alles schaffen? Und wie?

»Sag doch einfach einmal, was du wirklich willst, Maja.«

Aber ich kann das nicht. Ich kann nicht sagen, was ich wirklich will, weil ich weder weiß, was das ist, noch, wie das geht. Panisch gucke ich von rechts nach links. Und dann bricht alles zusammen. Als wäre ein Damm eingerissen, von dem ich gar nicht wusste, dass er mein Herz gestaut hält, strömen alle möglichen Gefühle auf mich ein: Zorn, Scham, Angst und eine tiefgreifende, erschöpfende Frustration. Warum kann eine wie Lara ganz locker alles ganz so machen, wie sie mag, und ich bekomme schon Angst, wenn ich mal was sagen soll, was nicht zuvorkommend und liebenswert ist? Warum jagt sie ihren Träumen nach, und ich habe nicht mal welche? Warum schafft Lara es, ehrlich UND nett zu sein, und ich packe nicht mal eins davon? Warum kann ich nicht einfach sagen, was los ist? Ich schniefe laut.

»Ich will, dass du mich in Ruhe lässt!«, platzt es dann aus mir heraus. »Ich will, dass alle mich einfach mal in Ruhe lassen! Immer will irgendwer was, und immer bin ich da! Ich will aber nicht mehr da sein, Stephan, okay? Auch für dich nicht! Ich will nicht! Ich will meine Ruhe! So, ist das jetzt besser? Wenn ich meine Meinung sage? Ich sage sie dir, aber gerne doch: Ich will nicht mehr! Geh einfach weg, okay? Ich will nicht reden, ich will nicht mehr. Also bitte, bitte nerv mich nicht damit und GEH EINFACH WEG!«

Von mir selbst schockiert, halte ich endlich inne. Doch bevor ich mich für meinen untypischen Wutausbruch entschuldigen kann, hat Stephan mir den Rücken zugedreht. »Wie du meinst, Maja«, sagt er kühl und verlässt mit großen Schritten das Wohnzimmer, »dann komm doch alleine klar.«

Kapitel vierzehn

Die Wohnungstür fällt laut hinter Stephan ins Schloss. Ich zittere am ganzen Körper. Tränen schießen mir erst in die Augen und dann überallhin; nach nicht mal fünf Minuten bin ich nur noch Rotz und Wasser. Besser fühle ich mich dadurch nicht. Ich bin entsetzt, wie schnell und ungeplant alles aus dem Ruder gelaufen ist. Ich atme tief durch und versuche, mich ein wenig zu beruhigen. In meiner Lara-Imitation bin ich über das Ziel hinausgeschossen, so viel ist mal klar. Und zwar so weit, dass mein Freund mich geradewegs verlassen hat und ich nicht sicher bin, ob nur für einen Nachmittag oder gleich fürs ganze Leben. Wobei, würde er wirklich …?

Natürlich geht Stephan nicht ans Telefon. Würde ich an seiner Stelle wohl auch nicht. Unsicher schreibe ich ihm eine SMS, die ich mehrfach lösche und wieder neu aufsetze. Mal ist es ein halber Roman, der quasi bis zur Entstehung der Menschheit zurückgeht, um zu erklären, dass es mir leidtut, mal ist es nur eine einzelne Zeile. Zum Beispiel: Sind wir noch zusammen? Nichts davon scheint mir gut genug, um es abzuschicken.

Scheiße.

Am Ende schicke ich ihm doch was, nämlich eine Entschuldigung und die zaghafte Frage, wann er nach Hause kommt, weil ich ihn vermisse und ihm gerne auch persönlich sagen möchte, wie leid es mir tut. Dann warte ich. Und warte. Doch es kommt weder eine Antwort noch ein Stephan. Während die Sonne tiefer und tiefer sinkt, sackt auch mein Herz weiter und weiter in den Abgrund. Um sechs schalte ich mein Handy schließlich aus, weil ich es einfach nicht mehr ertrage, auf das leere Display zu starren und zu beten, dass es endlich aufleuchtet. Außerdem fühle ich mich mittlerweile nicht nur bangend schuldig, sondern auch ganz schön wütend. Er wollte schließlich, dass ich ihm sage, was ich denke! Und dann einfach wegzurennen ist echt daneben. Nachdem ich stundenlang die Schuld allein bei mir gesucht habe, schalte ich nun um und verfluche diesen Idioten von einem Freund, der tatsächlich so eiskalt ist, mich hier allein in unserem Elend sitzen zu lassen.

Dann tue ich das, was man immer tut, wenn man wütend, eventuell selbst ein Arsch und außerdem todtraurig ist: Ich betrinke mich. Allein, aber mit Annis Hilfe, die hat nämlich dankenswerterweise eine Anleitung für perfekte Magaritas.

Ich salze gerade den Rand von Glas Nummer drei, als es klingelt. Stephan! Ich stürze zur Tür und drücke so wild auf den Öffner, dass mir danach der Zeigefinger wehtut. Ungeduldig puste ich ihn, während ich herzklopfend darauf warte, meinen Liebsten in den Arm zu nehmen, der in der Aufregung, wie mir ein schneller Blick versichert, tatsächlich den Schlüssel vergessen hat. Egal, jetzt ist er da und ich bin es auch, und irgendwie bekommen wir das sicher alles wieder hin. Nervös lausche ich auf seine Schritte, die beängstigend gemütlich näher kommen.

»Hola, chica!«, erklingt es plötzlich aus dem Treppenhaus. Mir wird eiskalt. Alles, nur das nicht!

»Nilo?« Tatsache, statt meines vermissten Freundes steht mein Reiseleiter vor der Tür. »Was machst du denn hier?«

Er beugt sich runter, schnuppert an mir und grinst. Ich weiche zurück.

»Phantastisch! Was gibt's denn Leckeres? Tequila?«

»Margaritas«, sage ich und beiße mir danach auf die Zunge. Zu spät, Nilo nickt begeistert und schiebt sich an mir vorbei in die Wohnung.

»Woher weißt du, wo ich wohne?!«, rufe ich ihm hinterher.

»Schön hier!«, ruft er zurück. Verdammt, kann der nicht einfach mal eine Frage beantworten?!

»Und noch einiges übrig, da hab' ich ja Glück gehabt!«

Völlig ungeniert und ohne im Geringsten auf mich einzugehen, hat er sich ein Glas geschnappt und gefüllt. Dann wandert er völlig selbstverständlich durch die Wohnung, kommentiert, wie sehr ihm alles gefällt hier und lässt sich schließlich auf die Couch fallen. Die einzig richtige Reaktion wäre, ihn vor die Tür zu setzen. Aber ich weiß nicht einmal theoretisch, wie man so was macht, ohne dabei alles zu riskieren – den Vertrag zum Beispiel –, und außerdem hat sich bei meinem Anfall vorhin aller Widerstand aufgebraucht. Ich habe ja auch mehr als deutlich gesehen, dass es nichts bringt, den Mund zu weit aufzumachen und Menschen zu verärgern. Nichts als Tränen und Drinks jedenfalls. Etwas steif setze ich mich also neben Nilo, der mich aufmerksam betrachtet. Er runzelt die Stirn und kommt etwas näher. Ich rücke möglichst höflich zurück.

»Hast du geweint?«, fragt er, und ich weiche seinem Blick aus.

»Allergische Reaktion«, murmle ich, »ähm, auf die Dämpfe der Klebepistole.«

»Der was?«

»Der Klebepistole. Ich bastle gern.«

»Und gut!«

»Danke …«

»Du solltest das professionell machen!«

»Basteln? Wie das denn bitte?«

Er zuckt die Schultern.

»Gibt doch immer Möglichkeiten. Die Welt ist voller schöner Abenteuer …«

Dann schweigt er und guckt mich ein bisschen zu intensiv an. Weil mir das ganz und gar nicht gefällt, auch nicht meine Reaktion darauf (geweitete Pupillen und beschleunigter Pulsschlag), weiche ich zurück und suche fieberhaft nach einem Thema.

»Tja, also, da ist demnächst dieser Wettbewerb …«

»Was für ein Wettbewerb?«

Ich erzähle ihm von meiner Leidenschaft für exotische Schaufenster und dass der Kiezverein nächstes Wochenende nach der schönsten Deko im Umfeld sucht. Eine Suche, bei der ich nunmehr nur Zuschauerin sein werde, weil Antonia nichts von solchen Spielchen hält. Dass ich hoffe, sie eventuell noch umzustimmen, nämlich dann, wenn er sich aufrafft und einen Vertrag unterschreibt, das erzähle ich ihm nicht. Ihm ist zuzutrauen, dass er das gleich wieder als Einladung zum Fummeln versteht. Und das geht natürlich gar nicht. Absolut nicht. Das wäre … ziemlich geil, aber auch ziemlich scheiße. »Also, ähm, Antonia ist also dagegen, und sie hat auch gute Gründe, also deshalb wird das wohl nichts mit meinem Schaufenster«, wiederhole ich, von meinen wenig züchtigen Gedanken ein bisschen aus dem Ruder geworfen.

»Bekommst du nicht immer, was du willst?«

Ich? Ich bekomme nie, was ich will, weil ich gar nicht weiß, was ich will. Ich schüttle den Kopf.

»Du hast ja auch noch nicht ja zum Vertrag gesagt!«

»Warten wir mal Montag ab«, vertröstet er mich wieder einmal, »wobei das Bild, das du bisher von deiner Chefin entworfen hast, mir Angst macht: ein schwangerer Drache in seinem häuslichen Nest, der Feuer speit und deine Wünsche verbrennt!«

Gegen meinen Willen muss ich lachen. Es tut leider ziemlich gut.

»So schlimm ist sie auch wieder nicht. Und fähig, das muss man ihr lassen. Ich schwöre dir, Antonia weiß was sie tut und sie tut es gut!«

Er guckt gespielt zweifelnd. »Ich nehme trotzdem lieber eine Lanze mit!«

Ich kann ja auch nichts dafür; trotz allem hat er etwas verdammt Reizvolles an sich. Seine Dreistigkeit ist entwaffnend. Und dieses jungenhafte Flecken in seinen Augen… Ich räuspere mich: »Noch Magarita?«

»Na logo!«

Er übernimmt es, die Gläser zu füllen. Ich muss derweil feststellen, dass ich ganz schön angeschickert bin. Mit zusammengekniffenen Augen sehe ich noch einigermaßen scharf, aber wenn ich sie normal öffne, ist alles weich und verschwommen. Auch mein Gehirn; es schwimmt fröhlich und geistesabwesend in einer Pfütze aus Magaritas und hat verdammt viel Spaß dabei.

»Wo ist eigentlich dein Stephan?«, fragt Nilo, als er aus der Küche zurückkommt. »Doch nicht etwa bei Melanie?«

Ich zucke zusammen. Oh Gott! Daran habe ich noch gar nicht gedacht!

»Wunder Punkt?«, fragt Nilo verständnisvoll und seufzt dann. »Habe ich mir schon gedacht, man hat ja gemerkt, was die beiden für eine Chemie haben. Tut mir leid für dich, Maja.«

»Nein, da muss dir nichts leidtun, ich, also, er ist nicht bei Melanie, also ich weiß zumindest nicht, also genau genommen weiß ich gar nicht, wo er ist.«

»Nein?«

Ich nehme einen großzügigen Schluck von meinem vierten Margarita, um Zeit zu gewinnen. Leider hilft das nicht dabei, meine Gedanken zu sortierten, im Gegenteil. »Ich weiß bei Stephan gar nicht mehr, was ist«, rutscht es mir raus, sobald ich das Glas abgesetzt habe. Nilo guckt mich mit seinen schwarzen Augen tief und abwartend an, und weil mich das extrem nervös macht, plappere ich gegen meinen Willen weiter. »Wir haben uns gestritten, ziemlich heftig, also er ist abgehauen, ich weiß nicht wohin oder für wie lang oder was jetzt ist, also ob überhaupt noch was ist, also zwischen uns, oder wie es weitergeht, also, ähm. Ja.«

Scheiß Margarita. Ich beiße mir auf die Zunge. Wenn es einen Menschen gibt, dem ich nicht von meinen Beziehungsproblemen erzählen will, dann sitzt dieser gerade vor mir. Aber es ist zu spät. Nilo rückt ein Stück näher und mustert mich noch intensiver.

»Das klingt nicht gut.«

Was er nicht sagt.

»Mmhhh«, sage ich unbestimmt.

»Also für dich. Für mich klingt es vielversprechend!«

Er legt seine Hand auf mein Knie. Ich bin auf einen Schlag nüchtern. Schade, denn so kann ich die Verantwortung für das, was als Nächstes passiert, nicht auf den Alkohol schieben. Denn statt seine Hand wegzustoßen, schließe ich die Augen und genieße das sehnsüchtige Ziehen im Bauch. Ich fühle, dass er näher kommt, und bin doch nicht in der Lage, mich zusammenzureißen und ihn rauszuwerfen. Nilo nimmt mein Kinn und dreht mein Gesicht zu seinem. Eigentlich mag ich diese besitzergreifende Geste überhaupt nicht, aber all mein Widerstand ist weggeblasen. Der ganze Frust der letzten Tage und Wochen macht mich schwach und hilflos, der Schock über meine Eltern, Stephans Weigerung, zurück nach Hause zu kommen oder überhaupt zu reagieren, die Vorstellung, dass er es gerade jetzt mit meinem Double treibt, und die Tatsache, dass ich von Anfang an von Nilo angezogen war. Verdammt, total, komplett angezogen.

Nilo küsst mich und zerrt mich von der Couch, packt mich noch heftiger und schiebt mich Richtung Schlafzimmer. Ich lasse es geschehen. Und ich mache sogar mit; in meinem Bauch tobt ein Gewitter und wie wild lasse ich mich küssen und küsse noch wilder zurück. Es ist das vielleicht gefährlichste Abenteuer, auf das ich mich je eingelassen habe, und obwohl ein kleiner Teil von mir lauthals protestiert, lasse ich mich von Nilo aufs Bett werfen. Ich öffne die Augen. Er beginnt, meine Jeans zu öffnen. Auch das mache ich mit. Bis mein Blick zur Seite geht. Denn dort, unschuldig und unberührt auf dem Nachttisch, liegt Stephans Handy. Der Anblick trifft mich wie eine knallharte Ohrfeige. Bin ich denn von allen guten Geistern verlassen?

»Stopp!«, schreie ich panisch, und Nilo zuckt erschreckt zusammen.

»Hab' ich dir wehgetan?«

»Noch nicht«, sage ich und kämpfe mich von ihm los, »aber wir müssen jetzt sofort damit aufhören!«

»Du sagst doch, du bist getrennt …?«

»Nein, nein, nein. Ich weiß doch gar nicht … wenn überhaupt, dann machen wir eine Pause. Eine kurze.«

»Ich bin auch ganz schnell …«

Ich stoße ihn vehement weg und knöpfe hastig meine Jeans wieder zu.

»So schnell kannst du gar nicht sein, dass es nicht zu lang wäre!«

Er lacht herzlich. Ich habe langsam das Gefühl, man kann ihm nichts sagen, was er nicht als Herausforderung versteht. Der nimmt doch wirklich nichts ernst!

»Wirklich, Nilo, du musst jetzt gehen!«

Ich auch, am besten nach Australien. Nein, so ein schönes Leben habe ich nicht verdient. Krasnoyarsk vielleicht?

»Bist du dir sicher?«

»Bin ich. Es tut mir leid, ich hätte dich nie so … also ich hätte es nie so weit kommen lassen dürfen, und es ist total unfair, dich jetzt vor die Tür zu setzen, ich weiß, aber ich muss in Ruhe nachdenken.«

Endlich steht er vom Bett auf und setzt einen einigermaßen ernsthaften Gesichtsausdruck auf. Er verschränkt die muskulösen Arme und sieht mich an. »Maja, ich finde dich toll, okay?«, sagt er. »Ich weiß nicht, was Lara dir über mich gesagt hat, aber meinst du, ich würde für jede Frau bis nach Deutschland fliegen? Ich will dich, hörst du?«

Ich höre, aber ich möchte lieber taub sein.

»Das ist jetzt echt alles zu viel, Nilo, okay?«

»Okay. Ich verstehe. Dann sehen wir uns am Montag, ja?«

»Was?«

»Bei deiner Chefin!«

Ich nicke betäubt. Na großartig. Nilo zwinkert mir noch mal zu (kennt der Mann eigentlich gar keine Grenzen?) und lässt mich endlich allein. Ich taumle zurück ins Schlafzimmer, aufgewühlt, verwirrt und nicht gerade glücklich. Mein kurzer Schwächeanfall eben stellt alles infrage, was ich über mich zu wissen glaubte – und über das, was vielleicht meine Wünsche und Träume sind.

»Maja?«

Kopfweh. Bauchweh. Herzweh. Wo bin ich? Und wann? Und überhaupt, warum?

»Maja, alles in Ordnung?«

Mühsam öffne ich die schlafverklebten Augen. Zum Dank überrollt mich eine Welle der Übelkeit.

»Brgrr…«, bringe ich hervor. Was übersetzt heißt: Stephan, ich bin der schlimmste Mensch auf Erden. Ich habe Mist gebaut, richtig, richtig großen Mist, und ich weiß nicht, wie du mir je verzeihen sollst, und es tut mir so leid, so unendlich leid, und ich weiß auch nicht, wie es jetzt weitergehen soll. Und wie bist du überhaupt reingekommen ohne Schlüssel?

»Maja, du Ärmste! Bleib ganz ruhig hier liegen, ich hole dir eine Tablette!«

Wir haben eindeutig nicht das gleiche Wörterbuch. Für ihn muss ich so was gesagt haben wie: Stephan, wie gut, dass du hier bist, ich sterbe, sei bitte total liebevoll und süß und hilf mir!

»Art…«, bevor aus dem Gestotter ein richtiges Wort werden kann, ist er schon davongeeilt. Ich stöhne. Muss er denn jetzt so perfekt sein und Krankenpfleger spielen? Ich drehe mich zur Seite und spüre, wie die Übelkeit höher steigt. Nein, ich kann nicht im Bett bleiben. Ich muss ins Bad.

Ich hänge mit dem Gesicht fast im Klowasser, als Stephan dazukommt, mir sanft über den Rücken streichelt und ich prompt losbreche.

»Grippe?«, fragt er verständnisvoll. Ich schüttle den Kopf.

»Alkohol…«, murmle ich. Punkt eins meiner langen Liste von Geständnissen.

»Oh je.«

Ich höre wie Stephan Luft einsaugt und beneide ihn um

diese Möglichkeit. Bei mir führt jeder zu große Atmer gerade zur nächsten Übelkeitswelle.

»Weil ich abgehauen bin gestern? Scheiße, Maja, ich war so ein Idiot.«

Ich reagiere nicht, plötzlich froh, dass mein Kater dafür sorgt, dass ich meine Regungen nicht zeigen muss. Denn ja, das dachte ich auch mal, dass er ein Idiot sei. Das war aber, bevor ich selbst einer war. Und zwar ein deutlich größerer. Ich krümme mich und würge wieder.

»Es tut mir wirklich leid, Maja«, sagt er dann, während er filmreif mein Haar zurückhält, »dass ich gestern einfach abgehauen bin. Ich hab' dich zu sehr unter Druck gesetzt, das verstehe ich jetzt. Aber ich war so wütend! Ich will dir doch nur helfen!«

Ich kotze weiter, diesmal aus Scham. Zitternd richte ich mich auf und drehe mich um. Den Blick halte ich am Boden, denn Stephan jetzt ins Gesicht zu schauen, das kann nur übel enden. Ich hole zaghaft Luft und setze an, den schlimmsten Satz meines Lebens zu sagen: Ich habe dich betrogen.

»Oh je, Maja, ich glaub wir müssen dich mal aus den Sachen holen, die haben ein bisschen was abbekommen.« Resolut beginnt er, mich aus meinen Klamotten zu schälen. Dabei drückt er mir die Zahnbürste in die Hand, und ich fange automatisch an zu putzen. Der frische Pfefferminzgeschmack tut wahnsinnig gut. »Pass auf, wir stellen dich jetzt mal unter die warme Dusche, okay? Das hilft Wunder!« Hilflos lasse ich mich weiter von ihm entkleiden. Unmöglich, in dieser Situation den Mund aufzubekommen! Allein schon wegen der Zahnbürste... Als ich splitterfasernackt bin und er mich sanft Richtung Duschkabine schiebt, glaube ich, dass ich gleich in tausend Stücke breche.

»Komm, Maja, duschen hilft!«

Ich drehe mich zaghaft zu ihm um und schaue ihm das erste Mal in die Augen. Sie sind so grau wie immer, und nichts als Besorgnis und Mitleid spiegelt sich darin. Ich kann nicht anders. Ich fange an zu weinen. Mir ist zwar nicht mehr übel und selbst der Kopfschmerz hält sich in Grenzen, aber ich fühle mich schwach und leergepumpt. Ich muss dir was sagen, will ich sagen, und sage: »Wo warst du gestern Nacht?«

Stephan wird rot und wendet das Gesicht ab.

»Es tut mir so leid, Maja …«, sagt er und bricht dann ab. Tausend Regungen lähmen mir die Zunge. Hat er etwa …? Beziehungsweise: Hat er etwa auch? Und wenn, ist das dann gut für mich oder schlecht für uns? Quid pro quo ist schön und gut, aber wenn wir beide lieber mit anderen Leuten knutschen (oder mehr?!), dann scheint mir das kein gutes Zeichen.

»Melanie?«, frage ich rau.

Er nickt, und seltsamerweise fühle ich mich vor allem erleichtert. Auf einmal will die ganze gemeine Wahrheit aus mir herausbrechen, mindestens so erbarmungslos und brutal wie eben noch mein gegorener Mageninhalt. Was danach passiert, keine Ahnung, aber wenn wir beide Mist gebaut haben, dann können wir den vielleicht auch gemeinsam abtragen. Wer weiß, vielleicht ist das sogar genau der richtige Dünger für unsere Beziehung? Es sollen schon merkwürdigere Sachen passiert sein. Doch Stephan kommt meiner Beichte zuvor.

»Du hattest recht«, sagt er leise. »Und es tut mir leid, dass ich das nicht gesehen habe. Nicht sehen wollte. Ich bin zu Melanie gefahren, ja. Ich dachte, eine Frau versteht vielleicht besser, was los ist. Keine Ahnung. Ich habe mir nichts dabei gedacht, ehrlich! Sie allerdings … ähm, sie schon. Maja, es tut mir so leid, ich hatte keine Ahnung und ähm, sie hat, also sie hat versucht, mich zu küssen.« Er weicht meinem Blick aus und wird noch röter. »Ich bin natürlich nicht darauf eingegangen, Maja, ich schwöre, ich war total schockiert. Ich habe ihr klar gesagt, dass das nicht geht und dass ich das nicht will. Dann bin ich in die Klinik gefahren und habe da geschlafen, weil ich mich so geschämt habe, verstehst du? Weil ich das nicht verhindert habe. Ich hätte das viel früher erkennen müssen, es ist unverzeihlich, ich weiß, dass ich so dumm war.«

Ich starre ihn an. DAS findet er unverzeihlich? Da kann ich mit meiner Geschichte aber einpacken. Und zwar für immer. Unsicher schaut Stephan mich an. »Maja?«

»Das ist doch gar nichts, Stephan!«, bricht es aus mir heraus, »überhaupt gar nichts, da musst du dich doch nicht schlecht fühlen! Ich muss mich schlecht fühlen, ich allein!«

»So ein Quatsch, Maja.«

»Das ist kein Quatsch, ich …«

»Du nimmst jetzt erst einmal eine heiße Dusche, und dann kochen wir uns einen Kaffee und gucken, dass wir dich wieder fit kriegen!«

»Aber ich muss …«, setze ich an, doch gegen Stephan ist gerade kein Durchkommen.

»Keine Widerrede«, sagt er, und ich gehorche. Es ist ja nicht so, als würde ich mich darum reißen, statt der Dusche eine Beichte abzulegen. Auch wenn ich nicht für immer schweigen kann; jetzt gerade will ich einfach nur das erfrischende Wasser auf meinem Körper spüren und sonst nichts. Doch da habe ich die Rechnung ohne Stephan gemacht. Plötzlich legt er seine eingeseiften Hände auf meine Schulter und beginnt ganz sanft, sie zu reinigen.

»Ähm, du bist doch so schwach …«, sagt er. Seine Stimme klingt seltsam belegt, und ich erschrecke. Doch nicht ausgerechnet jetzt, wo ich mich fühle wie eine untreue Verräterin! Unsicher verharre ich, während Stephan mich weiter einseift. Das fühlt sich dummerweise unglaublich total absolut wunderschön an. Erst versuche ich, die erregenden Gefühle zur Seite zu schieben, die bei seinen Berührungen in mir aufsteigen, aber das ist völlig unmöglich. Ich habe so eine große Sehnsucht danach, dass sich alles richtig und gut anfühlt, dass ich nicht anders kann, als mich an ihn zu schmiegen und das Stechen im Herzen zu ignorieren, das mir sagt, wie unrecht mein Verhalten ist. Stephan steigt zu mir in die Dusche und küsst mich, ein süßer, fast schüchterner Kuss, der nichts mit dem wilden Geknutsche von gestern gemein hat. Oh Gott, jetzt bloß nicht daran denken! Stephan macht es mir leicht, das schlechte Gewissen und die Erinnerungen zu vergessen, denn jetzt wird er fordernder und drückt mich an die Wand. Ich merke, wie alle Vernunft den Bach runtergeht.

»Deine Klamotten!«, stöhne ich und versuche halbherzig, ihn aus der Dusche zu stoßen.

»Egal«, murmelt er und küsst mich weiter. Aufregend ist das, so aufregend wie seit Jahren nicht mehr. Zweifel, Ängste und Reue werden winzig klein, zu Miniaturen gemacht von einer riesigen, ungewohnten Leidenschaft, ach seien wir ehrlich und deutlich, von einer Geilheit, die keinen Platz mehr für etwas anderes lässt. Als er mich herumdreht, spüre ich noch einmal kurz das schlechte Gewissen. Ich kann doch jetzt nicht wirklich …? Aber ich kann.

Danach liegen wir gemeinsam im Bett, erschöpft und in dicke Handtücher gewickelt. Ich habe es neu bezogen, mit der glaubhaften Ausrede, dass es nach Alkohol und Schweiß stinkt. Und weil ich die letzte Nacht lieber vergessen will, wenn auch aus anderen Gründen als Stephan. Sobald die Leidenschaft des Moments verflogen ist, fühle ich mich wieder mies, sogar noch viel mieser. Was bitte sagt es über mich aus, dass ich einen Fremden küsse, es meinem Freund verschweige und dann auch noch mit diesem in die Kiste springe, als wäre nichts?

»Maja«, Stephan guckt mich treuherzig an und lächelt schüchtern, »lass uns das alles einfach vergessen, okay? Lass uns einfach so weitermachen wie vorher. Es war doch alles gut.«

Ich nicke. Ich bin erleichtert, weil das großzügig interpretiert auch heißt, dass ich vielleicht drum rumkomme, meinen Fehltritt zu gestehen. Gut, man muss schon über die Güte einer Mutter Theresa verfügen, um das als korrekt durchgehen zu lassen, aber zumindest gestatte ich mir, nicht jetzt und hier alles kaputt zu machen, sondern erst einmal runterzukommen. Doch ich bin nicht nur froh. Ich bin auch enttäuscht. In erster Linie von mir selber, weil ich schon wieder schweige, aber auch, weil die Probleme doch eigentlich genau da erst angefangen haben, bei diesem Vorher. Stephan neben mir ist eingeschlafen, doch ich finde keine Ruhe. Ich weiß, ich kann nicht so tun, als wäre nichts.

Aber was ist? Und was soll werden?

Gerade, als ich zögernd entschließe, die Augen zuzumachen und Sorgen Sorgen sein zu lassen, wenigstens für ein, zwei Stunden, fällt mir ein, dass ich morgen früh verabredet bin. Mit Nilo.

Kapitel fünfzehn

»Maja, bevor wir reingehen …«

»Wir sind spät dran …«

»Das hier ist wichtiger!«

Ich beiße mir auf die Zähne und drehe mich widerwillig zu Nilo. Wir stehen vor der Tür zu Antonias Wohnung. Ich habe den Finger schon an der Klingel, aber mein südamerikanischer Beinahe-Liebhaber legt seine Hand auf meine, drückt sie sanft runter und verknotet dann seine Finger mit meinen. Ich versuche, sie ihm zu entwinden, und hasse mich dafür, dass ich dabei Herzklopfen habe. Kann das Scheißteil sich mal entscheiden? Weil es aber einfach weiter wild pocht, entscheide ich mit dem Verstand, und zwar, dass es bloß aus dem Häuschen ist, weil mir diese ganze Sache schrecklich peinlich ist.

»Nilo …«

»Ich denke immerzu an gestern!«

»Verdammt Nilo, ich war betrunken. Und … Ich war ein Idiot. Es ist nicht deine Schuld, ehrlich nicht, aber mir wäre es lieber, wir würden das einfach vergessen.«

»Stephan ist wieder da«, stellt er fest, und ich nicke. Mir ist die ganze Situation unglaublich unangenehm. »Ich weiß«, fügt er an, »ihr habt euch versöhnt. Melanie hat's mir gesagt.«

»Melanie?!«

Er sieht tatsächlich so aus, als plagte ihn ein wenig das schlechte Gewissen. »Sie hat mir gestern Bescheid gesagt, dass Stephan bei ihr ist. Und dass es dir wahrscheinlich nicht so gut geht … Wir haben nach dem Pizzaessen Nummern ausgetauscht, und sie dachte, du könntest eine Schulter zum Ausweinen gebrauchen. Wir haben uns Sorgen gemacht!«

Ja, sicher, und ich bin die Königin von Westeros.

»Verschworen habt ihr euch!«, rutscht es mir raus.

»Ich wollte nur helfen, Maja!««

Wie immer, wenn ich völlig ungefiltert sage, was mir in den Kopf kommt, wird mir sofort heiß, und ich will mich in Entschuldigungen flüchten. Aber vielleicht ist Nilo der beste Mensch, an dem ich üben kann, auf meinem Recht zu bestehen. Wäre nicht schlecht gewesen, wenn ich schon etwas früher gelernt hätte, bei ihm nein zu sagen.

»Nein«, sage ich dafür jetzt, »du wolltest … Du weißt selbst, was du wolltest.«

Er grinst breit.

»Und du wolltest auch!«

Bevor ich entscheiden kann, ob das stimmt und ob ich das allen Ernstes zugeben würde, geht die Tür auf.

»Hallo, ihr zwei! Sorry, die Klingel ist kaputt!«

Ich lächle erleichtert und folge Jörg ins Schlafzimmer. Nilo dackelt hinterher, und ich bin mir recht sicher, dass das nicht unser letztes Gespräch war, egal was bei den Verhandlungen rauskommt. Mittlerweile ist mir deren Ergebnis fast egal. Ich sitze zwischen Baum und Borke: Lehnt Nilo ab, war alles umsonst, und das Reisebüro der werdenden Mama steht auf der Kippe. Sagt er zu, muss ich in Zukunft mit ihm kooperieren.

Antonia sitzt in ihrem riesigen Bett wie auf einem weichen Thron. Sie hat sich ein smartes Kostüm angezogen, und ich wundere mich, was es heutzutage alles so gibt für hochschwangere Frauen. Meine Chefin nickt mir zu und mustert dann Nilo, der ein wenig verloren am Fußende steht und nicht so recht zu wissen scheint, wohin mit all der mütterlichen Weiblichkeit hier.

»Herr Egelwolf. Guten Tag. Ich bitte Sie, die ungewohnten Umstände unseres Treffens zu entschuldigen, ich bin zurzeit in, nun ja, ungewohnten Umständen. Wenn Sie bitte nähertreten würden, leider ist es mir unter besagten Umständen nicht möglich, auf Sie zuzugehen. Da müssen Sie sich schon selbst bewegen.«

Bei diesen Worten streckt sie auffordernd die Hand aus. Nilo, tomatenrot und ungewohnt verunsichert, stolpert nach vorn und greift danach. »Freut mich«, schafft er es noch zu sagen, dann schüttelt Antonia auch schon den Kopf. Sie lässt seine Hand los und nimmt ihn scharf ins Visier.

»Meine Zeit, Herr Egelwolf, ist kostbar, vor allem im Augenblick. Von daher wäre es vorteilhaft, wenn Sie zum Punkt kommen. Ihnen beiden gemeinsam ist es ja offensichtlich nicht gelungen, schnell und effizient einen Abschluss zu finden.« Ich lasse den Kopf hängen. Ist ja nicht so, als hätte ich es nicht versucht. Antonia ignoriert meine demütige Geste. Sie ist ganz auf Nilo fixiert. Und er auf sie, immerhin. »Herr Egelwolf, was genau wollen Sie nun von mir?«

»Sie haben ja eine ungewohnte Art, jemanden zu umwerben.«

»Ich umwerbe nicht, ich verhandle. Oder mögen Sie lieber gepampert werden?«

»Natürlich nicht!«, setzt Nilo sich empört zur Wehr, und ich muss um ein Haar verächtlich schnauben.

»Gut«, nickt Antonia, »deshalb spare ich es mir auch, Sie zu umgarnen, ich denke das hat Maja zur Genüge getan, oder, Maja?«

»Ähm, ja«, stottere ich.

»Also, Herr Egelwolf. Ja oder nein?«

»So einfach ist das ja nun auch nicht.«

»Doch, ist es.«

»Ähm, also ich …«

»Ich kann Ihnen versprechen, dass ich auch wahnsinnig nett und zuvorkommend sein kann, wenn es das ist, was Sie jetzt befürchten. Es gehört zur professionellen Ausstattung jedes guten Unternehmers, sich dem Gegenüber anzupassen. Sehen Sie, Herr Egelwolf, das, was ich gut kann, ist, mich auf Menschen einzustellen. Sie habe ich als jemand kennengelernt, der Mut hat und Mut auch vom Gegenüber wünscht. Deshalb meine offenen Worte.«

»Das, ähm, ist sehr nett von Ihnen.«

»Ich will Ihnen nur zeigen, dass ich Ihre Art sehr schätze.«

»Äh, vielen Dank.«

Mit halb offenem Mund verfolge ich den Dialog. Klar weiß ich, dass meine Chefin was draufhat, aber wie sie den selbsternannten Alphawolf innerhalb von drei Sätzen zum Welpen macht, ist beeindruckend. Sie hat es geschafft, ihn in Nullkommanichts in eine Ecke zu drängen, in der er wie ein quengeliges Kleinkind wirkt, wenn er jetzt ablehnt.

»Also dann, Herr Egelwolf, willkommen in unserem Team!«

»Ähm, ja. Danke.«

Nilo schüttelt das schwarze Haupt, wie um sich von einem Fluch zu befreien. Dem Fluch der werdenden Mutter mit Nerven aus Stahl.

»Ich habe da nur eine Bedingung …«, fügt er an und wirft mir einen langen Blick zu. Ich werde leichenblass. So dreist kann doch wohl selbst Nilo nicht sein, dass er meiner Chefin ein unmoralisches Angebot für ihre Angestellte macht?

»Ich will, dass Maja bei diesem Wettbewerb mitmachen kann!«

Mir fällt vor Verblüffung die Kinnlade runter.

»Welcher Wettbewerb?«, fragt Antonia, die natürlich längst vergessen hat, dass am Wochenende der ganze Kiez seine Schaufenster feiert. Ich möchte gern im Erdboden versinken. »Ach schon gut, Nilo, nicht so wichtig«, beeile ich mich zu sagen, doch der Abenteurer schüttelt resolut den Kopf.

»Doch, das ist dir wichtig, und deshalb ist es auch mir wichtig!«

Ich bin sprachlos. Das hätte ich ihm niemals zugetraut.

»Worum genau geht es hier?«

Ich erinnere Antonia schüchtern an den Wettbewerb und wie vehement sie sich dagegen ausgesprochen hat. Meine Chefin mustert mich, als ich danach verlegen schweige und zu Boden schaue. »Gut, das erscheint mir nur fair. Wenn dieser Wettbewerb eine hohe Wichtigkeit für dich hat, Maja, dann nimm daran teil, bitte.«

»Wirklich? Antonia, vielen Dank! Das ist großartig!« Man sollte meinen, ich hätte gerade andere Sorgen, aber die Aussicht, mich komplett und total in dieses Projekt zu versenken und dabei alles um mich herum zu vergessen, ist gerade deshalb unglaublich verlockend. Nur dass ich Nilo jetzt was schulde, das passt mir so gar nicht. Von der zukünftigen Zusammenarbeit mal abgesehen. Aber die findet ja wohl hoffentlich ohnehin nur am Telefon statt. »Dann würde ich jetzt gehen? Ähm, ihr braucht mich ja nicht für den Vertrag, und ich müsste dann mal ins Büro und mal überlegen, wegen des Schaufensters.«

Ich blicke Antonia flehend an, und sie nickt.

»Das erscheint mir logisch«, sagt sie, und ich mache, dass ich davonkomme. Nilo wirft mir noch einen fragend-sehnsüchtigen Blick zu, aber ich ignoriere das. Fast jedenfalls; ich kann ein kleines dankbares Lächeln nicht unterdrücken. Dummerweise leuchten seine Augen sofort auf, und ich beiße mir auf die Unterlippe. Wann geht eigentlich sein Flug zurück? Ich kann nur hoffen, bald bevor ich noch mehr Unfug mache.

Wenigstens ist diese Vertragssache jetzt vom Tisch. Komisch, wie schnell plötzlich alles ging. Da reiße ich mir tagelang sämtliche Beine aus (und beinahe die Klamotten vom Leib), und kaum kommt Antonia, ist die Nummer geregelt. Viellicht ist das Reisebüro wirklich nicht der richtige Ort für mich – besonders fähig habe ich mich dabei ja nun nicht angestellt. Und nebenbei noch beinahe mein ganzes Leben versaut.

Während ich in unserem Stammcafé sitze und auf Katharina und Nadine warte – in der Hoffnung, dass der Streit von neulich vergessen ist –, sinkt meine Stimmung tiefer und tiefer in den Keller. Ich weiß, ich habe einen Fehler gemacht. Ich weiß, ich hätte diesen Fehler gestehen müssen. Und ich weiß, ich sollte ihn bereuen. Aber ich schaffe es nicht. Denn immer, wenn ich mir sicher bin, dass Nilo nicht mehr ist als ein elender Draufgänger, macht er etwas unglaublich Nettes.

Was keine Entschuldigung dafür ist, dass ich Stephan nicht gesagt habe, was passiert ist, und auch nicht dafür, dass ich so oft an das denken muss, was passiert ist und erst recht an das, was nicht passiert ist, aber beinahe passiert wäre. Frustriert nehme ich einen Schluck von meinem Kaffee, der mittlerweile nur noch lauwarm ist.

Gegen mein eigenes Gefühl entscheide ich, Katharina und Nadine gleich um Rat zu fragen. Schließlich leben beide in einer Beziehung und haben vielleicht das ein oder andere Vernünftige zu sagen, was mein Dilemma angeht. Wenn sie denn jemals auftauchen. Ein Blick auf die Uhr verrät mir, dass ich bereits seit vierzig Minuten hier sitze und warte. Auf einen Anruf reagiert weder die eine noch die andere. Sicher, Katharina und ich sind ungut auseinander gegangen, aber ich hatte gehofft, dass unser traditionelles Date uns zur Versöhnung helfen würde. Dass sie nicht auftaucht und auch Nadine verschollen ist, gibt mir ein schuldiges Gefühl. Als ob ich davon nicht auch so schon genug hätte! Gerade als ich mich vor Selbstmitleid in einem zweiten Stück Käsekuchen versenken will, klingelt mein Telefon. Es ist Lara.

»Ich bin da!«, ruft sie. »Verdammt kalt hier!«

»Ich hab' dich vermisst!«, rutscht es mir raus.

»Ich dich auch! Und wie! Erst der lange Flug, und dann ist da zu Hause dieses Faultier!«

»Ähm, du meinst Nilo?«

»Wen sonst! Der verdammte Penner hängt hier rum und macht nichts! Überhaupt nichts! Nur nerven, die Heulsuse!«

»Wie, äh, wie geht es ihm denn?«, frage ich und klinge so auffallend bescheuert dabei, dass ich unwillkürlich die Augen schließe.

Lara kommt auch gleich auf den Punkt: »Maja, ich weiß, es geht mich nichts an, aber ist was zwischen euch passiert?«

Ich schlucke. »Vielleicht«, sage ich schließlich zögernd.

Lara seufzt. »Raus damit!«

»Wir haben, also er hat und ich habe auch, aber nur ganz kurz! Also jedenfalls, vielleicht, eventuell, also es könnte durchaus sein, dass wir uns ähm, geküsst haben.«

Auf Lara ist Verlass. Kein schnelles Urteil, keine Verachtung, keine Leviten. Nur eine ziemlich gemeine Frage: »Und, wie war es?«

»Verdammt gut«, gebe ich zu.

»Oh«, sagt sie.

»… und danach hatte ich Sex mit Stephan, und das war auch verdammt gut.«

»Nicht dein Ernst!«, gibt sie mir recht. »Mensch, Maja, das meinte ich eigentlich nicht, als ich sagte, du solltest mal an dich denken, weißt du?«

»Schon klar«, brumme ich, »hab' ich auch nicht. Ich hab' überhaupt nicht gedacht. Und jetzt denke ich zu viel, zum Beispiel, dass ich mir nicht sicher bin, ob das nur ein Fehler war oder vielleicht ein Zeichen …«

»Was für ein Zeichen denn?«

»Dass es aus ist mit Stephan?«

»Und um diese Theorie zu testen, hast du dich gleich noch mal von deinem Freund durchnudeln lassen? Und das dann megageil gefunden? Aber aus ist es vielleicht trotzdem? Hä?«

»Ich weiß ja selber, dass das keinen Sinn macht«, stöhne ich. »Es ist nur … Nilo geht mir nicht ganz aus dem Kopf, egal was ich mache.«

»Das hat mein Cousin so an sich … Die Flachpfeife zieht Frauen an wie Honig die Bienen. Oder Fliegen? Egal, auf jeden Fall hat er einen ziemlich guten Magnetismus.«

»Ich weiß doch, dass er ein Weiberheld ist und ich bloß seine nächste Eroberung. Ich weiß auch, dass ich mich aufführe wie ein unreifer Teenager auf dem Höhepunkt der Pubertät. Aber ich kann nicht aufhören, an ihn zu denken. Trotz Stephan.«

Am anderen Ende der Leitung ist es still.

»Oder, Lara? Ich meine, mal ehrlich: Das ist doch alles Quatsch mit Nilo, oder?

Lara zögert, bevor sie mir eine Antwort gibt.

»Schon«, sagt sie dann, klingt jedoch ungewohnt unsicher. »Aber ich gebe zu, ich habe noch nie erlebt, dass er sich so viel Mühe gegeben hat. Muss er auch sonst nicht, meistens. Aber trotzdem. Er redet die ganze Zeit von dir.«

»Im Ernst?«

»Leider. Glaub mir, Maja, mir wäre es anders auch lieber. Ich würde es dir auch sagen, wenn ich sicher wäre. Bin ich aber nicht.«

Na toll. Ist sich hier eigentlich überhaupt irgendwer irgendeiner Sache sicher?

»Und was soll ich nur machen?«

»Ich bin die Letzte, die du das fragen solltest, sorry, Maja.«

Ich bin enttäuscht. Aber sicher hat sie ihre Gründe. »Kann ich denn sonst was für dich tun? Eiscreme und Schokolade bringen zum Beispiel?«

»Ich hab' schon Kuchen, danke. Aber …«

Ich zögere. Warum nicht? Lara ist schließlich diejenige, die immer sagt, dass ich meine Wünsche aussprechen muss. »Könntest du mir denn vielleicht einen anderen Gefallen tun?«

»Klar!«

»Kannst du mir Nilo vom Hals halten? Ich kann nicht denken, wenn er in der Nähe ist. Also jedenfalls nicht so, wie ich gern würde.«

»Verstehe ich. Wenn es dir hilft, zu entscheiden, was du wirklich willst, mache ich das gerne!«

Entscheiden. Ich schlucke.

Routine oder Aufregung?

Das Alte oder das Neue?

Und geht nicht irgendwie beides?

»Maja?«

»Ja?«

»Einen Rat möchte ich dir doch noch geben. Sei ehrlich mit Stephan, besser früh als spät.«

»Ich will ihn nicht verletzen …«

»Das hast du schon«, antwortet sie, und ich senke kummervoll den Kopf.

»Ich meine auch nicht nur deinen Fehltritt mit Nilo. Obwohl, ja, auch das solltest du ihm schleunigst sagen, ich rede aber eigentlich von deinen Gefühlen. Sag ihm, was in dir los ist, Maja. Und was passiert ist.«

»Aber wie denn bloß? Ich kann so was nicht!«

»Doch, du kannst, Maja. Und vor allem musst du ihm sagen, warum das passiert ist.«

»Weißt du denn, warum?«, frage ich hoffnungsvoll. Lara lacht.

»Mensch Maja! Denk doch mal nach.«

»Ähm … Weil Nilo so gut riecht?«

»Bitte, keine Details; nein, was ich meine, ist was anderes: Frag dich mal, was Nilo dir geben konnte, das du zu Hause vermisst hast. Und dann frag dich, ob das so bleiben muss.«

Die Frau spricht in Rätseln.

»Was meinst du denn damit?«

»Ach Maja, denk einfach mal in Ruhe drüber nach, okay?«

Kapitel sechzehn

Die nächsten Tage sind nicht gerade die besten meines Lebens. Mehrfach ruft meine Mutter mich an und zweimal auch mein Vater, aber ich vertröste beide mit nichtssagenden SMS. Ich bin nicht bereit für die romantischste Liebesversöhnung seit dem doppelten Lottchen, mir egal, ob das unreif und kindisch ist. Stephan gehe ich so unauffällig wie möglich aus dem Weg, was ganz gut klappt, weil ich die meiste Zeit im Büro verbringe, tagsüber, um zu arbeiten, und abends, um das Schaufenster für den Wettbewerb zu perfektionieren. Ich habe mich entschieden, die Lagune aus Bolivien wiederaufleben zu lassen, Wasserfall inklusive. Keine leichte Aufgabe, aber Freitagabend finde ich das perfekte Tutorial, das meinem Konstrukt hoffentlich den letzten Schliff gibt.

Der Rest des Arrangements steht: ein Dschungelpanorama, aus mehreren Ecken indirekt angeleuchtet und täuschend echt in seiner dichten Wildheit, die trotzdem irgendwie einladend und verzaubert wirkt. Ich habe Stunden damit verbracht, in alle umliegenden Blumenläden zu gehen und Grünzeug einzukaufen, das wie Dschungel wirkt; Moose, Farne, dicke Äste, dünne Weidenzweige, die als Lianen herhalten müssen, ein bisschen Gras und abgerupfte Blätter als Boden. Die Steine, die hübsch arrangiert den Pool bilden, sind zur Hälfte echt (die Hälfte mit Wasserkontakt) und zur Hälfte aus angemaltem Pappmaché. Nur die Insekten, die habe ich mir gespart. Für das Becken und den Hintergrund des Wasserfalls habe ich einen dunkelgrünen Kinderpool zerschnitten und neu zusammengeklebt. Dann endlich ist das Arrangement fertig. Jetzt muss ich nur noch das Wasser so leiten, dass es von oben nach unten plätschert und anschließend wieder hochgepumpt wird. Ich bastele erst unten rum, dann oben und habe schließlich ein ziemlich nettes Wassersystem geschaffen. Als alles fließt und sprudelt, gehe ich vor die Tür und betrachte stolz mein Werk. Ich kneife die Augen zusammen und gehe mit einem kritischen Blick noch einmal Zentimeter für Zentimeter des Schaufensters ab. Oben, wo der Wasserfall aus einer Reihe von Zwergfarnen entspringt, sieht es irgendwie ein wenig kahl und unfertig aus. Ich gehe wieder rein, suche mir einen kleinen, schönen Stein aus meiner Deko-Kiste und besteige die Trittleiter, um dem Ganzen den letzten Schliff zu geben. Dummerweise beuge ich mich dabei etwas zu enthusiastisch vor und verliere prompt das Gleichgewicht. Ich rudere mit den Armen und gerate dadurch nur noch stärker ins Wanken. Verzweifelt greife ich nach dem nächstbesten Halt und reiße mit meinem Gewicht den eckigen Stein herunter, der die Wasserleitung nach oben hin verdeckt. Und mit dem Stein auch den Schlauch.

»Scheiße!«

Das Wasser spritzt munter in alle Richtungen. Panisch versuche ich, mit einer Hand das Leck zu stopfen, aber vergeblich. Innerhalb von Sekunden ist alles nass, auch das mühevoll gestaltete Pappmaché, das sogleich die Farbe verliert und unschöne Dellen bekommt. Der Sand, den ich als unterste Schicht auf dem Boden drapiert habe, saugt sich voll und mischt sich mit ein paar Kieseln und Blättern zu dickem Moder. Die erste heftige Welle hat außerdem ein paar Bäume entwurzelt, und weil es jetzt auch nicht mehr drauf ankommt, gieße ich noch meine Tränen dazu. Während ich heftig schluchze, blubbert es traurig über mir, und dann ist alles Wasser aus dem Pool in die Landschaft gepumpt. Verstört blicke ich mich um. Es sieht ein bisschen zu realistisch nach Dschungel nach dem Tropensturm aus: Alles ist feucht, durcheinander und nicht mehr hübsch, sondern nur noch matschig. Ich bin völlig fertig, und weil mein schlechtes Gewissen nicht erlaubt, mich bei meinem Freund auszuheulen, rufe ich nach kurzem Zögern Lara an.

»Alles ist am Ende!«, schluchze ich ohne große Einleitung und höre, wie Lara überrascht die Luft anhält.

»Oh Gott, scheiße, nein, hat er Schluss gemacht?«

»Was? Nein, nein, nicht Stephan, der Wettbewerb!«

»Der Wettbewerb? Der mit den Schaufenstern?«

Schluchzend nicke ich und erzähle ihr in dramatischen Worten von meiner Wasserkatastrophe. »Ich komme vorbei und dann gucken wir zusammen, okay?«

»Aus Potsdam?! Das kannst du doch nicht machen!«

»Und wie ich kann«, sagt sie. »Ich spring in mein Auto und bin so schnell wie möglich bei dir!«

Ich versichere ihr meine ewige Dankbarkeit und mache mich dann zaghaft an die Katastrophenanalyse. Bei näherer Betrachtung ist es gar nicht so … doch, es ist schlimm. Kummervoll lasse ich die Schultern hängen. Wenn wir das retten wollen, wird das die ganze Nacht dauern. Ich sage Stephan Bescheid, dass es später wird, und beginne, das Chaos zu sortieren. Eine halbe Stunde später steht Lara vor der Tür.

»Okay, ich gebe zu, damit gewinnst du keinen Blumentopf …«

»Lara!« Ich falle meiner neuen Freundin erleichtert in den Arm.

»Ganz ruhig, Maja, wir kriegen das hin. Was kann ich tun?«

Ich erkläre Lara, wie es eigentlich aussehen soll. »Aber ich weiß nicht, wie wir das machen sollen. Selbst in Berlin hat doch um diese Zeit kein Dekoladen mehr auf! Und auch wenn ich noch genug Pappe habe und wir es ernsthaft schaffen, neue Steine zu basteln; den Sand kriegen wir niemals trocken! Und ohne hält doch nix!«

»Kopf hoch, Maja«, grinst Lara, »du bist doch die Meisterin der Improvisation. Dir fällt auf jeden Fall was ein!«

Erstaunt gucke ich sie an. Ich? Meisterin der Improvisation? Lara scheint das ernst zu meinen, und ich fühle mich auf gute Weise herausgefordert.

»Vielleicht … aber nein, das können wir nicht machen, das wäre …«

»Was wäre was?«

»Den Spielplatz um die Ecke plündern. Und das wäre wahrscheinlich illegal.«

Lara klatscht in die Hände. »Ein Grund mehr!«, lacht sie. »Wir kommen schon nicht in den verdammten Knast, nur weil wir ein bisschen Dreck abgraben!«

Ihr Enthusiasmus steckt mich an. Kichernd schließen wir den Laden ab und schleichen mit Tüten bewaffnet Richtung Spielplatz. Während wir eifrig buddeln, stupst Lara mich an.

»Und Stephan?«, fragt sie nur, aber ich höre die tausend unausgesprochenen Worte dahinter sehr deutlich.

»Weiß nichts«, antworte ich einsilbig.

»Ach Maja …«

Ich schweige, während ich mich am Rand des Sandkastens nach passenden Steinen umschaue, die meine Pappattrappen ersetzen könnten. Ich fühle mich unangemessen bockig;

schließlich war sie es, die mir keinen Rat geben wollte. Mal ganz abgesehen davon, dass sie selbst so wenig über sich erzählt.

»Darf ich dich mal was fragen, Lara?«

»Immer!«

»Warum bist du so verschwiegen?«

»Ich?! Na hör mal, du weißt doch, wie viel ich rede!«

»Nicht wenn es um Männer geht.«

»Weil ich dir nicht sagen will, wie du dich meiner Meinung nach entscheiden solltest?«

Ich nehme ihr die volle Sandtüte ab und stelle sie zu meinen Steinschätzen. Dann hocke ich mich umständlich auf ein Schaukelpferd. Ich muss mich ganz schön zusammenquetschen, aber das Wippen ist trotzdem seltsam beruhigend. Die Nacht um uns ist kühl und still, und im orangen Licht der Straßenlaterne wirkt irgendwie alles wie Kulisse.

»Auch. Aber du bist auch Jürgen ausgewichen, und obwohl wir uns so gut verstehen, habe ich keine Ahnung, ob es eigentlich jemanden gibt in deinem Leben.«

Lara seufzt und setzt sich auf das andere Schaukeltier. Trotz meiner Probleme bin ich plötzlich entspannt, was daran liegen mag, dass eine komische, fast verschwörerische Verbindung zwischen uns zu entstehen scheint, ein Raum für Geheimnisse und Ehrlichkeit. Wie bei zwei Teenagern, die sich heimlich zum Rauchen nach draußen schleichen und sich bei jedem aufregenden Zug leise ihre Wünsche und Träume gestehen.

»Das ist ein ziemlich schwieriges Thema für mich.«

»Wenn du nicht darüber reden willst… Tut mir leid, wenn ich unhöflich war.«

Sie legt den Kopf schief. Ihre Haare stehen nach allen Seiten ab, und ihre Augen funkeln, aber eher amüsiert als böse.

»Du und dein Höflichkeits-Problem, das kann einem echt auf den Zeiger gehen!«

»Sorry«, murmle ich.

»Nein, Quatsch, Maja, ich muss mich entschuldigen. Es ist okay, dass du fragst, und es ist auch okay, zu antworten, ich mag dich nämlich. Und ich vertraue dir. Ich rede nur nicht gern über diese Sache, weil meine Geschichte keine sehr schöne ist und weil sie natürlich was mit mir gemacht hat und mit meiner Meinung zur Welt – und auch zu Beziehungen.«

»Das klingt rätselhaft ...«

Lara zuckt die Schultern und wippt nachdenklich vor und zurück.

»Nein, es ist ganz simpel: Mein Mann ist tot.« Ich zucke zusammen. Was bitte soll ich denn dazu sagen? Laras Probleme sind so viel größer als meine, dass ich nicht anders kann, als mich zu schämen, sie überhaupt je damit belästigt zu haben. »Ein Tumor, vor drei Jahren. Das ging wahnsinnig schnell. Sechs Wochen.«

»Das tut mir leid. Ich meine, Gott, das sind so dumme Worte, aber wirklich Lara, ich fühle mit dir.«

Wieder zuckt sie die Achseln und lächelt schwach.

»Du musst nicht glauben, dass alles so toll und romantisch war bei uns, Maja. Gar nicht. Das Leben ist kein verfluchter Film; ein dramatisches Ende kann jeder bekommen, dafür muss man kein superperfektes Paar sein. Und René und ich waren alles andere als das. Wir waren lieblos zueinander, fast schon gleichgültig. Nicht weil wir schlechte Menschen gewesen wären, sondern weil das einfach passiert, wenn man nicht aufpasst. Jeder hat seins gemacht, und erst als wir keine Zeit mehr hatten, überhaupt noch was gemeinsam zu machen, haben wir gemerkt, was wir verpasst haben. Statt mit ihm über meine Träume zu reden und zu sehen, dass er auch welche hat, hab' ich lieber vor mich hingelebt und er auch.«

»Das kann ich mir gar nicht vorstellen«, murmle ich. »Du bist doch so mutig. Und machst alles, was du willst, wie du es willst.«

»Eben. Jetzt mache ich das. Aber bevor René gestorben ist, wusste ich nicht, wie wichtig das ist. Wie wichtig es auch für unsere Beziehung gewesen wäre, wie viel besser es uns gegangen wäre, wenn wir mutig und ehrlich zueinander gewesen wären und nicht zu faul, unsere Liebe am Leben zu halten.«

»Ich verstehe …«

»Und verstehst du jetzt auch, warum ich die Falsche bin, dir einen Rat zu geben? Wenn ich die Chance hätte, ich würde mich immer dafür entscheiden, meine Beziehung zu retten. Aber das ist meine Geschichte und nicht deine. Ich weiß nicht, was für dich das Beste wäre, Maja. Das musst du selbst wissen. Das ist nämlich die fiese Kehrseite davon, dass man auf seine Wünsche hört: Man muss lernen, sie überhaupt erst zu erkennen.«

»Damit habe ich zugegeben so meine Schwierigkeiten …«

»Das habe ich gemerkt. Aber auch du hast welche, ganz sicher. Und du wirst sie finden.«

Wir schweigen eine Weile und wippen leise vor uns hin. Ich komme mir albern vor. Albern und kindisch. Ich versuche mir vorsichtig vorzustellen, wie es wäre, wenn Stephan sterben würde, aber das geht nicht. Das ist eine so unbegreifliche Sache, dass ich meinen Kopf einfach nicht dazu bekomme, zu imaginieren, wie es wäre, wenn es ihn gar nicht mehr geben würde. Nie wieder. Ich schlucke.

»Ich muss mit Stephan reden, du hast recht. Egal was dann passiert oder was ich wirklich will, er hat ein Recht darauf zu wissen, was los ist. Ich sage es ihm, gleich morgen nach dem Wettbewerb. Wenn ich überhaupt daran teilnehmen kann …«

Lara schwingt sich von ihrem Holztier. »Aber sicher kannst du, das schaffen wir schon. Hast du den Ast da vorn gesehen? Der wäre ideal!«

Wir bringen unsere Schätze in den Laden und machen uns daran, alles wiederherzurichten. Nach gut zwei Stunden sieht das Fenster tatsächlich noch besser aus als vorher – und auch der Wassermechanismus funktioniert problemlos.

»Astrein«, sagt Lara zufrieden und klopft mir auf die Schulter, »Kompliment!«

»Ohne deine Hilfe wäre das nie was geworden. Du kannst dir gar nicht vorstellen, wie dankbar ich bin, dass ich dich kennengelernt habe!«

»Das sagst du jetzt …«, murmelt sie und seufzt dann tief, »aber es gibt da noch was, das ich dir sagen muss.«

»Nach der Nummer gerade gibt es nichts, was meine ewige Freundschaft zu dir erschüttern könnte!«, rufe ich fröhlich.

»Mal gucken«, murmelt sie düster, »also, Nilo, dieser verfluchte Vollidiot, der will morgen unbedingt hierhin kommen. Für den Wettbewerb. Tut mir leid, aber ich kann ihn davon echt nicht abhalten. Ich hab's versucht, glaube mir.«

»Oh.«

»Ja, oh, in der Tat. Sorry, Maja, ich weiß, wie blöd das ist. Sei mir nicht böse, dass ich dir nicht früher was gesagt hab. Ich hatte ein bisschen Angst, dass du dann alles hinwirfst.«

»Hätte ich vielleicht auch!« Ich stöhne. »Mist. Aber er würde doch nichts sagen, oder?«

»Zu Stephan?«

Ich nicke ängstlich.

»Nein, das kann ich mir nicht vorstellen. Aber willst du nicht doch vielleicht vorher …?«

Ich schüttle den Kopf. »Stephan ist nachts nicht wachzukriegen, und morgen früh müssen wir um sieben im Laden sein und das Buffet aufbauen. Verdammt, warum hab' ich nur so lange gewartet?«

»Weil es schwer ist, alles richtig zu machen. Ich hätte es auch nicht geschafft«, sagt Lara und streicht mir tröstend über den Rücken.

»Ich bekomme das schon hin«, sage ich hilflos, »mach dir keine Sorgen! Und ärgere dich bloß nicht meinetwegen, das will ich nicht. Tut mir leid, wenn ich dich ausgenutzt und dir Stress gemacht habe!«

Sie schnaubt. »Aber dafür sind Freunde doch da. Also nicht nur, ist klar, aber auch. Wobei ich dir nur noch mal sagen kann: Du musst es nicht jedem recht machen. Auch mir nicht, im Übrigen.«

»Aber ich will deine Freundschaft nicht aufs Spiel setzen.«

»Wenn eine Freundschaft zerbricht, weil man mal um einen Gefallen bittet oder umgekehrt mal einen Gefallen ablehnt, dann ist sie es nicht wert, geführt zu werden. Nichts ist immer nur Rosen und Jasmin. Das Leben ist auch Scheiße, Rotz und Schleim. Da muss man durch. Gemeinsam!«

Ich lächle. »Hat dir schon mal jemand gesagt, dass du ein verdammtes Wunder bist, Lara?«

»Pff, Wunder. Da scheiß ich drauf. Aber auf dich, Maja, auf dich setze ich. Du bist großartig. Und du schaffst das. Alles. Den Wettbewerb, die Männer und das Leben. Da wette ich drauf.«

Kapitel siebzehn

Wie erwartet habe ich am Morgen keine Gelegenheit, mit Stephan zu sprechen, denn ich stehe vor ihm auf und bin in aller Herrgottsfrühe im Laden. Als er schließlich ankommt, hilft er mir bei den Vorbereitungen, dirigiert den Caterer und unterhält am Telefon Antonia, die selbst natürlich nicht kommen kann, aber ihren Mann vorbeischickt. Katharina und Nadine hingegen lassen nichts von sich hören, offenbar sind sie ernsthaft sauer auf mich. Das trifft mich. Vor allem, dass Nadine sich Katharina in ihrem Zorn anschließt. Und ich vermisse die Zwillinge, die mit ihrer lauten, frechen Art jede Veranstaltung erheitern und ein Talent haben, mich abzulenken.

Wenigstens zeigt Nilo sich von seiner besten Seite. Niemand könnte auf die Idee kommen, wir wären etwas anderes als professionelle Partner. Ich wette, Lara steckt dahinter. Ich lächle sie dankbar an.

»Wie funktioniert das hier eigentlich alles?«, fragt sie neugierig, als wir gegen halb zwölf ein gemeinsames Sektchen trinken.

»Ach, ganz einfach: Es gibt eine Jury, die guckt sich alle Fenster an und entscheidet dann über die Sieger. Heute Abend in einer Kneipe um die Ecke werden die besten drei gekürt.«

»Sagen die denn vorher Bescheid?«

»Keine Ahnung. Hab' ich nicht nach gefragt. Ich gewinne eh nicht …«

»Abwarten«, sagt Stephan stolz, »ich hab' mich vorhin im Kiez mal umgesehen, und ich finde: Die anderen haben keine Schnitte gegen dich!«

Überrascht und erfreut knuffe ich meinen Freund in die Seite. Nilo verzieht beinahe unmerklich das Gesicht. Wird Zeit, dass ich die beiden trenne.

»Kein Wunder«, sagt dieser jedoch, bevor ich ihn ab- und umlenken kann, »bei der Location, die sie sich ausgesucht hat. Sieht aus wie das Original. Hatten eine tolle Zeit dort, nicht? Und romantisch ist es auf jeden Fall … Das ist doch das Thema, oder?«

»Als ob du die geringste Ahnung von Romantik hast, du Flachpfeife.« Lara zieht ihren Cousin am Ellbogen. »Komm, hilf mir mal, ich kann mich beim Essen nicht entscheiden.«

Lara, der rettende Engel. Zaghaft suche ich Stephan nach Spuren des Misstrauens ab, aber er deutet nur nach draußen und sagt nahezu aufgeregt: »Ich glaube, da kommen sie!«

Die Jury, die nach intensivem Studium meines Fensters jetzt den Laden betritt, besteht aus drei Personen. Zunächst mal Herr Lippert, der mir fröhlich zuwinkt und sich dann hektisch umschaut, wahrscheinlich, weil er Angst hat, dass Ina da ist und ihn als Nächstes fragt, warum er eigentlich nicht größer ist als ein Stockschirm. Hinter ihm kommt ein hagerer Typ im Tweedanzug mit Sonnenbrille und Lederschuhen durch die Tür, der verdammt nach Berliner Fotograf aussieht. Die Letze im Bunde ist eine Frau um die Vierzig, mit akkuratem Haarschnitt, sehr modischem Ensemble und einem klugen Blick, der etwas amüsiert erscheint, als ihre beiden Kollegen ohne Umwege auf das Buffet zusteuern. Die fesche Frau selbst ignoriert die Leckerbissen und kommt zu uns rübergeschlendert.

»Entschuldigung«, fragt sie freundlich, »wissen Sie, wer das Schaufenster gestaltet hat?«

»Sie!«, sagt Stephan mit stolzgeschwellter Brust, und ich nicke ein wenig verschämt. Die Fremde ignoriert meine schüchterne Zurückhaltung und hebt die Augenbrauen.

»Sie haben wirklich Talent«, sagt sie. »Schon mal über eine Karriere als Dekorateurin nachgedacht?«

»So etwas gibt's?«

Sie lacht. »Klar gibt's so was. In allen Formen und Farben und für hunderttausend Bereiche. Set-Designer heißt das. Oder Art Director.« Sie fummelt eine glänzende schwarze Visitenkarte aus ihrer Lacktasche. »Ich bin selbst so eine. Für Film. Melden Sie sich doch gern mal. Ein gutes Auge UND gutes Handwerk kann ich in meinem Team immer gebrauchen.«

Ich gebe ihr schnell auch eine von meinen Karten, allein schon aus Höflichkeit. »Aber ich weiß nichts über Filmarbeiten«, sage ich dabei, und sie verzieht amüsiert das Gesicht. »Das ist die Regel, nicht die Ausnahme. Aber das lernt man bei dem Job. Wenn man will.«

»Amelia?« Herr Lippert schiebt sich zwischen uns. »Wir müssten dann mal weiter …«

Sie nickt mir freundlich zu, und ich nicke zurück. Als sie weg ist, kneift Stephan mir in den Oberarm.

»Mensch, Maja, das ist ja irre!«

»Findest du?«

»Aber hallo! Ich meine, das ist doch eine unglaubliche Chance. Du musst die unbedingt mal anrufen! Ist ja nicht so, als würdest du die Arbeit im Reisebüro gern machen. Aber Dekoration? Da bist du geboren für. Du könntest sogar deinen eigenen Kanal auf You-Tube machen. Mit all den Filmsets und so. Und dich jeden Tag kreativ austoben, das wäre doch der Hammer!«

»Da muss man bestimmt viel reisen«, wende ich ein, »die drehen ja nicht alles in Berlin.«

»Ich dachte, das Reisen hat dir erstaunlich viel Spaß gemacht?«

»Ja, aber... Willst du, dass Antonia ohne mich dasteht?«

»Ich will vor allem, dass du glücklich bist.«

Mir bleibt das Herz stehen. Wie kann er nur so nett zu mir sein und ich so scheiße zu ihm? Ich gucke mich hektisch um. Wir stehen allein in der Ecke, und auch wenn dies nicht der günstigste Moment ist: Ich weiß plötzlich, dass ich keine Sekunde länger lügen kann. Ich atme tief durch.

»Stephan, ich muss...«

Doch er hört gar nicht hin. Er guckt hinter mich und beißt sich seltsam amüsiert auf die Unterlippe.

»Oh, oh... Maja, du musst jetzt stark sein.«

»Was? Wieso?«

»Deine Mutter ist da. Und sie hat deinen Vater dabei.«

Ich stöhne. Auch das noch.

Ich drehe mich um. Meine Eltern grinsen wie zwei Katzen, die sich an der Vollmilch vergangen haben. Und sie halten allen Ernstes Händchen.

»Ähm...«

»Überraschung!«

»Das kann man wohl sagen...«

Ich starre vorwurfsvoll auf die verschlungenen Hände. Meine Mutter kichert. »Ja, Maja, du siehst richtig!«

»Ich weiß«, murmle ich unhörbar.

»Stephan, wie schön, dich zu sehen!« Meine Eltern herzen meinen Freund ausgiebig und überschwänglich und bitten ihn dann, ihnen einen kleinen Snack zusammenzustellen. Es riecht verdächtig nach Aussprache hier.

»Maja, freust du dich nicht für uns?«, fragt Mama, als das Schweigen zwischen uns ein wenig seltsam wird. Hilfesuchend gucke ich mich nach Unterstützung um. Erfolglos: Lara und Nilo sind ins Gespräch vertieft, und mein Freund steht einen halben Meter weiter wie gewünscht am Buffet und studiert die Kanapees.

»Doch schon. Aber es ist ein bisschen seltsam, euch so zu sehen«, gebe ich zu. Meine Mutter nickt und lächelt meinen Vater liebevoll an. Der ist wieder rausgeputzt wie ein Pfau, und mittlerweile verstehe ich auch, für wen.

»Das kann ich nachvollziehen«, sagt meine Mutter, »aber glaube mir: Das ist das einzig Richtige.«

»Aber wie … Wie ist das passiert?«

Mein Vater grinst jungenhaft. »Wir haben endlich mal offen geredet. Und sind verreist. Danke übrigens, du hast ein tolles Hotel ausgesucht. War sehr romantisch.«

»Aber ich dachte … Ich dachte, ihr liebt euch nicht mehr!«

»Das dachten wir auch«, gibt meine Mutter zu, »weil wir nicht gemerkt haben, dass nicht die fehlende Liebe das Problem war, sondern die fehlende Kommunikation. Und na ja, das Übliche: Der Alltag, der die Leidenschaft auslöscht. Du weißt schon.«

»Und die ganzen Streitereien …?«

»Sprechen doch Bände!«, ruft meine Mutter. »Hätten wir keine Gefühle füreinander mehr gehabt, wären wir wohl kaum so biestig zueinander gewesen. Wir haben es deiner Reise zu verdanken, dass wir das gemerkt haben, ist das nicht schön? Wären wir nie zu diesem Abenteuer-Ausstatter zusammen gegangen, und hätte ich nicht gerade die Therapie angefangen, und hättest du nicht diese Probleme mit Stephan gehabt …«

»Was bitte?«

»Liebes, wir sind doch nicht blind. Wäre alles in Ordnung gewesen, dann hättest du ihm doch nicht tagelang verschwiegen, dass du nach Südamerika fliegst. Na jedenfalls, die Sorge um dich und Stephan hat uns zusammengeführt …«

»… und dann sind wir einfach zusammengeblieben!«, ergänzt mein Vater, als wäre in der Tat nichts einfacher als das.

Meine Mutter lässt jetzt seine Hand los und nimmt stattdessen meine. »Maja«, sagt sie ernst, »ich hoffe und wünsche mir, dass du nicht erst so alt werden musst wie wir, um zu erkennen, was wirklich wichtig ist im Leben. Wenn ich könnte, ich würde die Zeit zurückdrehen und diese dumme Scheidung streichen. All die Jahre, die wir verschenkt haben! Pass auf, dass dir nicht das Gleiche passiert!«

Mir fehlen die Worte. Ich schaue meine Eltern an. Dann Lara. Dann Nilo. Nilo, der Unbeständige, Nilo, der Wilde, Nilo, den ich im Grunde meines Herzens nicht einmal besonders mag und den ich trotzdem begehre, einfach weil er etwas verspricht, von dem ich bis dahin nicht wusste, dass ich es brauche. Ich sehe ihn an und verstehe plötzlich, dass es nicht Nilo der Mensch ist, der mich in Versuchung führt, sondern Nilo der Spiegel: Die Oberfläche, in der ich mich anders und neu sehen konnte, offen und frei und wild und abenteuerlich. Unwillkürlich geht mein Blick zu Stephan. Und plötzlich sehe ich glasklar. Ich sehe das Leben, das wir beide die letzten Jahre geführt haben, gleichförmig, routiniert und irgendwie mehr nebeneinander als miteinander. Ich sehe die Tage, die gleicher und gleicher wurden und vergingen und vergingen und vergingen und nichts brachten als immer dasselbe. Nicht, weil sie nicht anders konnten, sondern weil wir nichts für ihre Einzigartigkeit getan haben, weil wir nicht dafür gesorgt haben, dass sie spannend und aufregend blieben, weil ich lieber den Mund gehalten habe, als Streit zu riskieren, weil ich ihm nie gesagt habe, dass ich offene Vorhänge mag und gerne ein Haustier hätte und Sex von hinten besser finde als von vorne.

Und dann sehe ich, was stattdessen sein könnte, wenn wir uns Mühe geben, alle beide, wenn wir uns ausprobieren aneinander und an der Welt, wenn ich aufhöre, die Sicherheit dem Abenteuer vorzuziehen und zu schweigen, statt zu sprechen, wenn wir selbst dafür sorgen, dass die Euphorie der Anfangszeit wiederaufersteht. Es ist ein einzigartiges, unerwartetes und beglückendes Gefühl. Alle Zweifel sind ausgelöscht. Mehr denn je, mehr als eben noch, als ich nur gestehen wollte und sonst nichts, mehr als selbst in den ersten Monaten unserer Beziehung ist mir plötzlich klar, wohin meine Wünsche mich tragen und zu wem. Ich weiß, was ich will und was ich tun muss. Mir ist, als ob ich von einer ganz neuen, frischen Liebe angefüllt bin, und zwar so randvoll, dass ich nicht anders kann, als jetzt und hier und sofort zu Stephan zu gehen und ihm zu sagen, wie sehr ich ihn liebe.

»Entschuldigt mich«, sage ich und gehe mit großen Schritten zum Buffet, wo mein Freund sich gerade Frikadellen auftut. »Stephan?« Meine Stimme klingt arg belegt, und ich räuspere mich. Mein Herz klopft mir bis zum Hals. »Weißt du noch, wie du zu mir gesagt hast, ich solle dir sagen, was ich wirklich will?« Er nickt ein wenig irritiert. »Du hattest recht. Ich habe das nicht verstanden, aber nur so kann es gehen. Also …«

»Ähm, Biene, ist das der richtige Ort hier …?«

»Mir ist egal, wo wir sind! Das hätte mir immer egal sein sollen! Ich denke viel zu viel darüber nach, ob man mich mag und ob ich unangenehm auffalle, aber ehrlich, das ist egal. Es gibt so viel wichtigere Sachen. Wünsche zum Beispiel. Die, die ich angeblich nicht habe. Aber das stimmt gar nicht. Ich habe das alles falsch gemacht, das begreife ich jetzt. Ich bin ganz anders, als ich dachte. Und ich will ganz andere Dinge! Ich will Abenteuer! Aufregung! Verstehst du? Ich will das Neue, das Wilde! Nicht die ganzen alten Sachen, dieses langweilige Leben, in dem wir uns eingerichtet haben. Ich will das nicht mehr, verstehst du? Ich will das einfach nicht mehr. Es geht nicht mehr! Bis jetzt war mir gar nicht klar, was mir fehlt, aber die Reise und alles danach hat es mir gezeigt: So, wie es ist, ist es falsch!«

Mit leuchtenden Augen sehe ich meinen Freund an. Der ist völlig aus dem Häuschen, allerdings nicht so wie erwartet.

»Machst du gerade mit mir Schluss«, ruft er, »hier?« Die Köpfe der Umstehenden schießen herum, und ich reiße erschrocken die Augen auf. Wie kommt er denn jetzt darauf? Ich öffne den Mund, um ihm zu sagen, dass er mich völlig missversteht und dass ich ihn nicht verlassen will, sondern für immer behalten, dass ich ihn mehr liebe, als ich je wusste, und dass ich ihm ans Ende der Welt folgen werde und noch viel weiter. Doch bevor ich auch nur anfangen kann, schiebt sich Nilo zwischen uns.

»Du hast es ihm gebeichtet?«

»Was?«, fragen Stephan und ich gleichzeitig.

»Offenbar nicht«, murmelt Nilo und wirkt immerhin verlegen. Nicht, dass mir das jetzt helfen würde.

»Maja, wovon redet er?«

»Ich …«

Mehr kommt nicht. Obwohl es so viel zu sagen gäbe, ist plötzlich ein Knoten in meiner Zunge. Lara hatte recht: Mein

Fehltritt hat mich eingeholt. Und ich habe keine Ahnung, wie ich da jetzt wieder rauskommen soll. Stephan funkelt mich an. »Maja, entweder du sagst mir jetzt, was los ist, oder ich gehe. Und zwar diesmal für immer.«

»Ischschahdabnlloküscht«, murmle ich.

»Was?«

»Ischschahdabnlloküscht«, wiederhole ich.

»Maja, wenn du das witzig findest, kann ich nicht drüber lachen«, sagt er und hebt die Stimme dabei. »Ich frage jetzt zum letzten Mal: Was meint der Kerl mit beichten?«

»Sie hat mich geküsst«, sagt Nilo, und ich stöhne entsetzt auf, »mehr nicht!«

»Maja, ist das sein Ernst?!«

»Hey, hey, beruhig dich mal! Eine Frau wie Maja schreit man nicht an!«

Entgeistert starre ich Nilo an. Meint er etwa, dieser falsche Beschützerinstinkt wäre der Weg in mein Herz? Außerdem ist das Tor dahin ab jetzt verschlossen. Der Mann mit dem einzigen Schlüssel ist nur leider gerade außer sich vor Wut. Alle anderen in dem kleinen Laden gucken uns zu, was die Sache nicht angenehmer macht.

»Stephan, ich …«, setze ich an, »ich bereue das, ich bereue es total, es tut mir leid …«

»Es tut dir leid …«, murmelt er. Und dann: »Wann?«

»Wann?«

»Wann habt ihr euch geküsst?«

»Als wir uns gestritten haben«, murmle ich, »als du weg warst die ganze Nacht und ich dachte, das war es jetzt. Also nicht, dass das eine Entschuldigung ist, ich meine …«

Ich komme nicht dazu, den Satz zu beenden. Die hochrote Wut ist aus Stephans Gesicht gewichen. Er ist jetzt leichenblass und zittert am ganzen Leib.

»Du meinst die Nacht, bevor wir … du hast ihn … und dann hast du mit mir …«

Ich schäme mich so sehr, dass ich am liebsten in Flammen aufgehen würde.

»Komm, Stephan«, sagt Nilo jetzt kumpelhaft, »Schwamm drüber, so was passiert halt.«

»Dir vielleicht«, gibt Stephan scharf zurück, »einem arroganten Schönling, der vergebene Frauen verführt; wie armselig ist das bitte!«

Nilos Augen werden zu engen Schlitzen. »Was kann ich dazu, wenn du es nicht hinbekommst, deiner Frau zu geben, was sie dann bei mir sucht?«

»Nilo!«, rufe ich entsetzt. Ängstlich drehe ich mich zu Stephan und hebe die Hände. »So war das nicht, bitte, hör mir zu, ich kann das erklären, wenn du mir nur die Chance gibst!«

Er schüttelt den Kopf. »Vergiss es, Maja, das ist nicht nötig. Jetzt verstehe ich wenigstens, warum du mich in die Wüste schickst«, fügt er bitter an, »und was das Neue und Aufregende ist, was du lieber hast als mich.«

»Nein, nein, nein, Stephan, genau das Gegenteil!«

Doch Stephan winkt nur ab. »Ich schicke jemanden für meine Sachen«, sagt er. Dann geht er. Einfach so. Ohne mich.

Meine Wünsche und Träume, die ich das erste Mal in meinem ganzen Leben wirklich erkannt habe, sind mit einem einzigen heftigen Schlag zerbrochen, und ich stehe inmitten der Scherben und weiß nicht mehr, wo oben und unten ist.

Keiner spricht, keiner bewegt sich. Alle schauen mich an, meine Mutter bekümmert, mein Vater liebevoll-traurig, Lara voller Mitleid, Nilo trotzig, Jörg verschämt und ein paar unbekannte Gäste in erster Linie mit Neugier und so was wie erregtem Entsetzen.

Es ist Lara, die sich als Erste rührt. Sie kommt in zwei Schritten auf mich zu und nimmt mich in den Arm. Ich schließe die Augen und wünschte mir, die letzten Minuten wären nie passiert. Immer noch bewegt sich keiner, und keiner macht den Mund auf. Auch das ist mir seltsam gleichgültig. Sollen sie doch denken, was sie wollen. Ich habe das Einzige verloren, was ich wirklich will, weil ich zu dumm war zu erkennen, was es eigentlich ist, was ich will. Was interessiert mich da, was irgendwer über mich denkt in diesem Moment? Plötzlich geht die Tür auf und Herr Lippert stolpert in den Laden.

»Wir haben eine Siegerin!«, verkündet er in die Stille hinein.

Kapitel achtzehn

Die Schaufenster-Gewinn-Zeremonie geht komplett an mir vorbei. Ich bekomme irgendwas in die Hand gedrückt, sage irgendwas, und irgendwas anderes passiert sicher auch noch, aber davon weiß ich schon nichts mehr, als Lara mich in ihrem kleinen Auto nach Hause fährt. Nilo hat sie Richtung Bahnhof geschickt, obwohl er, wenn es nach mir ginge, am besten auf Knien nach Potsdam kriechen sollte, und zwar über Glassplitter. Andrerseits kann ich ihn nicht verantwortlich machen. Verantwortlich bin ich selbst.

»Geht's?«, fragt Lara, und ich schüttle müde den Kopf. »Nein, aber es muss ja. Ich kann überhaupt nicht richtig begreifen, was passiert ist, weißt du? Vom Kopf her verstehe ich, dass ich Stephan verloren habe, und das, wo ich gerade erst erkannt habe, dass das das Letzte ist, was ich will. Aber emotional?«

Ich starre aus dem Fenster, wo das bunt erleuchtete Berlin einfach weiter pulsiert und feiert, als wäre nichts gewesen. Als wäre die Welt nicht untergegangen.

»Aber hast du ihn wirklich verloren?«

»Lara, was würdest du denn an seiner Stelle denken – und tun? Ich meine, er hat meine bescheuerten Worte komplett in den falschen Hals bekommen. Er dachte, ich mache Schluss! Und dann kommt auch noch die Sache mit Nilo raus. Also ich in seiner Situation …«

»Aber du kannst doch jetzt verdammt noch mal nicht aufgeben! Du liebst ihn doch, oder? Du willst mit ihm zusammen sein. Dann musst du kämpfen!«

Aber ich habe die Kraft nicht. Ich bin wie ausgehöhlt, wie leer gemacht. Nicht einmal Tränen habe ich zu vergießen, so betäubt bin ich.

»Maja? Kämpfen?«

»Mal gucken«, sage ich und klinge flach und monoton, »vielleicht … Ich muss erst mal aufwachen, irgendwie, und ihm Zeit geben. Das würde ich auch wollen, umgekehrt. Ich weiß ja nicht mal, wo er ist. Und selbst wenn. Große Gesten und eine verzweifelte letzte große Rede sind doch nur im Film romantisch. In Wirklichkeit kommt was dazwischen, oder man sagt das Falsche, oder der andere setzt dich vor die Tür, weil du genau das auch verdient hast.«

»Keine Ahnung, bin nicht so der Romantik-Typ. Aber ganz ehrlich, wie Stephan dich angesehen hat, das war einfach nur verdammt süß. Er war total stolz auf dich, Maja, so stolz wie nur jemand sein kann, der dich liebt.«

»Aber das war vorher!«, rufe ich bitter, »und jetzt ist nachher!«

Lara kommentiert meinen trotzigen Ausbruch nicht. Sie seufzt nur und wirft mir einen warmen Blick zu. »Und auch vorher. Es ist immer auch ein Vorher, vergiss das nicht, Maja. Nichts ist in Stein gemeißelt.«

Ich wünschte, sie hätte recht. Aber gerade jetzt fällt es mir schwer zu glauben, dass meine Beziehung nicht unrettbar verloren ist. Dann endlich sind wir vor meiner Haustür. Laras Angebot, die Nacht bei mir zu verbringen, lehne ich ab.

»Bist du sicher?«

»Hundert Prozent. Ich will einfach nur meinen Kopf unter die Bettdecke stecken und heulen. Oder wenigstens schlafen.« Denn noch immer stecken die Tränen irgendwo fest, in einer Nische meines Herzens, auf die ich keinen Zugriff habe.

»Okay. Aber ruf mich jederzeit an, okay?«

Ich nicke und mache mich dann schleppend auf den Weg nach oben. Als ich den Schlüssel langsam in das Schloss der Wohnungstür stecke, zittern meine Finger. Es ist abgeschlossen. Die letzte, klammheimliche Hoffnung, dass Stephan hier sein könnte, zerbricht.

Ich öffne die Tür. Das gelbe Licht des Flurs fällt auf unsere Garderobe. Sein Mantel ist weg. Seine Schuhe. Alle vier Paar. Die abgewetzten gelben Lieblingssneaker, die schwarzen Feinen, die hellen Leinenschuhe und die grauen, die ich so schön finde und er eher so semi. Ich gehe mit zögernden Schritten ins Wohnzimmer. Eine Weile verharrt meine Hand auf dem Lichtschalter. Dann nehme ich meinen Mut zusammen. Das Deckenlicht flackert auf, und ich bleibe im Rahmen stehen, lasse meinen Blick durch das Zimmer gleiten. Keine Playstation. Kein Foto seiner Eltern. Keine Gitarre in der Ecke, kein nachlässig hingeworfenes T-Shirt, keine Bücher über Verwaltungsrecht. Keine Spur mehr von Stephan, so als hätte er kalt und präzise wie ein Chirurg alles entfernt, was gefährlich sein könnte, nicht für mich, sondern für ihn: seine Präsenz in meinem Leben. Immer noch kann ich nicht weinen und wundere mich stattdessen – die Flucht des zu Tode Betrübten in die warme Nichtigkeit der Logik –, wie er so schnell sein konnte, so entschieden, so kompromisslos. Hat er bei Kleinanzeigen Last-minute-Umzugshelfer gesucht? Alle Kollegen angerufen? Und wo ist er hin mit all seinem Kram?

Ich weiß nicht, ob ich zwei Minuten hier stehe oder zwei Stunden. Ich mag mich der Wahrheit nicht weiter stellen, der Leere der Räume und meines Herzens. Doch irgendwann drehe ich um und gehe ins Schlafzimmer. Das Erste, was ich sehe, ist das Bett. Dieses Bett, auf dem ich beinahe … und auf dem ich dann … und auf dem ich nie wieder … Plötzlich bin ich wütend. Unendlich, extrem, total wütend. Nein, ich will hier nicht liegen, jetzt nicht und nie wieder.

Entschlossen stemme ich erst die Hände in die Hüften und dann die Matratze aus dem Rahmen. Ich ächze und stöhne unter dem Gewicht, schaffe es aber dennoch, das riesige Teil in den Hausflur zu zerren. Dann ist der Lattenrost dran. Der ist noch schwerer zu transportieren, aber in meiner Verzweiflung entwickle ich übermenschliche Kräfte. Kann sein, dass ich mich nur davor drücke, den Kleiderschrank zu öffnen und all die Hemden und Hosen zu zählen, die nicht mehr da sind, aber auch wenn dies die unsinnigste Flucht nach vorn aller Zeiten ist: Es tut gut, das Bett auseinanderzunehmen, Stück für Stück, und nach unten zu transportieren, wo ich es nicht mehr sehen muss.

Als alle Teile im Keller sind, schließe ich die Tür zu unserer Abstellnische auf. Hier immerhin ist Stephan noch nicht gewesen. Ich lege mit einem seltsam weichen Gefühl im Bauch den Kopf schief und mustere die Überreste unserer gemeinsamen Existenz: Die unzähligen Verpackungskartons (falls wir den Geschirrspüler mal wieder verkaufen wollen, Maja!), Kisten voll mit Unterlagen aus Studententagen (später mal freust du dich, dass du das noch hast, Biene!), ein rätselhaftes Sportgerät (wenn wir mal mehr Platz haben, hole ich das wieder hoch!). Die abgelegten und vergessenen Dinge schmerzen mich und machen mich gleichzeitig froh, auf melancholische Art. Es bleibt immer was übrig. Nichts verschwindet je ganz. In einer Art sentimentalem Stupor greife ich zufällig eine der Boxen und öffne sie. Ein Spinosaurus, kleine bunte Autos, meine Lieblingspuppe, ein Teddy, dem die Ohren fehlen. Ich atme langsam aus. Selbst unsere Kindertage haben wir vermischt, als wir zusammenzogen, einfach so, als wäre es klar, dass wir sie niemals wieder auseinanderrechnen müssen, dass wir niemals seine Puzzles von meinen trennen müssen, dass alle Erinnerungen von nun an zusammengehören, selbst die, die wir ohne einander gemacht haben. Eine Weile stehe ich einfach da, in Gedanken versunken, ohne dass je einer davon klar hervortritt. Dann schüttle ich die Wirrnis ab und gehe zurück nach oben und ins Schlafzimmer. Wo das Bett stand, klafft eine schmutzige Wunde voller Wollmäuse. Trotzdem fühlt es sich richtig an, was ich getan habe. Ich lasse den Blick durch den Rest des Zimmers gleiten. Und zucke überrascht zusammen. Auf meinem Arbeitstisch steht mein Laptop. Er glänzt wie polierter Obsidian. Nur der lange Kratzer, der sich von oben rechts nach unten links zieht, verrät, dass dieses schick herausgeputzte Teil tatsächlich mein geliebter Schleppi ist. Ungläubig mache ich einen Schritt darauf zu. Das letzte Mal, dass ich mein Gerät gesehen habe, war als Trümmerhaufen auf der Abschiedsparty.

Zaghaft klappe ich den Bildschirm hoch. Das einstmals zersprungene Display ist ausgetauscht, genauso die Tastatur. Als ich ihn vorsichtig anschalte, erklingt das gewohnte und vermisste Rattern. Es ist, als wäre er nie zu Bruch gegangen. Ich schüttle ungläubig den Kopf. Ich weiß nicht, wie Stephan es geschafft hat, meinen geliebten Laptop zu retten, und ob es ein gutes oder ein schlechtes Zeichen ist, dass er ihn hiergelassen hat. Ist es ein Vorwurf oder ein Angebot?

Und endlich, endlich weine ich. Einmal angefangen, gibt es kein Halten mehr; die Tränen rollen über meine Wangen und tropfen auf mein Shirt, das bald so nass ist wie ein feuchter Lappen. Auch sonst ist das Weinen um die verlorene Liebe nicht halb so ästhetisch, wie das Kino einen glauben machen will; meine Nase ist verstopft, ich röchle und würge, und meine Wimperntusche bedeckt mittlerweile bestimmt mein ganzes Gesicht. Das Abschminken spare ich mir trotzdem. Wen interessiert es schon, ob ich unreine Haut bekomme? Ich rolle mich einfach auf der Couch zusammen, Müdigkeit und Trauer in den Knochen und im Herzen, und schließe die verheulten Augen. Dunkelheit umgibt mich, und das erste Mal, so lange ich denken kann, bin ich dankbar für die zugezogenen Vorhänge, die es unmöglich machen, die Leerstellen im Raum zu erkennen, die es gestern noch nicht gab. Und es ist auch logisch, dass ich es plötzlich finster haben will. Denn ich bin mir sicher, morgen wird die Sonne sowieso nicht aufgehen.

Aber natürlich geht die Sonne doch auf. Wie immer schert sich die Galaxie nicht um ihre mickrigen Erdenbewohner und dreht sich einfach weiter gelassen um sich selbst. Herzloses Mistvieh.

Ich frühstücke ein einsames Frühstück und wäge ab, ob ich Stephan anrufen sollte. Bevor ich mich zu einem klaren Ja oder Nein durchringen kann, werde ich selbst angerufen, und zwar von Nadine, von der ich seit meiner Rückkehr nichts mehr gehört habe. Ein wenig irritiert gehe ich dran – und bin noch irritierter, als es Katharinas Stimme ist, die mir ins Ohr schreit.

»Du Ärmste!«, ruft sie ein wenig theatralisch, »wir haben gehört, was passiert ist! Nadine ist auch hier, wir wollten fragen, ob wir was für dich tun können?«

Mir wird ein wenig wärmer ums Herz. Sicher, sie haben mich Montag sitzenlassen und sind nicht zum Wettbewerb gekommen, aber dass die beiden in dieser meiner dunkelsten Stunde an mich denken, das ist das Einzige was zählt.

»Danke«, sage ich herzlich und ehrlich, »das ist so lieb von euch!«

Jetzt drängt sich Nadine an den Hörer: »Wir kommen vorbei, ja? In so einer Situation sollte man nicht alleine sein müssen.«

»Nein, ehrlich, ich bin gerade gerne allein. Lieber sogar.«

»Papperlapapp«, wischt Katharina meinen Einwand zur Seite, »das ist nicht gut für dich!«

»Aber ich bin nicht präsentabel, und ich brüte eh nur vor mich hin und hab nicht so richtig die Kraft für Gespräche …«

»Eben, das müssen wir dringend ändern!«

»Ich denke wirklich …«

»Wir sind in einer halben Stunde da!«

Irgendwer muss ihr mal das Wort Grenzüberschreitung beibringen. Aber nun ist es nicht zu ändern und ich muss, statt in Eiscreme und Schmutz zu versinken, endlich mal ins Bad. Nach einer kurzen Dusche, bei der ich hauptsächlich damit beschäftigt bin, mich bloß an nichts zu erinnern, was hier stattgefunden hat, fühle ich mich überraschenderweise ein wenig besser. Vielleicht ist es doch eher weniger gut, sich bei Liebeskummer gehen zu lassen.

Kurze Zeit später sitzen Katharina, Nadine und ich um den Küchentisch herum. Haarklein lassen sich die beiden berichten, was geschehen ist. Mir wäre es lieber, das nicht alles noch einmal durchleben zu müssen, aber ich verstehe, dass sie wissen wollen, warum Stephan plötzlich weg ist.

»Auweia, Maja, da hast du aber Mist gebaut«, sagt Nadine, »das wird echt schwer wieder hinzubiegen. Studien sagen ja, dass getrennte Beziehungen immer irgendwie getrennt bleiben, selbst wenn man wieder zusammenkommt. So sad! Du musst dich wirklich furchtbar fühlen, richtig am Ende.« Ich runzle die Stirn. War es nicht Nadine, die mir geraten hatte, mich möglichst lasziv in Nilos Armen zu versenken?

»Glaube mir«, fährt sie jetzt fort, »keiner weiß besser als ich, was in dir vorgeht. Mir geht es im Moment auch richtig schlecht. Richtig, richtig schlecht.«

Sie schiebt die Sonnenbrille höher ins Haar und guckt mich an. Ich schaffe es eine halbe Sekunde, mich ihrem auffordernden Blick zu widersetzen, dann siegt die gute Erziehung.

»Was ist denn los?«

»Der Galerist...«, sie schnieft, »der Galerist hat Ole abgelehnt.«

»Und?«

»Und? Maja, das ist eine Katastrophe! Seine ganze Zukunft kann davon abhängen! So was spricht sich doch rum! Was, wenn die UDK ihn ablehnt?«

»Na, bis er sich an einer Hochschule bewirbt, ist es ja wohl noch ein paar Jahre hin.«

»Falls er diese Sache überhaupt je verwindet! Künstlerseelen sind sehr zerbrechlich. Ich habe neulich erst gelesen, dass jede kleinste Enttäuschung das Potential junger Kreativer zerschlagen kann.«

»Dabei hat er so viel Talent«, sagt Katharina kummervoll. »Ehrlich Nadine, dieser Typ hat offensichtlich keine Ahnung von seinem Job.«

Wie bitte sind wir von meiner zerbrochenen großen Liebe bei einem siebenjährigen Pseudo-Genie gelandet, das Gelb nicht von Blau unterscheiden kann? Und viel wichtiger: Wie kann Nadine ernsthaft behaupten, das Schicksal ihres Sohnes sei genauso hart wie meines?

»Ich glaube, Ole wird es verkraften«, sage ich ein wenig zu spöttisch für meine sonst eher friedfertige Natur, »ist ja nicht so, als hätte er die große Liebe seines Lebens verloren oder so.«

»Ach Maja, entschuldige. Du musst mich für die größte Egoistin halten! Aber das beschäftigt mich einfach sehr, you know?«

»Außerdem tut es dir nicht gut, so herumzusitzen und ihm nachzuweinen, Maja«, ergänzt Katharina. »Weißt du, was das Beste ist in so einer Situation? Ablenkung!«

»Ich hab's versucht. Aber ich schaffe es nicht mal, 'ne müde Grußkarte zusammenzubasteln, und was anderes fällt mir nicht ein. Aber immer, wenn ich den Laptop angucke ... Stephan hat ihn reparieren lassen, wisst ihr? Heimlich. Und jetzt kann ich kein You-Tube mehr sehen, weil die ganzen Tränen mir sofort den Blick verschleiern.«

»Es muss ja auch nicht immer nur diese Bastelei sein«, sagt Katharina. »Ein Hobby schön und gut, aber befriedigender ist doch, wenn man was Sinnvolles erreichen kann.«

»Zum Beispiel?«

»Zum Beispiel dieses Projekt, an dem ich gerade arbeite. Wo du die Bewerbung für geschrieben hast. Wir sind in der nächsten Runde! Toll, oder? Jetzt brauchen wir mehr Details, mehr frische, gute Ideen. Genau das, was dich von dem ganzen Stephan-Kram ablenken kann.«

Sie strahlt mich an, als wäre das die Idee schlechthin. Und als hätten wir uns nicht erst neulich deswegen ganz furchtbar in die Haare bekommen.

»Ich weiß nicht. Dieser Stephan-Kram ist nicht so einfach wegzuschieben, fürchte ich. Schon gar nicht mit Baukram.«

»Doch, doch, Maja. Das gibt dir sicher auch viel Bestätigung, ich meine, das braucht man doch, wenn es einem schlecht geht. Und ich wäre dir natürlich total dankbar!«

Von Katharinas Dankbarkeit kann ich mir der Erfahrung

nach nicht besonders viel kaufen. Nicht, dass man so etwas aufrechnen sollte in Freundschaften. Und natürlich will ich sie nicht enttäuschen. Aber im Moment gibt es so viele wichtigere Dinge, über die ich mir Gedanken machen muss. »Ich glaube, diesmal kann ich nicht helfen, Katharina«, antworte ich. »Ich habe da gerade keinen Kopf für. Das verstehst du doch sicher.«

»Maja, ich brauche aber deinen Input!«

Ich schlucke. Echt hart, dieses An-sich-selbst-Denken. »Sorry«, bringe ich leise hervor, »aber ich könnte mich auch gar nicht so konzentrieren, wie die Sache es sicher verdient hätte. Und du.«

Katharina presst die Lippen zusammen. »Dachte ich es mir doch«, sagt sie dann mit einem gekünstelten Bedauern in der Stimme, »hab' ich es nicht gesagt? Sobald es mal ein Problem gibt, hat Maja nur noch sich selbst im Kopf. Habe ich es prophezeit oder nicht, Nadine?«

»Schon, ja, hast du«, murmelt Nadine. Verletzt und verwirrt mustere ich die beiden. Die dreifache Mutter lächelt ein wenig verlegen, während Katharina reichlich übertrieben den Kopf hin und her wiegt. »Ich dachte halt, ich könnte mich auf dich verlassen, Maja. Aber wenn das so ist …«

Trotz der Scham, die bei Katharinas Worten automatisch in mir aufsteigt, denke ich ebenso unwillkürlich, dass Lara mir niemals einen solchen Vorwurf machen würde. Oder diese Sache auf sich sitzenlassen würde. Und ich? Will ich weiter der Teppich sein, auf dem Katharina sich die Füße abtritt – oder die Leiter, auf der sie Karriere macht? Sollten mich die Erfahrungen der letzten Tage nicht lehren, dass man nicht bis zum Ende aller Tage warten sollte, bis man den Mund aufmacht und die Wahrheit sagt? Ich schaue hoch und atme schnaubend aus. »Und ich dachte, Freundschaft beruht auf Gegenseitigkeit«, sage ich dann sehr abgeklärt und sehr kühl, »aber ich wette, du hast in der Firma nie nach einem Job für mich gefragt, oder?«

»Ich weiß nicht, was das mit irgendwas zu tun hat!«

Ihr dämliches Gesicht verschafft mir zugegebenermaßen Genugtuung.

»Schon gut, ist in Ordnung, Katharina, ich will deine Hilfe nämlich nicht. Nicht für diesen hohen Preis jedenfalls. Weißt du, ich persönlich helfe wirklich gern, das stimmt. Ich bin tatsächlich einfach sehr gerne nett. Aber so nett kann man gar nicht sein wollen, dass man sich dafür von dir unterjochen lässt.«

»Unterjochen?!«

»Ganz genau. Und wo wir gerade dabei sind, Nadine, ich liebe deine Kinder, aber ganz ehrlich, es interessiert mich gerade einen Scheißdreck, ob Ole ein Genie ist oder nicht. Er ist ein cooler, fröhlicher Junge und wird seinen Weg schon gehen, aber ich will mich nicht damit beschäftigen, wie und wohin. Ich habe echt andere Sachen im Kopf!«

»Ich dachte ja nur, weil du dich doch immer so interessierst«, verteidigt sie sich lahm. »I mean, du bist doch so was wie die Lieblingstante. Du willst doch auch immer auf sie aufpassen!«

»Was? Nadine, ich habe noch nie darum gebeten, sondern du hast immer mich angerufen. Und klar verbringe ich unheimlich gern Zeit mit den beiden, aber hör mir doch auf mit coole Tante. Für dich bin ich in erster Linie eine Babysitterin! So wie ich für Katharina nicht mehr bin als eine Sekretärin.«

Bei diesen Worten springt Katharina auf und faucht mich an: »Auf so eine wie dich kann ich verzichten!«

Und ich dachte, ich sei kindisch.

»Gut, ich auf dich auch!«

Wie locker und leicht es doch geht mit der Wahrheit, wenn man erst mal angefangen hat. Jedenfalls für den, der austeilt. Der, der endlich auch mal einstecken muss, findet das natürlich weniger amüsant.

»Weißt du, Maja, ich habe mich in dir getäuscht. Oder eigentlich nicht: Ich habe immer geahnt, dass du in Wirklichkeit nur an dich selbst denkst. Für mich ist diese Freundschaft gegessen!«

Sie wirft Nadine einen auffordernden Blick zu, aber unsere gemeinsame Freundin tut so, als müsste sie dringend einen Fleck von ihrer Sonnenbrille putzen und bekäme rein gar nichts mit von dem Streit direkt vor ihrer Nase. Katharina schnaubt noch einmal und stapft dann mit großen Schritten aus meiner Wohnung. Und wahrscheinlich auch aus meinem Leben.

»Sie hat wirklich nie nach einem Job gefragt«, sagt Nadine und legt die Sonnenbrille beiseite. »Ich hätte dir das sagen sollen. Really. Und es tut mir leid, wenn ich dich ausgenutzt habe. Ich habe das nie so gemerkt. Ehrlich. Ich meine, es stimmt schon, ich rufe immer dich an und frage dich wegen der Kinder, aber irgendwie hab' ich nicht erkannt, wie das auf dich wirken muss. Es tut mir leid.«

Völlig verblüfft gucke ich sie an. »Dann stürmst du jetzt nicht auch aus der Wohnung?«

Sie schüttelt den Kopf. »Die Kinder lieben dich abgöttisch, Maja, und weißt du was? Mit gutem Grund. Sie haben erkannt, wie gutherzig du bist, wie liebenswert. Erst vor Kurzem habe ich gelesen, dass das die wahren Qualitäten eines Menschen sind, und das stimmt auch. Ich glaube, ich war ein bisschen egoistisch in unserer Freundschaft. Ich habe mich anstecken lassen von Katharina. Dabei mag ich sie nicht mal besonders.«

»Komisch, wo sie doch so rücksichtsvoll und selbstlos ist!«

Wir müssen beide lachen. Es tut gut zu merken, dass die Welt nicht untergeht, wenn man seine Meinung sagt, ja, dass sie im Gegenteil sogar ein wenig besser werden kann. Denn dass Nadine so lieb und ehrlich ist, macht mehr als wett, dass Katharina mich ab jetzt hasst.

»Danke, Nadine«, sage ich, »und ich passe gerne auf die Zwillinge auf, okay? Nur halt nicht immer.«

Sie hebt entschuldigend die Hände. »Verstanden, Maja. Ab heute denke ich nach, bevor ich dich frage!«

Wir plaudern noch ein wenig über dies und das, und als Nadine schließlich geht, fühle ich mich ein klitzekleines bisschen besser. Lange hält das nicht, denn das war nicht der letzte Besuch des Tages. Zwei Stunden später klingelt es. Und Nilo steht vor der Tür.

Kapitel neunzehn

»Was zur Hölle willst du hier?«

»Die Tür unten war offen.«

»Ich meine nicht hier oben, ich meine hier bei mir! Du kannst doch nicht ernsthaft glauben, es sei eine gute Idee, hier aufzutauchen?«

Verlegen guckt Nilo zu Boden. Er ist in Jeans und Pulli und hat sich die Jacke über den Arm gelegt. Ich wundere mich fast darüber, dass ich ihn überhaupt je attraktiv finden konnte. Jetzt gerade wirkt er auf mich einfach nur überflüssig. Neben ihm liegt sein Reiserucksack.

»Ich fliege nachher.«

»Sehe ich. Und?«

»Kann ich reinkommen?«

»Nein«, sage ich, ein Wort, das ich in Zukunft häufiger benutzen werde.

Auf Nilo hat es einen demoralisierenden Effekt. Er senkt den Kopf, beißt sich auf die Unterlippe und gestikuliert recht hilflos mit seinen Händen. »Bitte, Maja. Ich will mich entschuldigen.«

»Erstens kannst du das auch im Flur, und zweitens weiß ich nicht, was das bringen soll.«

»Frieden?«

»Für dich vielleicht. Bei mir herrscht Krieg, und ich verspreche dir: Du hast keine Lust, da rein zu geraten.«

»Maja, bitte. Ich kann nicht damit leben, einfach so abzureisen, ohne eine Chance gehabt haben, mich bei dir zu entschuldigen. Ich habe das nicht gewollt, was passiert ist.«

Ich mustere ihn. Von dem arroganten Wolf im Sexpelz ist in der Tat nicht mehr viel übrig. Nilo wird rot und tritt unruhig von einem Fuß auf den anderen. Er sieht aus wie ein Sechsjähriger, der versehentlich Omas Kristallschale zerbrochen hat. Ich seufze. Was bringt es, ihn dafür zu strafen, dass er ist, wer er ist?

»Na gut. Aber nur fünf Minuten.«

Er nickt erleichtert, und ich dirigiere ihn in die Küche. Im Vorbeigehen wirft er einen Blick ins Schlafzimmer.

»Du hast das Bett weggeworfen? Warum?«

»Ehrlich, Nilo? Warum? Jedenfalls nicht, weil Ikea nach Knut jetzt auch Knülle feiert und es bei Rückgabe nach Siebenschläfer den vollen Preis zurückgibt.«

Er guckt mich verwirrt an. »Was?«

»Vergiss es. Ich habe das Bett in den Keller gebracht, weil es mich unglücklich macht, es auch nur anzuschauen.«

»Wegen …«

»Ja. Wegen.«

Er schweigt betreten. Ich gieße uns zwei Wassergläser ein, hauptsächlich, damit ich was zu tun habe. Während ich hantiere, seufzt er schwer. »Es hätte was werden können mit uns«, sagt er leise, fast geflüstert, und ich schüttle verärgert den Kopf. »Nein, ehrlich, Maja. Ich hätte nie gehandelt, wie ich gehandelt habe, wenn ich nicht glauben würde, dass zwischen dir und mir was Besonderes ist.«

Sagt er das wohl zu jeder? Er wirkt nicht so. Und letztlich spielt es auch keine Rolle.

»Nein, Nilo, aus uns hätte nie was werden können.«

»Bist du dir da so sicher?«

»Absolut. Du bist überhaupt nicht mein Typ. Und ich hab' mich nicht in dich verknallt. Sondern in das Abenteuer. In die Aufregung. Aber ich will beides nicht mit dir erleben. Sondern mit Stephan.«

Betroffen nimmt er das Wasserglas entgegen. Er weicht meinem Blick aus, als er fragt: »Hat er sich gemeldet?«

»Nein. Aber ich habe auch echt keine Lust, das ausgerechnet mit dir zu diskutieren.«

»Okay, das verstehe ich. Maja, glaube mir, ich wollte ihm nicht verraten, was passiert ist. Das war ein Versehen, ich dachte … Ich weiß, dass es keine richtige Entschuldigung dafür gibt. Aber es tut mir unendlich leid, dass ich dich unglücklich gemacht habe.«

Ich bin ein wenig überrascht, wie ehrlich er klingt. Ich habe ihm so einen Auftritt nicht zugetraut. Er versucht wirklich nicht mal ansatzweise zu flirten. Lara wird staunen über diese neuen Töne. »Es ist, wie es ist, Nilo. Ich trage ja auch selbst Schuld an der Situation. Und nicht gerade wenig.«

»Trotzdem …«

Ich schweige. Wahrscheinlich ist es wirklich nicht schlecht, diese Sache offiziell abzuhaken, für die innere Ruhe genauso wie die zukünftige Zusammenarbeit. Aber das heißt nicht, dass ich Nilo länger ertragen muss als unbedingt nötig. Denn sein Anblick erinnert mich zu sehr an meine Schmerzen und daran, dass ich ein Vollidiot war.

»Ich verzeihe dir«, sage ich schließlich, »ehrlich. Alles ist gut zwischen uns. Aber dieses Zwischen-uns ist ab jetzt beruflich, okay?«

»Sind wir nicht Freunde?«

Ich schüttle den Kopf. »Nein, sind wir nicht. Das ist auch

gar nicht schlimm, wir haben eh fast nichts gemeinsam. Wahrscheinlich nur Lara. Ich bin dir nicht böse, aber ich habe einfach kein Interesse an einer Freundschaft mit dir, okay? Das musst du doch verstehen können.«

Er zögert, nickt aber schließlich. Danach schaffe ich es endlich, ihn zur Abreise zu überreden. Wenn doch nur alle meine Männer so schnell und effizient zu händeln wären.

Doch von Stephan kommt kein Wort – und ich versuche auch nicht, mit ihm zu reden. Jeden Tag schleppe ich mich müde zur Arbeit und müde nach Hause und mache sonst gar nichts. Ich igle mich ein, starre auf den Bildschirm meines reparierten Laptops, meistens mit dicken Tränen in den Augen und schweige die meiste Zeit, wenn meine Eltern oder Freunde mich anrufen und wissen wollen, wie es mir geht.

Am Samstagmorgen hat Lara dann die Schnauze voll. Sie kündigt an, dass sie vorbeikommen und mich zu einem Spaziergang zwingen wird. Ich maule und schluchze, aber sie lässt nicht locker und steht gegen elf geschniegelt und gestriegelt vor meiner Tür.

»Ich mag wirklich nicht, Lara. Können wir nicht einfach hierbleiben?«

»Nein, du musst mal an die Luft. Außerdem scheint endlich mal die Sonne, das muss man ausnutzen.«

»Ich dachte, ich soll mal an mich denken«, murmle ich, und Lara klopft mir tröstend auf die Schulter. »Eben. Aber das, was du jetzt machst, ist dich bestrafen. Du bist kein Schwerverbrecher, Maja, du musst dich nicht einsperren.«

Grummelnd gebe ich nach. Lara lässt mir auch keine Wahl. Als wir auf die Straße treten, steht Nadine vor uns, an jeder Hand einen Zwilling.

»Huch, hallo, da bist du ja!«

Haben die sich verschworen oder was? Ich werfe Lara einen bösen Blick zu, aber die scheint genauso überrumpelt wie ich, was allerdings auch daran liegen könnte, dass Nadine sie einfach ignoriert und weiterplappert. »Maja, ich weiß, ich weiß, ich hatte versprochen ... aber das ist auch kein Babysitten, gar nicht, weil ich bin auch dabei.«

»Wobei?«

»Maja, Zoooooooooooo!«

Ole reißt sich von der Hand seiner Mutter und umarmt meine Knie, während Ina bedächtig nickt wie eine weise Großmutter. Ich gucke unbehaglich zu Nadine. Die lacht und nickt. »Die beiden wollen so gern, aber nicht ohne dich«, erklärt sie.

»Ich hab Besuch«, sage ich unsicher und deute auf Lara.

»Oh, hoppla, hallo, Nadine, das sind meine Kinder, Ina und Ole. Sind ganz brave Kinder, die beiden!«

Lara grinst und streckt den Zwillingen die Zunge raus, die das natürlich super finden und kichern.

»Ich bin Lara, hab Maja in Bolivien kennengelernt. Warum gehen wir nicht einfach alle zusammen in den Zoo?«, fragt sie, und genau das machen wir dann auch. Mir tut es gut, vom quirligen Gelächter der Zwillinge umgeben durch den Sonnenschein zu schlendern. Lara und Nadine verstehen sich überraschend gut, und beide sind anständig genug, mich nicht mitleidig zu bemuttern oder auszufragen, sondern munter über dies und das zu plaudern. Es ist unmöglich, dabei weiter verstockt zu sein und zu schmollen, und spätestens am Seehundbecken tritt mein Leid in den Hintergrund. Bis das Handy klingelt. Mit einer unbekannten Nummer. Stephan?!

»Hallo?«, frage ich atemlos.

»Hallo?«, höre ich eine Frauenstimme, »spreche ich mit Maja Böhm?«

»Ja.«

»Perfekt. Hier ist Amelia. Amelia Kalkrand. Wir haben beim Schaufenster-Wettbewerb miteinander gesprochen. Ich habe Ihnen meine Karte gegeben, ich bin die vom Film. Erinnern Sie sich?«

»Ähm ja, natürlich.«

Alles okay?, fragt Lara stumm und ich nicke beruhigend. Sie lächelt und lässt mir dann meine Privatsphäre, indem sie sich von hinten an die Zwillinge anschleicht, die gerade verzückt die Pinguine anstarren und laut buh rufen.

»Wie kann ich Ihnen helfen?«

»Mit Leib und Leben!«

»Bitte?«

Frau Kalkrand lacht über meinen indignierten Tonfall, und das ist so ansteckend, dass ich selbst grinsen muss.

»Eigentlich eher mit Ihrem Talent. Und Ihrer Zeit. Also, es ist so: Ich fliege Montag mit meinem Team nach Ibiza, und meine zweite Innenrequisite fand, das sei genau der richtige Zeitpunkt, um mir zu sagen, dass sie ab jetzt Hippie ist und nach Goa zieht. Der muss echt mal einer klarmachen, dass sie den Schuss nicht gehört hat!«

»Okay…«, sage ich, »ähm, das tut mir leid.«

»Sie können ja nichts dafür. Aber Sie könnten mir helfen.«

Was habe ich eigentlich an mir, dass jeder das zu denken scheint, selbst eine Wildfremde? »Ich weiß nicht so richtig, wie ich Ihnen helfen kann. Ich kenne Ihre wie heißt das? Ihre Innenrequisite doch gar nicht. Ich glaube nicht, dass ich die Richtige bin, um die Sache mit dem Schuss zu klären…«

»Hä?«

»Na, weil Sie doch meinten, jemand müsse mal mit dieser Frau reden, und ich weiß jetzt auch nicht genau, warum Sie dabei an mich denken, aber …«

Wieder lacht Frau Kalkrand. Mehr noch, sie bekommt sich gar nicht mehr ein vor Gelächter.

»Frau Böhm«, sagt die Filmfrau, »da wären Sie doch auch völlig verschwendet. Wie in Ihrem Reisebüro. Nein, nein, Sie sollen keine Vermittlungsgespräche führen, Sie sollen mitkommen. Nach Ibiza. Als zweite Innenrequisite!«

»Was?! Wie … Wie meinen Sie das?«

»So wie ich es sage. So knapp finde ich keinen in der Branche, der was draufhat, die sind alle längst gebucht, gibt eh kaum welche, die Tapete von Teppich unterscheiden können. Und vielleicht stellt sich auch raus, dass ich mich in Ihnen getäuscht habe oder dass Sie selbst die Arbeit zum Kotzen finden. Aber beides glaube ich nicht. Ich glaube, Sie sind wie geschaffen für diesen Job, und deshalb will ich Ihnen diese Chance geben.«

Mir schwirrt der Kopf. Bin ich gerade auf der Straße entdeckt worden? Ich dachte, so was passiert nur Schauspielern und Models. Nicht Innendingsdas. Ich fahre mir nervös über die Stirn und versuche, mich auf die Idee einzulassen, ich könnte übermorgen in Spanien sein und Filmräume dekorieren. Oder Umkleidekabinen?

»Aber ich weiß gar nicht, wie das alles geht!«

»Kein Thema, das lernen Sie. Sie sind auch nicht allein, Sie sind die Zweite, also mehr oder weniger die Assistenz. Im Grunde müssen Sie nur tun, was man Ihnen sagt, außer Sie wissen es besser, dann müssen Sie sagen, was man tun soll.«

»Äh …«

»Solange Sie in der Lage sind, den Mund aufzumachen und Ihre Meinung kundzutun, findet sich alles von selbst. Sie sind nicht auf sich allein gestellt, aber ich mag keine Leute im Team, die nur Anweisungen befolgen, das kann ja jeder, dafür brauche ich niemanden mit Talent. Und Talent haben Sie.«

»Finden Sie?«

»Würde ich Sie sonst anrufen? Ich will Ihnen nichts vormachen. Das ist eine tolle Chance für Sie, den Fuß in die Branchentür zu rammen. Aber es ist nicht alles schön und toll und wunderbar bei uns. Sie werden gnadenlos unterbezahlt und immer am Rand des Nervenzusammenbruchs sein und eventuell anfangen, Drogen zu nehmen, wobei ich davon abraten würde. Wirkt sich negativ auf den Geschmackssinn aus.«

»Keine Drogen«, murmle ich verwirrt. Dann hole ich tief Luft. »Frau Kalkrand, das ist ein tolles Angebot. Ich weiß nur nicht … ich kann ja nicht so schnell kündigen und …«

»Haben Sie noch Urlaub?«

»Schon …«

»Nehmen Sie sich drei Wochen. Damit stopfen Sie für mich ein Loch, und Sie können gucken, wie Sie es bei uns finden. Und dann entscheiden wir, wie es weitergeht. Einverstanden?«

Mein Mund wird trocken. Was ist mit Antonia? Meiner Flugangst? Dem Reisebüro? Meiner Routine? »Ich … ich … bin mir nicht sicher, ob das geht. Oder ob ich das will.«

Frau Kalkrand seufzt. Der immer leicht amüsierte Tonfall verschwindet aus ihrer Stimme, als sie sagt: »Ich kann nicht warten, bis Sie sich sicher sind, Frau Böhm. Ich würde gerne, aber die Zeit drängt. Lieber engagiere ich einen drittklassigen Kandidaten als gar keinen, das müssen Sie verstehen.«

»Ja, das verstehe ich.«

»Sie können sich das noch ein, zwei Stunden durch den Kopf gehen lassen natürlich, klären, ob Sie so schnell Urlaub bekommen können und was immer da noch wichtig ist. Aber heute Nachmittag brauche ich eine Antwort.«

Mein Atem geht schneller. Mir ist plötzlich, als wäre der ganze Anruf ein Test, entweder von Frau Kalkrand oder gar vom Universum, entworfen, um zu prüfen, wer ich bin und wer ich sein könnte. In meinem Kopf wirbeln die Ereignisse und Erkenntnisse der letzten Wochen durcheinander und sprechen mit Laras kecker Stimme dabei: Du musst auch mal an dich denken! Hast du keine Wünsche? Du musst es nicht allen recht machen! Es geht auch um dich im Leben! Die Kehrseite von Wünschen ist nun einmal, dass man lernen muss, sie überhaupt erst zu erkennen!

»Ich bin dabei!«

Hab ich das grad gesagt? Offenbar schon, denn Frau Kalkrand lacht erfreut und verspricht, mir alle wichtigen Infos per Mail zu schicken. Dann verabschiedet sie sich, und ich weiß nicht mehr, wo oben und unten ist. Oder Ibiza. Im Mittelmeer? Wie betäubt gehe ich in langsamen Schritten zu meiner Truppe, die immer noch bei den Pinguinen steht. Gibt es Pinguine auf Ibiza? Ich schüttle die wirren Gedanken ab und werfe ein schüchtern-ängstliches Lächeln in die Runde.

»Maja, ich will was essen!«

»Möchte, Ina, möchte. Maja, was ist los, du siehst ja ganz blass aus?!«

»Aber nicht unglücklich«, stellt Lara neugierig fest.

»Möchte, möchte, möchte«, singt Ole und tanzt dabei im Kreis.

»Essen, essen, essen!«, ergänzt seine Schwester und klatscht in die Hände. Bevor ich erzähle, was da gerade passiert ist, stillen wir den Hunger der Kinder mit klebrigem Popcorn und setzen uns unter ein paar Bäume gegenüber den Adlerkäfigen.

»Also, Maja, wer war das? Und warum? Und wieso? Und was ist los?«

Ich hole tief Luft und setze meine Freundinnen darüber ins Bild, dass ausgerechnet ich übermorgen schon wieder in einen Flieger steige, und zwar, um auf der Partyinsel Ibiza ein Filmset zu dekorieren, ohne zu wissen, wie das geht oder was eigentlich gedreht wird.

»Hauptsache, keine Rom-Com«, grinst Lara, nachdem sie mir gratuliert und mich fest umarmt hat. Nadine tut es ihr gleich. Sie ist ganz aus dem Häuschen. »Vielleicht ist ja ein Star dabei? Thomas Kretschmann! Oder Florian David Fitz! Oder Michael Fassbinder!«

»Michael Fassbinder auf Ibiza?«

Ina, den Mund voller Popcorn, guckt von mir zu ihrer Mutter.

»Wasch Ibischia?«, fragt sie.

»Ibiza. Eine Insel, Ina!«

»Wo?«

»Vor Spanien.«

»Warum?«

»Was?«

»Warum?«

»Wie warum?«

»Wie?«

Mutter und Tochter starren sich verwirrt an, und ich muss laut und herzlich loslachen. Hatte schon fast vergessen, wie sich das anfühlt. Erstaunlich, dass keine meiner Freundinnen auch nur eine Sekunde meine Entscheidung infrage stellt. Anders Ina.

»Maja soll nicht weggehen«, sagt sie. »Ich hasse Ibiza!«

»Ibiza. Und sie kommt ja wieder. Stimmt's, Maja?«

Ich nicke stumm. So ist der Plan. Soweit es einen gibt.

»Ja?«

»Ja, Ina, versprochen!«

Ina ist zufrieden. Ole nicht, dem sind das ganze Inselgewäsch und die lahmen Adler entschieden zu wenig Abenteuer.

»Gehen wir jetzt zu den Löwen?«

Lara wirft einen Blick in den Zooplan und hebt erfreut die Augenbrauen. »Gleich ist Fütterung!«, ruft sie begeistert, und Ole jubelt.

»Ist das nicht ein wenig brutal?!«

»Schon, Nadine, aber gehört das nicht irgendwie auch zum Leben? Das ist nun einmal Teil der Natur. Und heutzutage läuft das gleiche doch auch im Nachmittagsfernsehen, nur schlimmer, weil mit Kanonen.«

»Deshalb müssen meine sweet little dolls doch nicht gleich sehen, wie ein armes Lamm zerfleischt wird!«

Die süßen kleinen Püppchen entpuppen sich als reichlich blutrünstig und betteln so lange, bis die Mama schließlich nachgibt. Am Gehege ist es schon so voll, dass wir kaum was sehen können. Nachdem sie brav um Erlaubnis gefragt und sich eine lange Rede zum Thema Sicherheit und Worthalten angehört haben, flutschen Ole und Ina wie kleine Aale durch die Menge, um sich vorne an der Scheibe die Nase plattzudrücken. Wir warten weiter hinten und hören mehr, als dass wir sehen. Nachdem der Löwe mit einem markerschütternden Brüllen seinen Appetit verkündet hat, dreht Lara sich zu mir.

»Und was ist mit Stephan?«, stellt sie die Frage, die ich mir selbst bisher nicht habe stellen wollen.

»Keine Ahnung. Er meldet sich ja nicht.«

»Und hast du es bei ihm versucht?«

Ich schüttle den Kopf. »Ich traue mich nicht. Und ich sollte es auch nicht tun. Nicht nach dem, was ich gemacht habe. Stephan ist ein guter, netter Mensch und verdient was Besseres als mich. Eine, die auch nett und normal ist, genau wie er, und nicht eine wie ich, die ganz offensichtlich völlig kaputt ist im Herzen. Oder im Kopf!«

»Du bist nicht kaputt im Kopf!«, ruft Nadine empört. Sie muss die Stimme heben, weil die Menge gerade ein schaudernd-gefreutes oh ausstößt. »Und schon gar nicht im Herzen!«

Lara schweigt. Dann seufzt sie und lächelt auf eine eher nachdenkliche Art. »Doch, Maja, bist du.«

Schockiert reißen Nadine und ich den Mund auf. Es ist eine Sache, sich selbst zu bezichtigen, eine andere, von seiner Freundin bestätigt zu werden. Lara, ein Funkeln in den Augen, hebt begütigend die Hände. »Du bist kaputt, weil wir alle kaputt sind, jeder auf seine Art. Niemand ist hundertprozentig heil und healthy und perfekt und einfach nur nett und gut und schön. Auch Stephan nicht, ganz bestimmt nicht. Denn wir sind alle irgendwie verdammt seltsam und unsicher und nicht ganz richtig im Kopf. Jeder von uns. Das ist es, was uns zu Menschen macht. Wir sind keine Puppen, keine Idealbilder, keine Götter. Sondern Menschen. Mit Fehlern. Mit Schwächen. Ja, auch mit Lügen. Sie passieren. Das ist scheiße, aber das ist so. Und deine einzige Chance ist, ehrlich zu sein, brutal ehrlich, mit dir selbst und mit den Menschen, die du liebst, und diese Menschen nicht aufzugeben, niemals, und dein Herz auf dem Tablett zu servieren, nicht so ein affiges Pufferherzchen mit Glitzer drauf, sondern die ganze blutige Mistmasse, die du dir aus der Brust gerissen hast. Wie soll Stephan denn wissen, was wirklich ist mit dir, wenn du es ihm nicht sagst?«

»Ich … Was soll ich ihm denn sagen?«

»Das musst du schon selber wissen. Ich kann dein Herz nicht abhören, das kannst nur du.«

»Wow«, Nadine schüttelt immer noch völlig schockiert den Kopf, »wer bist du noch mal?«

»Was?« Lara runzelt die Stirn. »Ich bin Lara. Cousine von diesem Bastard, wegen dem sich Maja in die Scheiße geritten hat. Haben uns in Bolivien kennengelernt. Ähm, hatte ich das nicht erwähnt?«

»Doch. Aber dass du der neue Barack Obama bist, hast du verschwiegen!«

Just dann erklingen zwei kehlige Schreie auf Höhe unserer Hüften. Ina und Ole halten sich an den Händen und haben Wangen, auf denen man Spiegeleier braten könnte.

»Roooooar!«

»Roaaaar!«

Aus den Aalen sind eindeutig Löwen geworden. Geschadet hat ihnen die Futtershow nicht, außer dass beide jetzt ein morbides Interesse an tierischer Nahrungsaufnahme zeigen. Immerhin bilden sie dabei ausnahmsweise mal eine einheitliche, wenn auch unerbittliche Front.

»Was essen Tiger?«

»Dasselbe wie Löwen.«

»Und Elefanten?«

»Gras.«

Ole ist enttäuscht. »Doof. Und Wale?«

»Ähhhh…« Hilfesuchend schaut Nadine zu mir. Ich zucke die Schultern. »Fische?«

»Krill«, springt Lara ein, Quelle der unendlichen Weisheit und des unerschöpflichen Wissens.

»Was ist Krill?«

»Und was frisst Krill?«

Lara entlädt ihr erstaunlich umfangreiches Walwissen auf

den naturphilosophischen Nachwuchs. Ich verpasse diese einmalige Gelegenheit zu lernen, denn so heiter und überraschend der Vormittag auch war, auf mich kommen Gespräche zu, bei denen auch kein Seehund mehr beim Entspannen hilft.

Kapitel zwanzig

Antonia ist noch runder geworden, allerdings nur vorne: Sie gehört zu den Frauen, die aussehen, als hätten sie einen Medizinball verschluckt. Beim Anblick ihrer Babykugel möchte ich gern auf dem Absatz umdrehen und kehrtmachen. Nicht weil ich was gegen Schwangere habe, sondern weil ich es kaum aushalte, sie ausgerechnet jetzt im Stich zu lassen. Aber Weglaufen gilt nicht; ich habe mich entschieden und muss dazu stehen.

»Maja, warum stehst du da rum? Komm rein!«

Ich folge der Aufforderung und setze mich ans Fußende des Bettes. Antonia sieht frisch aus. Sie trägt eine Art japanischen Kaftan, hat die Haare geöffnet und eine riesige Tasse Tee in der Hand. »Es ist gut, dass du vorbeischaust, man möchte natürlich keinen Druck ausüben, das wäre … unmoderne Geschäftsführung, aber es gibt einiges, was dringend besprochen werden muss. Glückwunsch zu dem Abschluss mit Nilo. Es wäre professioneller gewesen, sich nicht von ihm küssen zu lassen, aber das weißt du ja selber.«

Klar, dass ihr Mann meiner Chefin berichtet hat, was beim Wettbewerb vorgefallen ist. Da Antonia die Sache in unseren Telefonaten und E-Mails in der letzten Woche mit keiner Silbe erwähnt hat, dachte ich, sie stünde über jedem Kommentar. Von wegen. Sie wollte nur mein Gesicht sehen dabei. Das Warten hat sich gelohnt; meine Wangen sind knallrot, mir stehen Schweißperlen auf der Stirn und wahrscheinlich auch die Haare zu Berge.

»Es tut mir leid.«

Sie zuckt die Schultern. »Am Ende zählt das Ergebnis. Deine Methoden mögen partiell … fragwürdig sein, aber der Vertrag ist unter Dach und Fach und jede nachvollziehbare Prozess-Evaluation sollte das berücksichtigen. Insofern muss man diesen Auftrag als … gelungen abgeschlossen bezeichnen. Jetzt muss in die Zukunft geschaut werden.«

Ah richtig, die Zukunft. Ich schlucke.

»Deshalb bin ich hier. Sozusagen.«

»Ausgezeichnet!«

»Oh, ich weiß nicht, ob du das gleich immer noch so ausgezeichnet finden wirst …« Ich knibble an meinem Daumennagel und weiche ihrem Blick aus, als ich erkläre: »Ich brauche drei Wochen Urlaub. Jetzt sofort.«

Ruhig stellt Antonia ihre Teetasse auf den Nachttisch und lehnt sich zurück. »Indiskutabel und nicht machbar.«

»Es muss aber sein!«, antworte ich tapfer.

»Wenn es wegen deiner … privaten Schwierigkeit ist, Maja, so erscheint es doch neutral gesehen wesentlich produktiver und sinnvoller, sich der Arbeit noch einmal doppelt aufmerksam zu widmen. Schließlich fehlt nun auch das zweite Gehalt. Das muss man im Kopf behalten.«

»Nein, das ist es nicht.« Ich hole tief Luft und erzähle ihr von dem einmaligen Angebot, das Frau Kalkrand mir gemacht hat, und sage auch ehrlich, dass ich bereits zugesagt habe.

Meine Chefin guckt mich an, als sollte man mich mit dem nächsten Transport ins Irrenhaus bringen. »Absolut unmöglich, Maja. Gut, nachdem das nun geklärt ist, müssen wir zur Analyse unseres Geschäftsmodells unter Berücksichtigung der neuen Dienstleistungen von Nilo übergehen.«

Ich beiße die Zähne zusammen. Angestellte dieser Welt, setzt euch zur Wehr! »Nein, Antonia, das möchte ich nicht. Ich möchte nicht darüber reden. Ich möchte Urlaub. Ich brauche das, Antonia. Ich brauche das unbedingt.«

»Warum?«

»Weil ich …« Ich zögere und sage dann ehrlich: »Weil ich hier nicht glücklich bin. Im Reisebüro. In Berlin. In meinem Leben.«

Sie verschränkt die Arme, was etwas affig aussieht, weil sie es über dem Bauch tun muss. Ansonsten wirkt Antonia allerdings wenig witzig; ihre Augen sind wie polierte Glasmurmeln, ihre Lippen gerade und ausdruckslos, und sie klingt noch emotionsloser als sonst, als sie sagt: »Das ist nur eine Phase. So etwas passiert häufig nach … plötzlichen Trennungen.«

Verzweifelt hebe ich die Hände und schnaube frustriert. »Nein, ist es nicht. Antonia, ich wollte nie hier sein! Das war als Nebenjob gedacht, mehr nicht. Und dann … Dann hast du angefangen, auf mich zu bauen, und ich wollte dich nicht enttäuschen. Immer wenn ich versucht habe, dir zu erklären, dass ich eigentlich andere Pläne hätte, war irgendwas Wichtiges, oder du hast nicht hingehört, oder ich hab es selbst nicht geschafft, weil ich nicht wusste, wie ich dir sagen soll, dass ich gern auch mal was anders ausprobieren würde.«

»Also willst du kündigen?«

»Nein! Nicht … nicht jetzt. Nicht bevor du jemanden gefunden hast, der mich ersetzen kann. Das ist doch klar!«

Antonia schiebt ihre schwarzen Augenbrauen zusammen und nimmt mich extrascharf ins Visier.

»Willst du eine Gehaltserhöhung? Da können wir drüber reden.«

»Es geht nicht um Geld.«

»Oder vielleicht das Schaufenster? Ich gebe dir freie Hand. Deine Entscheidungen, ich mische mich nicht ein.«

»Antonia, das Einzige, was ich wirklich will, sind drei Wochen Urlaub. Damit ich diese Chance wahrnehmen kann, damit ich sehen kann, was es noch so gibt in der Welt. Verstehst du das nicht?«

»Nein, ich verstehe das nicht, Maja.«

Verzweifelt hebe ich die Hände und suche nach einem Argument, das in Antonias Dickschädel passt. Doch nicht ihr Kopf, sondern ihr Bauch ist es, der mich zu meinem letzten verzweifelten Versuch inspiriert. »Die kleine Bohne!«, rufe ich.

Antonia umfasst schützend ihren Bauch und runzelt die Stirn. »Was bitte hat Böhnchen damit zu tun?«

»Weißt du noch, als ich hier war, kurz vor der Abreise? Als du deine Krise hattest?«

»Ich habe keine Krisen«, sie hält kurz inne. »Höchstens vorübergehende Momente minimaler Zweifel.«

»Dann eben das. So oder so: Damals hast du mir gesagt, dass du dieses Baby unbedingt haben wolltest, auch wenn niemand das verstanden hat, am wenigsten du selbst. Aber du wusstest einfach, dass es sein muss. Dass die Zeit reif ist.«

»Und?«

»Und genauso geht es mir jetzt. Bloß dass mein Baby kein Baby ist, sondern diese Chance. Ich weiß einfach, ich muss das tun. Ich weiß, dass es das einzig Richtige ist.«

Ich halte den Atem an. Keine Ahnung, wie ich es selbst fände, wenn jemand mein Neugeborenes mit einem Dekojob vergleichen würde.

»Ich hab' dir zu viel beigebracht«, sagt Antonia schließlich. »Du argumentierst sehr professionell und extrem …

klug. Vielleicht ein wenig zu gemeine Vergleiche, aber da fehlt die Übung.«

»Das war nicht gemein gemeint!«

»Natürlich nicht. Man muss jedoch in diesen Situationen sämtliche Effekte auf den Zuhörer bedenken. Allerdings, das muss ich einräumen, liegt es nicht in deiner Natur, berechnend oder … brutal zu sein. Daher verstehe ich nun auch, dass dieses Angebot für dich eine enorme Wichtigkeit haben muss. Es war im ersten Augenblick für mich ein wenig … willkürlich.«

»Und jetzt?«, frage ich zaghaft.

»Jetzt verstehe ich noch immer nicht deine … Motivation, aber ich begreife, dass es sinnlos ist, dich halten zu wollen.«

»Dann … Dann ist es okay? Ich kann mir den Urlaub nehmen?«

Sie nickt, und ich atme erleichtert aus. »Das ist auch alles nur halb so wild, wie es sich anhört«, sage ich eifrig. »Ich habe mir das genau überlegt; wir machen das Reisebüro für drei Wochen zu, und dann machen wir einen Relaunch mit Party und allem und dem neuen Angebot und neuer Deko und so. Ich kann auf Ibiza daran arbeiten, und online bin ich ja auch …«

»Nein«, unterbricht meine Chefin mich, »nein, Maja, das ist unmöglich.«

Ich gucke hoch und bin überrascht, als ich Antonia lächeln sehe, ein sehr seltener Anblick. Ein Gefühl der Dankbarkeit und Freundschaft durchflutet mich. »Du wirst nichts davon tun.«

Meine positiven Gefühle verfliegen so schnell, wie sie gekommen sind. Ängstlich starre ich meine Chefin an, die mit einem abwesenden Gesichtsausdruck dasitzt und eine Strähne ihrer schwarzen Haare um den Finger dreht. Sie sieht seltsam zufrieden aus, und das macht mir Angst. Wird sie mir etwa kündigen? So weit bin ich noch nicht, dass ich völlig ohne Sicherheitsnetz nach Ibiza fliegen will.

»Werde ich nicht?«, frage ich leise.

»Nein. Wenn ich deine … Argumentation richtig verstehe, dann ist dies für dich eine einmalige Chance mit hohem Wichtigkeitsgrad?«

»Mehr oder weniger, ja …«

»Warum willst du sie dann … ausschlagen?«

Irritiert gucke ich meine Chefin an. »Ähm, was? Wieso ausschlagen?«

»Wenn diese Aufgabe dir so wichtig ist, wie du selbst es argumentierst, dann solltest du während der Prüfungsphase ein hohes Energielevel aufrechterhalten und dich zur Gänze auf die Anforderungen, die an dich gestellt werden, fokussieren. Es ist … entscheidend, dass du keine Ablenkung von außen erfährst. Das Reisebüro kann … warten.«

»Ist das dein Ernst?«

»Das ist es wohl. In all der Zeit hast du mich nie um etwas gebeten. Du hast dir einen großen Bonus erarbeitet, und ich denke, es ist Zeit, dass du ihn einlöst.«

»Und was ist mit dem Büro? Willst du schließen? Vorübergehend?«

»Jörg kann das machen. Er war … zufriedenstellend während deiner Reise. Mit noch präziserer Anleitung wird ihm die Arbeit sicher noch besser gelingen. Und wie wir strategisch vorgehen, wenn du wiederkommst und das Kind da ist … das können wir dann sehen. Zusammen.«

Zum zweiten Mal im Leben umarme ich meine Chefin. Sie macht mit, nahezu herzlich und ehrlich. »Es ist gut, dass du … deinen Weg gehst, Maja. Und ich werde dich unterstützen, egal wohin er führt.«

Verblüfft drücke ich sie noch fester. Meine Chefin entpuppt sich tatsächlich als gute Freundin. Wer hätte das gedacht?

So gut es mit Antonia gelaufen ist, so schlecht läuft es mit Stephan. Ich erreiche ihn nicht; egal wie oft ich anrufe, ich bekomme nur die Mailbox dran und deren Aufnahmekapazität reicht hinten und vorn nicht. Schließlich habe ich so viel zu sagen. So viel zu erklären. So viel zu bitten. Nur wie?

»Schreib ihm«, rät meine Mutter mir am Telefon. »Dein Vater und ich haben uns so viele romantische Briefe geschrieben, als wir jünger waren. Vielleicht sollten wir wieder damit anfangen. Das war so schön! Ich schwöre dir, Maja, wenn du dein Herz in Worte bannst, dann entstehen ganz einmalige Gefühle. Dem wird Stephan nicht widerstehen können!«

Lara sieht das genauso, nur pragmatischer. »Wir leben doch eh in einer digitalen Welt. Facebook vor RL und so. Und auf jeden Fall besser virtuell was sagen als gar nicht, oder?«

»Magst du vielleicht …?«

»Deinen verzweifelten letzten Liebesbrief schreiben? Nein, danke.«

»Schade«, seufze ich, »ich wette, du könntest das besser.«

Ich kann es nämlich leider gar nicht. Macht aber nichts, dafür gibt es ja das Internet. Meine Lieblings-You-Tuberin Anni hat zwar leider keine Tipps in Sachen entschuldigender Liebesbrief, aber ich finde genügend andere Tutorials. Engagiert stelle ich mir eine Liste zusammen und mache mich dann daran, alles zu lernen, was es über Entschuldigungen und Liebeserklärungen zu lernen gibt.

20 Minuten später bin ich dem Selbstmord nahe. Offensichtlich kann man heutzutage keinen Brief mehr schreiben, ohne mindestens fünf neue Stifte zu kaufen, ein Gedicht zu

verfassen und mehrere Momente romantischer Erregung heraufzubeschwören, die man am besten aus einem Song von Rihanna klaut. Mal ganz abgesehen davon, dass mein Fehltritt scheinbar ohnehin unverzeihlich ist und ich dankbar sein kann, wenn Stephan meine Zeilen nicht direkt in den Papierkorb verschiebt.

Ich seufze tief und mixe mir einen Gin Tonic. Dann setze ich mich an den Laptop, öffne mein Mailprogramm und schreibe einfach los. Ich versuche, nicht zu viel zu denken dabei, nicht zu planen und vor allem: nicht zu lügen. Statt Schritt für Schritt die Ratschläge des Internets abzuarbeiten und zu hoffen, dass das schon okay sein wird, schütte ich mein Herz aus ohne Rücksicht auf Verluste – und hoffe, dass das schon okay sein wird.

Lieber Stephan,

normalerweise würde ich nicht müde werden, dich anzurufen und zu hoffen, dass wir persönlich miteinander reden können, weil so ein Brief nämlich nicht mal zur Hälfte ausdrücken kann, was ich ausdrücken will, und echte, lebendige Worte viel besser wären. Aber leider geht das nicht, denn ich fliege morgen nach Ibiza. Und das habe ich dir zu verdanken, im besten aller Sinne. Du erinnerst dich an diese Frau beim Wettbewerb? Die vom Film? Sie hat mir einen Job angeboten – und ich habe ihn angenommen. Du hast mir die Kraft dazu gegeben, mit deiner Begeisterung und deinem Glauben an mich. Jetzt schreibe ich die ganze Zeit von mir, sicher nicht die beste Art, dich von mir zu überzeugen, aber es ist so schwierig, stattdessen über uns zu schreiben. Ich weiß nicht einmal, wo ich anfangen soll – wahrscheinlich doch wieder bei mir, schließlich bin ich Schuld daran, dass es überhaupt so weit kommen konnte. Also dann. Zeit für Ehrlichkeit.

Ich habe einen Fehler gemacht. Einen tragischen. Nein, ich meine nicht den Kuss. Der Kuss ist nur ein Zeichen für eine viel schlimmere Nachlässigkeit: Ich habe mich nicht um uns gekümmert, nicht so, wie es gut gewesen wäre. Ich habe uns hingenommen, nahezu selbstverständlich, habe an völlig falschen Stellen den Mund gehalten, habe zugelassen, dass meine Ängste und Zweifel in mir verschlossen gären konnten, statt dass ich sie dir gestanden habe. Aber vor allem habe ich hingebungsvoll die Gleichförmigkeit gehegt und gepflegt. Statt Hand in Hand mit dir das Abenteuer zu suchen, mich mit dir in aufregende Welten und Ideen zu stürzen, habe ich mehr und mehr den Alltag hochgehalten und die Sicherheit gehütet, die darin lag, bloß nichts zu versuchen, bloß nicht zu streiten. Bloß nicht zu leben. Und in all dieser Routine habe ich aus den Augen verloren, wie sehr ich dich liebe. Denn das tue ich. Ich liebe dich über alles, und auch wenn es verdammt scheiße ist, dass ich erst einen anderen küssen musste, um das zu begreifen, zweifle ich nicht mehr, keine einzige Sekunde: Ich liebe dich. Es tut mir leid, was ich getan habe, dass ich dich verletzt habe, dass ich untreu war und dumm. Aber es ändert die Wahrheit nicht: Ich liebe dich.

Und du? Liebst du mich?

Denn am Ende kann es nur darum gehen. Nur um die Liebe. Ist sie noch da, dann lass uns darum kämpfen. Lass uns Wege finden, mit der Enttäuschung umzugehen und der Gefahr des Immergleichen. Lass uns reden. Richtig reden. Stundenlang, so wie früher. Lass uns ehrlich sein, brutal ehrlich, ohne Rücksicht. Sag mir, was du willst, nicht was ich hören will. Denn ehrlich, Stephan, auch wenn ich diejeni-

ge bin, die am Ende für den Bruch gesorgt hat – hast nicht auch du gelogen hin und wieder? Für den lieben Frieden, für mein Wohl, für die Bequemlichkeit, die wir für Nettigkeit gehalten haben? Wahrscheinlich ist es dumm, dir jetzt quasi Vorwürfe zu machen, nach dem was ich getan habe (und du nicht). Aber wenn ich ehrlich sein will, dann muss ich auch das sagen. Auch das, was mir vielleicht das Genick bricht. Alle raten mir (na ja, das Internet rät mir): Krieche auf Knien. Bettle. Schluchze. Fleh ihn an. Roll dich auf den Rücken und zeig, dass du der Schwache bist.
Aber ich will nicht mehr schwach sein. Nicht mehr nur für andere da sein. Ich will kämpfen! Ich will leben! Ich will dich! Nicht so wie vorher, nicht weil es irgendwie so passiert ist, sondern weil ich mich für dich entschieden habe – und du dich für mich.
Was sagst du, Stephan? Willst du es noch einmal versuchen? Ehrlich und offen diesmal? Mit Liebe, die wehtut? Mit Liebe, die stark ist und wild? Mit meiner Liebe, die ich dir schenken will?
Ich liebe dich.
Maja

Da ich nun schon ohnehin alles missachtet habe, was das Internet mir rät, breche ich auch die letzte Regel und schicke die Mail ab, ohne sie noch einmal gelesen zu haben. Danach wird mir kotzübel. Habe ich nicht nur Unsinn geschrieben? Und dann auch noch viel zu viel davon? Hätte ich nicht doch lieber Rilke zitieren sollen? Oder Lady Gaga?

Ein zweiter Gin Tonic beruhigt meine Nerven zumindest ein bisschen, und ich konzentriere mich aufs Packen. Diesmal konnte ich meine Eltern davon abhalten, mir eine komplett neue Ausstattung für den Inselaufenthalt zu kaufen, und so ist das leider schneller erledigt, als ich betrunken werden kann.

»Er meldet sich schon«, tröstet mich Lara, die ich gegen halb elf abends anrufe, knülle und außerdem am Boden zerstört. »Und wenn nicht, Maja, dann hast du wenigstens alles versucht, und dann verdient er dich auch nicht.«

»Wieso?«

»Na hör mal, wenn man sein Herz zum Schlachten anbietet, dann hat man ja wohl das Recht auf eine Reaktion! Meinetwegen auch keine Gnade, sondern das kalte Messer, aber verfickt noch eins, nicht Schweigen. Das ist unmenschlich und böse.«

»War ich ja auch.«

»Maja, ein Kuss ist kein Mord, ehrlich jetzt mal. Du hast dich genug fertiggemacht dafür. Hör auf damit. Außerdem: Du hättest ihm doch auch verziehen, oder?«

Ich lasse mich verdutzt in die Couchkissen fallen. Bei all der Nachdenkerei habe ich mir ausgerechnet diese Frage noch gar nicht gestellt. Hätte ich das? Ich stelle mir vor, wie er mit dieser Melanie heiße Zungenküsse tauscht und schaudere. Aber dann stelle ich mir vor, wie er vor mir steht und schwört, dass er mich liebt, und ich stelle mir vor, wie es wäre, ihn zu verlieren nur wegen eines dummen Fehltritts, der nichts weiter bedeutet, als dass wir besser auf uns aufpassen müssen.

»Ja, hätte ich«, sage ich endlich, und ich meine es. »Es wäre nicht leicht, aber … Es wäre die Sache wert. Unsere Beziehung. Ja, ich könnte ihm verzeihen, glaube ich.«

»Siehst du. Nicht verzweifeln. Er wird sich melden.«

Doch Lara irrt sich. Stephan schweigt.

Kapitel einundzwanzig

Es ist mitten in der Nacht, als endlich mein Handy klingelt. Ich stehe sofort kerzengerade auf der Couch und gehe ohne hinzugucken dran. »Stephan? Bist du es?«

»Das Baby!«

»Was?«

»Das Baby kommt!«

Ungläubig nehme ich das Handy vom Ohr und starre auf das Display. Tatsächlich. Jörg. Und er ruft MICH an. Haben die beiden eigentlich keine Freunde? Doch ich fühle mich gar nicht so zynisch, wie ich es vielleicht sollte; ich bin nahezu stolz, dass ich bei der Geburt dabei sein soll.

»Ich komme nicht klar, Maja«, ruft Jörg jetzt panisch. »Antonia … Sie will einfach nicht aus dem Bett kommen! Du musst mir helfen! Sonst kann das keiner!«

Okay, doch nicht nur Baby gucken. Ich entscheide, dass dieser Hilferuf trotzdem nicht in meine neue Kategorie *sofort höflich ablehnen* fällt. Schließlich geht es hier um ein neues Leben! »Ich komme«, sage ich und stelle einen neuen Rekord im Anziehen und Taxifinden auf.

»Mitte!«, schreie ich den Fahrer an, während ich mich auf die Rückbank schwinge, »Torstraße 12!«

»Wat hastn dit so eilig?«

»Babyalarm«, erkläre ich, und er guckt sich erschrocken um. »Nicht in meinem Taxi!«

»Bei meiner Chefin«, beruhige ich ihn. »Nicht bei mir.«

Er zuckt die Schultern und tritt aufs Gaspedal. »Und da machste jetzt Überstunden, oder wat?«

»Nee«, sage ich und lächle, »das mache ich glatt umsonst! Können wir ein bisschen schneller fahren?«

Vierzehn Minuten später bereue ich meine Worte. Erstens weil der Taxifahrer in seiner Ehre gekränkt mit ungefähr 180 durch die Innenstadt gerast ist und zweitens weil ich für den Haufen Arbeit, den Antonia mir macht, eigentlich in Goldbarren bezahlt werden sollte. Vielen Goldbarren.

»Antonia, bitte!«

»Vergiss es!«

Meine sonst so gefasste Chefin hat scheinbar jeden Bezug zur Realität verloren. Obwohl sie eindeutig in den Wehen liegt, tut sie so, als hätte sie bloß eine milde Magenverstimmung. Dabei reicht ein Blick, um zu erkennen, dass Antonia dringend Hilfe braucht, und zwar nicht nur mental. Sie ist puterrot, in Schweiß gebadet und krallt sich panisch ins Laken.

»Ich bekomme das alleine hin!«

»Die Geburt?«, frage ich trocken. »Das will ich sehen.«

»Jetzt sag doch so was nicht!«, ruft Jörg erschrocken. »Das heizt sie doch nur noch an!«

Ich hebe eine Augenbraue. Mir scheint, Jörg ist nicht minder durcheinander wie seine Frau. Sein Pyjama hängt auf halb acht, genauso wie die dunklen Haare. In seinen Augen liegt ein irres Funkeln. »Ganz ruhig«, sage ich, diesmal zu ihm, »alles wird gut, versprochen. Wir müssen zusammenhalten jetzt, okay?«

»Pah!«, sagt Antonia verächtlich, doch Jörg strafft die Schultern und nickt. Dann beugt er sich beruhigend über seine hechelnde Frau und streichelt ihr sanft die Schulter.

Die liebevolle Geste bringt ihm einen Blick ein, auf den selbst Medusas Schlangen neidisch wären. Immerhin versteinert er nicht, sondern schafft es sogar, die linke Hand seiner Frau vom Laken zu lösen und in seine zu nehmen. »Ich weiß nicht, warum du nicht mitkommen willst, Maus«, sagt er tapfer, »wir müssen doch ins Krankenhaus!«

»Nenn mich nicht Maus!«, faucht sie.

»Okay, Maus«, murmelt Jörg und wirft mir einen verzweifelten Blick zu. »Wir schaffen das schon.«

»Antonia«, sage ich jetzt, »warum willst du denn nicht ins Krankenhaus?«

»Ich hab' alles geplant«, hechelt sie wütend. »Ich will einen Kaiserschnitt, und ich will ihn nächste Woche. Nicht jetzt, verdammt noch mal!«

»Ich glaube, das ist der Bohne egal ...«

»Mir aber nicht!«

Ich reibe mir die Stirn und frage mich, was ich getan habe, um das hier zu verdienen. Wobei, darüber sollte ich besser nicht so genau nachdenken. »Antonia, der Arzt muss doch gucken, dass es dem Baby gut geht! Das musst du doch einsehen.«

»Dann soll der Arzt halt hierherkommen!«

»Und dann?«, frage ich sanft. »Antonia, du musst ins Krankenhaus. Die Bohne kommt, da kannst du nichts machen. Man kann halt nicht immer alles kontrollieren, und manchmal kommt es anders als geplant. Du hast jetzt keine Wahl, Antonia. Tut mir leid.«

»Hausgeburt!«, presst sie störrisch hervor, und ich schüttle verzweifelt den Kopf. »Das geht nicht, Antonia. So was muss vorbereitet sein!«

»Nein!«

»Doch!«

»Nein!«

Ich stemme die Arme in die Hüften. »Antonia«, sage ich laut und ungewöhnlich scharf, »Schluss jetzt. Ich hab' die Schnauze voll. Erst jammerst du rum, du willst nicht im Bett liegen, und jetzt tust du so, als würdest du außerhalb davon sofort tot umfallen. Du hältst jetzt den Mund, und Jörg bringt dich ins Auto, und dann fahren wir verdammt noch mal ins Krankenhaus, verstanden?«

Am Ende schreie ich förmlich. Antonia schreit zurück, allerdings nur, weil die nächste Wehe kommt. Danach lächelt sie schwach. »Du guckst dir zu viel ab von mir«, murmelt sie und nickt dann. Endlich. »Okay. Okay. Krankenhaus.«

Wir schaffen es ohne weitere Schwierigkeiten. Antonia ist jetzt brav wie ein Lamm und lässt sich ohne Widerstand aufnehmen und wegrollen.

»Danke, Maja!«, ruft Jörg und eilt hinterher. Etwas verloren stehe ich an der Aufnahme herum. Soll es das jetzt gewesen sein? Ich beschließe, dass ich es mir verdient habe, dem Wunder der Geburt beizuwohnen, also nicht dem Prozess, aber doch wenigstens dem Ergebnis. Ich bin gerade mal auf Seite 4 der Glamour aus dem Mai 2012, als Jörg zurückkommt.

»Falscher Alarm!«, ruft er schon von Weitem, »kein Baby!«

Ich springe auf und realisiere erst, als ich schon stehe, dass meine Begeisterung fehl am Platz ist.

»Wie, falscher Alarm?«

Jörg zuckt mit den Schultern. Er wirkt erleichtert. Ob wegen der unerwarteten Gnadenfrist oder weil er einfach nur froh ist, dass für heute Ruhe ist, ist schwer zu sagen. »Braxton Hicks!«, erklärt er, und ich runzle die Stirn. »Was?«

»Falsche Wehen, kurz gesagt. Ist wohl meistens gar nicht

so schlimm, aber Antonia muss nun mal alles immer extrem machen, so ist sie halt.«

Ich bin ein klein wenig enttäuscht. Ein klitzekleines Neugeborenes auf dem Arm zu halten, wenige Stunden bevor ich in mein eventuell neues Leben aufbreche, das wäre wirklich ein zu schönes Zeichen gewesen. Mal ganz abgesehen davon, dass es schon extrem nervt, dass ich völlig umsonst meinen Schlaf drangegeben habe. Aber so ist das eben; Geburten im ungünstigen und dennoch irgendwie besten Moment passieren halt nur im Film. Die Realität ist prosaischer, vor allem meine. Jedenfalls bis ich am nächsten Tag am Flughafen ankomme.

Obwohl mein Flug erst am Nachmittag geht, sitze ich am Montag schon um elf Uhr im Taxi und lasse mich nach Tegel bringen. Natürlich ist es viel zu früh für irgendwas. Der Schalter hat noch nicht mal auf. Seufzend schultere ich meinen Rucksack und schlendere ein bisschen planlos durch den Flughafen. Viel zu sehen gibt es nicht gerade. Na ja, mehr als beim BER wahrscheinlich. Weil es sonst nichts zu tun gibt, kaufe ich mir einen überteuerten Kaffee und schlendere dann zum kleinen Zeitschriftenladen, um mir Ablenkung zu suchen. Denn wann immer ich mich nicht auf etwas anders konzentriere, fällt mir meine Mail an Stephan ein. Die Mail, die er nicht beantwortet hat. Ich versuche gerade, mich zwischen einem Thriller über einen Massenmörder mit Blasenproblemen und einer leichten Sommerlektüre über eine Croissant-Bäckerei auf Sylt zu entscheiden, als plötzlich jemand meinen Namen ruft.

»Maja!«

Mein Herz bleibt stehen. Ich kenne diese Stimme. Ich liebe diese Stimme. Und ich kann doch nicht glauben, dass ich sie wahrhaft höre. »Stephan?«, flüstere ich und drehe mich um. Ich habe mich nicht getäuscht. Vor mir steht mein (Ex?)-Freund und grinst wie eine Hundertwattlampe. »Stephan! Was … Was machst du hier?!«

Er grinst noch breiter. Vierhundert Watt, mindestens.

»Ich dachte, das wäre romantisch. Jagd am Flughafen, Liebeserklärung in letzter Minute und so …« Er kratzt sich am Kopf. »Ich hatte ja keine Ahnung, wie viele Flüge täglich nach Ibiza gehen. Ich bin seit fünf Uhr früh hier.«

Mir fehlen die Worte. Ich kann und will nicht glauben, was er da sagt. Also nicht das mit fünf Uhr, sondern die Sache mit der Liebeserklärung. Wird er wirklich …? Stephan tritt einen Schritt vor und nimmt meine Hände. »Lass uns neu anfangen, Maja. Neu und aufregend.«

Es ist, als erstrahlte in meinem Inneren mit einem Mal ein prächtiger Regenbogen. Wo das müde Grau des Verlustes war, schimmern mit einem Mal tausend Nuancen der Hoffnung. »Ehrlich?«

»Ja. Denn du hast recht: Ich liebe dich. Nur darum geht es. Ich liebe dich, und kein dummer Kuss kann was daran ändern.«

»Ich liebe dich auch, Stephan!«, juble ich und falle ihm endlich in die Arme. Sein Körper fühlt sich vertraut an und gleichzeitig fremd. Anders. Aufregend. Er streicht mir über den Kopf und murmelt in mein Haar.

»Ich war genauso dumm wie du, Maja. Das weiß ich jetzt. Ich war eitel und einfältig. Und langweilig.«

»Nein, nein, das …«

»… ist die Wahrheit. Aber bald nicht mehr.«

Er legt den Kopf schief und zwinkert mir dann zu. »Was würdest du dazu sagen, wenn ich einfach mitkomme nach Ibiza?«

»Mit nach Ibiza?!«, frage ich und klinge nicht besonders begeistert dabei. Stephan kraust die Nase. »Nicht gut?«

Ich atme tief durch. Meine Chance zu beweisen, dass ich es ehrlich meine mit der Ehrlichkeit. »Schon. Aber nur halb. Also die eine Hälfte von mir ist hin und weg und kann kaum glauben, dass du so was für uns tun würdest. Aber die andere macht sich Sorgen und will einfach unabhängig sein da drüben. Dieser Job ist eine große Chance, und ich will es nicht versauen, weil ich ähm, mich nicht allein nach Ibiza traue, sondern meinen Freund im Schlepptau habe. Ich habe Angst, dass ich mich dann weder auf die Arbeit noch auf dich konzentrieren kann und immer zwischen beidem schwanke.«

Er verzieht das Gesicht. »Ich bin vielleicht ein Depp. So habe ich noch gar nicht darüber nachgedacht. Aber klar, das wirkt natürlich komisch, wenn ich dir an den Hacken klebe. Und dass du das alleine schaffen willst … das verstehe ich!«

Ich bin erleichtert. Erleichtert und unendlich verliebt. »Du bist der beste Mann, den ich mir vorstellen kann«, sage ich, »und ich bin so froh, so unendlich froh, dass du gekommen bist.«

Stephan sagt nichts. Er beugt sich zu mir, und dann küsst er mich. Ich küsse zurück. Wir küssen uns, und die Welt wird neu geboren. Alle Möglichkeiten, alle Wege, alle Optionen: Alles ist plötzlich offen und frei, und wir haben die Wahl. Es ist ein gutes Gefühl, nicht zu wissen, wie es sein wird, und nur sicher zu sein, dass was immer passiert, passieren wird. Mit unserer Hilfe.

»Wenn ich wieder da bin«, sage ich, als wir uns endlich lösen, »müssen wir das viel öfter tun.«

»Einverstanden«, grinst er. Dann legt er den Kopf schief und seufzt. »Ich frage mich nur, wie ich so lange warten soll.«

»Das schaffst du schon«, grinse ich. »Ich muss schließlich auch da durch.«

»Wenn du dir nicht einen neuen Nilo suchst.«

Ich erstarre. Stellt er sich so einen Neuanfang vor? Als er mein Gesicht sieht, prustet Stephan erheitert los. »Maja, da musst du jetzt durch. Ich werde dich gnadenlos aufziehen damit. Denn weißt du was? Wenn wir schon kein Drama draus machen, dann lass uns wenigstens die Komik sehen.«

»Meinst du das ernst?«

»Warum nicht? Humor heilt alle Wunden. Glaube ich wenigstens. Und ich vertraue dir. Trotz allem. Ich vertraue dir zu einhundert Prozent. Ich weiß, dass das ein Ausrutscher war und warum er passiert ist.«

Ich lege den Kopf schräg und mustere ihn. Mir wäre niemals in den Sinn gekommen, die Sache mit Humor zu sehen. Aber irgendwie finde ich das gut. Richtig gut. Es mag ja schräg sein, meinen Fehltritt als Quell der Erheiterung zu behandeln, aber laut Lara sind wir doch alle eh bekloppt. »Sei dir da mal nicht so sicher«, sage ich also, »auf Ibiza soll es ja sehr abgehen!«

Er nimmt mich so heftig in den Arm, dass mir fast die Knochen brechen. »Ich dich auch«, keuche ich. »An dich reicht eh keiner ran, auch kein heißer Ibizenker!«

»Gut zu wissen. Dann werde ich mir mal keine Gedanken machen. Ich bin eh zu beschäftigt, ich muss ja meinen ganzen Kram zurück in die Wohnung bringen.«

»Ja, was sollte das eigentlich?«, frage ich. Die Sache mit der Ehrlichkeit wird plötzlich ganz leicht. »Also ich verstehe ja, dass du weg von mir wolltest, aber gleich alles mitnehmen, das hat mich echt geplättet. Das war ganz schön krass.«

Er zuckt mit den Achseln und grinst. »Ich entdecke halt gerade meine Freude an großen Gesten!«

»Merke ich«, lache ich und knuffe ihn in die Seite. »Danke für den Laptop übrigens, das war echt süß von dir.«

»Wobei ich immer noch nicht verstehe, warum du dir nicht einfach einen neuen kaufst. Wo du doch jetzt eh alles anders machst.«

»Manche Dinge«, lache ich, »ändern sich nie.«

Er zieht mich an sich und guckt mir tief in die Augen. »Zum Beispiel die Liebe …«, sagt er leise.

»Zum Beispiel die Liebe«, antworte ich ebenso zärtlich. »Die Liebe bleibt. Zumindest wenn man ihr ein wenig auf die Sprünge hilft.«

Myriam Klatt
Liebe geht immer
Roman
320 Seiten. Broschur
ISBN 978-3-7466-3393-0
Auch als E-Book erhältlich

Ist das Liebe, oder kann das weg?

Gerade war Charlottes Leben noch ein rosarotes Zuckerwatteparadies, dann ist sie vor allem eins: ex. Exfreundin, Exredakteurin, exglücklich. Aus dem Paradies gekickt von einer Frau, die zu perfekt ist, um wahr zu sein. Und so nimmt Charlotte den Kampf auf – gegen Hüftspeck und Schweinehunde. Nach Lauftraining, No-Carb, Mind-Coaching und minus 15 Kilo stellt sie fest: Ein Leben ohne kleine Sünden ist möglich, aber sinnlos. Außerdem hat sie Lars kennengelernt, und der hat nicht nur wunderbare Grübchen, sondern macht auch die besten Schokoküchlein der Welt.

Ein unglaublich witziger Roman darüber, was passiert, wenn man versucht, gelassener zu leben.

Regelmäßige Informationen erhalten Sie über unseren Newsletter. Jetzt anmelden unter: www.aufbau-verlag.de/newsletter

atb aufbau taschenbuch